コクと深みの名推理⑭

眠れる森の美女にコーヒーを

クレオ・コイル　小川敏子 訳

Once Upon A Grind

by Cleo Coyle

コージーブックス

ONCE UPON A GRIND
by
Cleo Coyle

This edition published by arrangement with
The Berkley Publishing Group,
a imprint of Penguin Group,
a division of Penguin Random House LLC,
through Tuttle-Mori Agency,Inc.,Tokyo

挿画／藤本将

眠れる森の美女にコーヒーを

亡き〝カメ〟に本書を捧げます。
ニューヨークの迷子カメとして出会って以来十九年間、
彼女はわたしたちの暮らしによろこびをもたらしてくれました。
わたしが物語を執筆する時には、
かならず膝に座って見守ってくれました。
もちろん、本書を執筆する時にも。

人生の惨めさから抜け出す慰めはふたつある。
音楽と猫だ。

アルベルト・シュヴァイツァー

謝辞

本書『眠れる森の美女にコーヒーを』は〈コクと深みの名推理〉シリーズの第十四作目です。今回、マークとわたしはニューヨークの街を舞台におとぎ話をテーマとしたおとぎ話仕立てのミステリの構想を練りました。もちろん、始まりは絶対にセントラル・パークから。高くそびえるベルヴェデーレ城もランブルの暗い森も、総面積八百エーカーあまりの広大なセントラル・パークの一部です。景観を考慮して設計されたわが国初のこの大型公園の保護と運営にあたっているのがセントラル・パーク管理委員会であり、そのご尽力に敬意を表するとともに、今回、わたしたちの質問に快く回答くださったご厚意に心より御礼申し上げます。公園についてのくわしい情報は centralparknyc.org をぜひごらんください。

ニューヨーク市警の精鋭たちとの交流はわたしたちにとってなによりの楽しみです。今回も多くの質問にこたえていただき、とりわけニューヨーク市警の騎馬隊についてご教示いただきましたことを深く感謝いたします。本シリーズはアマチュア探偵が活躍するフィクションという設定上、現実の警察の業務執行手続きにはかならずしも従っておらず、時に公式規則からは逸脱する場合があることをお断わりしておきます。

わたしたちがニューヨークの街で暮らし仕事をして数十年、その間に蓄積された情報が本書では随所に生かされています。クイーンズの〈王妃カタリナ・カフェ〉は架空の店ですが、クイーンズ区アストリアの〈Ｓｅｈｅｒ〉（オールドブリッジ／スタリ・モスト）とクイーンズ区リッジウッドの〈ボスナ・エクスプレス〉からインスピレーションを得ました。両店をぜひ訪れてみてはいかがでしょう。またマンハッタンのアッパーイーストサイドの〈パパイヤ・キング〉のオリジナルのホットドッグもお勧めです（くわしくは papayaking.com で）。ロウアーイーストサイドの〈ニューヨリカン・ポエッツ・カフェ〉ではポエトリー・スラムを楽しめます（くわしくは nuyorican.org で）。ガードナーの大好物のチキンとワッフルはハーレムの〈エイミー・ルース〉で（くわしくは amyruthsharlem.com で）。

わたしたちの著書の版元バークレー・プライム・クライム社のスタッフはいずれも業界きっての実力者ぞろいであり、彼らに導かれてこの物語が出版の運びとなったことを光栄に思います。

長きにわたってお世話になっている編集者ウェンディ・マッカーディはわたしたちを信頼し、たゆみない励ましを送ってくれました。編集アシスタントのキャサリン・ペルツにも大変お世話になりました。深く感謝します。

魅惑的な装丁を担当してくださったキャシー・ジャンドロン、本書の制作に尽力いただいたバークレー・プライム・クライム社のチームのみなさま、アートディレクターのリタ・フランジー、インテリア・デザイナーのクリスティン・デル・ロサリオ、プロダクション・エディターのステイシー・エドワーズ、コピーエディターのジョーン・マシューズに感謝の意を捧げます。

わたしたちの著作権代理人ジョン・タルボットは冷静沈着な判断力、抜群のプロ意識、万全のサポートを惜しげもなく与えてくださり、誠にありがたい限りです。

最後に、ナンシー・プライヤー・フィリップスの勇気と楽観主義はつねにわたしたちにとってインスピレーションの源です。ありがとう。

ここではお名前を挙げることはできませんが、友人、家族、読者のみなさま、メールやわたしたちのウェブサイトのメッセージボード、SNSを通じてメッセージを寄せてくださるみなさま、みなさまの温かい励ましはどれほど力強くわたしたちの執筆の原動力となってくれたことでしょう。どれほど感謝の言葉を尽くしても、とうてい言い表せるものではありません。

わたしたちのバーチャルなコーヒーショップはいつでもみなさまを歓迎します。どうぞcoffeehousemystery.comへのご訪問を心からお待ちしています。

ニューヨークにて

クレオ・コイル

これは自分の物語ではない、と気づいたら、そこから出なさい。

モー・ウィレムズ作

『ゴルディロックスと三頭の恐竜』より

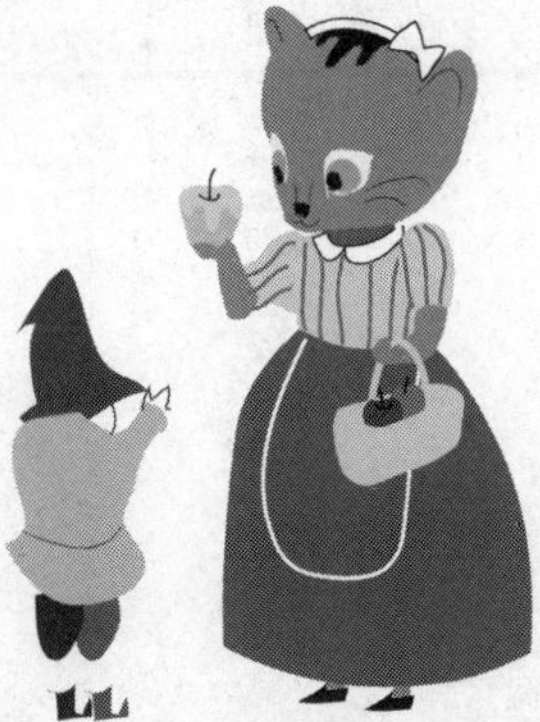

主要登場人物

クレア・コージー……………………ビレッジブレンドのマネジャー
マテオ・アレグロ……………………同店のバイヤー。クレアの元夫
ジョイ…………………………………クレアとマテオの娘。シェフ
マダム…………………………………同店の経営者。マテオの母
マイク・クィン………………………連邦捜査官。クレアの恋人
レイラ…………………………………マイクの元妻
ジェレミー……………………………マイクとレイラの息子
モリー…………………………………マイクとレイラの娘
エスター・ベスト……………………ビレッジブレンドのアシスタント・バリスタ。学生詩人
ボリス…………………………………エスターの恋人。ラップミュージシャン
アーニャ（アニー）…………………ピンク・プリンセス。ロシア人。シッター
ロザリーナ・クラスニー……………レッド・プリンセス。ロシア人
サマンサ・ピール……………………フェスティバルの責任者
ヴァン・ローン………………………フェスティバルの法律顧問
エンディコット………………………ニューヨーク市警の刑事。通称ミスター・ＤＮＡ
エマヌエル・フランコ………………ニューヨーク市警の巡査部長。ジョイの恋人
エルダー………………………………リムジンの運転手。ボスニア出身
ドウェイン・ギャロウェイ…………有名な元フットボール選手
ウィルソン……………………………謎の白髪男性
バーバラ・バウム……………………〈バブカ〉のオーナー

プロローグ

ここを出なさい、出ていきなさい、お嬢さん。
ここは人殺しの家だ……。

グリム兄弟『強盗のおむこさん』より

暮れ方の淡い光に照らされた並木道を、プリンセスが滑るように進んでいく。はかないほど薄い生地のロングドレスは、妖精の粉をふりかけたようにキラキラと光を放つ。オーク橋まで来て彼女は足を止めた。

「こっち……」オオカミが声をかける。

プリンセスは暗がりに目を凝らし、真珠のような歯でピンク色の爪を噛む。思い切ったようにまた歩き出した。いままでの道を外れ、でこぼこした土を一歩一歩踏みしめながら。セントラル・パークのこの一帯は「ランブル」と呼ばれる森が広がり、大昔にタイムスリップしたような景色だ。ここで会うと約束したのだ。そびえ立つ木々、恐ろしいほど大きな岩、小川、滝、歴史が刻まれた橋など、三十八エーカーにわたって幻想的な空間が続いている。舗装されていない土の小道を進んで森に入ると、都会にいることを忘れてしまう。

「それで……どうするか、決めてくれた？」プリンセスの甘い声にはロシア語のアクセントがある。

オオカミは心にもない笑顔をつくり、すらすらとこたえる。なにからなにまでプリンセスが満足する作り話を。

「ありがとう」プリンセスは感激のあまり涙を浮かべ、首もとに手をやるとネックレスを力まかせに引きちぎった。鎖に金の鍵を通した高価なネックレスだ。それをオオカミに差し出した。

「これで取引は白紙に戻ったのね。返すわ」

オオカミは眉間にシワを寄せる。「それは受け取れない」

「でも、わたしはもう自由なんでしょう？」

「わたしからはね」もちろん、嘘だ。「その先のことはなんともいえない」

プリンセスはとまどうそぶりを見せたが、こくりとうなずくと、くるりと向きを変えて歩き出した。ともかく取引は白紙に戻ったのだ。それがはっきりして満足していた。とんだ早合点だった。オオカミが呼びかける。「アーニャ、待って！　止まって」

プリンセスが足を止めた。「なに？」

「ドレスが枝に引っかかっている。それ以上進んだらビリビリになる」

「これは特別なドレスなのよ。大事に扱うようにいわれているの！」プリンセスが悲痛な声をあげる。

「大丈夫。外してあげるから」

オオカミはしゃがみこみ、枝にからまった高価な布地を外すふりをする。「ピンク・プリンセス」この娘にはぴったりの呼び名だ。おつむが空っぽでピンク色にふくらんだ風船ガムそのもの。ドレスが引っかかったと信じて、これが罠だとは露ほども疑っていない。

「ありがとう、助かるわ」

「あと少し」オオカミはアーニャを安心させ、用意してあった針を取り出す。そして彼女に身体を近づける。ああ、この子も同じにおいがする。あさましい根性の羊にふさわしい甘ったるい香り……。

「痛っ！」

「刺さった？　ごめん……」

「平気。もう動いてもいい？」

オオカミはなにもこたえない。キラキラと光るドレスが木々のあいだを抜け、遠ざかっていくのを見送る。あと数分のうちに影は長くなり、黄昏時《たそがれ》の風が冷気を運んでくるだろう。死体のように容赦ない冷たさを。その頃には薬が効いてくる。そして美女は眠りにつくだろう――かわいい癖に手の焼けるペットが寝つくように。

計画通り事が運んだことに気をよくしてオオカミはにんまりした。デラコート劇場のお粗末なスピーカーから流れる音声が、かすかにここまで届く。やんちゃ坊主たちを静かにさせる魔法の言葉。

「むかしむかし、あるところに……」

1

運命の手綱は自分で握れ。さもなければ他人の思うままにされてしまう。

ジャック・ウェルチ

その日の朝……。

「なぜだ、クレア。少々魔法のひとときを楽しむくらい、いいじゃないか」

元夫はカウンターを指でコツコツと叩く。わたしたちの店のカウンターではなく、店が所有するコーヒー・トラックのカウンターだ。

わたしはきこえないふりをして黙々とナプキン立てに紙ナプキンを補充する。

「店のスタッフはほとんど全員、うちのテント小屋で占ってもらっている。残るはきみだけだ」

「何度いったらわかるの、マテオ。わたしは二度と占いはしないと決めているの」

「でも今日は特別――」

「口でいってもわからないなら、メールを打つわよ。強調したい部分にいちいち句読点をつけてね。わたしたちの娘がやるみたいに。とにかくコーヒー占いはしません。今日はやりません」

「占ってもらいたいんじゃない。きみの運勢をマダム・テスラに見てもらったらどうかと勧めている」

ここでかっとなってはいけない。そう思ってわたしは深呼吸をした。今日は朝一番からすべてが完璧だった。十月のからりと澄んだ朝の空に光が射して金色に染まり、露のおりたセントラル・パークの草地は妖精の谷のように輝いていた。ひんやりとした空気のなかで味わったローストしたてのコーヒーは、われながら絶品だった。

ふだんならニューヨークでのめざめの一杯はダウンタウンで味わう。それも歴史を刻んだ絵のように美しい町並みのウエストビレッジで。しかし今朝は数人のバリスタとともに店のコーヒー・トラックに乗り込んだ。必要な物資を満載したコーヒー・トラックは午前八時前にセントラル・パークに到着して公園内の所定の位置に駐車した。周囲には同じような出店業者の車が何台も停まっている。近くにはタートル池があり、毎年夏にシェイクスピア劇が上演されることで有名なデラコート劇場は目と鼻の先だ。

完璧な朝をぶち壊すかのように、いま目の前にはマテオ・アレグロが立ちはだかっている。かつての配偶者で、いまはビジネス・パートナーだ。

「ねえ、マテオ。あなたがエチオピアで調達した『魔法のコーヒー豆』を口コミで広める作戦はわかるけど、占い小屋はあなたの担当でわたしは無関係よ」

「きみがお祖母さんからコーヒー占いを仕込まれていることを、うちの占い小屋のマダム・テスラは知っている。そのきみに彼女は腕前を披露したがっているんだ。チャンスを与えなければ、きっと気を悪くするだろう。それに——」

「ほんとうのことをいって」

「いってるさ。なにもやましいことはない」マテオはわたしの表情をうかがい、降参するように両手をあげた。「なあ、頼むよ。善良な老女をよろこばせてやるくらい、いいじゃないか」マテオが濡れたような茶色い大きな目でわたしを見つめ、何度もまばたきする。「傷ついた少年風」のまなざしでこちらの罪悪感を刺激しようという作戦だ。

まんまとマテオの思惑にはまり、罪悪感が湧いてくる。けれども、その思いを無視した。振り返ってみれば、これはほんの始まりにすぎなかった。

「忙しいから無理よ」

「なにいってるんだ」マテオが自分の腕時計をトントンと叩く。「王国がオープンするまであと一時間もある……」

「王国」とは、ニューヨークで初めて開催される〝秋のおとぎ話フェスティバル〟の会場、すなわち〝おとぎ話の王国〟のこと。グリム兄弟やマザーグースを始め、昔から子どもたちに愛されてきた物語の登場人物とともに週末を楽しむお祭りだ。あと一時間もすればセントラル・パークのこの一画は家族連れでいっぱいになるだろう。会場ではアートやクラフトの制作、コスチュームのコンテストがおこなわれ、おとぎ話の村には曲芸師、人形遣い、金属の甲冑をつけた騎士もいる。市長が率先して進めてきた秋のおとぎ話フェスティバルの運営委員にはマテオの母親——人望の厚い八十代のマダムはわがビレッジブレンドのオーナー——も名を連ねていたので、いまこうしてわたしたちがここにいるというわけだ。

「準備はもうできているだろ？」マテオが食い下がる。

「ええ。でも、こうしているとフェスティバルのスタッフが入れ替わり立ち替わりやってくるのよ。ほらまた来たわ……」

騎士ふたり、宮廷付きの道化師ひとり、衣装の上半身を脱いだドラゴンもひとりやって来たので、マテオは邪魔にならないように少し後ろにさがり、エスターとわたしは彼らのコーヒードリンクの注文に応じた。ふと顔をあげると、すでにマテオの関心は占い以外に向いている——真っ赤なドレスのセクシーなプリンセスに。

ロングドレスのスカート部分はごく薄手の布地がふんわりとふくらんでカーブを描き、朝日を浴びてキラキラ輝いている。真っ黒な髪は顎のラインで切りそろえ、ところどころにドレスと同じような真っ赤なハイライトを入れている。

「ここにピンク・プリンセスがコーヒーを飲みに来ていませんか？」マテオにたずねる彼女の低い声にはロシア語のアクセントがかすかに混じっている。

「どうかな。ピンク・プリンセスの特徴は？」

レッド・プリンセスがおかしそうに笑いながらこたえる。「ひと目でわかるわ！　彼女はとても華やかなの。ブロンドの髪をウエストのあたりまで伸ばして、背はわたしよりもずっと高いんです」

「見かけてないな」マテオがこたえる。

「もしも彼女が来たら、レッドに電話するように伝えてください」

マテオが微笑む。「そんな格好で電話を携帯できるの？」

「太ももにストラップで固定すれば」赤いドレスのプリンセスは茶目っ気たっぷりにマテオにウィンクする。「バイブが鳴るように設定してあるのよ。見ますか？」

驚きだ。いや、彼女の挑発的な態度に驚いたのではない。わたしの元夫マテオはとうに四十代の大台に乗り、彼女の父親といってもいい歳だ。それでも筋骨たくましい外見を保ち世界を股にかけるスケールの大きさが、彼を誰よりも魅力的にしている。

わたしの夫だった頃のマテオは、いつ見てもペンキのシミだらけのジーンズとフラノのシャツという服装だった。その後再婚した相手がファッショニスタだったため、いまではファッション誌の表紙を飾るモデルにもひけをとらない洗練されたファッションだ。

今日のファッションのポイントは広い肩幅にぴったりと沿った仕立てのいい茶色のジャケットだ。素材はスタグスウェード（成長した雄ジカの革）。日焼けしているのは、コーヒー豆の調達のために東アフリカに出張してきたばかりだから。褐色の肌と限りなく黒に近い髪は妙に色気があり、白い歯をのぞかせた笑顔は眩しく輝き、茶色い瞳はたまらなくセクシー。けれどもマテオが人を惹きつけるいちばんの理由は、彼の旺盛な欲望にちがいない。女性に好意を抱いたら、率直に意思表示する。そして彼は女性に対してえり好みをしない。

ただし、わたしにはもうマテオの魔法は通用しない。手品師の楽屋裏で長年暮らしていれば、手品に慣れてしまうのと同じだ。

わたしが驚いたのは、元夫がレッド・プリンセスのかなりあからさまな誘いにのらなかったこと。このままいけば彼女の携帯電話が振動しているところを見られたのに。

「あ、いや、結構だ……」マテオは首筋をさすりながら、こたえた。少々うろたえ気味だ。

「とにかく、きみの友だちのことは注意して見ているよ」

レッド・プリンセスはマテオの反応など少しも気にしていないようだ。

「ありがとう、すてきな王子さま！」朗らかな声でそういった後、手にしていた妖精の杖をおごそかにマテオの額に軽く当て、そのまま滑るように去っていった。

2

「あの若い女性は？」

「レッド・プリンセス」マテオは肩をすくめる。「友だちのピンク・プリンセスをさがしているそうだ。この王国にはいったいどれだけプリンセスがいるんだ？」

「どうかしら。とにかくおかしな考えだけは起こさないで。ここは秋のファンタジーの会場であって、男性のファンタジーの入る隙はないのよ」

「なんだと。あの子はぼくたちの娘と同じ年頃じゃないか。それはそうとダンテはどこだ？」

ダンテ・シルバはわたしのもとで働くバリスタであり、れっきとした芸術家でもある。日中はファインアートの画家として活動し、夜は地元の人々に愛されるバリスタとして腕を発揮している。

「ダンテになにかご用？」

「彼がきみと交代してここに入ってくれたら、きみは占い師のテント小屋に行ける」

まだそんなことを。かっとなりそうになるのをこらえて、こたえた。「彼は裏で特大の風船をふくらませているから忙しいわ」

「特大の風船？」

「このコーヒー・トラックのテーマは『ジャックと豆の木』なの。そのための小道具よ」わたしは指で大きく円を描いた。「これを見ればわかるでしょう？」

「そういうことか。車体のあちこちからビニールの蔓《つる》が下がっている理由がわかったよ。ピクニックテーブルのそばの牛の模型も小道具か？」

「わかりやすいでしょう？」

「どうかな。だいいち、なんできみはチロルの農民みたいな格好をしているんだ。きみの恋人のマイク・クインはアルプス・オタクか？」マテオがニヤニヤしている。

「マイクのことを持ち出さないで」

「ふうむ……」マテオはわざとらしく、わたしの全身を上から下まで眺める。ひだ飾りのある白いブラウス、紐をきゅっと編み上げて締めるベスト、秋の収穫祭《オクトーバーフェスト》にふさわしいダーンドルスカート（ギャザースカート）の一つひとつを。「こうして見るとセクシーだな」

「からかっているの？」

「とんでもない。スタイル抜群の村娘がいる田舎の居酒屋には、誰だって行きたがる。きみの恋人の刑事《デカ》もそうさ、きっと。きみがビールジョッキを持って、胸の谷間をもう少し見せて、そのバブーシュカ（ロシア人の女性が頭を覆う三角のスカーフ）をむしって捨てれば、ほいほい来るだろう」

「むしって捨てたいのは、あなたよ」

「そうカッカしないで」マテオは、またもやわたしの服をしげしげと眺める。「誰かの扮装だな？　ヒットラーの愛人のエヴァ・ブラウンか？」

「ジャックの母親です」

「ではミセス豆の木、質問にこたえてくれないか。どうしてエスターは髪を蜂の巣みたいに盛りあげて楽器をくっつけているんだ？」マテオが指さした先には、ふくよかで魅力的なバリスタがエスプレッソマシンを操作してエスプレッソを抽出している。

「きこえましたよ！」エスター・ベストは角張った黒ぶちのメガネを押し上げ、マテオを指さす。「頭にハープを飾ってはいけないとでも？　シニョール！」

「それじゃこたえになっていない」

「エスターは魔法のハープに扮しているのよ」わたしが説明した。「都会をテーマにした壮大な物語の語り部にはエスターがぴったりだとみんなの意見が一致したのよ。ラップミュージシャンの彼氏も賛成したわ」

「ええ、ボリスのおかげでこのハープはちゃんと弾けるんですよ！」髪を高く盛った頭を傾げてエスターはキンキンとした音色の『オールドスモーキーの頂で』を奏でた。

マテオはあっけにとられている。「『ジャックと豆の木』にハープは登場したか？」

「娘が五歳の時に来る日も来る日もあの物語を読んできかせていたなら、忘れるはずないけどね」もうひとこと、つけ加えた。「あの頃、あなたは実質的にハワイで暮らしていたわ」

「あれは仕事のためじゃないか！」マテオは悲しげな表情を浮かべる。「ちょうどコナコーヒーがブームだった時期で、日本向けの取引をまとめるのにかかりきりだった」マテオは大真面目に反論する。

「あなたこそ、なにをカッカしているの？」

茶化してみたけれど、内心では後悔していた。父親としての務めを果たさなかったといまごろ責めるなんて、趣味のいいことではない。いまのマテオはわたしとジョイへの埋め合わせをじゅうぶんにしてくれている。現に、パリで料理の修業をしている娘のジョイと会う機会はわたしより多い。ごめんなさいと謝ろうとした時、甲高い悲鳴がきこえた。

わたしたち三人ははっと身構えた。すると店の最年少のバリスタ、ナンシー・ケリーがマダム・テスラの色鮮やかなテント小屋から転がるように飛び出してきた。そのままわたしに突進してくる。猛然と両手を振り、三つ編みにした髪がぴょんぴょん跳ねている。

「ボス！　ボスも絶対にマダム・テスラのところに行かなくちゃダメですよ。あの人は本物です。すごいです！」

マテオがにやりとする。「ほら、いった通りだろ？」

「なにもかもみごとに言い当てられてしまいました！」ナンシーはさらに続ける。「ボスが来てくれるのを待っているそうです。そう伝えてくれと頼まれました」

「無理よ！　やることが山ほどあるの」わたしはやりかけていたカウンターの拭き掃除に取りかかり、ひたすら手を動かす。

「ボス、顔が真っ青ですよ。どうかしたんですか？」

「なに、頭がどうかしてるだけだ」マテオだ。

「きかせてください」ナンシーがわたしの肩に触れる。「どうしてコーヒー占いをそんなに怖がるんですか?」

わたしはナンシーの目をじっと見つめた。「不吉なことが見えてしまうからよ」

「不吉なこと?」

「死よ。死が迫ってくるのが見えてしまうの」

3

「おおげさだな」マテオは首を横に振る。

「でも、事実よ。忘れたの？　あなたの死をわたしは予見したわ」

「だが死んじゃいない！」

「あやうく死ぬところだったでしょ！」

「こうして生きている」

　わたしとマテオは無言のまま睨み合う。ふとマテオが首を傾げ、エスターとナンシーのほうを指し示した。ふたりは目を丸くして元夫婦の喧嘩を見ている。

「子どもたちの前では、よそう」

　それもそうだ。ふたりのバリスタは興味津々の表情。もっとくわしく、とエスターが切り出しそうになったのでマテオは話題を変えた。ナンシーの頭が気になっているらしい。

「死といえば、なぜナンシーは鳥の死骸を頭にのっけているんだ？」

　ナンシーは凝った髪飾りに手をやる。「鳥の死骸じゃありません！　金の卵を産むガチョウです」

「きみが顔を金色にペイントしているのは――」

「金の卵だからに決まっているじゃないですか！　その目は節穴ですか？」

「きみは卵の扮装をして、ガチョウの帽子をかぶっている。で、ぼくの目は節穴か」

「ナンシーがやりたかったのは、金の卵を産むガチョウのほうで」エスターの解説だ。「でもガチョウの衣装でカウンターのなかに入るのは無理とわかったんです」

「だからこれで妥協したというわけです」ナンシーだ。

「ナンシーはききわけがいいのよね」わたしもひとことつけ加えた。

マテオが腕組みをする。「まさかぼくにジャックの扮装をしろと、いうんじゃないだろうな。こっけいな衣装はごめんだから――」

「ダンテがジャックに扮しているわ」わたしがいう。「どちらかというと、あなたのほうがジャックという人物像に近いけれど」

「なんだって？」

「同感です」エスターだ。「母親は未亡人、そして幼くして世の中を知った――」

「遠い土地に行って『魔法の豆』を手に入れる運命」ナンシーがつけ加える。

共通点はもうひとつあるけれど、それはわたしの胸にしまっておくことにした。

童話のジャックとマテオ・アレグロは、危険な相手にどっぷりはまってしまった。ジャックは巨人の妻に。マテオは、コカインに。夢中になってあやうく命を落としそうになった。

わたしはコーヒー占いで彼の死を予見していた。

マテオは奇跡的に死をまぬがれ、数カ月におよぶリハビリの末に、薬物の誘惑をようやく断ち切ることができた。以来十年あまり、彼は薬物とは無縁だ。二度と手を出さないようにと祈っているのは、わたしだけではない——彼の母親も、わたしたちの娘も心からそう願っている。

「豆の木の坊やと似ているかどうか知らんが、今日のイベント用の扮装なんてごめんだ」心底うんざりした口調だ。

「心配いらないわ。ダンテはよろこんでジャックになりきっているから」

「それに、わたしたちの牛からはふんだんにミルクが出ていますから、こちらもどうぞご心配なく」エスターが湯気の立つカップをカウンターに滑らせた。「ミルキーホワイト・ラテです」

「ジャックの牛にちなんだラテか?」

「ラテだけじゃありませんよ」ナンシーが自慢げにいう。「白雪姫のチョコレートモカ、シンデレラ・パンプキンケーキスクエア、それから——」

「おとぎ話にふさわしいメニューボードをみんなでつくったのよ」わたしが続けた。

マテオがあたりを見まわした。「メニューボード?」

「外に出ていない?」わたしはふうっとため息をついた。「ちょっと待って……」

メニューを書いた足つきの黒板はトラックの後部に入ったままだった。外に出そうとした時、ちょうど携帯が振動して着信を知らせた(わたしの場合はレッド・プリンセスのように太ももではなく、チロル風のスカートのポケットのなかで振動した)。両手がふさがっているので着信は無視し、トラックのドアをあけて狭いスペースから大きな黒板をおろした。

と、その時、目に飛び込んできたのは……ピンク色。

六メートルほど先にあるマダム・テスラのジプシー占いのテント小屋から若い女性が出てきた。

長身ですらりとした彼女は堂々とした足取りだ。一歩踏み出すたびに薄い布が何層も重なったスカートがふわふわと舞うように揺れ、キラキラと輝く。ごく薄手の生地で仕立てられたロングドレスはレッド・プリンセスが着ていたものとほぼ同じようだが、淡い無垢な色合いが彼女の上品な美しさを引き立て、ピンク・プリンセスは神々しく輝いている。ウェーブのかかった金色の豊かな髪は腰のあたりまで届き、海の青さを思わせる目はわずかにアーモンドの形を描き異国情緒を漂わせている。東欧出身の女性にはこれまで何人も出会ってきたが、たいていこういう顔立ちだった――いわゆる、タタール系の顔立ちだ。

彼女の友だちだというレッド・プリンセスから伝言を頼まれていたのを思い出して声をかけようとしたが、ピンク・プリンセスは耳に携帯電話を押し当てている。早口でしゃべり、かなり興奮している様子だ。泣いている?

やっぱり。これだから占いには関わりたくない。こんなにも感情を刺激されてしまうから……。

ずっと昔、祖母のナナと暮らしていた頃にも似たような光景を見た。一家でいとなんでいたイタリア食料品店の奥で、祖母は相談に訪れた人たちを占ってあげていた。二、三日に一度、近所の女性が目に涙をためて店に駆け込んできたものだ。そのたびに祖母は特別にコーヒーをいれて落ち着かせてやり、話をきき、そして占いを……。

そこで考えがとぎれた。

恐ろしく大柄な騎士の姿に気をとられてしまったのだ。さきほどコーヒー・トラックに立ち寄った騎士のひとりが、ゆっくりとコーヒーを飲みながらピンク・プリンセスを見つめている。

男性が女性を見つめるのは珍しいことではない。しかし、なにか変だ。テイクアウトのカップを持ち上げたまま、まったく動いていない。顔の下半分をカップで隠そうとしているのか。兜《かぶと》をかぶっているので目以外は隠れている。ピンク・プリンセスを執拗に追う陰気なまなざしは、獲物を狙う肉食獣のよう。

ぞっとして背筋が寒くなった。

足を踏み出そうとした瞬間、携帯電話がふたたび振動した。スカートのポケットから電話を取り出してみると、意外な相手からだった。

マイク・クインはこんな時間になぜ連絡を？

通話ボタンを押して電話を耳に当てた。視線をあげると、大柄な騎士の姿はすでになかった。

ピンク・プリンセスの姿も消えていた。

4

「マイク？　なにかあったの？」

「いや、すべて順調だ、クレア。ただ……とても残念だ。きみと子どもたちと過ごすのを楽しみにしていたのに」

「わたしもとても残念。それに、あなたが気落ちしているだろうと思って心配だった。そろそろ……」電話を持ち替えて、腕時計を見た。「バージニアに出発しなくてはならないんじゃない？」

「車に向かっているところだ……」

マイク・クインがワシントンDCの高層ビルの駐車場を大股で歩いているところを想像した。きれいに髭《ひげ》を剃っているだろう。砂色の髪は軍人みたいに短く刈り込んでいるはず。厳粛な場に出るため、おそらくチャコールグレーのスーツを着ているだろう。せっかくの真っ白なワイシャツは、使い込まれた革製のショルダーホルスターを装着しているためにシワになっているだろう。彼の青い瞳は冷ややかで、都会のコンクリートのようにそっけなく無表情だろう。けれども、葬儀の際には涙をこらえ、茫然としたまなざしとなるにちがいない。

しかし彼の同僚の誰ひとりとして、それには気づかないだろう。

いま現在の同僚は、という意味だ。

マイク・クィンはすぐれた麻薬捜査官として勲章を授与され、現在もニューヨーク市警のタスクフォースを率いる指揮官という立場だ。彼はもっぱらニューヨークで警察官としてのキャリアを築いてきた。その活躍ぶりが連邦検事の目に留まり、首都ワシントンへの出向を命じられた。

マイクを抜擢した検事は、それからまもなく進行性のガンと診断されて退任し、残念ながら数日前にガンとの闘いに破れた。そのため、わたしたちもやむを得ず週末の計画を変更したのだ。

「いっしょに仕事ができた期間は短かったけれど、あなたにとって尊敬できる上司だったんですものね。そこへいくと、新しい上司は――」

「その話題はよそう。とにかく、いまはやめておこう……」

(わたしも同感だ。金髪の猛女カテリーナのせいで何度ディナーと週末の予定をキャンセルしたことか。せめてマイクとのこの通話は彼女に邪魔されたくない)

短い沈黙を挟んでマイクの声がきこえた。「きみに頼みがある」

「お安いご用よ」

マイクがくすっと笑うのがきこえた。それから大きく息を吸い、おもむろに切り出した。

「ついさっきレイラが電話をよこした」

「あなたの元奥さまね」反射的にむかっ腹が立つのは自分でもどうにもならない。レイラという女性はどうにも虫が好かないのだ。相手もきっと同じだろう。

「レイラはいま、きみがいるおとぎ話の王国に着いて入り口のロープのところで待っている。開場前になかに入れてやることはできるだろうか」

「一般の人たちに先駆けて彼女を入場させる理由があるのかしら？」

「無理ならいい。どうしてもとは――」

「大丈夫よ、まかせて」

「ありがとう。すまない。恩に着るよ」

「その言葉さえきければ」

「感謝するよ、心から」彼が微笑むのが携帯電話から伝わってくる。つられてわたしも笑顔になった。が、そこで彼がひとこと付け加えた。「もうひとつ。頼みがある」

わたしは真顔になった。

「なにかしら」

「今日、レイラはシッターをいっしょに連れているはずだ。もし同行していなければ、子どもたちに目を配ってやってくれないだろうか」

「マイク、あなたの子どもたちは大好きだし、できる限りのことはやるつもりよ。でもね、子どもたちに関してはレイラの意向もあるし」

「最近の彼女は様子が変だ。約束の時刻にしょっちゅう遅刻する。子どもたちが友だちのところに遊びにいったり映画を観にいったりした時も、迎えにいくのを忘れる。少々心配だ。もしかしたら彼女は……」

「彼女は？」

「くわしいことは会った時に話す。明日、予定通りこっちに来るだろう？」

「もちろん。一刻も早く列車に乗りたいわ」

「とにかく、今日は力を貸して欲しい」

「いますぐレイラのところに行くわ」

「クレア」

「はい」

彼が声を落とす。「きみのことだ。疑問を抱いたらじっとしてはいられないだろう。だがレイラのことはそっとしておいて欲しい。いま彼女の身になにが起きていようと、放っておいてくれないか」

「なにを放っておくの？」

ピーピーという聞き慣れた音がした。マイクがSUVのドアのロックをリモコンで解除したのだ。「出発しなくては」少し間を置いてマイクが続ける。「レイラの存在は不快だろうが……わたしがきみを愛していることを忘れないでくれ」

「わたしも、あなたを愛しているわ」

「信じている」

5

メトロポリタン美術館の壮大な建物の裏手にレイラ・カーヴァー・クィン・レイノルズはいた。ここから広がる芝生には今日のフェスティバルのためにおとぎ話の王国が設けられ、入り口前にはベルベットのロープが張られている。

ロープの前にはすでに大勢の人が集まっている。マイクの元妻はわけなく見つかった。ほっそりしてしなやかな体つき、髪は真っ赤、肌はラテのミルクのように真っ白だ。メイクはプロ級の腕前、ボリュームのあるプラチナのジュエリー、ブランドもののスキニージーンズ、朝の冷気を防ぐための深緑色のカシミアのセーターコートという装いはじつにシック。

レイラのかたわらにはモリーとジェレミー、そしてペニーという名のかわいいコリーがいる。ジェレミーはリードを握り、ペニーはそれを思い切り引っ張っている。

レイラがアニーという若いシッターを雇ったことは数週間前にモリーからきいていたが、当のアニーにはまだ会ったことがなかった。彼女たちのそばにそれらしき若い女性の姿はなさそうだ。

レイラはチロル風の衣装をつけたわたしに気づいてパチンと指を鳴らした。そしてわたしを手招きする。公爵夫人が台所の下働きをするメイドを呼びつけるような態度だ。

わたしはぐっと奥歯を嚙み締めた。レイラの首の大ぶりのネックレスをつかんでそのまま首を絞めてやろうか。その光景がありありと浮かぶ。

いいえ、我慢よ我慢。大人げないふるまいは慎まなくては。

レイラたちを会場に入れる許可はすでに得ていた。フェスティバルの責任者として大忙しのサマンサ・ピールをつかまえて了承をとった。大切なのはマイクのふたりの子どもたち。あの子たちのことだけに集中しようと自分にいいきかせた。そんなわたしのもとにいち早く駆け寄ってきたのはコリーのペニーだった。ジェレミーがリードを放してしまったのだ。

わたしに向かってひと声吠えて尻尾を振っている小さなコリーは、以前にわたしとお出かけしたことをちゃんと憶えていたみたいだ。マイクとわたしは日曜日に子どもたちを連れ出して街を北上し、リンゴ狩りに出かけた。ペニーはきっと、あの時にわたしが分けてあげた焼きたてのアップルサイダー・ドーナッツも憶えているはず。

「ごめんね、今日はドーナッツはないのよ」白に銅色の柄のあるペニーを撫でてやりながらリードをまとめ、子どもたちに渡した。

十一歳のモリーは両手でわたしにぎゅっと抱きついてきた。かわいらしい顔立ちと真っ白な肌は母親そっくりだが、さいわい、かつてファッションモデルだった母親のつんけんした態度は受け継いではいない。

ニコニコとうれしそうなモリーの笑顔は、まだあどけない（最近つけるようになった歯の矯正器具がのぞいているのもかわいい)。肩まで伸ばした髪の色はわたしと同じで栗色がかったとび色。わたしと同じようにポニーテールにして、セーターと同じ明るい黄色のリボンをつけている。

娘のジョイが同じ年頃の時には、おてんばで男の子みたいなことをやりたがった。モリーは対照的にとても女の子らしくて、好きなものはバレエ、フィギュアスケート、ファッションだ。今日の装いもレモン色とクリーム色のプリーツスカート、タイツの色合いもそろえておしゃれだ。

モリーの兄、ジェレミーはブルージーンズにウィンドブレーカーを着ている。力強く張った顎、薄い茶色の髪、深い青色の目は父親譲りだ。十三歳になったジェレミーは父親の寡黙なところまで似てきた。

「クールな服だね、クレアおばさん」両手をポケットに入れたまま、ジェレミーがいう。

「それを説明する前に、まずはうちのコーヒー・トラックを見てもらいたいわ!」

豆の木を伝っておりてくる巨人をデザインした風船をダンテがつくったのだと説明すると、モリーとジェレミーは顔を輝かせた。本日のプログラムをふたりに手渡し、騎士の馬上槍試合のトーナメントがおこなわれることも教えた。NFLのスターたちも騎士に扮して登場する予定だ。

「すごい! 絶対に見たい!」ジェレミーがいう。

「わたしはお姫さまに会いたい!」モリーも負けじという。「アニーはピンク・プリンセスになるっていっていたわ！」

「あら、ピンク・プリンセス？」レイラはしびれを切らしたようにため息をつく。「モリーはシッターのアーニャのことを〝アニー〟とニックネームで呼ぶのよ」

「ということは、あのピンク・プリンセスはお宅のパートタイムのシッターと同一人物？」

「さすが、クレア。なんでもご存じだこと」レイラはわざとらしく目をみはる（片方の目にパンチを浴びせたい衝動を、われながらよく抑えたものだ）。

「お姫さまが十二人いるとアニーから教えてもらったの」モリーがいう。「アニーの大好きなロシアのおとぎ話と同じね。そのお姫さまたちは一晩じゅう秘密の舞踏会で踊り明かすの。そこには金の葉っぱ、銀の葉っぱ、ダイヤモンドの葉っぱの森があるのよ。『おどる十二人のおひめさま』というお話、知ってる？」

「いいえ」モリーにこたえてからレイラと向き合った。「確認させて、今日はシッターはいっしょではないのね？」

「あたりまえでしょ」レイラはフレンチネイルをした指先を見ながらこたえる。「だってここにはあなたがいるじゃないの」

なにもいい返せないうちに、チロル風のブラウスの袖をモリーに引っ張られた。

「クレアおばさん！　クレアおばさん！　地図のこの曲がりくねったところはなに？」

「それはランブルだよ」ジェレミーがこたえた。「カモがいるからオーク橋に連れていってやるよ」

「だめよ」レイラは厳しい口調だ。「ふたりとも、絶対にランブルには近づかないで。あの森は道が入り組んでいるし、今日のフェスティバルの会場ではないわ」

「カモを見たいなら、タートル池はどう？」わたしが提案した。「わたしたちのコーヒー・トラックはあの池のすぐ脇に停まっているわ」

「そうしなさい。さ、クレアおばさんといっしょにカモを見にいってらっしゃい。豆の蔓がからまったおかしなコーヒー・トラックもね。わたしはちょっと用事があるから」

モリーはわたしの手をぎゅっと握り、ご機嫌な表情で大きく振る。ジェレミーはフェスティバルのプログラムのすみずみまでじっくりと眺め、そのかたわらでコリーのペニーがしきりに尻尾を振っている。

「レイラ」ピンヒールのブーツでさっそうと歩き出した彼女を呼び止めた。「わたしは仕事で手が離せないの。それはご存じでしょう？」

「どうぞ楽しんでね」レイラは歌うような調子でそう言い残し、さっさと並木道を歩いていってしまった。デラコート劇場の方向だ。

なぜ、あんなほうへ？『マザーグースのお話』というショーが始まるまであと一時間半もあるというのに……。

ふと、マイクの警告の声がよみがえった。「レイラのことはそっとしておいて欲しい。いま彼女の身になにが起きていようと、放っておいてくれないか……」

「わかってる」ここにはいないマイクに向かってつぶやいた。「レイラのことはそっとしておくわ」

頭を切り替えてモリーとジェレミーをコーヒー・トラックに連れていき、ピクニックテーブルを囲む椅子に座らせてマグカップでホットココアを飲ませた。

そしてかんたんなメールをアシスタント・マネジャーのタッカー・バートンに送った。今週、タッカーは休暇をとっている。プロの俳優兼演出家という顔を持つ彼は、今日はたまたまデラコート劇場に来ている。いまは『おとぎ話の時間』の出演者たちとともに子ども向けのショーの準備をしている……。

マイクの元妻がデラコート劇場に向かっています。

彼女を見張ってください。

休日の割増手当を弾みます。

これでよし。勝手は許さないからね、レイラ。

わたしはにんまりしてスマートフォンをチロル風のスカートのポケットにしまい、仕事に本腰を入れようと気を引き締めた。と、その時、またもやこちらに突進してくる人物が目に入った。今度はいったい何事か。

「　クレア！　クレア・コージー！　力を貸して！」

6

猛然とこちらに走ってきたのは、フェスティバルの責任者サマンサ・ピールだった。髪の色はブルネット、見るからに精力的な中年の女性だ。社交界の名士で、抜群のリーダーシップで指揮官として皆を率いている。手にしているのは馬に当てる鞭《むち》ではなくバインダー。彼女の「作戦司令室」は片方の耳から突き出しているブルートゥースヘッドセット。これがフェスティバルで働く大勢のスタッフと彼女をつないでいる。

一流ブランドのサファリ・ジャケットのベルトをウエストできゅっと締め、長い髪は後ろでポニーテールに結んで戦闘態勢を整えている。膝丈の乗馬用ブーツで公園の草を踏みしめながら、彼女は風を切るような勢いでこちらにやってくる。隙のない出で立ちで今日のフェスティバルに立ち向かおうという意気込みが伝わってくる。張りつめた表情を見て、ピンと来た。この人は猛烈にカフェインを欲している！

「なにを用意しましょう？」

「白馬の王子さまを。大至急」

長年コーヒーのビジネスに携わっていれば、たいていの呼び名は耳にしている。「ベン・

フランクリン」（ブラックのアイスコーヒー）もあれば「リトル・リディア」（ラテのスモールサイズ）も。「オサマ・ビン・ラテ」（クアッドカプチーノ、つまりエスプレッソ四ショットにローケインシュガーを加えたもの）なんていうのもある。しかし、白馬の王子さまとは？

「悪いけど、白馬の王子さまの材料をくわしく教えてもらえるかしら？」

「材料は――」そこでサマンサが噴き出した。「そうじゃないのよ、クレア！　マニアックなコーヒードリンクが欲しいわけじゃないわ！　予定していた役者がひとり病欠すると連絡してきたの。それでSOSの緊急メールを発信したら、あなたのボスから返事があったのよ。それなら息子の――」そこでサマンサは手に持ったバインダーをヒョウ柄の布地に覆われた腰に当てて確認する。「マテオね？　その名前で合っている？　よろこんで代役を務めると、そういう話だったわ」

「つまり、その白馬の王子さまをマテオ・アレグロにやらせようというのね？」

「ええ、そうよ！」

わたしは即座に首を横に振った。「あきらめたほうがいいわ。マニアックなコーヒードリンクにしておいたほうがいいと思う」

もちろん、マテオは抵抗した。しかし母親の強い意向に逆らうのは、どだい無理な話。マダムがジュエリーのきらめく手をさっととひと振りするとともに、彼の運命は決定した。

上等な仕立てのジャケットをはがされて王家の紋章がついたシルクのチュニックを着せられ、ベルトもきっちりと締められた。

金色の王冠（素直にかぶった）と偽物の剣（よろこんで持った）はマテオには抵抗がなかったようだ（想定内）。しかし緑色のタイツだけは頑として受け付けなかった。そこで高級ブランド、ハウス・オブ・フェンのブティックのスタッフが革製の黒いズボンと膝丈のブーツを用意した。先が異様にとがったおしゃれ用ブーツだ。

マテオはコーヒー豆の調達のために過酷な自然条件の辺境を旅してきたばかりなので、王子さまどころか海賊船のフック船長の一味のような雰囲気を漂わせていた。けれど、こうして見ると肩幅が広くこんがりと日焼けしたハンサムな彼が、おとぎ話の王子さまに見えてくるから不思議だ。

フェスティバルには十二人のプリンセスがそれぞれ王子さまにエスコートされて登場する。幼い少女たちはまちがいなく魅了されるだろう。

「完璧ね」サマンサはべた褒めだ。彼女はわたしに耳打ちした。

「きっと〝ママたち〟もマテオに魅了されるわね」

絶賛されたばかりのマテオは、先のとがったブーツをいじくりまわしている。

「どうかしたの？　痛いの？」

「痛くて痛くて、泣けてくる」

やがて日が沈む夕刻を迎え、太陽がセントラル・パークの木々の向こうに隠れて見えなくなった頃、マテオがコーヒー・トラックに戻ってきた。またもやカウンターを指でトントンと叩いている。

「キルシュ酒の入ったブラックフォレスト・ブラウニーはないか？」

「今日はないわ」

「カルーアを使ったものは？」マテオが王冠をかぶり直す。「バニラブラウニーに渦巻き模様のチョコレートみたいなやつは？　コーヒーリキュールが入っていただろ」

「カプチーノ・ブロンディー？」

マテオがプラスチックの剣をひと振りした。「それだ！」

「それもないわ」

「アルコールが入ってるなら、なんでもいい」

「マテオ、この会場は子どもたちであふれ返っているのよ。アルコール入りのドリンクを出すはずがないでしょう？」

「朝からずっと、気難しいドラゴンや偏屈なトロール、きゃあきゃあ叫ぶ子どもたちの相手を務めたんだから、成人としてアルコールを要求する権利があるはずだ」

「気の毒だけど、あなたにはしらふという呪いがかけられているのよ、白馬の王子さま。少なくともあと一時間は、呪いは解けないわ」

「ボス！　先住民が騒いでいます」エスターが指さした先を見ると、コーヒー・トラックの前が人で埋め尽くされている。「ただの子どもなら、ひとまずセーフです。もっと獰猛《どうもう》な場合は、わたしたちはひとたまりもありません！」

わたしはマテオを真正面から見据えた。「わたしたちのジンジャーブレッド・クッキー・スティックをもらおうと集まっているのよ。ちゃんと全員に渡してね。放送で流したのよ、ここでプレゼントすると」

「ピンク・プリンセスが来てからだ」彼が腕時計をトントンと叩いて示す。「彼女は遅刻している」

「中世の王子さまがブライトリングの腕時計に頼るなんて。時間を確かめるなら日時計とか砂時計でしょう。魔法の鏡にきくのもいいわね」

「白い粉の入ったコンパクト型の魔法の鏡を用意してくれれば、使ってもいいぞ」

「悪い冗談はやめて」

「エスプレッソティーニを出してくれたら、ぼくはどこかに消えるよ」

「お断わりします。あなたがいないとクッキー・スティックを配れないわ」

「われわれ王子には守るべき作法がある。お姫さまが口上を述べてからでないと、なにひとつ手渡せない。一流デザイナーが手がけるドレスには、それなりのマーケティング戦略が仕掛けられているってことだ。ハウス・オブ・フェンがこの催しのスポンサーに名を連ねて資金を出したのは、しかるべき理由がある」マテオは腕時計でもう一度時間を確認し、コーヒー・トラックの前の人だかりに視線を移す。「アーニャらしくないな」

「アーニャ？」

「ピンク・プリンセスのことだ」

「それはわかっているわ」わたしは怪しむような表情でマテオを見た。「彼女とファーストネームで呼び合う仲とはね」

「一日の大半、ペアを組んで過ごしたからな。かわいい子だ。おとぎ話の世界がよほど好きらしい。なにを見てもうっとりするんだ」

「まさか、あなた変な気を起こさなかったでしょうね。彼女はパートタイムのシッターとして――」

「お、サマンサが来たぞ」マテオが指さす。「彼女がアーニャを配置換えしたのかな。どう思う？」

サマンサ・ピールはこの十時間、ひっきりなしに起きる問題の処理に追われて消耗していたが、マテオから状況をきくやいなや、耳に装着している魔法のブルートゥースに向かってしゃべり出した。

「ビッツィー、ピンクはいったいどこ？……彼女が電話に出ないなら、友だちのレッドに連絡してみて。たぶん、ふたりはいっしょよ」

「クレアおばさん！」

振り向くと、モリー・クィンが目をキラキラさせてわたしを見上げている。

「アニーはもう来ている？」

「いまさがしているところよ」

「秘密の舞踏会で踊る十二人のお姫さまのお話をアニーにしてもらいたくて、一日中楽しみにしていたの。わたしの大好きなお話なの。わたしだけのためにお話ししてくれるって約束してくれたのよ」

モリーの前髪を撫《な》でてやる。「アニーはモリーが大好きなのね」

「ジェレミーのこともね。アニーは先生になりたいんですって。その学費のためにうんとたくさんお金が必要なの」

うんとたくさんのお金。妙な話だ。ニューヨーク市立大《CUNY》やニューヨーク州立大《SUNY》など、大金をかけずに学位を取得している若者はたくさんいる。けれども、いまはその話題には触れないことにした。それよりもジェレミーのことが気になる。

「お兄さんはどこ？　姿が見えないようだけど」

モリーは親指を立てて野球場を指す。人が大勢集まっている。端のほうにマイクの息子の姿が見えた。小さなコリー犬のペニーを木にじゃれつかせている。

「お母さんは？」

意外にもモリーが肩をすくめる。

「お母さんの居場所を知らないの？」

「ママとはお城のところで会うことにしていたの。騎士が馬に乗って槍で戦うのを見た後でね」

「エメラルド・プリンセスがいまこちらに向かっているわ！」サマンサが叫んだ。ほっとした表情だ。

「これで安心」エスターは大勢の人だかりを見ながらつぶやいた。「群衆ってやつは厄介なものだから」

その時モリーに袖を引っ張られたので、かがんで目線を合わせた。モリーが小声でわたしに耳打ちする。

「エメラルド・プリンセスは嫌い。カエルの王子のお話ばかりするの。それも、でたらめばっかり」

「わかったわ。でも、しばらくここを離れないでね」モリーを説得しなくては。「ひとりでフェスティバル会場を動いて欲しくないの」

「アニーのほうがずっとすてきよ。今日は四つもお話をしてくれたわ。バーバ・ヤーガ（スラヴ民話に登場する妖婆）の話も。鉄の歯で子どもを食べてしまう魔女よ。森のなかの小屋で暮らしていて、その小屋には鶏の足がついているの。だからきっと、チキンナゲットのスタンドでバーバ・ヤーガの話をしてくれたんだわ」モリーがくすっと笑う。「それから霜の大王のお話も。フローズンヨーグルトのトラックでお話ししてくれたわ。クレアおばさんは知っている？」

「どんなお話なの？」

「ある女の子が霜の大王にやさしくしたら、宝物と毛皮の外套《がいとう》をもらったの。でも別の女の子は霜の大王に冷たくして凍らされてしまったの！」モリーはその結末をわくわくした口調で語った。

エメラルド・プリンセスがこちらに駆けてくるのが見えた。緑色のスカートをまくりあげて、お姫さまらしからぬ姿で走ってくる。

「ねえモリー、お菓子を配り終えたら騎士を見にいきましょう。ジェレミーもいっしょにね。それからあなたたちのお母さんをさがしましょう」

わが子の世話を放り出すほど重要な用件があるなら、それがなんなのか突き止めなくては！

モリーはあまり乗り気ではなさそうな反応だ。それに気づいていたのに、忙しさにまぎれてそのままにしてしまった。手を貸してくれと呼ぶエスターにこたえて、ラップで覆っていたお菓子のトレーを運んだ。

モリーがいった通り、エメラルド・プリンセスのお話はかなりいいかげんだった。話の後、『豆の木』をイメージした砂糖衣がけのジンジャーブレッド・クッキー・スティックと袋入りの『魔法の豆』(チョコレートコーティングしたレーズンだ)をマテオ王子が一人ひとりに手渡した。マテオ目当てにお母さんたちがどっと押し寄せたのは、いうまでもない。すべて首尾よく運んだ。大にぎわいの後、人の波はあっという間に引いていった。

そしてモリーとジェレミーの姿もなくなっていた。

7

「マイクの子どもたちを見かけなかった？」マテオにきいてみた。「騎士を見に連れていくといってあったのに」

「馬上槍試合《ジョスト》なら十五分前に始まった。最初から見たくて先に行ったんじゃないか」

マテオが最後までいい終わらないうちに、わたしは携帯電話を取り出してジェレミーにかけてみた。出ない。しかたがないので至急連絡するようにとメッセージを残した。

「クレア、どうした？」

「マイクに、今日一日子どもたちから目を離さないで欲しいと頼まれていたの。いっしょにあのふたりをさがしてくれる？」

「もちろんだ。行こう……」

おとぎ話の村は色とりどりで音楽にあふれ、明るくてにぎやかなパフォーマンスがそこここで繰り広げられている。淡い色合いの衣装のプリンセスは王子さまとともにそぞろ歩き、技を披露する曲芸師の周囲には人の輪ができ、アートやクラフト、人形劇、カーニバル・ゲームを楽しめる虹色のテントにはひっきりなしに家族連れが訪れている。

なにかが衝突するような大きな音がしたので、思わず振り返った。グレートローンと呼ばれる広大な草地で、甲冑を身につけた騎士が黒い馬から振り落とされた。白馬にまたがった勝者は槍を高く突き上げて喝采にこたえる。

「本物の馬を使っての一騎打ちなのね！」

「彼らはプロだ。ニュージャージーの〈肉の騎士団〉というテーマパークみたいなレストランで実演している」笑顔を浮かべた道化師から手渡されたパンフレットをマテオがわたしに差し出す。「夜のショーは週に六回、土曜日にはブランチつきのマチネーあり」

一騎打ちのアリーナの周囲では何百人もの子どもたちが身を乗り出さんばかりにしてお気に入りの騎士に声援をおくっている。有名なプロフットボール選手が六人、ピカピカの金属製の甲冑姿でポーズをとって写真撮影に応じている。

人だかりのなかを歩き回ってさがしたが、モリーもジェレミーも見つからない。

「きっと母親を見つけて三人で家に帰ったんだろう」マテオがいう。

「だといいけど」

念のためにレイラに電話してみた。応答がないのでメッセージを残した――緊急の要件とはいわず、折り返してくれと吹き込んだ。

コーヒー・トラックに戻ると、そろそろフェスティバルがはおひらきとなる時刻が近づいた。会場内の人の姿はすっかり少なくなり、公園内の灯りが瞬いている。

何度も携帯電話をチェックした。

着信はない。レイラからもジェレミーからもメッセージは入っていない。

どうにも落ち着かない気分でコーヒー・トラックのなかに乗り込んでみると、なぜかナンシーしかいない。

「みんなは？」

「ダンテは夜のシフトに入るために店に行きました」

「エスターは？」カウンターを見ると、エスターのハープの髪飾りが置きっぱなしだ。

「さっきまでここにいたんですけど、タッカーがマダム・テスラのテント小屋に駆け込むのを見て、テントに入っていきました。あんなにいそいでなにを占ってもらうのか確かめるんだといって――仕事運か恋愛運か」

わたしがいそいでトラックの後部のドアから出ようとすると、ナンシーがたずねた。

「ボスまで、どこに行くんですか？」

「確かめにいくのよ！」

わたしが確かめたかったのはタッカーの「仕事運」でも「恋愛運」でもない。知りたかったのはレイラのことだ。

8

今朝レイラが歩いていった先のデラコート劇場には、たまたまタッカーがいた。レイラが子どもを放り出してまで行く用事とはなにか、タッカーは見ているかもしれない。それを確かめなくては。

占いのテント小屋の前にエスターがいた。入り口のドアの代わりに引かれたカーテンの前で中腰になって片方の耳をカーテンに当てている。

「なにをしているの？」

「立ち聞きに決まっているじゃないですか」

「ほかの人の占いを盗み聞きするなんて、よしなさい。プライバシーの侵害よ」

「国家安全保障局《NSA》の任務だと考えれば許されます」

「エスターったら――」

「まあ落ち着いて。タッカーの占いの結果も、わたしみたいに踏んだり蹴ったりなのか知りたいだけです」

「よくなかったの？」気になってわたしもカーテンに近づいた。「どんな結果だったの？」

エスターがにやりとする。「プライバシーの侵害、じゃないんですか？」

「そうね。でもあなたのことが心配だから」

「恋愛運です」エスターが顔をしかめる。「前途多難ですって」

「それだけ？」

「それだけって、そりゃわたしは〝i〟を書く時に点の代わりにちっこいハートを描くような女子じゃありませんけど、ハートはありますよ。ボリスはわたしにとって世界そのものなんです」

「わかっているわ。でもね、そもそも恋愛は前途多難の連続よ。占いの結果を深刻に受け止めるのは考えものだと思う。それがいいたかっただけ。さあ、トラックに戻ってナンシーといっしょに撤収作業をしてちょうだい。わたしはタッカーに用事があるから」

（用事の内容がＮＳＡの任務に似ていなくもない、という事実はもちろん伏せた。わたしが依頼した監視任務はエスターの動機よりも少々深刻だ。マイクの子どもたちの身の安全がかかっているのだから）

カーテンをあけてテントのなかに入った。コーヒーのアロマと香料の濃厚なにおいが一気に押し寄せてくらくらした。

「入りますよ！」

笑い声が突然止んだ。そしてささやき声がしたかと思うと、しんと静かになった。

テントのなかは、ろうけつ染めの布で仕切られて、メインルームと狭い待合室のスペースが設けられている。わたしがいま立っているのは待合室だ。ここで受付係が客を迎える手はずになっていたのだろう。しかし、受付係の女性はすでに引きあげたようだ。待合室のスペースにはドイリーをのせたテーブルと額がひとつ。その額にはこう書かれている。


魔法のコーヒー豆で占います。

チケット代として20ドルのご寄付をお願いいたします。

利益はすべてセントラル・パーク保護基金の活動資金となります。


「こんにちは！」もう一度呼びかけてみた。

今回は反応があった。不気味な声がおどろおどろしく響いたのだ。

「お入りなさい。マダム・テスラとの対話をお望みならば！」

あら、かなり本格的な感じ……。

とたんに占いへの嫌悪感が湧いてきたけれど、それをなんとかこらえて壁代わりの布に沿って移動し、占い部屋に入った。そこは薄暗い灯りがともされていた。

9

白いレースがかかったテーブルにロウソクが一本ともっている。その向こうには老女の姿。キラリと輝くスミレ色の瞳は神秘的な知恵を授けてくれそうな気配を漂わせている。

多色づかいのゆったりとした服を身にまとい、海賊が略奪した宝物を全部つけたのかというくらい大量の腕輪とネックレスで飾り立てた女占い師。内巻きスタイルの銀髪がロウソクの光に輝き、月と星をかたどったジャラジャラとしたイヤリングは細い肩につきそうなほど長く垂れている。

「いらっしゃい。あなたも真実を知りたくて来たのね……」マダム・テスラはジュエリーで飾り立てた片手をあげて手招きする。「今日はとても霊感が強いのよ。あなたのどんな未来を見られるかしら」

「きっとなにも見えませんよ」きっぱりという。「占ってもらいたくて来たわけでもありませんし」

「まあ、それは残念。わたしの占いは大好評だったのに！」

マダム・テスラを演じていたマテオの母親が素に戻ってにっこりする。今日はマダム・テスラになりきっているけれど、ふだんのマダム・ドレフュス・アレグロ・デュボワはビレッジブレンドのオーナーであり、八十代のこの女性はわたしの雇い主なのだ。

結婚して最大の収穫はよき姑にめぐまれたこと、という女性は少ないかもしれないけれど、わたしは自信をもってそう断言できる。

田舎育ちで若くて世間知らず、しかもお腹に子を宿していたわたしを、マダムは母鳥がヒナを守るように大事にしてくれた。わたしは十九歳までに学校の図書館の本をすべて読破していた。奨学金を得て、美術史を学ぶためにイタリアに渡った。けれども、さまざまな意味でわたしは賢い人間とはいえなかった。

美術の勉強をドロップアウトしたわたしにマダムは、知恵と忍耐強さでニューヨークというモンスターのような街で生き延びて成功する方法を伝授してくれた。さらにコーヒーのビジネスについて知る限りのことをわたしに教え、天職ともいえる仕事に導いてくれた。おかげでわたしの人生はどれほど豊かになっただろう。

マダムは幾度も逆境を乗り越え、人生を切り開いてきた。いくたびも悲運に見舞われ、戦争で家族を失っても、心から愛した夫——マテオの父親——と人生の半ばで死に別れても、立ち上がってきたのだ。

苦労を知り尽くしているマダムは、グリニッチビレッジの人々——昔から流れ者、アウトロー、社会に適応できない者、異端者、自由な精神の持ち主、自由な思想の持ち主がこの土地に集まってきた——を親身になって世話してきた。

マダムからは仰天エピソードが続々出てくる。これまでも、そしていまも。

「今日は、ある人物からインスピレーションを得たキャラクターを演じてみたのよ。誰だかわかる？」

「見当もつきません」

「元トルコ国連大使夫人、アルマよ。コーヒー占いの術は彼女から伝授されたの」

「まあ」

「とても賢い人だったわ――いろいろな意味でね。それに加えて人の心をつかむ術に長けていた」

「それは知りませんでした。ともかく今日のマダムの演技は大当たりでしたね」

「フェスティバルの会場でも大好評でしたよ！」いきなり暗がりから大きな声がした。

ロウソクの光のあたる場所に飛び出してきたのは、タッカー・バートンだった。わたしは腰を抜かしそうになった。

「それに見てください、このピクルスの大瓶を！」タッカーは手に持った巨大な瓶を振ってみせる。「マダム・テスラのチケットがぎっしり詰まっています！」

タッカーはまだ舞台の衣装のままだ――最後の出し物は『ハーメルンの笛吹き男』か、長身で髪がもしゃもしゃのサンタの妖精か、そんなところだろう。

「どうして隅に隠れたりしていたの？ ピクルスの瓶を持って」

「隠れるようにいったのは、わたしよ」マダムだ。「フェスティバルのくじ引きのために夕ッカーがチケットを回収に来たのよ。そのついでに、ちょっとおしゃべりしていたの。そうしたら——」

「ちょうどボスが入ってきたので、マダムは占いの腕前を披露しようと思いついたわけで。わたしはお邪魔ですからね」

一刻も早くタッカーにレイラのことをききたい。でもエスターにあんなことをいった後だけに、少々気がとがめる。

「ねえ、タッカー……」言葉を選びながら切り出した。「わたしからのメール、見てくれたかしら？」

「ええ、届いてました。ただ、見たのはけっこう遅くて。通し稽古の真っ最中に届いたんでしょうけど、携帯の電源を切っていたもので」

「例の頼み事は？」

「ええ、まあ……例の人物は見かけました。デラコート劇場で人と会っているところを」

「人と会っていた？」思わずきき返した。

タッカーはなかなか口をひらこうとしない。迷っているのではない。あきらかに怯えている。「その件については、また後で」

「後で？」マダムの声は、あきらかに不満げだ。「いったい何事？」マダムがわたしを見据えた。

わたしも知りたい。タッカー・バートンはゴシップに目がない。タッカーにとってわたしとマダムは信頼のおける相手のはず。それなのになぜ怯えるのだろう。マイクの元妻はなにをしていたの？

「こ・ん・に・ち・は！　ミスター笛吹き男はいますか？」

返事をする前に、タッカーのボーイフレンド、パンチがテントのなかに飛び込んできた。派手に羽毛が舞う。彼はこの街で指折りのドラッグ・パフォーマー（女装して演じる役者）で、タッカーが手がけた最新のキャバレーショー『グース！』の主役を演じて大絶賛された。

満員の観客の喝采を浴びたパンチは、秋のおとぎ話フェスティバルにおこなわれる子ども向けのショー『おとぎ話の時間』で「マザーグース」の役に抜擢された。ショーは今日デラコート劇場で幕を開けた。彼が演じる役は尻もちをついて笑いをとったり、離れ業をしたり、大声で歌ったりと盛りだくさんで、これを年配の女性ではなく、細くしなやか、かつ強靭な肉体のヒスパニック系俳優が灰色のカツラをかぶり、巨大なペチコートでスカートをふくらませたフランス風の羽根だらけのドレスで演じるものだから、とにかくおもしろい。

「くじ引きに使うマダム・テスラのチケットを至急回収するように、いわれてきました」パンチは恋人のタッカーにも伝言を伝えた。「ＶＩＰがお呼びだ」

「ＶＩＰ？」

「歩きながら説明する。さあ、行こう。そのハーメルンの笛吹き男のピッコロを吹いたら、ついてくる？」

タッカーが顔を赤らめている。「すみません、ＣＣ。行かなくては……」

ふたりが行ってしまうと、マダムは指輪がキラキラ光る手で椅子を指し示した。ちょうどマダムと向き合う位置だ。

「お座りなさい。少し疲れているみたいね」

「わたしも、もう行かなくては」

「せめてマテオの新しいコーヒーを味わってからにしたら……」マダムがカップに注ぐ。土の香りのアロマに、たちまち魅了されてしまった。今日はほんとうに長い一日だった。思わず、立ったままカップを手にとった。

「マテオは絶妙な加減でローストしていますね」ひと口味わってみる。「彼のいっていた通りだわ。この豆はエチオピアらしい鮮やかな風味とはまるでちがっている」

「どんな味わいを感じる？」

「ほろ苦いチョコレート、プラム、ワイン、クローブ……それから」さらにひと口味わう。

「ある種のスパイス……」

わたしはコーヒー豆をローストするプロだ。味覚には自信がある。即座に味の正体をいい当てることができないなんて、めったにない。それがどうにも歯がゆくて、さらにコーヒーを口に運び、謎の風味の正体を突き止めようとした。

「マテオの話では、アフリカで月明かりのもと、フライパンでローストしていれたこのコーヒーを試飲し、全収穫量の半分を買い付けたそうよ」

「ええ、そうきいています」奇妙なスパイスの正体はまだ突き止められない。二杯目を注ごうとするわたしをマダムが制した。

「占いをする気はほんとうにないの?」

「ええ、全然!」おかわりを注ごうとしてポットを持ち上げた拍子に、中身がこぼれて真っ白なレースに黒っぽい液体が点々と散ってしまった。「まあ、どうしましょう。ごめんなさい……」

「いいのよ、気にしないで。疲れているようね。少し休んだらいいわ。コーヒーを飲んだらきっと落ち着くでしょう。わたしは着替えてくるわね」マダムは立ち上がった。「着替えはコーヒー・トラックに置いてあるのよ。さあ、お座りなさい。足をあげるといいわ……」マダムは椅子を二脚つけた。「目を閉じて少しでも仮眠をとりなさい。そうすればきっと落ち着くから」

仮眠をとるつもりなどなかったけれど、ともかく腰をおろした。コーヒーを飲み終える頃には、チロル風の靴のまま足を椅子にのせてしまった。ちょうどそこに、女の子の声がした。

「クレアおばさん、そこにいるの?」

モリー?

10

「クレアおばさん、ママが見つからないの！」

マイクの娘は半狂乱の形相だ。ジェレミーは怯えた表情を浮かべている。モリー、そして
ジェレミーの順番でなかに入ってきた。ジェレミーはペニーのリードを握っている。

わたしは立ち上がってふたりを抱きしめた。「どこでお母さんをさがしたの？」

「ベルヴェデーレ城に行ってみた。そこに行くようにとママにいわれていたから」ジェレミーがいう。

「でも、ママはいなかったの！」モリーが泣きじゃくる。

「わかったわ。落ち着いて。いっしょにさがしましょう……」

ふたりといっしょにテントを出た。ふたりはわたしの先を進んでいく。ほんのわずかなあいだに、あたりはすっかり暗くなっていた。公園内はとりわけ暗く感じられる。マイクの子どもたちはふたたび城へと向かう。

「もっとゆっくり歩いて！　追いつけないわ！」

ふたりは歩調をゆるめようとしない。かまわず先に行ってしまう。丘の頂までのぼりきる

と、城がそびえている。子どもたちはすでに城の向こう側の石段へと駆け出している。その石段を下までおりて、土の道を歩き出した。このあたりの道の先には――。

まずい……。

「モリー！　ジェレミー！　戻って！　そっちに行ってはだめよ！」

ランブルのなかは昼間でも迷いやすい。夜になれば、うっそうと生い茂った木々と迷路のように入り組んだ道のせいで、方向感覚が完全に失われてしまう。なんとか追いつこうとしたが、マイクの子どもたちは異様なほどのスピードで行ってしまう。

街灯がポツンポツンと立って道を照らしている。しかしまばらで間隔も広くあいている。光のなかに子どもたちの姿があらわれたかと思うと、あっという間に見えなくなる。黒い怪物に呑み込まれてしまうみたいに。そして――。

しまった！！！

ふたりの姿がまったく見えなくなった。とうとう見失ってしまったのだ！

細い道が二手に分かれている。どちらも両側から枝が突き出して、深い森のなかへと続いている――一方の道は上へとのぼってゆき、もう一方は下り道だ。

どちらに行けばいいの？

わからない。焦るばかりで涙があふれる。なんとかして手がかりを見つけようと必死で目を凝らした。と、光が射した――文字通り、明かりだ。

チカチカと瞬く光は、下っていく小道の先のほうに見える。懐中電灯？　誰かが助けを求めて合図しているのだろうか？　土の道をいそいで駆けつけると、不可解な光景が広がっていた。

オークの巨木から信号機が吊り下がって行く手をふさいでいる。信号機は『迂回橋』という文字をチカチカと点滅している。

「クレア……」

誰かがわたしの名前を呼んでいる。道から外れたところで、枯葉が砕ける音がし、枝が動くのが見えた。そしてピンク色のきらめき。

節くれ立った二本の木のあいだに、ほっそりした女性が背中をこちらに向けて立っている。木々の黒々とした幹と紅葉した葉を背景に、その女性が身につけているドレスが発光しているようにきらめいている。

女性がこちらを向いた。

「レイラ！」

わたしが名前を呼ぶと、マイクの元妻は駆け出した。

「待って」わたしは叫びながら彼女のあとを追って道を外れて森のなかに駆け込んだ。「子どもたちがあなたをさがしているわ！」

茂みがいよいよ深くなるが、ひたすら進む。すると地面が崩れた。流砂にはまってしまったみたいに動きがとれない。必死で進もうとするが、足をとられて動けない。ふいに――。

猛烈な寒気におそわれた。

気温が急激にさがって震えてしまう寒さではなく、身体の内側からじわじわと冷たくなり全身を凍らせていくような感覚だ。

なにかが不気味に迫ってきている。見なくても、それを感じる。相手の正体はわからない。ただ、自分が危機に瀕《ひん》していることはわかる。

恐怖に震えながら見ていると、しだいに輪郭があらわになってきた。真っ黒なものが人の形をとり、さらに変形してぐにゃぐにゃとなり、奇怪な動物の形となる。

悲鳴をあげそうになった瞬間、どこからか悲鳴がきこえた。

「助けて！　助けて！」

わたしは椅子から転げて床に落ちた。

これはいったい――。

尻もちをついたまま目をごしごしとこすった。いつのまにか、わたしはランブルではなくマダム・テスラの占いのテント小屋に戻っていた。腰掛けていた椅子はひっくり返り、空っぽのコーヒーカップがかたわらに転がっている。

「助けて！　助けて！　お願い！」

森にいたと思ったのは幻想だった。が、悲鳴は夢のなかできいたのではない。本物だ。

がばっと立ち上がり、テントを飛び出して芝生へと駆け出した。

11

助けを求める悲鳴をききつけた人が集まってきている。皆、衣装や着ぐるみのままだ。おとぎ話の王国の住人たちが十数人、コーヒー・トラックの前に人だかりをつくった。ジャック、ジル、マフェットお嬢ちゃん（丘に座っていない状態）もいる。そのあいだを肘でかきわけて進んだ。

おとぎ話の登場人物たちに囲まれていたのは、マイク・クィンの元の配偶者。わたしの元の配偶者と抱き合っている。

「どういうこと？」わたしは叫んだ。

マテオが一歩後ろに下がり、レイラがわたしと向き合う。トパーズを思わせる目に涙が浮かんでいる。

「モリーとジェレミーがどこにもいないのよ。お城で待ち合わせていたのに。ふたりが姿をあらわさなかったから、どこもかしこもさがしてみたわ。でも見つからないの！」

レイラは王子の扮装をしているわたしの元夫のチュニックに顔を埋めた。

いきなりパンチを浴びせられた気がした、子どもたちが消えた。都会の公園で。夜の訪れとともに。しかも、ふたりとも〝マイクの子ども〟なのだ。

「電話をしてみた？」

「なにいっているのよ。モリーは電話なんて持っていないわ」

「ジェレミーは持っているでしょう！」

「わたしが取り上げたから、持っていないわ」

「なんですって？」

「息子は二日前に電話をこっそり学校に持っていったのよ。校則で禁じられているのに」

「そんなことマイクからはきいていないわ！」

「だって彼に話す時間なんてなかったんだもの」

握った拳に力を入れすぎて、爪が手のひらに食い込む。「レイラ、ジェレミーが電話を携帯していたなら、連絡がとれたはずよね」

「怒鳴らないでよ。あの子たちはわたしの子よ。あなたに関係ないでしょ」

「あの子たちの父親とは無関係じゃないわ。電話を取り上げる前に、なぜ相談しなかったの」

レイラは真っ赤な髪を振り乱し、甲高い声を出した。「いまさらそんなこと、どうだっていい。あの子たちが見つからないの。あなたのせいよ。わたしのせいじゃないわ。モリーとジェレミーをあなたに預けたわよね。面倒を見るっていったわよね！」

わたしとレイラのあいだに筋肉の塊が立ちはだかった。「いいかげんにしないか。いい争ってもなじり合っても、いなくなった子どもたちは見つからない」

レイラがマテオをきっと見据えた。「コリーもいっしょよ」

「わかった。じゃあ、ふたりの子どもと小さな犬だ」

レイラが警察に通報してくれと訴えると、人垣のなかからチェシャ猫がニヤニヤとした顔のままで進み出て、すでに九一一番に連絡したと伝えた。

(チェシャ猫に扮しているジェームズ・エリオットのポルトベロマッシュルーム・バーガーは『不思議の国のアリス』のテーマにぴったりで、鮮やかなオレンジ色のサンドイッチ・トラックの上に、水煙草をふかす芋虫のバルーンまで載せるという凝りようだ)。

一分もしないうちに電動カートに乗って警察官がふたりやってきた。さらにその向こうからニューヨーク市警のパトカーが野球場の周囲の細い道を通って近づいてくるのが見える。

サマンサ・ピールはトレードマークのようなブルートゥースを装着したまま到着した。ネイビーブルーのブレザーを着た男性が同行している。顎髭が特徴のこの人物は、このフェスティバルの法律顧問だ。

警察官たちは誠実に、そして無難に職務を果たしている。まだ誘拐事件発生の速報システム《アンバーアラート》は発令されてはいない。つまり通常の範囲内の対応だ。レイラを落ち着かせ、基本的な手続きを開始した。

サマンサが率いるスタッフたちにはスマートフォンを通じて注意を呼びかけ、拡声器からは「ジェレミーとモリー、コーヒー・トラックまでお越しください……」というアナウンスが流れた。いっぽう、レイラは自宅の高級アパートのドアマンと子どもたちの友人に連絡をとるように指示された（その甲斐もなく子どもたちの消息はつかめなかった）。ついに警察が本格的な捜索に乗り出すことになった。フェスティバル会場全体、そして会場の入り口に隣接する美術館の敷地をさがす。見つからないようであれば、さらに捜索範囲を広げる。

チェシャ猫、帽子屋、ジャックとジル、白雪姫に登場する小人、くまのプーさん、ちいさな羊飼い（羊をさがすのに苦労している彼女は、とても親身な様子だ）が協力を申し出てくれた。警察官が捜索方法についてくわしく説明するのをきいているうちに、どうにも落ち着かない気分に襲われた。

マダム・テスラのテントで見た短い夢にはマイクの子どもたちが出てきた。子どもたちを追いかけていった場所は、いま警察が捜索範囲に指定している場所とはまったく違う。

それがひどく気にかかる。が、だからといってどうしたらいいのか。コーヒーハウスのマネジャーが仮眠中に見た夢を手がかりにして対応策を講じろと警察に談判するのか？

じっさいにはモリーとジェレミーの居場所に関して、わたしにはなにも手がかりがない。公務に携わる貴重な人材と時間を浪費させるような真似はしたくない。

それでも、あの夢はあまりにもリアルに感じられた。頭のなかから追い払うことができない……。

残る解決法はひとつ。だが、まずはマイク・クィンに電話して真実を伝えてからだ。それを避けて通ることはできない――。
わたしは愛する人の信頼にこたえられなかった。

12

最初の呼び出し音でマイクが出た。いまの状況を知らせると、彼はたちまち警察官のモードに切り替わり、次々に質問を浴びせた。警察の対応、担当警察官の名前、捜索の手順など矢継ぎ早にたずねた。

「こんなことになってしまって、ごめんなさい。最近のレイラは様子が変だとあなたに忠告されていたのに。子どもたちに気を配るようにあなたに頼まれたのに。わたしの注意が足りなかったばかりに」

「いや、きみのせいでは――」

「あなたがなんといおうと、わたしは責任を感じるの」

「最後までいわせてくれ。きみが責任を感じる必要はない。当然だ。すべてはわたしのせいだ」

「いったいどうしたら、あなたのせいになるの？　ここから六百キロ以上も離れたところにいるのに」

「まさにそのせいだ」

わたしはぎゅっと目をつぶって大きく息を吸った。「かならずあの子たちを見つけるわ。約束する」

「わたしも行っていっしょにさがす」

「着くのは明朝ね」

「もう出た。車のなかだ。ワシントン・ダレス国際空港発の便の予約ができなければキャンセル待ちをする。いつでも電話をいれてくれ、いいね？　通じなければ飛行機に乗っているということだ。電話はできるだけ早く折り返す……」

いったん別れを告げて電話を切ると、わたしは空を見上げた。真上の空は一段と暗く見える。地上付近がマンハッタンの光で紫がかった不気味な色に染められているのとは対照的だ。いそいでコーヒー・トラックに戻り、後部のドアからなかに入った。

エスターが顔をあげた。「ナンシーとわたしで保温ポットは空にしておきました」

「もう一度満タンにしてちょうだい」わたしは指示を出して、ふたりにジェレミーとモリーの件を話した。エスターもナンシーもとても心配して協力を申し出てくれた。「このトラックをお願い。コーヒーの準備ができたら、警察の責任者に、捜索に当たっている警察関係者と協力してくれている公園のスタッフ全員に無料でコーヒーを提供しますと伝えてちょうだい」

備品が入っている引き出しを引っ掻き回して、重たい懐中電灯《マグライト》を取り出した。試しに点けてみたら、うっかりエスターの目を直撃してしまった。

「うぉっ！」エスターは雄叫びをあげて目をごしごしこする。「なぜ懐中電灯を？」

「もう暗いから！」いい終わらないうちにわたしはドアから飛び出していた。草地を踏みしめながら進んでいくと、誰かに腕をつかまれた。「待て！」マテオ王子がわたしを見おろし、怪しむように睨みつけている。「そんなにいそいでどこに行く？」

「どこにですって？　恋人の子どもを見つけに行くのよ！」

「そうか。当てはあるのか？」

めざす地点を伝えると、マテオが顔をしかめた。

「セントラル・パークの森をひとりでうろつくなんて無謀だ」

「ということは、いっしょに来てくれるのね」

13

さきほどの夢を手がかりに、まずベルヴェデーレ城で子どもたちをさがすことにした――モリーとジェレミーが母親と会うはずだった場所だ。

ビクトリアン様式のお城はヴィスタロックという天然石の上に築かれている。ここは公園内で二番目に高い地点だ。のぼりながらマテオはブーツが硬い、足が痛いとこぼし続けた。

「モリー！　ジェレミー！」

風がビューッと吹きつけるだけ。

ぶるっと震えが来た（せめてチロル風の衣装の上からフード付きの温かいモッズコートを羽織ってくるべきだった）。でも愚痴はこぼすまい。三角巾のようにポニーテールの下で結んでいたバブーシュカの結び目をほどき、顎の下できゅっと結び直した。頬かむりをしたバーバ・ヤーガみたいだ。こうすれば布で耳が覆われて温かい。わたしが先に立って、照明で明るく照らされた展望台を横切り、急な斜面につくられた石の階段をおりる。

城の明かりが届かなくなると、真っ暗な地底に突入していくように感じてしまう。冷たくてじめじめした空気が霧のようにわたしたちを包み、下のほうの森から土と秋の枯葉の強いにおいがあがってくる。

でこぼこした階段を下までおりると、傾斜のある土の小道を下って森へと入った。この一帯がランブルだ。迷路のように道が入り組んでいる。

わたしは懐中電灯を点けた。トラックのなかで試しに点けた時にはとても強力だと思ったのに、黒々とした影が深く重なり合う森のなかでは、光はいともたやすくかき消されてしまう。

「モリー！　ジェレミー！」呼びかけながらさらに暗がりへと足を進める。一陣の風が吹いて枯葉を揺らし、またもや全身に悪寒が走った。さらに数分歩いたところでマテオのほうをちらっと見た。

「いやにおとなしいわね」

「不気味な森だからな」

懐中電灯の光で彼の顔を照らした。「そんな硬い顔をして。まさか、怖いの？」

「いや。ただ……気味が悪いだけだ」

まあ。「世界を股にかけて旅する怖いもの知らずのあなたが、少々の木にびくついているの？」

「ここの木は、どれもここの地面から生えている」

「それがどうかした？」

「ガキの頃、おふくろに友だちのアパートに泊まったと嘘をついて、この森で夜を明かしたことがある。仲間三人といっしょに、その場のノリでな」

「それで？」

「ぼくたちがはしゃいでばか騒ぎしているところにホームレスのじいさんがやってきた。彼はぼくらにニューヨークの幽霊の話を延々ときかせた。初期のオランダ人監督官は先住民の村ふたつを皆殺しにするよう命じた。男も女も子どもたちもその祖父母も。彼らは皆、ここマンハッタン島で殺された。大半は寝込みを襲われた」

「むごい話」

「それを命じたオランダ人の役人はアムステルダムへの帰任を命じられたが、オランダの地を踏むことはなかった。彼が乗った船は嵐で沈み、誰ひとりとして助からなかった。ホームレスのじいさんの話では、そのオランダ人は呪いをかけられていた。惨殺された先住民たちの幽霊が、彼を暗くて凍るように冷たい海の奥底深くへと引きずり込んだ」マテオがぶるっと震える。「ぼくはその後、何週間も悪夢にうなされた」

「虐殺がおこなわれたのは、たぶんロウアーマンハッタンでしょう。北のほうのこのあたりではないはず」

「この島で起きたんだ。この土地で。なぜマンハッタンの住人がコンクリートの上で幸せに暮らしていられるのか、知っているか？　なぜこの島全体がくまなく舗装されているのか？　住人と呪われた土とを石の層が隔てている。その土について、もはやぼくたちはなにも知らないんだ」

「マンハッタンの土が呪われていると、本気で信じているの？　そんなこと、いままで一度もあなたの口からきいたことがないわ」

「いままで一度もふたりきりで、夜、セントラル・パークの森に来たことはなかったからな——」

茂みのなかから動物の息づかいの音がして、わたしもマテオも飛びあがりそうになった。音のしたほうを懐中電灯で照らすと、仮面をつけたような顔とよく光る目がふたつ見えた。その生き物は静かにまばたきをし、小走りで去っていった。

「アライグマだ」マテオがささやく。

「あきらかにネズミではないわね」

「ネズミならいいんだ。野犬だとまずい」

「次はなに？」わたしは叫んだ。「下水道から出てくるワニ？　獰猛な目のコカトリス（伝説上の怪物。雄鶏と蛇を合わせたような姿）？　そんな子どもだましの手でわたしを怖がらせようとしても無駄よ。モリーとジェレミーが見つかるまではここから離れませんからね」

マテオがわたしを引き留める。「あの子たちはここにはいないよ、クレア。彼らの形跡などなにもない。警察は向こうのフェスティバル会場で本格的な捜索に取りかかっている。彼らのやり方は理にかなっている。ここでさがそうなんて無謀だ」

「わたしを信頼してくれないの？」

「そうはいっていない——ただ、子どもたちがここにいるという根拠をききたい」

夢を見たから。でもマテオにはそうは告げなかった。

「母親の直感よ」

「直感？」マテオが腕組みをする。「ジョイが小さい頃に、似たような出来事でもあったのか？　いままで一度もきいたことがないな」

じつをいうと、そういう出来事は山ほどあった。ジョイが十三歳の時、いつまで経っても学校から帰ってこなかった。当時暮らしていたニュージャージーの近所の家を一軒ずつ訪ね歩いて、何時間もかけて娘をさがしてまわった。けっきょく、ジョイはツリーハウスにいた。ひとりではなく、同級生のスチュワートといっしょに。さいわいにも、まだお医者さんごっこではなく待合室ごっこの段階だった。

「ときどき、考えるよ。ジョイに関してきみがぼくに内緒にしていることはどれくらいあるんだろう、ってな」マテオがしみじみという。

ひとつだけよ。彼の名前はスチュワートではないわ。エマヌエル・フランコ。それは口に出さず、「いい出したら切りがないわ」とこたえ、小道を下りながら大声で子どもたちの名前を呼んだ。

「モリー！　ジェレミー！」

返事はない。

「クレア！」マテオが仁王立ちになって叫んでいる。「引き返そう」

「ねえ！　見て！」

彼がこちらにやってきた。わたしは懐中電灯で道を照らす。土の上になにか落ちている――セロファンの包み紙とクッキーのかけら。拾い上げてにおいを嗅いでみた。

「わたしたちが配った砂糖衣つきのジンジャー・スティックよ。マイクの子どもたちはここを通ったんだわ。まちがいない！」

「同じものを何百本も配った。誰がここで落としたかなんて、わかりゃしない。それをどう信じろと――」

「わたしにはあなたのサポートが必要なの。それでこそ良きパートナーでしょ。さあ、行くわよ！」

14

早足で進んでいくと、道が二股に分かれている。夢で見た通り、二本の道はどちらもカーブして先が見通せない。

「どうする？　母親の直感はどちらを選択しろといっているんだ？」

目を閉じて、夢で見た場面を頭のなかに思い浮かべた。オークの巨木が見える。そして幹から吊り下がっている巨大な信号。

「下り坂に信号機が点滅している」そこで目をあけた。「だから下っていく道を行きましょう」

「信号機が点滅している、といったのか？　森のなかで？」

懐中電灯で照らしながらいそいで道を下った。

「クレア？」

振り向いてマテオを真正面から見据えた。「夢を見たの」

「昨夜？」

「いいえ。あなたのお母さまがいらしたテントで居眠りをしたの。あなたにいわなかったのは、自分でも支離滅裂だとわかっているから。でも、どうしてもその夢が引っかかってしかたなくて。だから――」

「その夢を見る前に、ぼくのコーヒーを飲んだか？」

「悪いけど、いまはコーヒーのクオリティについて議論する余裕は――」

「こたえてくれ！　占いのテント小屋でコーヒーを飲んだのか？」

「ええ！　二杯飲んで、その後で夢を見たのよ。あんなふうに寝込んでしまったのはきっと――」

「きみは寝込んだりしていない。夢も見てはいない。きみは未来を視るという経験をしたんだ」

わたしはまじまじとマテオの顔を見た。「本気でいっているの？」

彼がうなずく。本気を通り越して興奮しているようだ。

「つまりあなたがアフリカから持ち帰った、いわゆる『魔法のコーヒー豆』は、ほんとうに――」

「誰が飲んでも効果があるわけではない。エチオピアで村のシャーマンからきいた話では、〝特別な魂〟の持ち主でなければならないそうだ。生まれながらに物事の本質を見抜く才能にめぐまれた人物だ。彼女の言葉の通りだった、とだけいっておこう」

「どういうこと？」

「ぼくを信用して欲しい。この目で確かめて心底納得したんだ」

「なにを納得したの？」

「コーヒー豆に秘められた力……」マテオが視線をそらす。「常軌を逸していると思うかもしれないが、友人にサンプルを送ってみた。彼は化学者で、熱烈なコーヒー愛好家だ。この豆の成分について知りたかったんだ。もしかしたら特別な成分によって、このコーヒー豆はある種の人間が未来を……」

「未来を見通すことを可能にする。そういいたいの？」

「きみもわかっただろう。占いのテント小屋に行けといった意味が」

「いいえ、わからない。マイクの子どもたちが行方不明になったのは、かなり遅い時間帯よ。その前にわたしがどんな未来を見通せるの？　あなたはなにを期待していたの？」

「きみの未来だ」マテオが落ち着かない様子で身体の重心を片足からもう片足へと移し替える。「おふくろとぼくは、きみが重大な決断をするにあたって占いが助けになるのではと期待していた……」

胃のあたりがきゅっと絞られるように痛む。マイクから投げられた問いを、マテオとマダムが知っているはずはないのに。ふたりには打ち明けていないのに。「なんの話か、さっぱりわからないわ」

なんと見え透いた嘘。マテオに通じるはずもない。「よせ、クレア」

まったく、こんな時に。「どうして知っているの？　タッカーからきいたの？」

「そんなことはどうでもいい。大事なのは、きみの幸せだ」

「だから、いまはわたしの未来をうんぬんしている場合ではないでしょう！」わたしはさっさと歩き出した。

彼がそっとわたしの腕をつかむ。「良きパートナーになってくれといったじゃないか。結婚していた時にはなれなかったが、ビジネスのパートナーとして、良き友人としてなら、きっとそうなってみせる。子どもたちの無事を確認したら、いっしょに——きみさえよければ、おふくろもまじえて——きみの今後についてじっくりと考えてみよう。いいね？」

わたしは大きく息を吸った。「子どもたちの無事だけ。いまはそれだけしか考えられない」

「無事ではない可能性があるのか。なぜそう思う？　話してくれ。コーヒーを飲んで、なにが見えたんだ？」

わたしが経験した幻覚《ビジョン》を彼に伝えた。ただし前半は端折って。いちばん気になるのは最後の部分だ。

「とても寒かった。気温が低いというより身体そのものが冷えていた。真っ暗で空っぽで寒々とした感じ。内側からゾクゾクと滲み出してくるような寒さだった。そして、不気味な存在を感じた……」

「どういう意味だ？」

「最初は感じたの。それから、黒い幽霊が見えた……」人間の姿としてあらわれ、さらに獣のような姿へと形を変えたのだと説明した。

「森のなかで〝死〟を見たんだな？」

「〝死〟ではないわ。死をたやすく操る何者かを見たのよ。だからこうして必死でマイクの子どもたちをさがしているの。わかるでしょう？」

マテオは顔をしかめた。「幻覚の内容をもっとくわしくきかせてくれ。信号機のことをいっていたね？」さきほどとは声の調子が変わっている。

「オークの巨木が行く手をふさいでいたの。その木から信号機が吊り下がって点滅していた。『迂回橋』という文字が点滅していたのよ」

マテオがスマートフォンを取り出した。「調べてみる……」

「なにを？」

画面を数回指で軽く叩き、わたしに見せた。「セントラル・パークの橋の写真と説明の一覧だ。スクロールして、それらしきものがあったら教えてくれ」

「ウエストサイド・ドライブのバルコニー・ブリッジ――これではない」一つひとつ確認していく。「レイクにかかるボウ・ブリッジ、馬道《ブライドル・パス》にかかる二十四番橋、五十九丁目の池にかかるギャプストウ橋、バンクロック・ベイにかかるオーク橋――」

「待て」マテオがいう。

「どうかした？」

「確か、きみの見たビジョンでは信号機に『迂回橋』という文字があって、それが点滅しながら――」

「オークの木から吊ってあったのよ！　思い出したわ。今朝ジェレミーはモリーにカモを見にオーク橋に連れていくといっていた！　どこにあるの？　ここから遠い？」

スマートフォンをマテオに返すと、彼が地図を呼び出した。「近いぞ。ほら」

「すぐそこね！」わたしは小道を駆け出した。

「もっとゆっくり行ってくれ！」マテオが叫ぶ。「きみまでどこかに消えないでくれ！」

わたしはかまわずにペースを速めた（少々焦りすぎたかもしれない）。濡れた落ち葉に足をとられてずるっと滑って転んでしまった。おまけに片方の肘をすりむいた。

背後から足音が迫ってくる。目の前に片手が差し出された。

「サポートを置いてけぼりにするなと彼氏から教わらなかったか？」

ため息とともに彼の手につかまって立ち上がった。「あの子たちのことが心配で」

「わかっている。さあ、行こう……」

ふたりいっしょに小道を進んでいくと、アーチがあらわれた。大きな石を積み上げた、ランブルの有名なアーチ門だ。狭くて奥行きがあるので、巨大な鍵穴のように見える。身体が縮んで震えている不思議の国のアリスみたいな心地でアーチを通り抜けた。すると、またもやパン屑（あくまでもたとえだが）が見つかった。

「髪に飾るリボンよ！」

リボンをなぞるように懐中電灯の光をあててみた。モリーがつけていたものとよく似ている。確か鮮やかな黄色だったはずだが、半分ほど土でどす黒く汚れている。

それはひどく無惨な光景に見えた。無垢な幼い命が邪悪なものにさらされているようで、ぞっとする。わたしは先へといそいだ。

「クレア！」

「行くわよ！」もはや止まろうにも止まれない。

遠くにチラチラとかすかな光が見えてきた。ランプの光が水面のうねりに反射しているのだ。その光をめざして駆けていくと、セントラル・パーク内の湖《レイク》のほとりに出た。湖はあまりにも大きくて、ここからは一部が見えるだけ。

入り江部分に架かる橋は、有名なオーク橋だ。欄干にボザール様式の街灯柱のようなデザインがあしらわれるなど、美しく復元されたこの橋は一世紀以上にわたって、塩分を含んだ汽水湖の上を往来する人々を支えてきた。

板を並べた橋のまんなかあたりに、金色の光に照らされた少年と少女の姿が見えた。鋳鉄製の手すりにもたれている。

「モリー！　ジェレミー！」

ほっとすると同時によろこびがこみあげてきて、悲鳴のような声をあげながらわたしは駆け出した。

15

モリーがわたしの腕のなかに飛び込んできた。泣いている。これはよろこびの涙ではない……。

「アニーをさがしていたの！」さめざめと泣きながらモリーが話し出した。「ピンク・プリンセスがランブルにいるときいて、来てみたら」

「ペニーが逃げ出したんだ」ジェレミーが冷静な口調で続ける（父親のマイクに似ていないこともない）。

「リスの後を追いかけて。リードが手から抜けてしまったの！」モリーの目から涙がポロポロこぼれる。

モリーはポケットからティッシュを出して涙を拭いた。ティッシュといっしょに光るものが出てきた。金と銀でできたチェーンだ。留め金は壊れている。落ちたネックレスをポケットに戻してやり、しょげきっているモリーを慰めようと言葉をかけた。

「わたしのせいなの、クレアおばさん」モリーが悲痛な声をあげる。「ペニーまでいなくなっちゃった!」

ジェレミーが妹の肩をぎゅっと抱く。「泣くな、モリー。きっとペニーを見つけてやるっていっただろ。絶対に見つける」

マテオもすでに合流して、電話でサマンサ・ピールと話している。すると驚くべき速さで、オーク橋の向こう側のたもとに電動カートがあらわれた。

後部座席にはサマンサ。そしてレイラ・クィンの姿がある。レイラはあきらかにいきり立っている。ハンドルを握っている警察官の隣にはフェスティバルの法律顧問が座っている。

思わずため息が出た。確かにわたしたちは訴訟社会に生きている。でも迷子になった子どもたちと母親の再会の場にまで弁護士が立ち会う必要があるの?

電動カートが停止し、レイラが飛び降りた。挨拶の言葉も、感謝の言葉もなし。いきなりわたしを押して脇にどけ、ジェレミーの腕をつかんだ。

「どういうつもり!?」怒鳴りながら息子を揺さぶる。「死ぬほど心配させて——」

「レイラ、やめて!」ふたりのあいだに割って入り、レイラを息子から引き離した。「ペニーがいなくなったのよ。それでこの子たちはずっとさがしていたの」

レイラの目が光った。わたしのことも揺さぶる気か、と反射的に身構えた。彼女が手を拳に握るのも見逃さなかった。

いいわよ、殴りなさいよ。わたしもぎゅっと手を握りしめた。ちょうどいい機会だわ。

唯一、大人びたふるまいをしたのは十一歳のモリーだった。「喧嘩しないで! ペニーをさがさなくちゃ！」

目には涙を浮かべている。それを見てようやくレイラの母性本能が作動した。「犬は警察の人たちが見つけてくれるわ」娘にやさしい口調で声をかけた。

警察官はしらけた表情だ。モリーは敏感にその空気を読んだ——さすが刑事の娘だ。

「わたしたちの力でペニーを見つけなくちゃ！」きっぱりと母親に告げた。

「無理よ。もう遅いからあなたたちは帰るのよ」

母と娘がいい争っていると、フェスティバルの法律顧問が電動カートから降りてきた。土曜日だからカジュアルで華麗な装いだ——ネイビーブルーのスポーツコート、オープンネックのシャツ、きれいにプレスされたジーンズ、丁寧に磨かれたローファー。弁護士は意外にもレイラのほうには行かず、マテオとわたしに近づいてくる。

ハリソン・ヴァン・ローン（綴りの通りに読めば「ルーン」だが、先週おこなわれた業者の企画会議で正しい発音を念押しされた）は四十代後半、無駄な贅肉のついていないすらりとした体型でごま塩ながら頭髪はたっぷりある。顎髭はスタイリッシュに短く切りそろえ、べっこう縁のメガネの奥からヘーゼルグリーンの鋭い目がマテオとわたしを胡散臭そうに観察している（嫌な予感）。

「その衣装を着ているということは、フェスティバルのスタッフですね？」歯を見せて親しげな笑顔をつくっているけれど、それとは裏腹に声は硬い。

わたしが名前を名乗ると、ローンがマテオを指さした。

サにはこの件について、きみに話した方がいいと思ってる。ことに、サマンサが急遽採用したのは、きみか。慎重に審査すべきだとサマン

「アレグロ？　今朝、サマンサが急遽採用したのは、きみか。慎重に審査すべきだとサマンサには忠告したんだが。子どもたちと接点を持つスタッフはひとり残らず精査の対象とすべきだ。フェスティバルが訴訟沙汰に巻き込まれるのを避けるためにも……」

出店業者を集めた説明会でも、この件は強調されていた。ヴァン・ローンは不特定多数の来場者に対する心得として、注意事項の一覧を配付していた（ああしろこうしろ、という要求よりも、禁止事項に重点が置かれた〝べからず集〟のような長いリストだった）……。

礼儀正しく応対しましょう。喧嘩腰になってはいけません。

子どもたちには笑顔で応じましょう。子どもたちに触れてはいけません。

子どもたちには食べものを勧めましょう。子どもたちに食べものを手渡してはいけません。

親御さん以外の付き添いがいたら、まずその人に渡しましょう……などなど、うんざりするほど並んでいる。

「山ほど書類に署名させて、おとなしく規則に従わせ、そのうえＤＮＡのサンプルまで提供させる方針ってことか？」マテオがずけずけという。

「時間がなくて、所定の手続きは踏んでいないんです」わたしはあわててとりなした。「サマンサが困っているのを見て、マテオは力になると申し出たんです。いわば恩人ですよ」

「この子たちを見つけたと、いい張っているそうだが」

「いい張っているんじゃない。じっさいに見つけた」マテオがモリーとジェレミーを指さす。「子どもたちにきいてみろ」

ヴァン・ローンはモリーとジェレミーに視線をやる。子どもたちと母親のレイラはまだい争っている。ローンはふたたびこちらを向いた。疑り深そうな目つきは職業柄なのだろうか。今度はわたしをじっと見ている。

「あの子たちとはどういう知り合いなんですか、ミズ・コージー？」

「彼らの父親を通じてです。ニューヨーク市警の刑事ですが、現在はワシントンで司法省の仕事をしています」

ヴァン・ローンはなおも顔をしかめたまま、わたしを見おろしている。業を煮やしたマテオが口をひらいた。

「そいつはクレアの恋人なんだ」

「あ、なるほど……」ヴァン・ローンの表情が一瞬にして弛《ゆる》んだ。「子どもたちの母親がミズ・コージーに敵意をむき出しにするのを見て、解せなかったんですよ。しかし、そういう個人的な事情があるなら……」ローンは納得がいったとばかりに首を縦にふり思わず笑顔まで浮かべたが、すぐにそれを引っ込めた。

なんて人。用心しなくてはと思ったところに、当のローンが声をひそめて話しかけてきた。

「ちょっとききたいんですがね。子どもたちがここにいた理由をきいていますか？　つまりですね、こんな森のなかに入ったのは、何者か――このフェスティバルのスタッフかどうかが肝心なところですが――が誘い込んだのではないかと」

「いいえ、そんな理由ではありません……」

もとはといえばピンク・プリンセスをさがしにきたこと、ところが犬がいなくなってしまった事情を説明すると、ヴァン・ローンは服にたくさんあるポケットを次から次へと叩き始めた。そしてようやく、刻印のある銀の名刺入れのケースを見つけた。そこから名刺を二枚取り出した。名刺には鳥の小さな絵がついている。ふわふわした羽毛のアビだ。

「記録を残すためにおふたりにはあらためて連絡します。子どもたちとじかに話をして、今夜の出来事について彼らの言い分をきいたうえで」

カチンときたが、弁護士は――警察官と同じく――全員の言い分をきくのが基本なのだ。そう自分にいいきかせた。癪《しゃく》に障るのは、あからさまに人を見下す彼の態度だ。

ヴァン・ローンが名刺を手渡す。「あくまで形式的な手続きです。表沙汰になるのは避けたいですからね。フェスティバルが訴訟に巻き込まれたりしてはまずい。おふたりの連絡先はわかっていますので、わたしのをお渡ししておきましょう。そして――」

「絶対に嫌だ。ペニーを公園に置いてきぼりにはできない」ジェレミーが激しく抗議している。

レイラは冷ややかな表情でジェレミーを黙らせようとするが、ジェレミーは少しもひるまない。

「かならずペニーを見つけるとモリーに約束したんだ。だからさがす」きっぱりというジェレミーの顔つきはじっさいの年齢よりもずっと大人びている。やっぱりマイクによく似ている。思わず微笑んでしまいそうになったけれど、行方不明になった愛犬を心配する子どもたちの姿はあまりにも哀れで、そのうえ母親のレイラが他人事のような態度をとっているのを見たら、微笑むどころではない。

弁護士を押しのけてモリーのところに行った。

「ペニーをさがすのはわたしたちにまかせて。マテオとわたしが今夜中にペニーを見つけて送り届けるわ」

マテオがわたしを見る。そんな安請け合いしていいのかといいたげだ。しかしモリーはぱっと明るい表情になった。わたしにはそれがなにより大事。

「ほんとに見つけられる？　クレアおばさん」

モリーの腕をつかんでぎゅっと力を込めた。「がんばるわ」

「もし見つからなかったら、明日の朝いちばんに来てさがすよ」ジェレミーがきっぱりという。

レイラがなにかいおうと口をひらいた——が、考え直したらしく、黙っている。

サマンサ・ピールはこの間、なにも発言していない。居心地悪そうに座ったままだ。ヒョウ柄の生地で覆われた膝に両手を置き、ぽってりとしたボリュームのある指輪をしきりにいじっている。レイラと子どもたちが電動カートに乗り込むと、すし詰め状態となった。

この事態をサマンサは失態と受け止めているのだろうか。彼女は社交界で一目置かれ、上流階級に幅広い人脈がある。彼女の日常は慈善目的の舞踏会、セレブが集まった慈善団体の募金活動、正装で出席するイベントが目白押しだ。わたしは長らくマンハッタンでコーヒーとクロワッサンを提供して日々の糧《かて》を得てきたが、そのなかで彼女のような人々に共通するふるまいを嫌というほど見てきた。この手の人々はなによりも、他者から自分がどう見られるのかを重視する。

ふたりの子どもが迷子になったことが新聞で報じられてしまうのかとサマンサは案じているのだろうか。わたしから見れば、報道されるなんてあり得ない。長時間行方不明になったわけではない。どう考えてもささいな出来事だ。

サマンサ・ピールにとっては、舶来ものの高級ワインを一杯飲んだらきれいさっぱり忘れてしまう程度の出来事のはず。イベントはスムーズに進行したのだから、なにも問題はない。マイクの元妻がイベントの責任者を訴える可能性もない。弁護士のハリー・ヴァン・ローンもひと安心だろう。

「すみません……」警察官がこちらに近づいてきた。「犬の特徴は、子どもたちのお母さんからききました。該当するコリーが公園付近にいるかどうか注意するよう、動物管理局に一報を入れるつもりですが……」

マテオがため息をつく。「あまり期待するな、ってことか?」

警察官が肩をすくめる。「さがしたいというお気持ちはよくわかりますよ、王子さま。しかし、その格好でいつまでもセントラル・パーク内にいるのはお勧めできませんね。トラブルのもとですよ」

16

子どもたちを乗せた電動カートがゴトゴト音を立てて去っていくのを、わたしは手を振って見送った。カートが見えなくなると、マテオがこちらを向いた。

「任務は無事遂行された。さあ、家に帰ろう」威勢のいい声だ。

「まあ、王子さまったらなんてことを。あなたひとりでさっさと帰ればいいわ。わたしは残ってペニーをさがします」

暗がりのなかでも、マテオの不満げな表情は見てとれる。

「いわれなくても、わかってるわ。干し草の山のなかから針を一本探し出すようなものだといいたいのね」

「その針には足が四本あって自分の意思で動きまわる」

「さがすだけさがしてみましょうよ。精一杯のことをするとモリーに約束したんだもの」

理由はほかにもある。この街では忽然《こつぜん》と人が消えてしまうことが、現実に起きる。まして小さな迷い犬の身にどんなことが降り掛かるのか、そう考えたら気が気ではない。

わたしの決意が揺らがないと悟ったらしく、マテオは星空を振り仰いだ。「ああ、土曜の夜のマンハッタンで、こんなふうに過ごせるなんて最高だ。そうだろう?」

「なんてすてきな王子さまかしら」

マテオが鼻を鳴らす。

「出発する前に、マイクに電話を入れてみるわ」

「どこに向かって出発するんだ?」

「アーチを通ってランブルに戻りましょう。ペニーが逃げ出したあたりに」

マテオはうなずいてわたしから離れ、橋の中央へと移動する。通話をきかないように気を遣っているのだ。せっかくの彼の気遣いは無駄になった。マイクが出なかったので、子どもたちが無事だったとメッセージを残した。

きっといまごろ飛行機のなかだろう。となるワシントンDCで週末を過ごす計画は白紙に戻る。ともかく彼の子どもたちは無事に見つかったのだ。彼らを守ってくれた天使たちに感謝しよう。

「行こう、クレア。これ以上遅くならないうちに……」

マテオは懐中電灯で前方を照らしながら先に立って歩いていく。さきほどの道を逆方向に進み、石造りの巨大な鍵穴を抜けて森に入った。

「出ておいで、ペニー、ペニー、ペニー! お利口さんね、出ていらっしゃい……ママのところにおいで……ここよ、ペニー、ペニー、ペニー!」

この調子で進んでいたが、大きな声を出すのも歩くのも疲れてしまい、立ち止まって少し休んだ。

「助かったよ。偏頭痛がしてきたところだ」

「またそんな愚痴ばかり」

「仕事ではこぼせないからな。途上国でホテルのひどい部屋や壊れたランドローバーを嘆くのは単なる甘えだ。コーヒー豆の調達のためにあちこち行った先で飢え、病、貧困、無法状態を目の当たりにすれば、自分がいかに贅沢なことをいっているのかわかるよ。こうしてニューヨークに戻ってとっておきの相手に愚痴をこぼすのは、先進国ならではの贅沢だな」

「シーッ!」マテオのぼやきを封じたかったわけではない。ただ、なにかがきこえた気がした。

ワン!

「きこえた? おいでペニー、ペニー!」大声で呼びかけた。「ママのところにいらっしゃい!」

ワン、ワン、ワン!

マテオが握っていた懐中電灯を目に留まらぬ速さで奪って、やぶに飛び込んだ。

「クレア! バカなことをするな! 道から外れるな!」

「あなたはそのまま道を歩いていって! ぐるっと迂回して、向こう側で合流しましょう」

頭から突っ込んでいくような勢いでやぶをかきわけていくわたしの耳には、マテオの声はもうきこえなかった。

倒木や岩を飛び越え、低く張り出した枝をものともせずに突っ込んでいき、頭にかぶったバブーシュカが小枝に引っかかって裂けた。それを頭からむしり取った次の瞬間、悲鳴をあげそうになった。顔に軟らかくて気味悪い蜘蛛の巣が張りついたのだ。必死でそれをふり払い、ペニーの声がしたほうへとさらに進む。

「こっちにおいで！　いますぐいらっしゃい！」とっておきの「厳格なマネジャー」の声で命じた。

クンクンという声が返ってきた。見ると、低木の茂みを挟んで向こう側にペニーの姿がある。あまりにも深く生い茂っているのでかきわけて進むのは無理そうだ。よじのぼるには丈が高すぎる。迂回するルートをさぐっていると、不気味な唸り声がして思わず足がすくんだ。

「ペニー、いまのはあなたの声？」そっとたずねた。

野犬が出るというマテオの脅しはほんとうだったのか。

なにを怖がっているの。ペニーに決まっているじゃない。

その時、ふさふさした毛の塊がやぶのなかから飛び出してきて、仰向けに倒されてしまった！

頭が硬いものに当たり、紫色の空いっぱいに流れ星があらわれ彗星《すいせい》の光があふれた。鋭い爪から身を守ろうと両手をあげ、とがった牙で喉を食いちぎられまいと抗《あらが》った。

ところが、濡れて温かい舌が頬に触れるのを感じた。そして荒い息の音。

「悪い子ね」自分の頭をさわってみたら、思わず、うっとうめいて顔をしかめてしまった。

小さなコリーはわたしのかたわらにだらりと寝そべり、尾を振りながらクンクン鳴いて感謝の気持ちを精一杯表している。まだリードがついたまま引きずっているので、それを手首に巻きつけた。

「もう逃がさないわよ！」

頭に受けた衝撃のせいか、力が出ない。なんとか身体を起こして地面に座ると、何度も吐き気に襲われた。凍るような突風がチロル風の服を吹き抜ける。

一時間前からずっと寒かった。マテオに気づかれたらコーヒー・トラックに連れ戻されてしまうから平気なふりをしていた。でももはや震えをこらえることができない。歯の根が合わないほど寒くてたまらない。

「さあ、か、か、帰りましょう」

茂みの向こうに薄気味悪い光が見えたので、地面に這いつくばるようにして目を凝らした。頭を打った衝撃で火花が散ったように感じるのだろうか。目をパチパチしてみた。手から懐中電灯が落ちて茂みのなかに転がっていったらしい。

手を伸ばした拍子に、まばゆい光に照らされた人の姿が見えた。若い女性が地面に倒れている。

あれは……。

這いながら後退した。ショックのあまりアドレナリンが放出されたらしく、さきほどの頭痛よりもさらに激しく頭がズキズキと痛む。

ペニーはリードを引っ張って、横たわったままぴくりとも動かない人物へと近づこうとする。

「ペニー、おすわり」リードを引いた。ペニーは嫌々ながらわたしの指示に従う。

倒れている若い女性にいそいで寄ってみた。そっと肌に触れてみる。白く滑らかな肌は真冬の石のような冷たさ。もしかしたら等身大の磁器の人形？　森の茂みのなかに誰かが放ったのだろうか。そんな思いもよぎったが、やはり人形ではなかった。

息を詰めて、倒れている若い女性のほっそりした手首の下側に二本の指を当ててみた。脈がある！　脈拍が感じられる。

生きている！

風で飛ばされてきた落ち葉が顔と身体を覆うように積もっている。葉っぱを払うと、金色の長い髪とキラキラと光るピンク色のドレスがあらわれた。生きているとわかってほっとしたところだったのに、ふたたび胸がしめつけられるような不安がこみあげてきた。

まさか、そんな……。

茂みに落ちていた懐中電灯をあわてて拾い、若い女性の顔を照らした。見覚えがある。レイラが雇ったシッター。モリーが慕っていた「アニー」。とちゅうで消えたマテオのパートナー、ピンク・プリンセスのアーニャだ。

ペニーが森のなかにいたわけがようやくわかった。小さなコリーは仲良しのアニーを見つけて、彼女を守っていたのだ。
そしてわたしもアニーを見つけた。
しかし、遅すぎたのだろうか？

17

大急ぎで九一一番に通報して状況を伝えた。

弱々しい脈拍をのぞけば、生きていることを示す兆候はなにもない。アーニャの目は閉じたままだ。髪は葉に覆われ、肌は卵の殻よりも白い。ぴくりとも動かない身体を揺すり、何度も名前を呼んでみたけれど反応がない。

「現在位置を教えてください」緊急通報担当のオペレーターがたずねる。

もどかしさをこらえながら、懸命に説明した。「オーク橋から丘をのぼったところです。大きな岩のそばの曲がりくねった小道の近く。道の脇の茂みのなかです。背の高い木のすぐそば……」

これでは見つけてもらえない。心のなかで悲鳴をあげた。その時、馬の蹄《ひづめ》の音がきこえた。地面を力強く打つ重い音。反射的に音がした方角を見た。

思ったよりも強く頭を打っていたのだろうか。馬にまたがった騎士がこちらに向かってくるのが見える。つややかな鎧《よろい》に羽根飾りのついた兜《かぶと》、背中のマントを翻《ひるがえ》して。

馬は横滑りをするように足を突っ張って停止した。鼻息が蒸気のように噴き出す。ペニーがワンと一度だけ吠えた。騎士が鞍からするりと降りて軟らかな土に立った。鎧を身につけたその人物は顔を覆っている面頬《バイザー》を上にずらし、鎧で覆われた片手をあげたままこちらに歩いてきた。

「ミズ・コージーですか？　怖がらないでください。警察官のトロイ・ダレッキです――」彼は紐に通したバッジをちらっと見せた。「向こうの小道で王子に出くわしたんです。彼の要請でここに――おお、これは……」

ダレッキがピンク・プリンセスに気づいた。手にはめていた金属製の手袋のような防具を外すと、彼はわたしの脇を通ってピンク・プリンセスのかたわらに膝をついた。

「なにが起きたんですか？」

わたしは首を横に振る。「たったいま、見つけたところなんです。生きています。でも……」

ダレッキは携帯していた懐中電灯でピンク・プリンセスが負傷しているかどうかを確かめる。ケガはなかった。そっと身体を持ち上げて背中側も確認した。最後に彼女のまぶたをあけて瞳孔を調べた。

「どうやら薬物の作用で意識を失っているようです」

アーニャの気道がきちんと確保されて窒息のおそれがないことを確かめると、彼はサドルバッグから毛布を取り出して彼女にかけた。

ペニーは尻尾をパタパタ振っている馬にうれしそうに身体をぶつけている。ダレッキは金属の鎧の胸当て部分にストラップで装着した無線機に向かって話す。早口で状況報告をしてＧＰＳ機能で位置情報を伝え、救急隊を急いで要請した。

通信を終えた警察官のダレッキは懐中電灯の光でわたしの顔を照らした。

「大変だ、くちびるが真っ青じゃないですか。ショック状態に陥っていますね」

「い、いいえ。わ、わ、わたしは、だだだ大丈夫」歯の根が合わず、カチカチと音を立ててしまう。

ダレッキは燃えるような真っ赤なマントを肩から外し、巻きつけてくれた。たっぷりとした分量の生地を襟元できゅっと合わせてくれたので、身体全体がすっぽりと覆われた。

「寒くないですか？」彼がたずねる。

身体がブルブルッと震えそうになるのをこらえ、わたしはこくりとうなずいた。ダレッキの視線はすでにピンク・プリンセスに注がれている。苦悶の表情だ。

「なんて美しい」小さな声がもれる。「なぜこんなことに？」

小道の向こうからマテオの声がきこえてきた。

「おおい、クレア、クレア、どこにいる……いい子だからパパのところにおいで！」

18

十五分後、四人の救急隊員がアーニャをストレッチャーに乗せて森の小道を進み、救急車へと向かっていた。セントラル・パーク内の車道を照明が煌煌《こうこう》と照らし、救急車が待機していた。

救急隊員は懸命に処置を続けているが、アーニャの意識は戻っていない。しんと静まり返ったなかで隊員たちはアーニャに祈りの言葉をかけながら救急車に乗せ、バタンとドアを閉めると、あっという間に走り去った。わたしはそれを見守るしかなかった。

アーニャの容態も、そしてモリーのことも気がかりだった。あれほど「アニー」を慕っているモリーがこのことを知ったらどれほどショックを受けることか。

マテオとわたしとペニーはダレッキと彼が乗っていたオブライアンという名の馬とともに森から出た。若いダレッキはチュニック、鎧、鎧の下に着ていた鎖かたびらのジャーキンを脱ぎ、ニューヨーク市警のスウェットシャツと黒いジーンズ姿になっている。グレーのスウエットシャツはかなりシワが寄っている。

スチール製の兜を外してあらわれたトロイ・ダレッキの顔は、がっちりとした顎にフレンチブラウンの目、髪はあまりにも短く刈り込んでいるので色の見分けがつかない。

ダレッキは羽根飾りつきの兜の跡がついた頬をこすりながら、公園内のベンチにわたしを座らせた。すぐ脇に馬をつなぎ、メモ帳をひらいてわたしの供述内容を書き取っていく。次から次へと彼の問いにこたえた末、わたしからひとつだけ彼に質問した。

彼は騎馬隊に所属しているそうだ。騎馬隊はエリートであるとマイクからきいたことがある。注目度が高く、ニューヨーク市警は彼らを「身長三メートルの警察官」とみなしているという。ダレッキは騎馬隊のルーキーで、父親と同じ道を選んだそうだ。「高貴な騎士」の衣装は副業に使っているもので、おとぎ話の王国にそれを流用したのだと説明してくれた。

「〈肉の騎士団〉という店で週に三回ショーに出演しています……」

わたしとダレッキが話しているあいだ、ペニーとダレッキの愛馬オブライアンはすっかり仲良くなっていた。小さなコリーのペニーより、オブライアンの体重は四百五十キロも多い。それにオブライアンは豆の木を降りてきた巨人みたいに高くそびえているが、互いの友情にはまったく影響がないらしい。

いっぽうマテオは着々と新しい敵づくりに励んでいるようだ。今回に限って、わたしはマテオに同情した。

わたしたちの前を通り過ぎる警察官はそろいもそろって（ミッドタウンの警察官の約半数が集結したのかと思うほどの人数）、「王子さま」の衣装をつけたわたしの元夫マテオに冷笑を浮かべ、忍び笑いをもらしていた。

ダレッキが無線で馬用のトレーラーに戻るように命じられると、さらに救いのない状況になった。記録したメモを別の警察官に渡し、ダレッキは馬にまたがって去っていってしまった。取り残されたマテオとわたしは、捜査担当の警察官の到着を待った。

その間にもすぐそばの木の下には制服姿の警察官たちが集まり、ビレッジブレンドが提供したコーヒーを飲んでいる。もちろん彼らのジョークのネタは、わがマテオ王子だ。

「あのコーヒーにきみが毒をいれてくれていたらと思うよ」辛抱強く耐えながらもマテオが不平をもらす。「大量の警察官を皆殺しにする光景が目に浮かぶよ」

「あなたに贈りたい言葉があるわ。〝怒りをコントロールせよ〟。警察官たちは武器を携帯していますからね。それに引き換え、あなたが持っているのはプラスチックのペラペラの剣」

マテオがふくれっ面をする。

「あの人たちのことは無視しなさい。アーニャのことに集中しましょう。最後に彼女を見たのは？」

「綿菓子をふたりで配った後、彼女はその場を離れた。予定では騎士の馬上槍試合のコーナーに二時間いることになっていたが、アーニャは用事があるといい出したんだ。五時ちょうどにコーヒー・トラックで合流する約束をした」

マテオは木の幹を拳で殴りつけた。よほど痛かったのか、拳を振っている。

「もちろん、彼女はあらわれなかった。来られるはずがない。森のなかで倒れて死にかけていたんだからな」

激しい憤りを見せつけられて驚いたけれど、マテオの立場を思えばそれもわかる。

今朝、彼が「即位」した時にサマンサ・ピールから示された王子さまの務めは、パートナーのプリンセスがしつこくからまれないように（そして一流デザイナーのフェンが提供するオートクチュールのドレスが汚い手でさわられないように）守ることだった。

マテオはパートナーを守りきれなかった。何者から守れなかったのか？　それが謎だ。

「自分を責めないで。なにが起きたのか、いまのところはまだわからないのだから。でもきっと真実を突き止めるわ……」（そしてかわいそうなモリーにその真実を伝えなくてはならない。それがなんとも気が重い）

マテオが首を横に振る。「失格だ。王子の資格などない」

すっかりしょぼくれている。こういう時は厄介だ。うぬぼれている時こそ、マテオという人は真価を発揮するのだから。

「元気出しなさい」どやしつけるように励ました。「あなたは世の多くの女性にとって王子さまなのよ」彼の袖を引っ張った。「あれを見て」

六メートルほど離れた場所に停まっている鑑識班の白いトラックを指し示した。すでに鑑識班は証拠品押収のために森の中に入っていった。けれども十分ほど前から女性技術者ふたり――いっぽうは背が低く金髪で、もういっぽうは長身で髪はブルネット――が、同じ備品を繰り返し仕分けしながらマテオ王子に視線を向けている。そして仲がいいハイスクールの女生徒みたいにしきりに内緒話をしている。

マテオが咳払いをする。「いいたいことは、わかる」

「彼女たちから情報をきき出してみたらどう？」

「彼女たちの電話番号とか？」

マテオの額をピシャリと叩く自分の姿を思い浮かべた。「警察はアーニャの身になにが起きたと考えているのか。病院に向かう救急車のなかで救急隊員は彼女の意識を回復させたのか。犯罪行為を立証できる証拠が見つかったのか。そんなところをさぐってみて」

マテオとブルネットの女性の視線が合い、彼女がにっこり微笑んだ。

「名案だ。さっそく取りかかる」

19

マテオが歩き出した直後、洗練されたグレーのBMWがやってきて停まった。さらにその後ろにはバンが一台。車体にはなにも書かれていない。バンから制服警察官たちがすばやく降りて、高級車に歩み寄る。

とても初々しい感じの彼らは二十丁目の警察学校の研修生たちだろうか。アップタウンから実習で訪れたのかもしれない（予想はみごとに当たっていた）。青いサージの生地の制服姿の彼らが壁のように高く立ちはだかる向こうに、男性の姿がかろうじて見える。

「前にもいったが……優秀な警察官に必要なのは鋭い頭脳、そして電子顕微鏡並みに詳細に物事を見る目だ！」

まさか。鼻持ちならないあの声の持ち主は、彼しかいない。フレッチャー・スタントン・エンディコット刑事。ベストセラーとなった犯罪小説を執筆し「鑑識刑事」という架空の人物を生んだ作家でもある。この副業のせいで、口さがない警察官たちには陰でミスター・DNAと揶揄《やゆ》されている。

「そのふたつに加えて万全の記憶力だ。一流の刑事は業務において遭遇した人物の名前あるいは職業を即座に思い出すことができる――」

「すみません、エンディコット刑事！」警察官の集団に向かって呼びかけてみた。「ちょっとお話ししたいんですが」

彼はうつむき加減になり、「万全の記憶力」でわたしとの遭遇を思い出そうとしているらしい。

「諸君、こちらの女性はクロエ・コズウェル。ミス・コズウェルは私立探偵だ」チロル風の衣装とダレッキがかけてくれた真っ赤なケープを見ながらエンディコットは続ける。「現在は覆面捜査中、と思われる」

「クレアです……クレア・コージーです」間違いを正した。「それから、職業はバリスタです。探偵ではありません」

わたしを取り囲む青い壁からゲラゲラと笑いがもれ、面目丸つぶれのエンディコット刑事はわたしを脇に引っ張っていく。

いつ見ても粋な出で立ちをしているエンディコット刑事の今日の装いは、秋の夕べのセミナーというテーマにふさわしく、茶系の格子柄のスポーツコート、その下には暗い青緑色のクルーネックのケーブル編みのセーター、カーキ色のチノパン。ルーキーの警察官たちから遠ざかりながら、彼はロレックスの腕時計で時間を確認した。

「覆面捜査の衣装としては秀逸だ、ミズ・コージー。七人の小人への接近を試みようとしているのであれば」

「覆面捜査なんてしていません。おとぎ話の王国で仕事をしていたんです。どうか考えをきかせてください。アーニャの身になにが起きたのか」

エンディコットはワイヤーフレームのメガネの位置を直す。

「単なる薬物の過剰摂取《オーバードーズ》ですよ。自ら招いたものか、事故だったのか、意図的に投与された犯罪行為であるのか、いまのところは判断できないが」

「オーバードーズ？　その薬物とは？」

エンディコットは少し間を置いてから、わたしの問いに対して問いでこたえた。

「被害者とはどういう知り合いですか？」

レイラとモリーに関する部分にはあえて触れず、ごくかんたんな説明ですませた。

「アーニャは今日のフェスティバルで衣装のモデルを務めていたんです。わたしもフェスティバルの会場で仕事をしていたので」

わたしの話をききながらエンディコットは人差し指を振って相棒を呼んだ。灰色のレインコートを着たずんぐり体型の刑事がやってきた。ダレッキ警察官のメモをエンディコット刑事に渡し、エンディコットはそれに目を通す。

「なるほど、事実にまちがいないようだ。確認もとれている。しかし、被害者の家族でもないあなたがなぜこの件の捜査に関心を寄せるのか、解せない」

「わたしは発見者です。わたしが彼女を見つけていなければ、ずっとあそこに倒れたままでいたはずです。もしかしたら助からなかったかもしれない。ですから、わたしは当然――」

いきなりすさまじい怒鳴り声がした。声の主は見なくてもわかる。

「さわるな、お巡り！」マテオが吠えている。「おい、なにをする。おまえらみたいな尻の青いファシストに手荒に扱われてたまるものか！」

20

たくましい研修生ふたりがマテオをエンディコット刑事のところに引っ張ってきた。わたしの元夫はひどく憤慨しているが、歯向かう様子はない。いまのところは、まだ。

「不審人物だ」

エンディコットの相棒のずんぐりした刑事が報告しながらマテオの蛇革の財布のなかを調べる。

「この王子が鑑識班の女性二名をくどいて情報をきき出そうとしているところをつかまえた。名前はマテオ・アレグロ、住所は高級住宅街。素性についてはいま調査中だ」

エンディコットの金色の眉がぐっと持ち上がる。後退しつつある髪の生え際にあと少しでくっついてしまいそうなほどオーバーに。「ひじょうに興味深い進展だ。これまでに得た証言によると、被害者が最後に目撃されたのが午後四時、〝中世の服装〟をした男性と話をしていたそうだ」

「ちょっといいかしら」わたしが口を挟む。「その〝中世の服装〟をした人物とマテオはあきらかに別人です」

エンディコットは怪しむような目つきだ。「被害者を発見した時、アレグロ氏もいっしょだった、そうですね？　なぜあなたがたは彼女をさがしていたんですか、ミズ・コージー？」

「アーニャをさがしていたわけではありません。犬の行方を追っていただけで――」足にからんだペニーのリードをほどいた。「この犬です。アーニャを見つけたのはペニーなんです。彼女を見つけてわたしを現場に連れていったんです」

「つまり王子と共謀して事にあたっていた時に、あなたは名犬ラッシーとともに眠れる美女を発見した、というわけか？」

「共謀してなどいません。王子……つまりアレグロ氏はわたしといっしょにこの犬をさがしていただけですよ」

話にならないとばかりにエンディコットは手を振り、ふたたび研修生たちに向かって滔々《とうとう》と語り始めた。「いままさに、われわれの目の前で加害者がお粗末なアリバイをでっちあげようとしている」

「えっ!?」マテオとわたしは同時に叫んだ。

「犯罪現場の捜査では、倒れている被害者にたまたま出くわした配偶者または愛人がしばしば登場する」エンディコットは指で引用のジェスチャーをまじえながら続ける。「やがて、その人物は要注意人物として捜査線上にあらわれる。要するにそいつが真犯人ということだ」

「おい、エラリー・クイーン」マテオは黙っていない。「おれは〝配偶者〟でも〝愛人〟でもない。アーニャのことは、ほとんどなにも知らない」

「隠しても無駄だ」マテオのチュニックを突きながらエンディコットが勝ち誇ったようにいう。「彼女が姿を消す前に、いっしょにいるところを目撃されているぞ。〝中世の衣装を着た背の高い男性〟だったと目撃者から証言を得ている。どう考えても同一人物だ」

「今日はほぼ一日、ずっとアーニャといっしょに仕事をしていた」マテオは固く食いしばった歯のあいだから一語一語、言葉を押し出す。「しかし午後三時以降は別行動だった」

「ほほう。被害者とはどれくらい長いつきあいなのかな?」

「今朝初めて会った」

「ほんとうよ」わたしは加勢した。「サマンサ・ピールにきいてみて。彼女の采配で――」

「ミズ・コージー、あなたが愛人のためにアリバイをでっちあげようと画策したのは、もはや隠しようもない。そこへ持ってきて、あなたの供述によれば」――エンディコットはダレッキのメモをトントンと叩く――「あなたの関与がなければ犯罪そのものが成り立たないことが明白だ」

なにをいっているのか、まったく理解できない。「なんのこと?」

「被害者の女性が行方不明になった正確な時刻をあなたは知っていた」

「知っているに決まっているでしょう! ピンク・プリンセスはわたしのコーヒー・トラックに来る予定だったんですからね。アーニャがいないことはマテオから知らされたわ」

「わたしの指摘が正しいことが証明された」エンディコットが大きな声でいい放つ。「アレグロは自分が真犯人であるとわれわれ警察に気づかれないように企んだ」

エンディコットが眉をひそめる。「被害者の若い女性にどんな違法薬物を飲ませたんだ？ 一発で命を奪えるほどのヘロインか？ 質の悪いコカインか？ デート・レイプに利用されるたぐいのドラッグか？」

「彼女とは、ろくに口もきいていない」

マテオのこたえにエンディコットが顔をしかめる。

「しょっぴいたほうがよさそうだな。告発もやむを得まい」

「なんの罪で告発するというの？」わたしは黙っていられない。

エンディコットは剣を指さす。「あなたのボーイフレンドは武器を携帯している」

「プラスチックの剣よ！ それにボーイフレンドではないわ！」

「落ち着け、クレア。このアホを倒すのに剣なんていらない。この先っぽのとがったブーツで急所を蹴り上げて――」

マテオの両側にいる制服姿の若者たちがぎゅっと拳を握るのが見える。わたしは精一杯声を張り上げてマテオの脅しをかき消そうとした（かき消せることを願った）。

「そこまでいうのなら、やってごらんなさい！ 彼を逮捕したいならすればいいわ。でもマテオを拘束する正当な理由などないわ。あなたもわたしもそれをわかっている。その上で、あえて逮捕するというのね？」

ミスター・ＤＮＡが口をひらく前に、灰色のレインコートを着た彼の相棒がノートパソコンを振って合図した。「フレッチャー、有力な情報だ」

エンディコットが目配せする。「続けろ……」

レインコートの刑事はまず、ハイスクール時代のマテオの複数回の逮捕歴を挙げた――未成年飲酒、喧嘩、器物損壊（すなわち落書き）。そこから十年飛んで、マテオがコカインの過剰摂取であやうく命を落としかけた事実を挙げた。その件に関してはいっさい起訴などされていないのに、その部分は取り上げない。

マテオは三カ月間リハビリに専念し、すでに十年以上ドラッグとは無縁だ。その事実も取り上げようとしない（マテオはカフェインとアルコールには手を出す――ア《A》ルコホーリクス・ア《A》ノニマスの後見人をがっかりさせてしまったけれど飲みすぎることはめったにない）。

さらにレインコートの刑事はじつに愉快そうな面持ちで、マテオが貿易業者であると述べた。最後にとっておきの情報を満面の笑みで発表した。

「アレグロとコージー両氏はごく最近、麻薬取締局に身柄を拘束された。罪に問われることなく釈放されたというが、じつに怪しい」

「同感だ」エンディコットは骨張った両手をごしごしすりあわせながら相づちを打つ。

「あれは事実誤認によるものよ」わたしは反論した。「エンディコット刑事、同じ過ちを繰り返さないで。とにかくサマンサ・ピールと話を――」

「もう話はした」エンディコットの相棒が割って入る。「被害者のミズ・アーニャ・R・クラフチェンコは今日の午後三時から五時までマテオ・アレグロとともにおとぎ話の村に登場する予定だったそうだが、ふたりともあらわれなかったそうだ」

「でも――」

「まだわからないのかね、ミズ・コージー」エンディコットがにやりとする。「さきほどからいっている目撃者とはミズ・ピールのことだ。被害者と〝中世の衣装〟を着た男が四時に話しているのを最後に見ている。その証言はきみたちではなく、われわれの仮説を裏づけるものだ」エンディコットが研修生たちに視線を向ける。「アレグロに手錠をかけて被疑者の権利を読み上げてやれ」

意外にもマテオは王子にふさわしい態度を貫いた。運命を受け入れたのだ。手錠をかけられながら、彼がわたしと目を合わせた。

「おふくろには知らせるな。女房の弁護士に一任する。やましいことなど、なにもないからな。数時間後には自由の身だ。まちがいない」

エンディコットがわたしたちのあいだに立ちはだかった。「あなたは運がいい、ミズ・コージー。ボーイフレンドの道連れにならずにすんだ――とはいえ、このわたしの尋問を受ける可能性はおおいにある」

マテオが警察官たちにパトカーに乗せられるのを、どうにも止めることはできなかった。

「最後にひとこと、警告しておこう」エンディコットはわたしに耳打ちした。「きみが、もしくはきみのかわいいワンコがふたたび犯罪現場に近づくのを見つけたら、警察の捜査を妨害した罪で告発する。この名犬ラッシーは動物管理局送りとなるだろう」

21

聖人ぶってベラベラしゃべるエンディコットの首をつかんで絞めてやりたい衝動を必死にこらえた。そんなことで牢屋に入れられたり、ペニーが檻に閉じ込められたりしては元も子もない。

ただし、傲慢なエンディコット刑事にはきっちりと報復した。

彼が研修生たちを引き連れて「犯罪現場を視察」するために公園内に入っていったのを確かめて、彼のBMWのほうにぶらぶらと歩いていき、ペニーに後ろ足をあげるようにけしかけた。輝くばかりの新車の運転席のドアにしっかりとタグ付けしたのだ。

「天罰よ、エンディコット。この生暖かい水たまりはわたしたちの復讐のしるし……」

いくらけしかけても、かわいらしいコリーは固体の貢献まではしてくれなかったのが心残りだ。

憤りがおさまらないまま、わたしは七十二丁目で公園を出た。ストロベリー・フィールズのそばだ。通りの向こうにはダコタ・ハウス。鋳鉄製の街灯柱の下で足を止めてメール・チェックをした。マイクから届いていた。

ニューヨーク着。子どもたちのもとに向かっているとちゅう。また後で。

ああ、よかった。一刻も早く会いたい。彼がレイラの家に着けば、もう安心だ。この時間帯ではモリーはもう寝ているだろうか。第三者が立ち会ってくれなければ、まちがいなくわたしはレイラの首を絞めてしまう。

タクシーを拾うのに数分かかった――たぶん、犬を連れていたから。それにわたしはチロル風の奇抜な衣装の上に爪先まですっぽり隠れる真っ赤なマントを巻きつけたままだった。セントラル・パークの東側から西側にいくには延々四十ブロックを走行しなければならない。その間に、どうしてもかけなければならない電話をした。できればかけたくない相手、マテオ・アレグロの現在の妻ブリアン・ソマーに。

秘書か家政婦が出て短い伝言を伝える、という成り行きを期待していた。ところが今夜に限って秘書も家政婦も出払っているらしい。一回目の呼び出し音で出たのは、人を見下すことにかけては右に出る者がいない《トレンド》誌の編集長。こんな時にもブリアンの電話の発信者番号表示機能は正確に働いているようだ。

「あらクレア、わたしは土曜日の会合で消耗しきって帰宅したところよ。マテオはハイビジョンテレビの前でいびきをかいていないし、わたしの口に合わない高カロリーの料理づくりに励んでもいないわ。どうせあなたといっしょなんでしょ。ふたりでなにをしたのか、わざわざ電話で知らせてくれたのかしら。それとも《ニューヨーク・ポスト》のゴシップ欄にのるのを待っているほうがいいのかしら?」

「こんばんは、ブリアン。じつは、そのマテオなのだけど」ひと呼吸置いてから続けた。

「かなりややこしい状況なの」

「あなたがからむと、ろくなことがないわ。はみ出し者の避難所《アサイラム》みたいなコーヒーショップにも同じことがいえるけど」

「救いもあるから安心して。あなたが迅速に行動すれば、ゴシップ欄に好き勝手に書かれずにすむわ」

状況の説明に取りかかった。マテオが王子に「即位」したところから「被疑者として」逮捕されるところまで。ブリアンが少しも動じないので見直した。彼女は逮捕した警察官がどの署のなんという人物であるのかをメモし、お抱えの「弁護団」に至急手はずを整えさせると確約した。

「これで万事オーケーね。じゃあね!」最後の一声をきいて、カクテルパーティーで頬に軽くエアキスされたような心地になった。

これで重要な電話はすんだ。ほっとしながらブリアンの言葉を頭のなかで思い返していた。

彼女は「弁護団」と表現した。ことによったら、わたしも「弁護団」を結成できるのではないか。いや、複数とまではいかなくても、ひとりは確保できるかもしれない。ハリソン・ヴァン・ローンの名刺に描かれていた水鳥が頭に浮かんできた。

チロル風のブラウスのあちこちをさぐって、ようやくローンの名刺を見つけた。電話番号がのっている。気力も体力もほとんど残っていないけれど、接客用のとっておきの声でいちかばちかやってみることにした。

「ヴァン・ローンさん？　クレア・コージーです。今日、迷子の件でセントラル・パークでお目にかかったのを憶えていらっしゃいますか？」

「ええ、憶えていますよ。チロル地方の娘さんでしたね」

「本職はコーヒーハウスのマネジャーです。焙煎の責任者も務めています。いまはフェスティバルの公認の出店業者としての立場でお話ししたいと思っています」

「といいますと？」

「ある事態が発生しまして、そのことでフェスティバルが法的なリスクにさらされるかもしれないのです」

ヴァン・ローンは食いついてきた。「どんな事態ですか？」

さあ、いくわよ。「具体的にいいますと、ふたつの事態なんです。どちらもひじょうに深刻で」

意識を失ったアーニャを公園内で発見したこと、それに続く警察の捜査についても説明した。なぜかヴァン・ローンはほっとしているようだ。そのわけは、すぐにわかった。

「痛ましいことですが、あなたがこうして知らせてくれたおかげで問題がひとつ解決しました」

「ほんとうですか?」

「あの若い女性が姿を消した時、サマンサとわたしは、彼女がドレスをくすねたのではないか、もしくはコピー商品をつくる連中にひそかにに売りつけるのではないかと考え、そうなればフェスティバルは大変な危険にさらされることになると恐れていました。ドレスさえ確保できれば、ハウス・オブ・フェンが法的措置に訴えることを未然に防げます」

「そういうことですか」ローンの言葉に心底うんざりしていた。「ともかく……その点ではよかったんでしょう」皮肉を込めてそういったが、たぶん相手には通じていない。「でも、もうひとつ問題があります」

ヴァン・ローンはアレグロ王子の逮捕に関してはまっとうな反応を示した。マテオは形としてはフェスティバルに雇用されているので、フェスティバルに傷がつくとわたしは指摘した。

仮にマテオが誤って拘束されたならば(じっさいにその通りなのだ)、彼は名誉毀損で訴えを起こす権利がある。そのことも指摘した。

「そのような訴訟では機先を制する必要があります」ヴァン・ローンに対抗して小難しい言い回しをしてみた。「ニューヨーク市秋のおとぎ話フェスティバル運営委員会としていち早く行動を起こせば、マスコミの動きを封じることができます」

ハリソン・ヴァン・ローンは即座に同意した。

「どうぞご安心を。フェスティバルの被雇用者が警察のハラスメントを受けるようであれば、わたしとしては真剣に対処しなくてはなりません。この件に関しては個人的に対応し、まずは手始めに市長室に電話を入れてみます」

成功！　心のなかで快哉《かいさい》を叫んだ。それみたことか、ミスター・ＤＮＡ！　達成感を嚙み締めながら通話を終え、ようやくリラックスした心地でタクシーのシートにもたれた。隣でペニーが丸くなっている。窓の外を流れてゆく街の景色を味わい、間近に迫った再会をあれこれ思い描く余裕ができた。

モリーとジェレミーはペニーを見たら大喜びするだろう。そしてわたしはマイクと会える。そう思うと心が浮き浮きと弾む。けれど、そこでアーニャのことが頭に浮かぶ。若く美しい彼女があそこで倒れたまま命を落としていたかもしれないと思うと苦しくなる。さらに、マイクの元妻と顔を合わせることを想像すると、ずるずると気持ちが落ち込んだ。

ひとつ間違ったら彼女に素手で絞め殺されていた。

わたしだってそうしたかった。

人目があったからレイラもわたしもなんとか衝動を抑えたけれど、あの時の気持ちを消し去ることはできない。いくら理性を保って話しても、お互いよくわかっていた。わたしたちは冷戦に突入したのだ。

冷戦といえば……。

タッカーにスパイ行為を依頼したのを思い出した。すばやくメールを送信した。レイラの行動に関してわかったことを知らせてくれと頼んだ。彼女がなにをしようとしていたのかがわかるかもしれない。期待を込めて携帯のスクリーンを見つめた。

タッカーからの返信はない。

そこでタクシーが歩道の縁石沿いに停まった。目的地のパークアベニューに到着したのだ。目の前にはレイラの高級アパートがある。

「道が空いてましたね」運転手が笑顔を見せた。

「わたし、運がいいのね」笑顔を返したつもりなのに、なぜか顔がゆがんだ。

22

「こんばんは、ミズ・コージー……」

レイラが暮らす高級アパートのドアマン、フェリックス・オーティスは完璧な対応だった。わたしとペニーのためにドアを押さえてくれるのはもちろん、わたしの異様な格好にはひとこともコメントしない。

鏡張りのエレベーターに乗り込んで、あのドアマンは筋金入りのプロだとつくづく感心した。頭を覆っていたバブーシュカは破れて外れてしまったので髪はボサボサ、頬は汚れて耳の後ろからは葉っぱがのぞいている。頭を振って枯葉を落とし、もつれた髪を手櫛で撫でつけ、唾で顔の汚れを落とした。

ダレッキが巻きつけてくれたマントをとると、チロル風のブラウスの第一ボタンがとれている。この衣装を見たマテオは「居酒屋で働く村娘」とからかった。でもマントを巻きつけていると暑いしチクチクするので、折り畳んで腕にかけた。

身なりを整えながら、自分のぶざまな姿となにもかも完璧なレイラの状態を比べずにはいられない。完璧なファッション、完璧なメイク、完璧な夫、誰もがうらやむ住所。おとぎ話のお姫さまでもこれほど完璧な設定は与えられていない。それでもマイクは、元妻のレイラが不安定で不幸せな状態だと感じているらしい。それが事実なら、ある疑問が湧いてくる。

幸福な時期はいつ終わったの？

マイクの勘違い？　それともプリンセス・レイラの甘い結婚生活の情熱は燃え尽きてしまったの？

エレベーターを降りると、カーペット敷きの廊下はがらんとしている。でもまちがいなくマイクはここにいる。そう確信した。最初の手がかりは、マイクの元妻の玄関前に置かれたニューヨーク市警のくたびれたジムバッグ。

ペニーはお家に戻ってきたよろこびを全身であらわしている。小さなコリー犬のペニーは毛足の長いカーペットに爪をめりこませて玄関からなかに入っていく。リードを持つわたしも引っ張りこまれた（これは想定内。もともとそういう段取りを思い描いていた）。

あっという間にレイラの家の廊下に立っていた。やたらに白くて、徹底的なミニマリズムの世界だ。装飾はいっさい排除され、埋め込み式の照明のせいか、臨死体験者が語る光のトンネルに足を踏み入れてしまったみたいな気分。声がきこえてきた。あの世にいる最愛の人のやさしい言葉ではない。レイラのキンキンと響く耳障りな声だ。廊下の奥からきこえてくる。

「どうして彼女があなたを呼んだりするの！」

レイラの甲高い声がするほうへ足を進めようとした時、コンソールテーブルに目がいった。

高級ブランドのハンドバッグが置いてある。口が開けっ放しで、小さな箱がのぞいている。正方形の箱はつややかなラッカー塗装で明るい紫から濃い紫へと色合いが変化して黄昏時の空の色のよう。

箱のかたわらにはメッセージカードがある。

約束通り、あなたの鍵です。
お待ちしています。BB

わたしの記憶が正しければ、レイラの結婚相手はハンフリー・レイノルズ。だから頭文字はHR。やり手のヘッジファンド・マネジャーだ。頭文字にBはない。ましてふたつも。

「ではBBとは誰かしら?」小さなコリーのペニーに問いかけた。

ペニーは心当たりがないらしい。鍵には関心がなさそうだ。大理石の床を掃くように盛んに尻尾を振り、お家に帰ってきたよろこびを表現している。床は不自然なほど汚れひとつなく磨き上げられている。

紫色の小箱の上部にもBBという文字が浮き彫りになっている。文字に指を滑らせながらペニーにささやきかけた——。

「内緒よ」

小箱の蓋をこっそり持ち上げてなかをのぞいた。紫色のベルベットで内張りされている。

小さな棺のような箱のなかには金色の鍵が収められていた。鍵にはダイヤモンドが一粒あしらわれ、ウィンクするようにキラリと光る。金と銀の菱形が連なったデザインのチェーンがダイヤの部分の金具に通されている。

確か、モリーがこんなチェーンを持っていた……。

公園でモリーのポケットから落ちたのを憶えている。鍵はついていなかった。あのチェーンの留め金は壊れていた。

「きいているの⁉ 少しはわたしの立場を考えてちょうだい！」

突き刺さるような鋭いレイラの声だ。はっとして小箱に蓋をし、ペニーのリードを握る手に力をぎゅっと込めて廊下を歩き出した。アーチ形の入り口の先は居間だ。その手前で足を止めた。

ここにも鍵穴がある。セントラル・パークの石造りのアーチを思い出した。あの鍵穴を通った先には行方不明の子どもたちがいた。でもこの先にいるのは、言い争っている元夫婦……。

自分が元夫と険悪だった頃のことがよみがえった（あの頃のマテオとわたしは道に迷った子ども同然だったのだろうか……）。

ペニーに足を突かれたので、頭を撫でてやった。心配しないで。立ち聞きしているわけではないの。入るタイミングをうかがっているの……。

「あの人は子どもたちの母親ではないわ。わたしが母親なの！」レイラが叫ぶ。

「そしてわたしは父親だ」マイクが冷静な声で返す。「ふたりが行方不明になったことを知る権利がある。クレアはそう考えた――」

この位置からではマイクの姿が見えない。でも声はよくきこえる。理性的な口調を保ってはいるけれど、彼が疲弊して余裕を失っているのがわかる。

「行方不明なんてでたらめよ。あの人がわざわざワシントンのあなたに連絡したのは、わたしに落ち度があるように見せかけて自分の手柄を示すため。そういう魂胆よ。わたしはちゃんと対処していたし、彼女はなんの関わりも――」

「ないとはいえない」マイクがピシャリといい放つ。「子どもたちのことを心配して、彼らの身を案じて森に入って歩き回って、あの子たちを見つけた。少しは感謝の気持ちを持ったらどうだ」

「彼女に感謝？」レイラがぐっと拳を握る。「そもそも子どもたちから目を離したのは、太りまくったあのペストリー売りの女よ！」

太りまくったペストリー売りの女!? 立ち聞きしている場合ではなさそうね……。

足を踏み出してアーチ形の入り口から居間をのぞいた。部屋の向こう端にマイクが立っている。腕を組み、顔をしかめて元妻を見おろしている。

レイラは真っ白なシルクのパジャマ姿だ。玄関まわりのしゃれたインテリアと同じ白。居間は薄いベージュでまとめられている。彼女の赤毛がひときわ鮮やかに映る。小枝のように細い彼女を見たら、急にお腹が空いてきた。細い棒の先端に大きな赤い頭。チェリー・トッツィー・ポップそっくりだ。

レイラはたびたびビクトリア調のヴァニティ・ミラーで自分の姿をチェックする。金と銀の凝った枠と脚のついた高価なアンティークの鏡だ。

わたしを侮辱するレイラの発言に対しマイクはなにかをいったようだが、声が低すぎてきき取れない。きき取れないけれど、それはレイラを怒らせたようだ。

「どういう意味？」

「きみはまた同じことを繰り返すのか……」

同じこと？　同じことってなに？　さらに一歩前に出た。

「わたしがなにをしようとしまいと、あなたには関係ないわ。もう他人ですもの」

「子どもたちが巻き込まれているのだから、そうはいかない。よくきけ。現実から目をそらすな。きみはジェレミーの携帯電話を取り上げ、わたしにそのことを伝えなかった。子どもたちに付き添いをつけず連絡手段も確保しないまま放ったらかしにしたのはきみだ」

「ききたくない！」

「子どもたちの行方がわからなくなったのも、犬がいなくなったのも、きみの責任だ」

「いいかげんにして。あんな犬、どうなったって知るもんですか」

ペニーのリードを握る手にぐっと力を込めた。許さない。ポップキャンディーのくせに！　叫ぼうとしたが、マイクに先を越された。

「ジェレミーの気持ちを考えろ。夜が明けたら、あの子といっしょにセントラル・パークをくまなくさがす。そう約束した。わたしがいっしょに行かなければ、ひとりで行くだろう」

「あの子はただヒーローになりたいだけ。ほんとに父親そっくりよ」

マイクにとってなによりの褒め言葉にちがいない。けれどレイラがいうと痛烈な皮肉にきこえる。

「モリーも犬のことを心配している」マイクはレイラの挑発には乗らない。「さっき様子を見にいったが、まだ泣いていた」

レイラは真っ赤な髪を払う。「モリーにはスマートフォンを買ってあげるわ。そうしたらあんな犬のことなんてすぐに忘れる」

「モリーはきみとはちがう。あの子は……」

自分のこと以外考えられないソシオパスではない。そういいたいのね。

レイラの整った顔が一瞬、石のように固まったかと思うと口元がゆがみ、子どもがべそをかくような表情を浮かべた。「どうして……どうしてそうやってわたしを苦しめるの……」

マイクが首を横に振る。「誤解だ」

「あなたは冷酷よ。わたしがつらい思いをしたと知っているくせに、さらに苦しめるなんて……」みごとな泣きっぷりはオスカー賞の候補に指名されて感極まる女優のよう。レイラは両腕をマイクの首に巻きつけた。「抱きしめて」オーバーに泣きながら元夫に要求する。

マイクがギリギリと奥歯を食いしばる音がきこえてきそうだ。彼は気力を振り絞るように天を仰ぎ、元妻のやせこけた肩を軽く叩いた。「泣くことはない。子どもたちは無事だった。

あとはペニーをさがすだけだ」

自分の名前に反応してペニーが吠えた。そして居間に飛び込んでいった。レイラは即座にマイクから離れ、ぽかんとした表情で小さなコリーを見ている。

「失礼します」こうなれば能天気にふるまうしかない。「あら、お邪魔だったかしら?」

23

「クレア!?」

元妻を押し倒す勢いでマイクが飛んできた。元上司の葬儀に出席するためのチャコールグレーのスーツのままだ。精悍《せいかん》な青い目がわたしの服を見て、ひと回りもふた回りも大きくなった。ブラウスのボタンがさらにふたつ三つとれているのかと心配になった。

アイルランド系ならではのマイクの青い目に笑みが浮かんだ次の瞬間、わたしはぎゅっと抱きすくめられた。しっかりと握っていたリードを、とうとう放してしまった。

「大丈夫か？」彼がささやく。

スーツの襟に押しつけられた頰に彼のぬくもりが伝わってくる。大丈夫どころじゃないわ。モリーが慕っているピンク・プリンセスは病院に運ばれ、マテオは逮捕された。

なにもかもいってしまいたかった。でもレイラの前では話すわけにはいかない。彼女は信用ならない。彼女の口からモリーに伝わるようなことだけは避けたい。幼いモリーを怖がらせたくない。大好きな「アニー」の身になにが起きたのだろうかと不安な一夜を過ごすような目にはあわせたくない。アーニャはきっと意識を取り戻す。なにが起きたのか、自分の口から説明してくれるだろう。だから、マイクへの返事はもちろん——。

「ええ、大丈夫……」

ペニーは興奮気味の鳴き声をあげて室内をクルクルとめまぐるしく走り回っている。レイラの高価なアンティークの鏡はうまくかわしているけれど、フロアランプのスタイリッシュなクロームメッキの支柱にぶつかってあやうく倒しそうになった。

レイラはペニーを完全に無視している。涙に暮れる母親の芝居を引っ込めて、憎々しげにわたしを睨みつける。「人のことをコソコソ嗅ぎ回るのだけが取り柄かと思っていたわ。どうやってここに入り込んだの？　錠前破りもするの？」

なんてことを。「ドアは開いていたわ」

レイラは大ぶりの指輪をはめた手を、シルクをまとった腰に当てる。そのまま一歩こちらに足を踏み出す。わたしは両手を拳に握り、攻撃を受けて立つ構えを取る。とその時、モリーが部屋に飛び込んできた。

「ペニー！　すごい！　ペニーよ！」

モリーに続いてジェレミーも入ってきた。レンジャーズのパジャマを着て髪には寝癖がついている。

ペニーはモリーの腕に飛び込んでいく。あまりにも勢いよく尾を振るので、部屋が少し涼しくなって怒りの炎の勢いがやや弱まった（ほんのつかのまだけ）。

ペニーはモリーの頬を舐めて、花束の柄のパジャマをひっかく。

ジェレミーがペニーをぎゅっと抱きしめた。「な、モリー。クレアおばさんはきっとペニーを見つけてくれるって、ぼくがいった通りだっただろ?」

レイラは無言のまま睨みつけている。マイクは、ペニーがお腹を空かせているだろうからなにか食べさせてやりなさい、と子どもたちとペニーをキッチンに行かせた。

「わたしも子どもたちといっしょに」わたしはマイクにいった。「だからあなたたちは続きを……話し合いの続きを」

モリーとジェレミーはキッチンでお肉たっぷりのドッグフードの缶詰をあけてやった。モリーがわたしにぎゅっと抱きついてきた。

「ありがとう、クレアおばさん。ペニーを見つけてくれて。ほんとにほんとに、ありがとう!」

「どういたしまして」

ジェレミーがうなずく。十三歳の彼は妹のように子どもっぽく抱きついてきたりはしない。ジェレミーは片手を差し出した。「さすがだね、クレアおばさん」

「マテオおじさんが協力してくれたのよ」ジェレミーと固い握手をかわす。「なんとかペニーを無事に家に連れ帰ってあげたくて」

「ぼくもいっしょにさがすつもりだった。ママさえ許してくれていたら」

「ええ、わかっているわ。でもね、あなたたちのお母さんの判断は正しかったと思う。子どもは夜の公園にいてはいけないわ……」

ペニーは夢中で食べている。わたしはモリーの髪を撫でてやった。「ちょっとききたいことがあるの」

「なあに、なんでもきいて」

「公園の橋のところであなたたちを見つけた時のこと、憶えているかしら。あなたのポケットからなにかが落ちたわね。金と銀の菱形がつながったようなチェーン。確か留め金が壊れていた。あれはあなたのもの？」

モリーは首を横に振って否定する。「オーク橋のそばで見つけたの」

「ふたりで見つけたんだ」ジェレミーが話に入ってきた。「アーニャのものじゃないかと思った」

「なぜそう思ったの？」

「首にああいうのをつけていたのよ。だから絶対にそうよ」

ジェレミーがうなずく。「アーニャはランブルに入ったってきいたから、たぶんそこで落としたんだ」

「だから、ちゃんと返すつもり」モリーがいう。「月曜日に学校のお迎えに来てくれたら、その時にね。最初からそうするつもりだったのよ」

「わかっているわ。ききたかったのは、そのことではないの。あのチェーンを見て、珍しいなあと思ったのよ。いろいろ参考にしたくて。アーニャはあのチェーンになにかをつけていた？　憶えている？　チャームとか、なにか……」

金色の鍵とか。心のなかでつぶやいた。

ジェレミーが首を横に振る。「つけていたとしても、アーニャはいつもシャツのなかにチェーンごと入れていた」

「いつもじゃないわ。わたしは何度か見たことがある」モリーから有力な証言がきけそうだ。

「どんなものだった？」

「鍵よ。金色のきれいな鍵をチェーンにつけていたわ」

「その鍵は落ちていなかったの？　見つかったのはチェーンだけ？」

ふたりそろって首を縦に振る。わたしは眉をひそめた。アーニャの鍵はなくなったのか。それとも何者かが奪ったのか？　そっくりなものが、なぜレイラに贈られたのか？　単なる偶然？　同一人物がアーニャとレイラに関わっているのだろうか？「ＢＢ」という人物がふたりにおそろいの鍵を贈ったの？

「もうひとつ、ききたいことがあるの。いい？」

「はい」ジェレミーとモリーが声をそろえる。

「ピンク・プリンセスをランブルで見かけたと、誰からきいたの？」わたしは息を詰めてふたりのこたえを待った。これで突破口がひらけるかもしれない。信頼のおける目撃者からさらに情報を得られるかもしれない。ところがモリーは肩をすくめて、こうこたえた。

「子どもたちがそういっていたの」

ジェレミーが同意してうなずく。「知らない子たちだった。女の子ふたりと小さな男の子。ぼくたちは片っ端からきいてまわっていたんだ。そうしたらピンクのドレスを着た人が森に入っていくのを見たと女の子たちが教えてくれた。でも、その子たちはそれ以上はなにも知らなかった」

ペニーが吠えたのでモリーが抱きしめてやる。「もう食べ終わったの？　よっぽどお腹が空いていたのね。とっておきのデザートをあげるわね！」モリーは歌うような口調だ。

モリーが犬用のビスケットをとりにいくと、ジェレミーがわたしにたずねた。

「アーニャが森のなかに入っていくのを見た人のことを、どうしてそんなに知りたがるの、クレアおばさん？　なにかあったの？」真剣なまなざしだ。

「いいえ、なにも」

ジェレミーが身を寄せてささやいた。「ペニーをさがしている時にアーニャと会ったの？」

「ええ。アーニャがいたのよ」言葉を選んでこたえた。「なにも心配することはないわ。ほんとうよ」

しかし相手は刑事の息子。なにかを察している。彼は妹をちらりと見て、わたしに視線を戻す。ぼくとモリーには知らせたくない、そうなんでしょう？　彼の目が語っている。

「もう、行かなくちゃ」知らず知らずのうちに早口になっている。「もう遅いし。おやすみなさい、ふたりとも。またね……」

ジェレミーから質問攻めにされる前に、いそいで居間に戻った。しかしここも危険地帯だった。マイクの元妻が飢えた肉食獣みたいな獰猛さでいまにも飛びかかってきそうだ。

「ほら、またあらわれた。わが家の犬の救世主気取りで！　あなたとマイクって、ほんとうにお似合いよ、クレア。偉大なヒーローの警察官と、ヒロイン気取りのあなただもの。めでたく再会を果たしたのだから、どうぞよそで祝杯をあげてちょうだい」

ほんとうに嫌な女。さっさと出ていきたいのは山々だ。しかしアーニャに関する情報を仕入れる絶好のチャンスを逃すわけにはいかない。ちっぽけなプライドにこだわっている場合ではない。そう自分にいいきかせてレイラに歩み寄った。

「ねえ、レイラ。わたしたち、今日は出だしでつまずいてしまったのね、きっと」

「そうかしら」

「ええ、そう思うわ。あなたが雇ったシッターが同行していれば、こんな事態にはならなかったはず」

「責任逃れをするつもり？」

「シッターの名前はアーニャ、そうだったわね？」

「すばらしい記憶力ね」

「雇う際に、彼女がモデルのアルバイトをしていることは承知していたの？」

レイラが腕組みをする。「アーニャの履歴書に不備があったとでもいいたいの？」

「いいえ、ただしかるべき推薦状があったのか、どんなモデル事務所の仕事をしていたのかと思っただけ――」

「思っただけ？　嘘ばっかり。なにコソコソ嗅ぎ回っているのよ。あなたに関係ないでしょう！」

「それは思い込みよ。わたしはただ――」

「よけいな口出しは結構！　あなたはここに犬を届けに来ただけ。用件はすんだのだから、さっさと出ていって！」

レイラがこちらに突進してマニキュアをした爪で襲いかかってくる。マイクがすばやく割って入り、レイラのアクリルネイルでざっくりやられずにすんだ。

「今日はこれで引きあげる」マイクがレイラにいう。「気持ちを静めて少し休むといい。明日の朝また来る。子どもたちをブランチに連れていく」

「あら、忙しいあなたが珍しいこと」レイラはわざとらしい仕草で両手をあげる。

「じゃあ、明日」マイクの冷ややかなまなざしは霜の大王のようにレイラの喉を凍りつかせたらしく、ようやくおとなしくなった。

24

マイクはキッチンに立ち寄って子どもたちを奥抱きしめ、おやすみと挨拶をした。レイラの家を出ると、ひとことも口をきかなかった。ぐっと歯を嚙み締めたまま、怒りの炎をたぎらせている。

お互い無言のままエレベーターに乗り込み、静まり返ったなかでわたしは携帯電話を取り出した。着信はない。

邪悪なエンディコットに捕らわれたマテオ王子を解放するために弁護士たちが法律の魔法を駆使しているのはわかっている。わたしにできることなどほとんどないこともわかっている。しかし、ただ知らせを待つしかないのはつらい。こんな状況だとマイクに打ち明けてなにかアドバイスをききたい。力を貸してもらいたい。でもいまは無理。彼の胸中を思えば、それどころではないだろう。

建物内の豪華なロビーを横切る際、わたしはドアマンと挨拶をかわした。マイクは苦虫を嚙みつぶしたような表情のまま、ドアマンにはほとんど目もくれない。

外の歩道に出たところでマイクを引き留めて声をかけた。「大丈夫？」

彼はこのまま『駐車禁止』の標識に殴りかかっていきそうな気配だ。「レイラはきみに礼を述べるべき立場にあった。それなのに、つかみかかろうとした。なにをはき違えているのか」

「落ち着いて。レイラとわたしは水と油なのよ。それはどうにもならない。大切なのは子どもたちよ。あの子たちと話したんでしょう？　なにか変わった様子はなかった？」

マイクは首を横に振って否定し、ネクタイをゆるめた。

「ジェレミーは叱られるのではないかと心配していた。しかし、あいつがしたことは間違ってはいない。オーク橋のあたりは照明で明るいと憶えていたんだ。だから下り坂をたどって明かりのところまで歩いた。そしてモリーを安心させて無事を確保し、カモを見せ、警察官か公園のスタッフが通りかかるのを待った――信頼できる人物を」

「ジェレミーは賢い子ね」

「しっかりしている。頼りになる」

「ジェレミーもモリーも、いい子たちね。ふたりともとても素直な心の持ち主」

「きみもだ」彼がわたしを抱き寄せる。「だが、いまはきみの頭のなかが気になる」

「頭のなか？」

「ああ。きみの関心がどこにあるのかを知りたい。レイラに執拗に質問していたな。アーニャについて……」

はっとした。気づかれていたか。でも驚いたのはほんの一瞬だけ。マイクはいまでこそスーツで決めたFBI捜査官だけれど、長年、警察官として人の言葉を読み取るプロとして生きてきた——目撃者の証言から容疑者の否認まで。

「その理由はきみの口からきけるだろうか」有無をいわせない口調だ。「それとも……力ずくできき出すしかないか？」

「力ずくも悪くないわ。でもそこまでしなくても、あなたにはなにもかも話しておきたいの。長くなるから歩道で立ち話というわけにはいかないけど」

マイクがうなずく。「今日はもうくたくただろうし、きみの家に行こう」マイクは車道のほうを向いてタクシーを拾おうと片手をあげた。わたしは彼の手を下におろした。冷たい夜の空気は火照《ほて》った頬に心地よい。大きく息を吸って吐き出した。

「それよりも、足のストレッチはどう？　圧力鍋並みに張りつめた空気からやっと解放されたんですもの。歩いてのんびりしたいわ……軽食でも、どう？」

「名案だ。レストラン選びが厄介だが。ウエストサイドならいくらでも知っているが、アッパーイーストの店には縁がない。きいたことがあるのは〈バブカ〉くらいだ」

伝説的な店の名をきいたとたん、口のなかに唾があふれてきた。

家庭料理を味わえて居心地満点のパラダイスみたいなその店は隣にベーカリーもあり、行列ができる名店だ。

「〈バブカ〉で食べるのは大賛成だけど」わたしは腕時計をトントンと指さして見せた「この時間ではきっと満員よ。この界隈の店はたいていそんな感じ」

「それなら散歩しながら入れるところをさがそう」

「条件がひとつだけあるわ」わたしのウエストのあたりをぎゅっと抱きしめていたマイクの手が離れるのを感じる。「店はどこでもいいけど、かならず高い背もたれのブース席にしてね」

「誰にも邪魔されたくない、ということだな?」

マイクはなぜか興奮気味でニコニコしている。なにか誤解しているようだ。ふたりきりになるために提案したのではない。フェスティバル用の衣装はマイクには好評のようだけど、世間一般の人の目には、やはりビアガーデンのエヴァ・ブラウンみたいなイメージに映るにちがいない。

25

ダウンタウンの川に近いほうへと向かった。風格のある豪奢《ごうしゃ》な石造りの建物が並ぶパークアベニューの静けさから離れ、ネオンとざわめきに満ちた「下々の者がひしめく」通りに入った。

「さて、どこから立ち聞きしていたのか教えてくれ」マイクがたずねる。

「なんのこと?」わたしはマイクにすり寄った。ぬくもりを得るため、そして人目を避けるために。

すれ違うおしゃれな人たちは、わたしを見てクスクス笑っている。ここヨークビルで個性的なファッション哲学を貫いている人物に見えるのだろう。寒くてたまらない。だが、チロル風の衣装の上からダレッキが貸してくれた真っ赤なマントを羽織って足の指先まで覆ってしまったら、周囲の反応は忍び笑いよりも厳しいものとなるだろう。怪しい「変人」扱いされるに決まっている。だからマントは脇に抱えたまま、人目につかないようにマイクに身を寄せた。

「レイラといい争っている時に、きみは入ってきた。じつは話をかなりきいていた。そうだろう？」

「ほんの少し……」

「少しだけ？」

「ええ、彼女がわたしのことを、太りまくったペストリー売りの女といったのはきこえたわ。なぜあんなことを？」

「彼女は最新の流行に目がない。だから今時の流行に乗って炭水化物を口にしないんだ。彼女の物差しでは、きみはドラッグのディーラーよりたちが悪いことになる」

「なるほどね。エスプレッソに精神安定剤《バリウム》と痩せ薬を添えて出せば、彼女の仲間のあいだで人気者になれるかしら？」

「もちろん。流行に敏感な連中は薬が大好きだ。ブラウニーやスコーンには震えあがるが」

「では次回あの赤毛の吸血鬼に会う時には、銀の十字架ではなくチョコレートチップ・クッキーを持ってきてこらしめてやるわ」

マイクから笑顔を引き出すことができたのはうれしい。ただしこれは決して笑い事ではない。ファッショニスタ王国では、ファッション業界トップが女性たちを洗脳して、貧弱な姿になればなるほど勝ち組になれる（なんという皮肉）と刷り込んでいる。その世界では、服のサイズが六を超える女性は「お蔵入り」なのだ。

わたしくらいの年齢になれば腹も据わってくるが、若い女性に与える影響は深刻で放ってはおけない。拒食症、過食症、痩せ薬、美容整形——アウシュビッツの強制収容所から出たばかりのような姿のモデルを起用した広告が街のいたるところで目につく。それを見ると、火をつけて燃やしてしまおうかなどと思ってしまう。

「新米警察官だった若い頃は、なにもわかっちゃいなかった。レイラが〝かわいそうな自分〟を演じて泣けばかわいいとさえ思った。だが今夜は首を絞めてやりたいと思ったよ」

「レイラは長年の習慣が染みついてしまっているのね」

「こっちはいつまでもつきあってはいられない」

「それはそうと、レイラのことは放っておけといったわね。憶えている？」

「ああ、憶えている。きみは疑問を抱いたら行動に移すとわかっていたからな。で、どうだった？」

「待って。わたしが行動に移すとわかっていた？　元妻の動きをさぐるように？　マイケル・ライアン・クィン、あなたは暗にわたしをけしかけたの？」

彼の顔をしげしげと見つめた。薄ぼんやりした街灯の明かりでも、彼の瞳に茶目っ気がふたたび宿っているのがわかる。

マイクが肩をすくめる。「きみという人をずっと見てきたからな。それくらいわかるさ」

彼が片手でわたしの腰を抱いて歩き出そうとうながす。「で、なにを突き止めた？」

「たいしたことはなにも。タッカーからの報告を待っているところ。彼女に関する特ダネをつかんでいるらしいの。タッカーを動揺させるほどの特ダネみたい。謎だわ。なにが起きているのかしら。なにか思い当たることは？」

「謎などない。タッカーがなにに動揺しているのかはわからない。しかし演繹《えんえき》的な結論を導き出すことはできる。レイラはわたしを裏切った時と同じことをしているんだろう」

「つまり、火遊びを?」

「ああ」

「わたしはそうは思わないわ。彼女はあなたを捨てて裕福な新しい夫といっしょになった。そうでしょう? 望む生活を手に入れたのではなかったの? なぜ、それをみすみす壊してしまうような真似を?」

「どうしてだと、きみは思う?」

「わからない。ただ……彼女の夫はどこにいたのかしら?」

「出張だ。いつも不在なんだ」

「その口ぶりだと、彼女の夫ハンフリー・レイノルズは妻レイラを裏切っていると確信しているのね」

「ああ。これを因数分解してみよう、コージー刑事。ヘッジファンド・マネジャーのハンフリー王子はわたしの元妻との結婚にあたって婚前契約書を締結することを強く主張した」

「となると、話がちがってくるわね。つまりあなたは、レイラが新しい白馬の王子さまを見つけたと考えているのね。いままでの王子さまからミドルクラス並みの別居手当しか支給されなくなった時に備えて、スペアーの王子さまを」

マイクがうなずいたので、紫色の箱に入っていた鍵のネックレスのことを話した。

「BBというイニシャルになにか心当たりは?」

「ないね。しかし、おそらく彼女の新しい男だろう」

「かならずしもそうとは思えないけど。とにかくあの箱とカードのメッセージは引っかかるわ」

「ダイヤモンドつきの鍵形のネックレスを女性に贈るとすれば、当然、求愛目的だろう」

「プライベートなカードという印象は受けなかったわ。妙に事務的だった。『お待ちしています』なんて、堅苦しいでしょう?」

「気のきかないアシスタントが書いたと思えば、変ではない。巨額の資金を動かす連中はごまんと人を雇っている。ちがうか? そのアシスタントがネックレスを購入してメッセージを……ホットドッグだ!」

「なんですって?」

マイクがわたしを引き留めた。レキシントン通りと三番街のちょうどあいだの、ひとけのない地点だ。店舗はどこもほとんど暗い。ここまでアパートメントの建物をいくつか通り過ぎたが、どこも静まり返ってキャノピーを設けたエントランスの照明もごく弱めだった。

マイクが指さした先にはバス停――『赤ずきん』のミュージカルのポスターが貼ってある――があり、その先には三番街の角が見える。角に光って見えるのはパパイヤという名のオアシス。真夜中であろうと嵐であろうと、ここのネオンは明るく輝いている。わずかなスツールはあるが、ほとんど屋台に近い。

「所轄の巡査をしていた頃は、この手の店が第二の自宅だった」

熱々のおいしい軽食と搾りたてのフルーツジュースの店だ。いまのわたしはこんな奇妙な格好だし、お腹はグーグー鳴っているし、一も二もなく返事をした。

「ここにしましょう！」

26

『パパイヤ』と書かれた大きな黄色い看板がホットドッグの店の目印、などという街は世界広しといえどもここニューヨークだけ。

いつからか、こういうスタンドが街のいたるところに出現した。〈パパイヤ・ドッグ〉、〈グレイズ・パパイヤ〉、〈マリオズ・パパイヤ〉——その大本にあるのはアッパーイーストサイドの〈パパイヤ・キング〉。かのジュリア・チャイルドが「世界一のホットドッグ」を味わえると絶賛した名店だ。

〈パパイヤ・キング〉は八十年の歴史を誇り、この街のランドマークとなっているホットドッグ店だ。その店から八十ブロック南下したここ〈パパイヤ・パレス〉の行列にわたしたちは並んだ。

「じつにロマンティックな選択だ」マイクがいう。次々にソーセージが焼かれているグリルの上のほうには巨大なメニューがあり、わたしはそれを眺めた。

「そうね、凝った照明といい」——手術室並みの明るさ——「客層といい」——タクシー運転手、救急車の運転手、タトゥーをしたティーンエイジャーたち——「メニューといい」

――ホットドッグ、ハンバーガー、フライドピクルス、紙コップ入りのカーリーフライ。

いまのわたしの服装には、まさにどんぴしゃりの選択だ。

「どうしてわたしがここをロマンティックというのか、知りたくないか？」注文をすませてからマイクがたずねた。

「そうね……仮釈放中に逃亡して長らく行方が知れなかった人物を警察官がここで見つけるから？」

「それもある」彼がかすかに微笑みを浮かべた。目尻にカラスの足跡ができる。「しかしほんとうの意味でロマンティックなのは、ガスという移民と彼の妻バーディーの物語だ」

「オリジナルの〈パパイヤ・キング〉の話ね」

「知っていたか？」

「なんとなく。確か、フラダンスの踊り子に関係していたのでは？」

「すばらしい記憶力だ」

「フラガールとホットドッグの取り合わせ？　あまり淫らな内容ではなさそうね」

マイクが笑い声をあげ、わたしの腰に手をまわしてぐっと引き寄せた。注文した料理ができるのを待ちながら、彼がわたしの耳元でささやくように話し始めた。

「むかしむかし、ある若者がギリシャからアメリカに渡ってきた……」

ニューヨークの、とりわけ料理の世界の数多くのサクセスストーリーと同じく、〈パパイヤ・キング〉も不屈の根性と独創的なアイデアに満ちている。ガス・プーロは一九二〇年代に、家族も友人もいないニューヨークに無一文でやってきた。

「彼は懸命に働き、勤務先のデリを買ってオーナーになった」マイクの声の響きで、チロル風の衣装をつけたわたしの足の爪先までジンジンする。「そして初めて休暇をとって出かけたマイアミでパパイヤに惚れ込んだ。ニューヨークに戻った彼はトロピカルジュースのスタンドの一号店をオープンした。しかし、これがさっぱり売れなかった。そこでガスは若い女性に腰みのをつけさせてフラガールの格好で店の前に立たせ、無料で試飲をさせた」

「当ててみるわ。まるまる一ブロックも行列ができたのね」

「その通り」

「肝心のホットドッグを売るようになったのはいつから？」

「そこがロマンティックな部分だ。ドイツ系アメリカ人のバーディーという女性がガスに、自分の好物を地元のヨークビルで試しに出してみてはどうかと勧めた。バーディーはガスの妻となり、ドイツのフランクフルター（ホットドッグ）とトロピカルドリンクという組み合わせのメニューが誕生した。めでたしめでたし。女性のすばらしい愛が、この街を代表するすばらしい味のコンビネーションをつくり出したんだ」

「マイアミのパパイヤも忘れてはいけないわ。無一文から身を起こして成功するストーリーはニューヨークの古典的なおとぎ話ね。とてもおもしろいわ。フロリダにフラガールなんていたかしら」

「いなかったかもしれないな。だがガスにとってはまさに魔法のような効き目だった」

「貴重な教訓ね。売上が低調になったらエスターとナンシーに腰みのをつけてもらいましょう」

「タッカーは？」

「ウエストビレッジだから、それもいいでしょう。でも彼がフラガールになったからといって誰かが足を止めてくれるかしら」

注文の品がきた。マイクの温かい手が腰から離れてしまったので、わたしはため息をついた。彼はプラスチック製のトレーをわたしの分まで持ち上げていそいそと運んでくれた。巨大なピクチャーウィンドウに沿って並ぶスツールに陣取った。

スツールは東向きの窓に面している。外を眺めていると、二番街の方向からストレッチリムジンがやってくるのが見えた。三番街のほうへと角を曲がり、アップタウン方面に走っていった。白馬にまたがった君主が注目を浴びながらさっそうと駆け抜けていくような光景だ。数分後、またもやリムジンがあらわれた。今度は黒い。さきほどの白いリムジンとそっくり同じルートで走り去った。

この街ではリムジンなど珍しくない。続けざまに二台通ったからといって、特に注目はしなかった（その時には）。それよりも、至福の表情でホットドッグを頬張るマイクをうっとりと見ていた。ホットドッグを四本。それぞれ香辛料をたっぷり、そしてメニューにあるチリ、チーズ、ザワークラウトのトッピングもすべて添えて。

食べもののにおいに反応してわたしのお腹はグーグー鳴り出した。ホットドッグにがぶりとかぶりつく。焼きたてのパンとソーセージの歯ごたえが心地よい。マイクとはちがってわたしはトッピングに関してはシンプル派で、マスタードをすうっと一筋と「ニューヨーク・オニオン」をさっとかけるだけ。ホットドッグとハンバーガーは、ケチャップよりも断然ニューヨーク・オニオンが合う。

この独特のニューヨーク・オニオン——材料はオニオン、スパイス、ビネガー、トマト——は、この街とよく似て、甘くて酸っぱくてとてつもなく複雑で味わい深い。むしゃむしゃ食べながら、そういえばこの街でのわたしの暮らしもまさにこんな感じだと気づいた。パークアベニューで暮らすレイラのようなプリンセスから見れば、ここは労働者階級の店。自分とは縁もゆかりもないと思うのだろう。ビレッジブレンドを切り盛りするわたしの仕事も、彼女から見ればつまらなくて無意味なものと映るだろう。当のわたしはおおいにやりがいを感じ、楽しくてたまらない。バリスタの世話を焼き、店のお客さまのために新しいコーヒーのブレンドをつくるのが大好きだ。なにより、マダムの後を継いでビレッジのすべての人々（一般的な住人も型破りの住人も）に安らぎの一杯を提供し、ほっとするひとときを味わってもらうことに誇りを抱いている。

マイク・クィンとは、ある事件の捜査の過程で出会った。思いも寄らない奇跡的な出会いだった。この歳で、分別も良識もある男性と特別な関係を築けるとは、考えたこともなかった。マイクはプレイボーイとは気質もなにもかもまったく対極にある——わがままな下着モデルとの結婚生活が破綻した後はことさら。ひとことでいえば、コカイン中毒の経験者であるわたしの元夫とマイクは正反対だ。

マテオが向こう見ずな場面では、マイクは思慮深い。マテオが感情的になる場面では、マイクは自制心が働く。マテオが優柔不断になりがちで（往々にして）安易なほうへと走る場面では、マイクは意志強固で忍耐強くものごとの本質に目を凝らす。

たしかにマテオ・アレグロは刺激的で情熱と輝きに満ちている——魅了されるなというほうが無理だろう。マテオとのあいだに生まれた娘をニュージャージーで育てた後、十年ぶりにわたしはマンハッタンに戻った。マテオはわたしとよりを戻すことを考えていた。けれどそういうわけにはいかない。マテオとマイクのどちらかに決めるとなった時、わたしはマイク・クィンを選んだ。

いま、マイクからはふたたび選択を迫られている。前回とちがって、かんたんには決められない。二週間前の週末はわたしがワシントンを訪ねる番だった。そこで彼から話を持ちかけられた。ニューヨークでの暮らしと仕事を切り上げて、マイクのいるワシントンDCに移ってこないかと。

少し考えさせてくれと、わたしはこたえた。いまのところマイクは決断を求めてきてはいないけれど、自分の（ふたりの）今後に関してはいつか態度を決めなくてはならない。それがわたしの心に重くのしかかっている。

今夜はいろいろな意味で心が重い——たとえば、モリーが慕っているピンク・プリンセスについてマイクに話さなくてはならない。

四本目のホットドッグを平らげたマイクはわたしと目を合わせた。これは彼が気持ちを切り替えたしるし。

「さて、腰を落ち着けて食べるものを食べたわけだ。そろそろ話をきかせてもらおうか」

わたしはうなずいた。「わたしの話には、残念ながらホットドッグもフラガールも登場しないけど」

「そんな予感がしたよ」

わたしは深く息を吸い、意を決して話し始めた。「驚かないでね。ペニーをさがしていたら、アーニャを見つけたの。かわいいペニーはアーニャを守っていたのよ」

「アーニャというのは、レイラがパートタイムのシッターとして雇っていた、あのアーニャか？」

「ええ。ランブルで倒れていたの……」

27

さきほどまでのマイクの明るい表情が消えた。カーテンが引かれるように警察官の冷静な表情へと変わっていく。

「いま彼女はどこにいる？」

「病院よ。警察官の話では、薬物を摂取していたらしいわ」

「薬物!?」鉄のカーテンにひびが入る。マイクにしては珍しい。

わたしは彼に身を寄せた。「アーニャについてなにか知っているの？　ドラッグの常習者？　依存症だったの？」

「わたしはここまでキャリアの大半を麻薬取締官として築いてきた。わが子に薬物中毒者《ジャンキー》を近づけるはずがない」

「じゃあ、彼女はジャンキーではないのね？」

「ああ。彼女はレイラに信頼のおける推薦状を提出した。わたしもそれをチェックしている……」

アーニャ・R・クラフチェンコの身元について、マイクがくわしく説明を始めた。彼女は二年ほど前にモスクワから渡米してきた。前科も前歴もなく、以前の勤め先からの推薦状の内容もまったく問題はなかった。明白な事実を淡々と告げる刑事の口調だ。

「どれも書類上の記載にすぎないでしょう？　彼女はどんな暮らしをしていたのかしら。彼女自身にドラッグを使う習慣がなくても、恋人や友人が使っていたとしたら？　あなたの知らないところで、そういう人物がいるという可能性は？」

「憶測になるが、その可能性はおおいに考えられる」

「その可能性に期待したいわ。だってそうでなければ、あの森でアーニャの身にとんでもないことが起きたということになるわ。それはあまりにも恐ろしい。この話には続きがあるの」

「さらに悪いことか？」

マテオが逮捕されたことを打ち明けた。

「逮捕したのは？」

「フレッチャー・スタントン・エンディコット刑事。彼はマテオを逮捕しただけでは足りず、ペニーを動物管理局送りにすると脅し、わたしを告発すると脅したわ」

マイクの眉間のシワが深くなり、激しい怒りをたぎらせているのが伝わってくる。

「エンディコットから脅されたのか？」

「落ち着いて。本気だったとは思えないわ。だからこっちもペニーと共謀して彼の車のドアのところに水たまりを残してきたの。親愛の情を込めてね。わたしたちはまったく気にしていませんよというメッセージ」

マイクが首を左右に振る。「あいかわらず懲りないやつだ、コージー」

「あの男は最低よ。あなただって知ってるでしょ。どんな手を使って現場に復帰したのかしら」

「スタントン市長の従兄弟だからな」マイクにいわれて思い出した。「それに彼は有能な相棒に恵まれていた」

「なるほど、相棒ね。エンディコットの相棒はマテオに薬物の前歴があることを持ち出したわ」

「きみには酷な話だが、きみの元亭主は自分の過去の過ちに足を引っ張られるだろう」

「ひどいわ。過去に足を引っ張られるなんて無茶苦茶よ。彼は苦労して立ち直り、ちゃんと償ったのよ。前歴だけを根拠に逮捕するなんて、おかしいでしょう？」

マイクはそれにはこたえず、続けた。「きみの話では、マテオはアーニャとペアを組んで一日の大半をいっしょにいた。そうだね？」

「ええ。状況はマテオには不利ね。でも彼はあの娘さんには絶対になにもしていないわ。ミスター・DNAだって物的証拠などなにも示せないはず」

マイクがよそ見をする。三番街の車の流れを真剣に観察するようなまなざしだ。でも、そう見えるだけ。彼の視線がふたたび、わたしを捕らえた。わたしはぐっと身構える。

「ききたいことがある……」ほうらね。「なるべく客観的に考えてこたえてもらいたい。いいね？」

「続けて」

「アーニャは若くて美しい女性だ。マテオは女癖が悪くドラッグ使用の前歴がある。そんな彼がアーニャと丸一日ペアを組んだ。彼女とランブルでささやかなパーティーで盛り上がった、という可能性はないだろうか？　彼がその場を離れるまでは、彼女は元気そうに見えた。だからこうなるとは予想も――」

「やめて、なにをいい出すの！」数人がこちらを向くのが見えた。かまうものか。「マテオ・アレグロはろくでもないことをあれこれするかもしれないけど、女性を危険な目にあわせるようなことだけは絶対にしないわ。マテオは女性が大好き。少々度が過ぎるほどね。そして戦ってでも女性を守ろうとするわ。自分の命に代えてでも」

「落ち着け、クレア。客観的になれといったはずだ」

「そうしているわ！」

わたしの言葉を疑うようにマイクが片方の眉をあげる。

「ねえ、あなたは元の奥さまのことをよく知っているでしょう？　ちょっとしたことを企んだり、泣きまねをしたりするのも知っているわよね。責任回避をするところも」

「ああ、残念だがよく知っている」

「わたしも、同じように元夫のことを知り尽くしているわ。彼とビジネスをいっしょにやっていこうと決心したのは、彼がよきパートナーになる、よき友人になると確信したからよ。

欠点はあっても根はいい人だと信じているから。マテオが薬物を断ってから十年以上経つわ。コカインには指一本だって触れていない」

「そう断言できるか？」

「ええ。彼がコカインに手を出せば、すぐにわかるもの。今度はあなたが客観的な立場でこたえて。セントラル・パークで若い女性をあんなふうに放置するのは、どういう人物だと思う？　わたしが見つけていなければアーニャは吹きっさらしのまま命を落としていたかもしれないわ。あなただって、いまはマテオのことをよく知っているわよね？　彼がそんなことをする人間だと思える？」

マイクが大きく息を吸う。「アレグロは不注意なところがあるし、飛び抜けて賢いわけでもないとわたしは思う。しかし、きみのいう通りだ。彼がそういう冷血な仕打ちをするとは思えない」

「そうよ。冷血な人物でなければ、こんな真似はできない。彼女といっしょに薬物を使用して、そのまま放置したのかもしれない。それとも、もっと悪質だったのかもしれない。デート・レイプをもくろんで彼女に薬物を飲ませて暴行を働こうとしたものの、邪魔が入ったか通行人の姿に怯えて逃げ出した、という可能性もあるわ」

無表情を保っていたマイクの顔に一瞬、変化が見られた。そうよ、もっと反応を示してくれなくちゃ！

「マイク、エンディコット刑事と相棒はこの事件の犯人を挙げようとしている。でもやったのはマテオではないわ。エンディコットたちがマテオに気をとられている隙に真犯人を取り逃がしてしまったらどうなるの。恐ろしい犯罪者が野放しになってしまう。これ以上女性の被害者が出る前にモンスターを捕らえなくては」

「同感だ」

「なにか手立てはないかしら？」

ふたたびマイクが三番街の車の流れに視線を向ける。

「何本か電話をしてみよう」ようやくマイクがこたえた。「アレグロがどこに勾留されているのかを突き止める。釈放させる手段は彼の弁護士にまかせるしかないが。エンディコットがいる署にはエマヌエル・フランコを行かせる。フランコ巡査部長なら、この件の捜査担当を替えるよう働きかけることができる」

「ありがたいわ」

「アーニャの雇い主が元妻ということで、直接この件の指揮を執ることはできないだろうが、大丈夫だ。わたしがワシントンDCにいて不在のあいだ、薬物過剰摂取《OD》捜査班はサリーが指揮を執っている。フランコからサリーに報告があがるから支障はない」

マイクが携帯電話を取り出すと、騒々しいティーンエイジャーたちのグループが店にどやどやと入ってきた。「外のほうが静かだから、出てかけるよ」立ち上がりながらマイクがいう。

「ここで待っているわ」

歩き出そうとしたマイクが足を止め、身を寄せた。「ありがとう」やさしい声だ。「きみが待っていてくれるから、がんばれる」

28

マイクの協力を得た安心感（と、耳に残る彼の温かい息の感触）に浸りながら甘いトロピカル・スムージーを飲み干し、ホットドッグ店の窓の外をぼんやり眺めた。

リムジンが角を曲がっていくのが見えた。リムジンに続いてタクシーが一台、リムジンサービスのセダンが一台、さらにリムジンが一台。最後尾の豪華なリムジンは〈パパイヤ・パレス〉の正面に横付けした。後部のドアが勢いよく開き、中年のカップルが出てきた。タキシードにイブニングドレスという出で立ちだ。

腕を組んで豪快に笑いながら（かなり酔っている様子）そのカップルは、ホットドッグと「ココナッツ・シャンパン」のテイクアウトを注文し、夜食代わりの軽食を手によろける足取りで出ていった。その間わたしが注目していたのは、女性のネックレスだ——銀と金の菱形が連なったチェーンに金の鍵がついていた。鍵のてっぺんにはダイヤモンドが一粒輝いている。

レイラの家で見た紫色の小箱に入っていたものとそっくりだ。

誰かに肩を軽く叩かれた。「すみません、その椅子、空いていますか？」

見上げると、二十歳を少し超えたくらいの若い女の子だ。たくさんのタトゥーが目立つ。商品をのせたトレーを手にしている。彼女の後ろには、たくさんのピアスをつけたボーイフレンドが片手にドラムのスティック、もう片方の手にはギターケースを持って立っている。

「どうぞ座って」わたしは女の子にいった。「わたしの椅子もどうぞ」男の子に勧めた。そしてふたりにきいてみた。「この近くにナイトクラブがあるの？」

「ええ、クラブならありますよ」女の子が肩をすくめる。

「でも一般人は入れないんだ」若者はドラムのスティックでスツールの座面を軽く叩きながらいう。「それ以上は知らないな」

トレーを片付けて外に出た。夜が更けていっそう寒くなっているのでダレッキのマントをまとった（この界隈で入れ墨だらけのソニー＆シェールが受け入れられるのなら、ビアガーデンのウェイトレスみたいな格好の中年女性が足の爪先まですっぽり赤いマントにくるまっていても、誰もとがめはしないだろう）。

マイクはドアから数メートルのところで電話の真っ最中だ。人差し指をあげて彼に合図を送り、口の形で伝えた。すぐに戻るから！

三番街を駆け足で渡り、脇道に入って二番街の方角をめざす。リムジンが次々に走っていった方向だ。あたりにはひとけがない。こんな場所に富裕層が出入りする会員制クラブがあるのだろうか。しかし、さきほどのカップルのいったことはどうやら正しかったらしい。

道のずっと先のほうで、車の明るいヘッドライトが見える。縁石沿いに停車すると、すぐに身なりのいいカップルが建物から出てきた。笑いながら車に乗り込む。発車して滑るように走り去るその車も、やはりリムジンだ。

建物の入り口まで足早に進んだ。看板はなにも出ていない。ベルベットのロープもない。照明すらない。スチール製のドアがあるばかりだ。

なに、これ。

近づいてみると、ドアは薄汚れた煉瓦の壁に埋め込まれている。分厚くて黒いドアには菱形の窓がひとつ。窓にはめ込まれているのはガラスというより鏡というほうがふさわしく、なかが見えない。ドアには取っ手のたぐいがまったくない。

「どうやってなかに入るの？」ブツブツとつぶやいた。もう、お手上げだわ。「ひらけ、ゴマ！」

「鍵を拝見します」

びっくりして周囲を見回した。暗い通りには人っ子ひとりいない。気持ちを落ち着けて咳払いをして、呼びかけた。

「もう一度お願い！」

「鍵を。鍵を拝見します」

男性の低い声だ。今度は落ち着いて耳を澄ました。黒いドアの菱形の窓からきこえる。ドアの周辺の壁にスピーカーか小型カメラがあるのではとさがしてみたが、それらしきものはない。

「あ、すみません」鏡に向かっていう。「鍵を忘れてしまったんです。入れてもらえないかしら？」

しばらく沈黙が続き、ふたたび鏡から声がした。

「ここを立ち去りなさい。さもなければ強硬な手段をとらせてもらいます」

まあ。なんて失礼な言い草。

後ずさりしながら（かなり大幅に）、建物の脇に移動して人の出入りを待った。しかし謎のドアは閉ざされたままだ。

周囲のオフィスビルには明かりもなく、アパートメントの窓はカーテンやブラインドで締め切られてなかが見えない。通りに人の目はなく、住人は留守なのか、すでに休んでいるのだろう。

夜風が街路樹の枝を揺らし、葉の影が奇怪な模様を描く。気温が一気に下がったのか、ブルブルと震えてしまう。幻覚にあらわれたセントラル・パークの暗い風景に逆戻りしたような感覚に襲われる。

葉の影が気味悪く動き出してわたしの足元に集まり、歩道に真っ黒なシミのような模様を形づくる。何度もまばたきをしてみたけれど、その光景は消えてくれない。真っ黒な葉が集まって大きな黒い塊となり、ぱっくりと穴があいているように見える。

穴の縁で足元のバランスを崩してしまった。くらくらとめまいがして、いまにも穴に落ちてしまいそう。ぎゅっと目をつむり、バランスを取り戻そうとする。目をあけると、歩道の数メートル先にアーニャが立っている。

大きく開いた彼女の両目は、渦を巻く穴だ。髪は風に乱されてボサボサ。ピンク・プリンセスのドレスは強い風に引き裂かれてしまっている。風の音はするのに、わたしはそれを感じることができない。

アーニャがなにかいおうと口をひらくが、話せない。一歩、こちらに足を踏み出す。けれどもなにかに押しとどめられるように、それ以上進めない。

彼女の足元を見ると、左の膝の下にひどいケガをしている。穴があいて出血している。赤い血は歩道を伝ってわたしのほうまで流れ、足元の黒い穴へと落ちていく。

アーニャのくちびるがふたたび動いたので、きき取ろうと耳を澄ましてみる。しかし彼女の声はかすれ、ここまで届かない。なにをいっても、彼女のまわりの風の唸りでかき消されてしまう。もっと近くに寄りたい。でも真っ黒な穴に吸い込まれてしまいそうで動けない。

「なんていっているの？」黒い穴の向こうのアーニャに向かって叫ぶ。「教えて！」

アーニャがまた口をひらき、ようやくかすかにきき取ることができた。

「わたしを自由にして……」

彼女の姿が幽霊のように透き通ってきたかと思うと、しだいに消えてゆく。真っ黒だった穴が真っ赤に変わる。

めまいがする。穴に落ちないように目をつむる。その時、重々しい足音が近づいてくるのがきこえた。大柄な人物がやってきたのだ。

動悸がする。目をあけると、こちらに突進してくるマイク・クィンの姿が見えた。

「クレア、どうした？」

口がきけない。頭を振って意識をはっきりさせた。

「震えているじゃないか！」

マイクの両腕に包まれて、骨の髄《ずい》まで凍えそうだった寒さがようやくおさまっていくのを感じた。頭が冴えてきた。もやもやを吹き払うようにもう一度頭を振ってみた。もう大丈夫だ。

「こんなところで、なにをしているんだ？」

「アーニャを見たの」声がかすれてしまう。「わたしの前にいたわ」

「彼女を発見した犯罪現場のフラッシュバックか？」

首を横に振って否定した。「ここに立っていたのよ。この歩道に……」

マイクはわたしの肩に両手をまわしたまま、少し身を離す。「質問するからこたえてくれ、いいね？」

「ええ」

「今日は何曜日だ？」

「マイク、わたしは正気よ。だからそんな――」

「何曜日だ、コージー？」

「土曜日よ！〈パパイヤ・パレス〉であなたといっしょにホットドッグを食べて甘いひと

ときを過ごしたわ。わたしはなんともないわ！」

「そうとは思えない。タクシーを拾って送っていくよ」

ポケットに振動を感じたので携帯電話を取り出した。

「マテオからだわ。メールの着信……」

「内容は？」

釈放された。帰宅してゆっくりシャワーを浴びてよく冷やした酒をたっぷり飲む。明朝、会おう。相談の必要あり。

「釈放されたわ」ほっとした。

「よかったな。情報は入っていたが」

「これで一件落着ね？」

「いや。あいにくそうはいかない。マテオの自由はそう長くは続かないだろう」

「どうして？　どんな情報が入っているの？」

「エンディコットと相棒はやる気まんまんだ。彼らの所轄署にいる友人からきいた。アレグロは弁護士の働きかけで釈放された。しかしエンディコットはなんとしてもアレグロを有罪に持ち込むと決めている」

「どうやって？」

「毒性物質の検出結果を奴は待っている。そのなかにコカインに関する結果が含まれていれば、きみの元の亭主はまたもや形勢不利となるだろうな」

「収監される可能性も？」

「ああ」

「フランコからの情報は？」

「彼はいまエンディコットの署に向かっている。わたしはアーニャが収容されているウエストサイドに向かう」

「様子を見にいくのね？」

「それだけじゃない。アーニャの件の捜査担当をＯＤ班に変更させるにはそれなりの根拠が必要だ。フランコ巡査部長はそれを示す必要がある。アーニャの容態の詳細な情報をわたしが入手すれば、フランコの捜査時間を節約できる。それに運がよければ治療の効果があらわれてアーニャの容態がよくなっているかもしれない」

「意識が戻って事件の真相をわたしたちに話せるかもしれない、ということ？」

「ああ、そうだ」

「それなら、わたしもいっしょに行く」

「だめだ。家に送り届ける。心的外傷後ストレス障害《PTSD》の症状らしきものが出ているようだ」

「病院に行くわ。アーニャの容態を確認させて」

「しかし――」

「わたしに異変があらわれているとしたら、医師のいる病院に行くのがいちばんでしょう?」

マイクが顎をさする。「きみの勝ちだ」

「じゃあ、行きましょう」

29

セントルークス・ルーズベルト病院はアッパーウエストサイドのコロンビア大学から数ブロックのところにある。マイクはニューヨーク市警のゴールドシールドを示し、わたしたちは集中治療室へといそいだ。

勤務明けの医師をマイクが呼び止め、その女性医師が夜間勤務の医師をつかまえた。わたしたち四人はがらんとした待合室へと移動した。

ふたりの医師の説明によればアーニャの容態に特に変化はないが、安定しているのでICUから個室へと移されたそうだ。看護師がアーニャの各種の数値を記録した用紙を持ってきたので、医師たちはその検証に入った。

自分の目でアーニャの様子を確かめたかったので、ダレッキ警察官から借りたマントを椅子に置いてそっとその場を離れた。病棟は夜間のシフトに入ってスタッフの人数が減ったため、廊下は気味が悪いほど静かだ。医療機器のモニターが立てるビー、ピンといった音だけが漏れてくる。

髪の毛をコーンロウ（たくさんの三つ編みに編み込む髪型）に編み込み、ふっくらとした顔の、いかにも頑丈そうな看護師が、わたしの姿を見とがめて近づいてきた。

すでに面会時間が終わった時刻に――しかもチロル風の衣装で――こんなところにいるのだから、怪しまれないわけがない。フェスティバル会場で働いていたこと、アーニャがその会場で行方不明になったといういきさつをざっと説明した。

「彼女を見つけたのは、わたしなんです。ここにはニューヨーク市警の警察官といっしょに来ました」

「公園から搬送されてきたあの女の子ね？」リズミカルで心地いい西インド諸島のアクセントは、砂糖を焦がしてつくるシロップのように深い味わいがある。「廊下を真っすぐ行って右側の最初の部屋よ」

アーニャの病室の前に来ると、意外にもドアが閉まっている。なかから物音がするので木のドアに耳をつけてみた。パチンと強く手を打つ音。続けてもう一度。

病院のスタッフが刺激を与えて反応を見るテストをしているのだろう。いきなり手を叩いて大きな音を出し、アーニャの反応を確かめているのか。

そっとドアを押してみた。が、動かない。鍵がかかっているわけではなく、なにかでふさいでいるようだ。おかしい。もう少し力を込めて押してみると、音もなくドアが開いた。

「ほらアーニャ、目を覚ましな」誰かがささやいている。「目をさませったら。いまからいうことをよくきくんだ。さもなければ、またひっぱたくよ」

ひっぱたく？　手を叩くテストじゃなかったの？　ひっぱたくテスト？

ボソボソと指示する声に続いてさらにピシャリと叩く音。「署名しな、アーニャ！　起きて署名だよ！」

署名？　いったいどういうこと？

ありったけの力を込めてドアを押した。ふさぐのに使われていた椅子が倒れた。わたしは室内に入った。

「ここでなにをしているの？」

ベッドを見下ろすように立っているのは、看護師の制服を着たブルネットの髪の人物だった。はっとした表情で右手を振り下ろそうとした体勢で固まっている。ひとことでいうと、コーヒーの入った巨大なマグカップのような女性だ——身長百八十センチ、額はシネプレックスの映画のスクリーンかと思うほど幅が広く、ファンデーションを厚く塗り固めたようなメイク、長い手はベッドサイドに立ったままでも楽々とわたしをひっぱたくことができそう。『カッコーの巣の上で』という映画の、泣く子も黙る看護師に重なる。

わたしたちのあいだのベッドでは美しいアーニャが昏々《こんこん》と眠っている。真っ白な布で包まれ、真っ白な腕には点滴用の針が刺されて透明な液体がチューブを落ちていく。色彩と呼べるのは彼女の頬の赤みだけ。何度も叩かれて赤く染まっている。

アーニャの手にボールペンが無理矢理握らされている。指にはまったく力が入っていない。腹部を覆うシーツには法律文書と思われる書類が広げられている。その書類から巨人のような看護師へと視線を移し、また書類へと視線を戻した。

わたしが書類に手を出そうとした瞬間、看護師がすかさず手を振り下ろした。アーニャに向かってではなく、わたしの頬をめがけて。

反射的にかがんだ。

その際にシーツの上の書類を数枚つかんだ。反対側から大女の看護師がそれを引っ張る。綱引きのような状態となって書類は裂けてしまった。

わたしの手には小さな切れっ端が残った。

大女の看護師は唸り声をもらしながらドアへと向かう。部屋を出るにはわたしの脇を通らなくてはならない。故郷の父親がファンだったプロレスラーに変身したつもりで彼女の腹に頭突きを食らわせ、死に物狂いでタックルした。大女は唸り声とともに激しく息を吐き出し、わたしたちは床に転がった。倒れる際にわたしの足はナイトテーブルに激突し、水差しが倒れてなかの氷水を浴びてしまった。

「うぁあああ!」

一瞬で全身が凍りつくかと思うほどの衝撃。すぐに気を取り直してふたたび書類に飛びついた。

激しい取っ組み合いになり、床をゴロゴロと転げ回る。われながら、なんてバカらしい光景なんだろう。チロル風の薄っぺらい衣装をびしょ濡れにしたわたしと看護師に変装している大女が格闘している。アメリカンプロレス《WWF》の試合とは似ても似つかない。これは写真家のロバート・メイプルソープがつくり出す倒錯的な情景か。

さいわい、長くは続かなかった。偽の看護師がわたしの服のボタンの最後のひとつをむしり取り、紙をつかんでいたわたしの手が滑った。その紙を彼女が奪う。わたしは彼女のふさふさした髪をつかんだ。それで押さえ込むつもりだった——が、なんとわたしの手にはウィッグが！

彼女の地毛の色を確認しなくては。黒？　茶色？　とび色？　しかし、ぴったりとしたスカルキャップをかぶっている。その時目に入ったのが彼女の首筋の傷跡だ。赤茶色の三日月形の傷。

わたしの手を逃れた大女はあわてて立ち上がろうとする。彼女が首から提げているＩＤの紐をわたしはつかんだ。紐がちぎれ、看護師はスニーカーを履いた足でわたしの太ももを踏みつけ、部屋から飛び出していった。

足の痛みをこらえて、よく磨かれた床から立ち上がり、彼女の後を追う。

「マイク！　誰か！　助けて！　不審者が病院内にいるわ！」

すぐに反応があった。

廊下のずっと先の突き当たりの両開きのドアが開き、マイクがあらわれた。わたしの声をききつけたのだ。いっぽう廊下の逆側の端では、偽の看護師が一刻も早くエレベーターを呼ぼうとボタンを力まかせに叩いている。

わたしの姿に気づいた偽看護師はエレベーターをあきらめて階段へと向かう。マイクを待っていれば彼女を見失うかもしれない。偽看護師の後を追うことにして吹き抜けの階段へと向かった。

足の痛みなど、この際かまっていられない。ズタズタになった衣装の残骸を手で押さえながら、いそいで階段をおりて出口をひとつ、ふたつ、三つ通り過ぎる。下のほうで偽看護師が電話をかける声がきこえる。悪態、そして出口に関してなにかいっている。その声が近くなってきた。通話をしている分だけ彼女のスピードが遅くなり、徐々に差が詰まっている！

一階に着いた彼女がスチール製のドアを押し開ける。そのすぐ後ろからわたしが続く。そのままエレベーターが並ぶ廊下を走り抜け、通りに出るガラスのドアをめざす。

あと十歩ほどで彼女にタックルできるというところで、一台のエレベーターがわたしの目の前でひらいた。なかからマイクが出てきて叫んだ。

「クレア、伏せろ！」

嫌よ。あと少しのところであきらめるなんて！

マイクの力強い腕がわたしの腰を抱える。弾みがついてくるりと身体が回転し、ふたりいっしょに青緑色のリノリウムの床に倒れた。これで命拾いした。

看護師をつかまえることで頭がいっぱいだったので、共犯者の存在にはいまのいままでまったく気づいていなかった。出口のところに太った男がいる。毛糸の目出し帽をかぶり、手には大型の銃。

耳をつんざくような発射音が狭い廊下に響いた。

わたしは身体を丸め、マイクがわたしを守ろうと覆い被さった瞬間、真上の壁掛け時計が破裂し、プラスチックとガラスの破片が降り注いだ。耳鳴りがしてなにもきこえない。マイクがわたしの身体のあちこちを触れながら、なにかいっているのが見える。ケガはないかときいているのだとわかった。わたしは首を横に振った。

「平気よ。あなたは――」

彼はすでに立ち上がって駆け出していた。両手で銃をかまえたまま肩からドアに突進していき、寒い歩道へと飛び出した。

マイクを追って歩道に出ると、猛スピードで走り去る黒いＳＵＶが見えた。両足を踏ん張り、マイクがＳＵＶに狙いをつけたちょうどその時、ＭＴＡのバスの大きな車体がアムステルダム・アベニューの交差点に進入して逃亡者の車両はバスの陰になって見えなくなった。マイクは悪態をつきながら銃をおろした。

バスが交差点を通過した時には、すでにＳＵＶは夜の闇のなかに姿を消してしまっていた。

30

警察官たちが到着し、わたしとマイクは制服警察官ふたりに引き離されてしまった。すでにマイクは容疑者ふたりの特徴と彼らが逃走に使った車について通報していた。

アーニャは別の病室へと移され、戸口には警備員がつくことになった。医師の診察によれば、アーニャに異変は起きていないそうだ。つまり、ほぼ昏睡状態のままということ。

その後、犯罪現場の捜査が本格的に始まった。捜査官たちはアーニャがいた病室に証拠が残されていないかどうか調べ、廊下に落ちていた銃弾を回収し、わたしが着ていたずぶ濡れの服も押収されてしまった。

フェスティバルの衣装はとうとう証拠品袋のなかで今日一日を終えることになり、わたしにはオペ室用の清潔な手術着が用意された（病院のスタッフの心遣いが身に沁みた）。濡れた服から乾いた服に着替えると、すぐにマイクをさがしにいった。

彼は廊下にいた。スーツのジャケットを脱いでワイシャツの袖をまくりあげ、腕組みをして壁にもたれ、犯罪現場で作業をする捜査官たちを見ている。

わたしに気づいたマイクは、わたしの手をとって最初に入った待合室へと戻った。

昼間はおとぎ話の村で働き、夜は呪われた(ような雰囲気の)森のなかを歩き回り、もはやどんな事態にも驚かないつもりだった。悪い魔女が『カッコーの巣の上で』の看護師に化けていたってへっちゃらだと思った。

が、銃で武装した暴漢が逃走用の車を用意して待ち構えているとは、夢にも思わなかった。やっと冷静になったところで、なるほどと思い当たった。あの目出し帽をかぶったずんぐりした男は決して近視だったわけではない。

「わたしたちの頭上をあえて狙ったのね、そうでしょう? 追跡されるのを防ぐために」

マイクがうなずく。やはりそうだったか。それで命が助かったのだ。あのままわたしがドアに向かって走っていたなら、あの男の銃口は別の方向を狙っていたのではないか。マイクは「太りまくったペストリー売り」を守ってくれたのだ。そう口に出していうと、マイクはわたしの頰に触れた。

「どんなにタフでも、時にはサポートを必要とするものだ。そうでなければ、きみはスーパーヒーローということになる」

「もしかしたら、なれるかも」

待合室の椅子を指さしてみせた。そこには畳んだままのダレッキのマントが置いてある。

「チロル風の衣装は警察に持っていかれてしまったし、この手術着は薄っぺらいし、それ以外に着るものといえばスーパーマンからくすねてきたこれだけ」

マイクがにっこりしてジャケットを渡してくれた。「これで寒さをしのいでくれ」

「ありがとう」

「さて……」彼はわたしを椅子まで連れていき、それぞれ腰掛けた。「ここで起きたことを、きみはどう解釈する？」

まだ痛む顎をさすりながらこたえた。「史上もっとも過激な生命保険の勧誘か、または一組の男女がアーニャを無理強いしてなんらかの法的文書に署名させようとしていた」

「後者に一票だ」

「わたしも。わたしが破った書類の一部は見つかったのかしら？」

マイクがうなずく。「破れた一枚はほとんど白紙だったが、もう一枚には署名者の権利放棄に関する一文がある。『さらなるいっさいの訴訟行為を』という文言、そしてアーニャが署名する空欄だ」

「彼女が訴訟に巻き込まれているとしたら、くわしいことを突き止めるのは難しくないんじゃない？」

「場合によるな。両者が非公式に交渉していた可能性もあるからな。それでもアーニャと親しい人物であれば、事実関係を知っているかもしれない」

「IDの写真は巧妙だったわ。せっかくむしりとったのに」

「偽の写真なんだな？」

「あの女性ではなかった。似ても似つかなかったわ」

「セミプロの仕業だろう」

「セミプロ？」

「そうだ。ウィッグをつけた女の写真を撮って身分証に貼り付けるだけならわけない。しかしあの二人組はソーシャルメディアのサイトから第三者の写真を調達した。自分たちの身元は伏せたまま、いかにも本物らしい身分証を製作するだけの知恵があった。プロ級の知恵だ。それでいて、アーニャをひっぱたいて起こそうなんてあまりにも愚かだ」

「愚かで、しかも必死ね。誰が好んでそんなリスクの高いことを？」

「割安の私立探偵事務所なら可能性がある」

「つまり、離婚訴訟の決着は得意。でも、この手の仕事はまるでダメな人たち？」

マイクがうなずく。「さもなければ、いかがわしい弁護士事務所に雇われた手荒な連中か。いや、まともな弁護士事務所だってやりかねない。あるいは関わりのある人物の血縁者が身内のよしみでやったのか。可能性をあげれば切りがない」

「SUVのことはなにかわかった？」

「いま調べているところだ。おそらく今回のために盗んだ車両にちがいない。〈ピーター・ルーガー〉のステーキディナーを賭けてもいい」

マイクもわたしも黙り込んだ。考えていることは同じ。それをわたしが口に出した。

「マテオの状況に変わりはない、ということね。さっきのふたりはなんらかの法的手続きを進めようとしていたのだから、アーニャに薬物を投与したとは考えにくい。彼らがわざわざ彼女の目を覚まさせようとするなんて、考えにくいわよね」

「同感だ。彼女のオーバードーズに関係しているとは思えない」

「やっぱりね。けっきょくマテオは濡れ衣を着せられたまま」

「ああ。だが毒性物質の報告書には期待が持てるかもしれない。いまは辛抱強く待つしかないな。ラボの結果は今週中には出るはずだ」

わたしは首を傾げた。「医師の見解は薬物中毒で一致しているの？」

「アーニャのカルテによれば、病歴はない。もちろん、さらに検査をしているが。暴力を受けた形跡はない。性的暴行はいっさい加えられていない。アーニャの身体からは針の跡、打撲傷は見つかっていない。足に細かな引っ掻き傷があるが、それは森の茂みでついたものだと思われる」

「足に……」

あの奇妙なクラブの外の歩道で見た忌まわしい幻覚がぱっとよみがえった。アーニャの片足に穴があいて血が流れていた——左足の膝から下だった。

「クレア？　どうした？」

「引っ掻き傷があったのはアーニャの左足？」

「そうだ」マイクがうなずく。「左足の膝より下の部分だ。包帯で手当てをされている」

「針の跡はないのね？」

「ない——なにかを証拠立てるような目に見える跡はない。静脈内に薬物を投与する場合は舌の下に針を刺すこともできる。そういう跡を見つけるのはかなり難しい」

わたしは身震いした。「想像するのも怖いわ」

「想像ではない。じっさいにこの目で見たことがある」

「医師の力でなんとかしてアーニャの意識を取り戻せないのかしら？」

マイクが両目をごしごしとこする。「フルマゼニル（ベンゾジアゼピン系薬物中毒の解毒薬）に反応しなかった。ふつうは効くものだが」

「ずっと前にマテオがオーバードーズで命を落としかけた時に、その薬が使われたわ」

「効かないということはコカインでもヘロインでもないということだ。マテオは命が助かってよかったな。使用された薬物が絞り込めたら、すぐさま専門家がそれに応じた治療に取りかかる」

ちょうどその時、若く太った警察官が待合室に入ってきた。「おふたりとも、もう行けますか？」

「行くって、どこに？」わたしはたずねた。

彼が肩をすくめる。「それは先生《ドクター》がお決めになることで。巡査部長から、指示をきいてその通りにしろといわれています」

マイクは茶目っ気たっぷりに片方の眉をあげる。「どこがいいのかな、ドクター？」

「自宅に帰るわ」わたしはこたえる。「でも出発する前に、ちょっとお願いしたいことがあるの。彼女の足の引っ掻き傷をもう一度調べてもらうように〝本物〟のドクターにお願いしてみて。わたしの勘が正しければ、きっとなにか見つかるはず」

「なにが見つかるんだ？」

「さあ。あくまでも直感だから」

マイクがしげしげとわたしの顔を見る――今回は真剣なまなざしだ。

「わかった。頼んでおく」

「なにも見つからないかもしれないけど、どうしても引っかかってしまって。だから――」

「それは気にするな。この仕事から学んだことがひとつある。直感には逆らうな、だ」

十分後、凍てつくように寒いパトカーの後部座席にわたしは座っていた。薄っぺらい手術着の上に着たマイクのジャケットをきゅっと身体に巻きつけた。ダレッキのマントは畳んで膝にのせている。それを羽織ってもいいのだが、青い制服姿の運転手のジョークをかわす気力は残っていない。それに、医師に間違えられて丁重に扱われているのだから、いまさら羽織れない。とはいえペストリーを詰め込んだようなお尻は凍えてしまいそう。

マイクは前に身を乗り出して運転している警察官と彼の相棒と話をしている。が、わたしが震えながらもぞもぞしているのに気づいたようだ。無言のままシートにもたれて片方の腕でわたしを抱きかかえてくれた。

「ありがとう」ささやき声でお礼をいった。「こういうのが、すごくさまになってきたわね」

「習うより慣れろ、だな」彼がわたしに耳打ちする。

夜の空気はさらに冷たくなり、ハドソン川から流れてきた霧が低く立ちこめている。けれども前方には、ビレッジブレンドの窓の明かりが見える。不気味なものがうごめくような暗がりのなかで、やわらかな金色の光は煌煌と輝いている。店内の暖炉の火がチラチラ揺れ、赤煉瓦づくりの店は真っ暗な森のなかで旅人を温かく迎える小屋のよう。

「わが家まであと少しだ」マイクがささやく。

彼の温かくて大きな身体にぴったりと身を寄せてわたしは安堵のため息をもらした。このコーヒーハウスはまさに、わたしにとってのわが家だ。その言葉がマイクの口から出てきたのがうれしかった。

今夜はもうワシントンDCに移る話は出てこないだろう。正直、ほっとしていた。マイクがワシントンDCでの厄介な上司から離れる方法をなんとかして見つけるのではないか、そしてニューヨークに戻り、ずっとここで暮らせるのではないかという希望を、わたしはまだ捨てずにいる。

それは、わたしにとってのおとぎ話のハッピーエンドなのだ。

送ってくれた警察官たちがパトカーを停めた。マイクが礼を述べ、わたしの手をとった。ふたりで歩道に降り立ち、ビレッジブレンドのある四階建てのこの街のランドマークとなっている建物へと向かった。

31

マテオの妻ブリアンはビレッジブレンドを、避難所《アサイラム》と表現したが、わたしも同じように感じる。ただし彼女がイメージする避難所とは別物だが。

グリニッチビレッジという街そのものも、ここで一世紀の歴史を刻むこのコーヒーハウスも、人々にとって避難所の役割を果たしてきた。分け隔てなくあらゆる人々を受け入れる場所なのだ。そしてこの建物の上階にはわたしだけの避難所もある。一階と二階でいとなむコーヒーハウスの経営にあたることを条件として、上階の二フロアにまたがる美しい住まいを無料で使わせてもらっている。

コーヒーハウスのマネジャーに復帰した時には、店はかなり傾いてしまっていた。それがいまではイタリア製のスポーツカーのように快調そのもの。現に、閉店まであと二十分だというのに店はほぼ満席だ。まあ、当然かもしれない。今夜シフトに入っているのはガードナー・エバンスなのだから。

ガードナーはアフリカ系アメリカ人の若きジャズ・ミュージシャンで、わたしの自慢のナイト・マネジャーだ。勤務に入る時にはいつでも自らの演奏のプレイリストを持参するのだが、これがじつに魅惑的で、お客さまはうっとりと聴き惚れておかわりの追加注文が相次ぐ。アスリートのような体型、きれいに整えられたヤギ髭、ココア色の肌、うるんだ褐色の瞳のガードナーは、ニューヨーク大学の女子学生にもジャズの愛好家にも大人気だ（どちらもこのビレッジには大勢いる）。

ガードナーは故郷の家族と離れている寂しさを時折もらすけれど、バリスタの仕事を満喫している。とりわけ遅番のシフトが気に入っている。深夜のジャムセッションに向かう前のウォーミング・アップならぬ「カフェイング・アップ」（ガードナーの表現）になるからといって。彼はバンドを組んで朝まで演奏し、ハーレムの〈エイミー・ルース〉でフライドチキンとワッフルの食事をとってから昼まで寝て、起床後はバリスタに変身して夕方からの勤務に入る。

店のフランス窓をコンコンと叩き、なかに向かってただいまと手を振ってみた。カウンターのなかにいたガードナーが顔をあげると、なんとも異様なことが起きた。

空で雷鳴がとどろき、全身を鋭い衝撃が貫いた。一瞬のうちに高揚感、そして喪失感、さらにすさまじいほどの悲しみに見舞われた。

その衝撃が過ぎると、ガードナーがいなくなっていた。目の前で消えてしまったのだ！　目に力を入れてまばたきをしてみた。そうすればまた彼の姿が見えるようになるのではと思って。しかし、やはり彼の姿はない。その場で凍りついたように動けなくなった。

「クレア!?　どうした！」

頭を何度も振ってみた。自分がどこにいるのかもよくわからない。両肩にマイクの手を感じ、見上げると困惑した彼の顔がある。

「どうかしたのか？　ぼうっとしていたのか？　呼んでいるのがきこえなかったのか？」

「わたしは大丈夫。でもガードナーが。彼が目の前で消えてしまった。消えたのよ！」

「いや、そんなことはない」

もう一度窓からなかをのぞいた。カウンターの向こうにガードナーがいる。お客さまとおしゃべりをしている。

パニックになってはいけないと、こらえた。「マイク、わたしの住まいの鍵は持っているわね？」

「ああ」

「あなたは裏の階段から直接あがってちょうだい。わたしは店の様子をチェックしてから行くわ」

「だめだ。きみは休んだほうがいい。このままいっしょに上に行こう。休息が必要だ」彼がわたしの手をとり、目をのぞき込む。「ふたりで話し合いをするつもりでいた——二週間前にきみにたずねたのを憶えているか？　ワシントンDCに移ることに関して」

だめ、いまそれを持ち出さないで。

「考えてくれたか？」

「ええ。でも——」ごくりと唾を飲み込む。「その話は明日の朝にしない？　一晩ぐっすり眠ってから」

マイクはこたえない。顔の表情からは、なにを考えているのか読み取ることができない。マイク・クィンは忍耐強い人だ。しかし、その忍耐力ももはや限界か。

「明日の朝か」ぽつりといった後、マイクが続けた。「上に行こう。いまにも土砂降りになりそうだ」

手はマイクにつかまれたままだ。その手を軽く手前に引いて抗った。「その前に店をチェックしなくては。胸騒ぎがするのよ。わたしはこの店に対して責任を負う立場にあるの。わかってくれるわね?」

責任の重みに関して、いまさらマイク・クィンに説明する必要などない。わたしの言い分はおもしろくはないだろうけれど、否定はしない。わたしの手を放し、彼は店の裏へと向かった。

「わたしもすぐに上に行くわ」彼の後ろ姿に呼びかけた。

ふたたび雷鳴がとどろき、一段と湿気が多くなった。小雨が柔らかく頬に当たり、わたしはぎゅっと目をつむった。この数週間というもの、当てにならない占い師の手に自分の未来が握られているみたいな状態だった。なにかを決断し、一晩寝て起きると決心を翻すという調子なのだ。

とにかく、店のことに集中しよう。そして気持ちが落ち着いたら彼と話をしよう。

そこで目をあけて、ビレッジブレンドの正面の入り口に向かった。ドアに手を伸ばそうとした時、勢いよく開いて若く魅力的な女性が飛び出してきた。

「ごめんなさい」そういいながら、足早に去っていく。

顔に見覚えがあるけれど、どこで会ったのだろう？　その瞬間、あっと思った。顎のラインで切りそろえた真っ黒な髪に赤いハイライトが入っているのが見えたのだ。

レッド・プリンセス！

キラキラ光るドレスからブラック・ジーンズと真っ赤なスウェットシャツに着替えているけれど、まちがいない。今朝彼女はマテオと言葉をかわしていた。そしてアーニャの友だちだといっていた！

「待って！」

わたしの呼びかけを無視して彼女は赤いフードをかぶり、角を曲がって見えなくなった。ポツポツと落ちてくる雨粒を避けながら、彼女の後を追った。「ねえ、ちょっと待ってちょうだい！」角を曲がると、彼女はすでに大きなリンカーン・タウンカーに乗り込んでいた。市内のリムジンサービスの会社で使われている車種だ。

彼女がバタンとドアを閉め、運転手は笑顔で彼女に挨拶している。親しげでざっくばらんな様子だ。運転手は三十代の白人男性で山高帽の下からボサボサの茶色の髪がはみ出している――山高帽なんて、ここグリニッチビレッジでもめったに見ることはない。

ふたりが乗った車が走り去る。ナンバープレートは通常のタクシーやハイヤーのものにちがいない。それよりも、わたしの目を引いたのはバンパー・ステッカーだった。タクシーの運転手は外国からの移民が多く、国旗の柄のバンパー・ステッカーを誇らしげにつけているものだ。この車のステッカーは青地に直角三角形、斜辺に沿って白い星がならんでいるという図柄だ。

頭のなかで各国の国旗を思い浮かべる。娘のジョイが小学生の時に遠足で国連本部に行き、国旗柄のスカーフをおみやげに買ってきてくれた。ジョイとわたしは国旗をすべて憶えてクイズを出し合って遊んだので、全部頭のなかに入っている。しかし山高帽の運転手のステッカーと同じものはない。それにしても――。

レッド・プリンセスはわたしのコーヒーハウスでなにをしていたの？

雨足が激しくなったのでマイクのジャケットを頭からかぶり、店のなかに駆け込んだ。問いのこたえを見つけるためにも。

32

冷たい雨を振り払いながら、滑らかなジャズの音色に包まれるのを感じた。

照明を落とし暖炉からは炎がパチパチとはぜる音がする店内には、さすが土曜日とあってデートを楽しむカップルばかり。大理石の天板のカフェテーブルでラテとカプチーノをゆっくり味わいながら顔を寄せ合って親密そうに話をしている。

カウンターのなかに入ってガードナーのそばに行った。

「おかえりなさい、ボス。大丈夫ですか？」ガードナーがたずねた。「エスターにききましたよ。大変だったそうですね。あれ、それ病院の服ですよね？」

「わたしなら大丈夫。服はあまり見ないでね。たったいま若い女性が出ていったのに気づいた？」

ガードナーはわたしをじっと見つめ、にこっとした。「若い女性を見逃したりしませんよ」

「いや、そういう意味ではなくて」いま出ていった彼女の特徴を伝えた。「フードつきの赤い服を着て髪には赤いハイライトを入れていた女性」

ガードナーはきちんと手入れしたヤギ髭を撫でる。「エスターと話をしていた女の子かな」

「え、ちょっと待って。エスターは店にいたの？　今夜？」周囲をさっと見てみた。「もう帰ったの？」

「いや、二、三時間前からいましたよ」

「でもエスターは今日は非番よ。てっきりボリスといっしょに帰って休んでいるものだとばかり思っていたわ」

「さあ、どうしてでしょう」

「あなたは、どうなの？」心配になってたずねてみた。「なにか変わったことはなかった？」

「わたしですか？　絶好調ですよ」ガードナーがにっこりして歯をのぞかせる。「しかも今日は夢みたいなニュースが入ってきたんです……」

ああよかった。ガードナーが消えたように見えたのはあきらかにストレス反応だった。オカルト現象でもなんでもなかったのね。

「わたしのおばのこと、憶えていますか？　世界最高のカリビアン・ブラックケーキをつくるおばです」

「憶えていますとも」以前クリスマスの時期にガードナーはブラックケーキ・ラテを考案し（お手製のバーント・シュガー・シロップで）、以来そのラテはホリデーシーズンのメニューには欠かせないものとなった。

「十年前、おば夫婦は別々の道を歩むようになったんですが、離婚はしなかったんです。おばの夫が亡くなり、すべてをおばが相続したんです。カリブ諸島の地所と膨大な株券と現金を」

「ご主人に先立たれたのはお気の毒ね。でも、おばさまがいま幸せなら、よかったわ。あなたもほっとしているでしょう」

「わたしの従兄弟もです」

「従兄弟？」ガードナーの生き生きとした表情をまじまじと見た。「話がよく理解できないわ」

「わたしの旅立ちですよ。夢が叶うんです」

「夢って？」

「子どもの頃から従兄弟とわたしはいっしょにクラブをオープンするという夢があったんです。わたしはジャズ・クラブをやりたくて、彼も賛成なんです。彼の母親に少々お金が入ったので、夢を実現してみようってことになったんです」

「ニューヨークで？」

「いいえ、もっと故郷の近くで」

「故郷というと？」

「ボルチモアです。ですからそのあたりで。よさそうな物件がいくつか売りに出ていると彼が情報をつかんでいるんです。まだふたりで話をしている段階ですが」

「ほんとうに行ってしまうの？　もう決心がついたの？」わが子が遠い土地の大学に合格したときいた母親の気分だ。そんなに遠くに行ってしまったら、二度と会えないのではないか。

「あと少しで叶うところまで来たのだから、挑戦しなくちゃ。そうですよね？」

懸命に笑顔を浮かべた。ガードナーのいっていることは正しい。夢をぜひとも叶えてもらいたい。でもショックだった。彼が去るとなると、ビレッジブレンドの家族同然の仲間にとっては大変な痛手だ。そこで、あっと思った。

外で見た光景を思い出したのだ。あの通りになってしまった――すべてではないにしろ。あれはガードナーの高揚感、それに続くわたしの喪失感だったのか。彼はわたしのコーヒーハウスから文字通り姿を消すことになるのだ。彼はそのことをさして悲しいとは思っていない。なのに、なぜわたしはすさまじい悲しみに襲われたのだろう。

「ふたりそろって、どうかしたんですか？」

ダンテ・シルバがせかせかとした足取りでこちらにやってきた。手にはローストしたてのコーヒー豆五ポンドを詰めた袋を持ち、疲労困憊《こんぱい》した表情だ。

「エスターが焙煎室にいて――」

「焙煎室に？」わたしは声をあげた。「いったいなにをしているのかしら？」

「赤ん坊みたいに泣きじゃくっています！」

ガードナーとわたしは顔を見合わせ、そしてダンテのほうを見た。

「あんなエスターを見るのは初めてですよ」ダンテがいう。

そりゃそうだ。この店の専属のポエトリー・スラムのスター詩人は女性詩人シルヴィア・プラスを彷彿とさせるほど気分のむらが激しい。それでもエスターが泣きじゃくる姿など、これまで誰ひとり見たことはない。

ガードナーは腑《ふ》に落ちない表情だ。「エスターは泣くようなタイプじゃない」

「でも、現にいま泣いている」ダンテがいう。「うかつに近づけない感じです」

「彼女と話をしたの?」わたしはきいてみた。

「話しかけてみました。でも彼女は出ていけというばかりで。だから豆を持って退散したんです……」

「下に行ってみるわ……」

身体の向きを変え、畳んで積んであるビレッジブレンドのナプキンをごっそりつかむと、店の奥へと向かった。後に残った独身の若者ふたりが大きくふうっと安堵の吐息を漏らすのがきこえた。まあ、無理もない。

謎の迷宮みたいなエスターの心を推し量ることなど、土台、彼らには無理なのだ。涙に暮れるゴス・ガールを慰めろといわれるより、炎を吐くドラゴンと対決しろといわれるほうが、まだましだと思うのだろう。

33

古くからある地下室に通じる階段をおりながら、わたしもここで苦しい時間を過ごしたのを思い出した。マテオ・アレグロの無分別な行動に泣かされた日々を。

階段の一番下まであと少しというところで、エスターの様子をそっとうかがった。大きな焙煎機を支えているコンクリートの土台に腰をおろしてうなだれている。足元にはこぼれたコーヒー豆が散らばって、燃え殻のように見える。激しく泣きじゃくっているので、わたしが近づいても気づかない。

咳払いをすると（ことさらおおげさに）、エスターがビクッとして固まった。

「エスター？」できるだけさりげなく呼びかけた。「ここにいたのね」

「ええ、ボス」気詰まりなほど長い沈黙のあとで、ようやくこたえが返ってきた。

豊満なボディのわがシンデレラは、すでにフェスティバルの衣装からブラック・ジーンズと『ポエトリー・イン・モーション（現在進行詩）』という文字のついた深い紫色のTシャツに着替えている。打撲傷が一日経過したような色合いのTシャツだ。漆黒の髪はあいかわらず高く盛ったビーハイブのままだが、ピサの斜塔みたいなあやうい傾斜がついている。

わたしが近づく足音をきいて彼女は顔をそむけた。さらに一歩前に足を踏み出し、彼女と並んで腰掛け、ふくよかな彼女のヒップを軽く押してスペースを広げた。

「メイクを直します」洟をすすりながらエスターがいう。

ビレッジブレンドのナプキンの束を差し出した。「じゃあ、これが少しは役立つかしら」

エスターはナプキンを全部受け取った。べったり塗っていたマスカラが涙で流れて頬を伝い落ちている。下くちびるを震わせながらエスターは黒い涙を拭った。

「なにがあったのか、話してくれる？」

エスターがわたしをじっと見つめる。わたしがちんぷんかんぷんのギリシャ語をしゃべり出したみたいな表情だ。いきなり両手をわたしの首にまわしたかと思うと、エスターはがっくりと崩れ落ちた。

ローストしたての香ばしいにおいに包まれて若い女性がさめざめと泣く姿を見ていると、昔のことが一気に思い出されてしまう。マテオと結婚したての頃は、夫の言動で心が粉々に砕けそうになった。

若いだけに、脆くて傷つきやすかった。そしていまのエスターと同じように、わたしもひとりきりになろうとした。そういう時、わたしの居所を見つけ出すのはマテオの母親だった。親身に相談にのってくれて、思い切り泣かせてくれ、（もちろん）ビレッジブレンドのナプキンをどっさり差し出してくれた。

わたしがいままでやってこられたのは、姑であるマダムのおかげだった。マダムの温かさに包まれて、自分にはまだ存在する意味がある、まだ愛されていると実感できたのだ……。

「なにがあったの？」エスターをぎゅっと抱きしめた。「話してみて」

エスターは深く腰掛け、マスカラがとれてパンダみたいになった目にしわくちゃのナプキンを当てている。

「ルームメイトが今月末に引っ越してしまうんです。前にもいった通り」エスターが話し始めた。「べつに、昇給の要求をまた持ち出すつもりはないんです。でもいまのままでは家賃の支払いがどうしても苦しくて」

「お給料の話はちゃんと頭に入っているわ。それで？」

「先週、勇気を振り絞ってボリスにきいてみたんです。わたしのところに引っ越してくる気はないかって。彼はいまジャネルのベーカリーで働く時間が増えているから、突飛な発想ではないんです。現に、週に四回は泊めてくれっていきなりやってくるんです。ブライトンビーチまで長い道のりを帰るよりも楽だから」

「彼の返事は？」

「疲れているから翌朝話そうって。でも率直に話し合うどころか、わたしがまだ眠りこけているあいだにコソコソ出ていったんです」

「それっきり、話を持ち出していないの？」

「毎日、持ち出していますとも！　でもいつも、のらりくらりかわして、よく考える必要があるとかなんとかいって――なんだかもう、すごくバカにされた気がして……」

顔に出ないようにこらえたが、エスターの言葉に愕然とした。

マイクのことが反射的に脳裏に浮かんだ。彼からの問いへの答えをまたしても先延ばしにした時の彼の落胆した表情が。そうなのだ。ロシアから渡ってきていまはベーカリーで職人として働くラッパーの若者とわたしはそっくり重なる。それを認めるのはとてもつらい。わたしも彼も、決断をすることができないばかりに、愛する人たちを傷つけている。

「今夜、彼にメールしてみたんです」エスターが続ける。「待つことに疲れたから返事が欲しい、って。ボリスにここで会ってきちんと話し合おうって頼んだんです。彼は返事をくれました。これを――」

ごめん。よく考えてみた。
結論を出した。明日九時、ポエトリー・スラムで説明する。
その時に会おう。ボリス

「ようやく彼は返事をするつもりみたいね。よかったじゃない、ね？」つとめて明るい口調でいってみた。

「よくないですよ、ボス。全然よくない……」エスターが激しく首を横に振るので、ピサの斜塔みたいな状態の髪はますます傾く。「だって、わかりますよね？　わたし、しつこくしすぎた。だから彼はわたしとの交際そのものを考え直しているんです。いっしょに暮らすのを断わられるだけじゃないわ。わたし、彼に捨てられる！」

34

またもや涙ぐむエスターを抱き寄せた。

「まさか、ほんとうにそんなふうに思っているの？」

「ボリスはあまりにも誠実すぎて、メールなんてくだらないもので別れ話ができないんです。だから人前で、直接顔を合わせて、しかもポエトリー・スラムではわたしは司会で忙しいし騒ぎを起こすわけにはいかない状況で、彼はわたしをばっさり切るつもりなんです」

「そう決めつけないで、彼の話を落ち着いてきいてみたらどうかしら」

「どうして彼の側に立つんですか？ ますますわたしが惨めじゃないですか！」エスターはわたしの腕をふりほどいて顔をゆがめる。「マダム・テスラのコーヒー占いでもそう予言されたんです。わたしの恋愛は暗礁に乗り上げているんです！」

「よく思い出して、コーヒー占いの結果は前途多難だったとあなたはいっていたでしょう。確かにそれは当たっているけど、まだまだとちゅうじゃないの。しっかり踏ん張って、もう少しボリスを信頼してみて。バカげた占いに惑わされて、現実には起こりそうにないことを端《はな》から信じたりしないで」

「いいえ。自分がすべきことをしているまでです。いまここで自分の感情と向き合うことで、明日のポエトリー・スラムで屈辱を味わうのを回避しているんです……」エスターはかたわらに置いてあったビレッジブレンドのカップに手を伸ばし、うめいた。「これ見てくださいよ。アホみたいに泣きわめいたもんだから、せっかくの完璧なラテがほらこの通り、冷めてしまっている」

手つかずのまま残っているエスターお手製のラテアートを見て胸が痛んだ——ハートのまんなかにギザギザの割れ目がある。わたしの反応に気づいたエスターが肩をすくめる。

「言葉にしようがないんですもの。できるのは、悲惨な状況をアートに昇華させることだけ」まっさらなナプキンでエスターが洟をかんだ。

「あなたは詩人だから豊かな想像力にめぐまれているのはわかるわ。でもその想像力をここにすべて注ぐのは考えものよ」

「最悪の事態に備えるに越したことはありません。そしてもはや、流れは止められない。いっしょに暮らそうなんてボリスにいい出さなければよかった——だんだん彼のことが嫌いになってきてしまった。でも、かまわない。いつ別れを切り出されてもジタバタしないわ。あのろくでなしには、いってやりたいことがこっちにもたくさんあるし」

ああ、やはり。傷ついている限りは怒りが内側に向かっている。けれど、やがてその怒りはふたたび外側に向かうはず。

「だからよくよく考えなければ、あなたとあなたの青い騎士にも同じことが起きるのよ……」

頭のなかでマダムの声が響く。なんと耳に痛い警告だろう。

けれど、無視することにした。マイクとわたしのあいだにそんなことが起きる可能性などない。そう思えばいい。よりによってエスターとボリスがそんなことになるなんて、どうしても信じられない。

ブルックリンのポエトリー・スラムで出会ったふたりは、一目惚れのようにお互いの第一声で恋に落ちた。それから数年、ボリスがエスターに注ぐまなざしには熱烈な愛情がいつも込められていた。エスターがステージの上でラップのパフォーマンスをしている時も、都心のスラム街の子どもたちを支援する活動をしている時も、究極の術でラテアートをつくっている時も。

「彼はまちがいなく、あなたを愛しているわ。相思相愛のカップルよ。ボリスがあなたをがっかりさせたりするものですか。だから……」

エスターは勢いよく手を振って弾みをつけ、立ち上がった。

「もういい。やめましょう！　遅くなってしまったし。支度をして帰ります」

「じゃあ、また明日ね」エスターをもう一度抱きしめた。「忘れないでね、どんなことになってもわたしはあなたの味方だから。昇給のことも、なんとか検討してみるわ」

階段に向かうとちゅうで、プロバット社製の焙煎機の脇にあるローストの予定表に視線をやった。焙煎機の真っ赤な色で、反射的に思い出した——。

「ねえ、エスター。こんな時になんだけど、さっき誰かがあなたに会いに来なかった？　黒い髪の若い女性。フードつきの――」

「レッド？」ヘアピンを口に加えたままでエスターがこたえる。いまにも倒れそうな盛り髪を立て直そうと奮闘中だ。

「レッドという名前なの？」

「名前はロズ、苗字はなんといったかしら、わからないわ。レッドと呼んでくれというのが、彼女の希望なんです――芸名ってやつです。最近は〝赤ずきん〟に変えていますけど。ブロードウェイで大当たりしているミュージカルの『赤ずきん』にあやかって」

「彼女は出演しているの？」

「いいえ。ショーをネタにしているんです。すごく人気があるから、ポエトリー・スラムで徹底的に利用しているんですよ。フードつきの真っ赤な服を着て『都会のおとぎ話』と名づけたラップを英語とロシア語で披露して。マンハッタンでは彼女、大人気です。ブライトン・ビーチでも」

「彼女はロシア人？」

「幼い頃に移住してきたんです。ボリスを通じて彼女とは知り合ったんですけどね。彼の怪しげな人脈のひとりです」

「どう怪しげなの？」

エスターが肩をすくめる。「収入の変動があまりにも激しいから。叶わない恋を歌う躁鬱状態の歌手より上下動が激しくて。先週は古着のコートを着ていたのに翌週はブランドものの服を着ているとか。地下鉄を使っていたかと思えば、運転手つきのハイヤーを乗り回しているとか。居場所もね。高級な家具付きの賃貸物件にいたかと思うと、翌月にはいかがわしい場末にいる。そんなことの繰り返しなんです」

「その理由を、あなたは知っているの?」

「まさか。ボリスのロシア系の友人に関しては、詮索してはならないって経験から学んでいますから。レッドはラッパーとしては一流です。それ以上はなにも知らないし、知りたくもない」

「ボリスのことや、いまの状況について彼女と話をしたの?」

エスターは首を横に振る。「彼女、ミスター・ボスのことをききに来たんです」

「マテオのことを?」

エスターがうなずく。「今朝、うちの店のコーヒー・トラックのところで会ったそうで、なんでもいいから教えてくれって根掘り葉掘りきかれました。明日の夜のポエトリー・スラムに彼は来るだろうかってきかれたので、わからないってこたえました」

「マテオに関心があるということね?」

「熱を上げているっていう意味ですか? それはないと思います。甘ったるい雰囲気じゃなかったわ。いきり立っていた」

「どんな感じだったの?」

「イライラして爪を噛んでいたわ。そして怒っていた。絶えずロシア語でブツブツいっていたし」

「どんな内容だったの？」

「ごく普通のロシア語の悪態です。ボリスが髭剃りでしくじった時にぱっと出るような言葉。ただ、気になるフレーズはありましたね――〝ヤー・ブードゥー・リャーダム〟って、何度もいっていたわ」

「どういう意味？」

「さあ。斬新な悪態じゃないですか？」

「彼女のいまの住所くらいはわかる？」

「なにしろ彼女、ひっきりなしに居場所を移していますからね。でも、メールで連絡はつきます」

「よかった。マテオは明日のポエトリー・スラムにかならず参加すると彼女に伝えてちょうだい。いますぐにね」

「そんなに重要なことですか？」

「ええ。断言できるわ」

35

　エスターがスマートフォンを操作するのを待つあいだ、わたしは頭をフル回転させていた。もしも怪しげな女性ラッパーが麻薬密売組織とつながっているなら、今夜アーニャが病院のベッドに横たわっている真の理由はそこにあるのだろうか。マテオの無実が証明されるには、彼女の存在が鍵になるはずだ。

「ボス、彼女にメールを送信しました」

「ありがとう」わたしはそういうと、階段へと向かった。

「あの」

　エスターの呼びかけに、わたしは振り向いた。「どうしたの？」

「ミスター・ボスのことが心配で。無事なんですか？　今夜警察で尋問を受けているってききました」

「勾留はされなかったわ。いまのところはね……」

　エスターがもぞもぞと身体の向きを変える。「わたしがここでずっと働いている理由は、ミスター・ボスなんです」

「どういうこと？　まさかナンシーみたいに、ひそかに恋心をつのらせているの？」

「全然ちがいます。ボスが店のマネジャーに復帰する前のことです。とんでもない男がマネジャーを務めていたんです」

「フラステのことね？」思い出してぞっとした。

「わたし、あの男に解雇されたんです」

「そんなこと初めてきいたわ。理由は？」

「理由なんてないわ。あいつは自分の仲間をスタッフとして雇おうとしていたんです。わたしなんて、ただの『名もないずんぐりむっくり』――フラステが留守電でミスター・ボス宛てに鼻息の荒いメッセージを残していたのをたまたまきいちゃったんです。わたしはあっさりお払い箱にされてしまう存在だった。フラステにゴミ同然に叩き出されたんです」

「でもわたしが復帰した時、あなたはまだここで働いていたじゃないの」

「それはミスター・ボスが怒り狂ったからです。光速移動したみたいに、出張先からあっという間に舞い戻って、着替えもせずに。空港からわたしに電話をかけてきて、店で会おうと約束して、わたしの目の前でフラステを叱りつけたんです。この店はフランチャイズで展開している企業とはちがうんだとあいつをどやしつけて。店の人間はみな家族だ、ビレッジブレンドが雇用した人間はひとり残らず、解雇に値する理由がない限り、いつまでも家族の一員なんだ、って」

その時のことを思い出しながら、エスターはうれしそうに首を縦に振る。「フラステはしまいには言葉に詰まって、顔を真っ赤にしていたわ。ミスター・ボスの剣幕に震えあがって、彼は謝罪してわたしの復職に同意したんです。だからミスター・ボスを助けるためなら、わたしはなんでも……」

「あなたはもう助けてくれたわ」

そうであることを祈っている。

「わたしのために闘ってくれたのは、ボスとミスター・ボスだけです」エスターがコンバットブーツを履いた自分の足を見つめる。「地下室で泣きわめいているスタッフを心配してマネジャーがおりてきてくれるなんて、そうそうあることじゃないし」

「少しでもあなたの役に立ちたいのよ。さあ、少し休まなくてはいけないわ。朝になったらきっともっと前向きな気持ちになっているわ。そうならなかったら、マテオの言葉を思い出してみて。わたしたちは家族よ。あなたはわたしたちにとってとても大事な存在なの。だから遠慮しないで相談してちょうだい」

「ボスはかんたんにいいますけど、なかなかそうはいきませんよ」

「ええ、わかっているわ。でもね、これだけは頭に入れておいてね。人生訓として」

「なんですか？」

マイクはなんていっていたかしら？「どんなにタフでも、時にはサポートを必要とするものよ」

36

先に階上にあがっていたマイクはキッチンにいた。携帯電話をさっと置いたので、メール・チェックをしていたのだなと見当がついた。なにかいらだつような内容だったらしい。青い目のあたりが引きつっている。

「どうかした？」声をかけた。

「いや、べつに」

そっけない口調。やはり、なにかあったのだ。でもわたしにはそれを話したくない。

「疲れただろう？」まだわたしが羽織っていたジャケットをとりながら、マイクが話題を変えた。

「そのはずよね。足は痛むし、顎に傷はあるし。でもね、頭のなかはフル回転で全然眠くないのよ」

「アドレナリンのせいだ」マイクはショルダーホルスターを外す。「銃で撃たれたショックのせいだ。わたしも似た感覚だ」

彼が腰を折るようにしてこちらに身を寄せる。けれどもキスはなし（残念）。すました顔でわたしの顎をつまみ、しげしげと観察している。顎にあらわれた見映えの悪いあざは隠しようがない。

ジャヴァとフロシーがわたしたちの足元を一周して、わたしが用意しておいた豪華なブッフェへと向かった（週末に出かける予定だったので、あらかじめ用意しておいた）。

毛深い娘たちがいせいよくごちそうを平らげるあいだ、わたしはマイクに地下室でゴス・シンデレラが泣いていたのだと伝えた。そして彼女とアーニャの友人が知り合いだったことも。説明をききながらマイクはわたしを引き寄せた。

「座ってごらん。足を休ませるといい」

いわれた通りキッチンの椅子に腰掛けた。「赤ずきん」はとても有力な手がかりだと、マイクも同意してくれた。

「彼女は明日の夜ここに来るわ。ポエトリー・スラムに参加するために。彼女はマテオに会いたがっている。だからマテオになにかをきき出してもらうわ」

「くれぐれも用心しろと彼に伝えてくれ。相手を誘惑するような言動は厳禁だ。逆手にとられて危ない立場に追い込まれるおそれがある」

「それなら、わたしがまず彼女にさぐりを入れてみる。フランコと話すように誘導できるかもしれない」

マイクは同意のしるしにうなずいたが、注意はよそに向いている——まず、空っぽのクッキー・ジャーに、そしてほとんど空っぽの冷蔵庫に。

「なにをさがしているの?」

「スナックを。猫たちはスナックにありついている。われわれも、そうしようじゃないか」

「マイク、あなた三時間前にホットドッグを四本食べたのよ」

「ああ。だがデザートはなかった」

「確かあなたの元の奥さまはわたしのこと、『太りまくったペストリー売りの女』といったわ」

「そんなことは忘れてしまえ。くだらない人間を相手にした後はいつも腹が減る。それより、先週きみが焼いてくれたクッキーはどこにある? 刻んだヘーゼルナッツで縁を飾ったクッキーだ。口のなかで溶けてしまうあのクッキーはあるかな?」

「ごめんなさい、『ハバードおばさん(マザーグースの歌)』の戸棚は空っぽなの。週末はあなたと過ごす予定だったし、この子たちはエスターが世話をしてくれることになっていたから」

わたしの言葉に反応してジャヴァはコーヒー豆と同じ色の前足をペロペロ舐め始めた。フロシーは尻尾を振りながら毛足の長い身体をマイクの片足にこすりつける。白い毛のフロシーはチャコールグレーのズボンにじゃれる。マイクは気にせず冷蔵庫をのぞいている。

「アイスクリームすらないのか」哀れっぽい声をあげ、身をかがめてゴロゴロと喉をならすフロシーの耳を掻いてやる。

「冷蔵庫のなかをチェックしてなにがあるか、いってみて」

「オリーブ入りの瓶ひとつ、シャンパン一本、アーモンド・ミルク一カートン、卵三個、レモン一個」

わたしの料理用の灰色の脳細胞が働き始めた。「最後の三つを出して」

「それでどうするんだ？」

「なにかつくるわ。こんな寒い夜にはアイスクリームよりもましなものを」

「よし、その話に乗ろう。ほかに必要なものは？」

「中くらいのサイズの片手鍋《ソースパン》を」立ち上がろうとするわたしをマイクが椅子に押し戻し、膝にフロシーを乗せた。

「きみは座っていろ。わたしが調理する」

足にはまだ痛みがある。おとなしくいわれた通りにした。フロシーは特等席に座ってご満悦だ——顎も撫でてもらえるし。

「で」マイクがうながす。「ほかになにをそろえればいいんだ？」

「コーンスターチ、バニラ、塩を少々……」

強面《こわもて》で通っている人物がわたしの指示に逐一従うのを見るのは、なんとも愉快だ。調子に乗ってマイク・クィン警部補にいろいろ命じてみたくなった。でも、実行に移すのはやめておいた——料理に関係ない内容は。

十分後、マイクはわたしの指示に忠実に従ってみごとにアーモンドミルク・カスタードを完成させた。

「たまげたな、コージー。まるで魔法だ」

彼がうっとりした表情で目を回すのを見たら、こちらまでニコニコしてしまう。「アイスクリームよりましなものをと、いったでしょ」

「決定だな。きみは台所の魔女《キッチン・ウイッチ》だ」

「ありがとう。魔法の効き目は食材しだいね」

「物は試し、論より証拠だ」

「昔ながらの知恵ね」

「新米の警察官だった頃、現場実習でついた先輩警察官から徹底的に叩き込まれた」

「重要な心構えだったのね」

「理由はふたつある。第一に、その警察官はなんでも食ってみなくては気がすまなかった。プディングならチョコレート、バニラ、ムース、フラン、カスタード・パイ、とにかくあらゆる種類を食った。コーヒー・ブレイクでどこかに立ち寄るたびに」

「第二の理由は？」

「プディングのなかに、まさに証拠はあるからだ。彼はいつもこういっていた。『われわれにとって証拠と事実は材料だ。それを集めて事件を立証する。検事に出せるのは、その材料で料理したものだけだ。それ以外どんなものを出しても法廷には通用しない』」

マイクが熱々の滑らかなカスタードをスプーンですくって味わっているあいだ、わたしは彼の言葉の意味を咀嚼《そしやく》していた。

「それなら、わたしたちがいま置かれた状況において、マテオはなにも罪を犯していないと証明するにはどうすればいいの？」

「していないことを証明するには、確実なアリバイを示す以外にない。マテオはあの場にいて一日の大半はアーニャとペアを組んでいた。エンディコットがマテオを送検するのを阻止するには、無実だと連呼するだけでは足りない。別の容疑者を、あるいは別のシナリオを彼に提示するしかない。なにか仮説は立てているか？　あの森のなかでアーニャの身になにが起きたのかを説明できるような、きみなりの考えはあるのか？」

よく考えてからこたえた。「レッドという娘はいかにもパーティーの常連というタイプだと思うわ。たぶん、彼女はまったくの偶然からアーニャに薬物を過剰摂取させてしまい、いまはパニック状態になっている。マテオと話したいというのは、警察がどこまでつかんでいるのかを知りたいからじゃないかしら」

「そうかもしれない。しかし、さっきもいったがアーニャは薬物中毒者ではなかった。バイトに子どものシッターを選ぶような子だ。そんな彼女が子ども向けの催しのさなかに友人といっしょに森のなかに入って、薬物でハイになろうなんて考えるだろうか。百歩譲ってアーニャが過剰摂取したのだとしても、レッドはなぜ森のなかに友人を置き去りにしたんだ？　レッド側の筋書きとしては、どんなものが考えられるだろう。そうするだけの動機はあるだろうか。彼女はアーニャにどんな薬物を与えたのか。それをアーニャはどういう形で摂取したのか」

「こたえようがないわ。いまのところは、まだ」

「じゃあ、少し休むといい」

「でも」

「いいか、長年こういう仕事をしているからこそ、忠告できることがある。頭のなかはブラックボックスみたいなものだ。こたえは、それを探し求めていない時にひょっこり見つかる」

「それはわかるわ。でもいまは眠りたくはないの」

それをきいてマイクの目が輝いた。「それなら上に行って、ゆっくり風呂に入ったらどうだ。その後は……ふたりでゆっくりと過ごそう」

37

上階のバスルームに行き、服を脱いでマイクにいわれた通りバスタブの湯に浸かった。太ももに醜いあざができている。『カッコーの巣の上で』の看護師みたいな女に踏みつけられてできたあざだ。熱い湯が心地いい。バスルームの窓の外では枝がしなるように揺れている。それだけを見つめて「ほっこり」（バリスタがよく使っている言葉）することにした。

しかし、ほっこり気分はたちまち消し飛んでしまった。

窓はぴっちりと閉めているというのに、凍るように冷たいかすかな風を肩に感じた。同時にバスタブの湯の温度が上がった。

なぜこんな奇妙な現象が？

何度もまばたきしてみた。が――。

なぜか建物の壁が溶けていく。気がつくと、わたしは屋外で熱い湯に入っている。きょろきょろ見まわすと、この「バスタブ」は黒い鉄でできている。アンティークの鍋のような形だ。それが火にかけられている。

頭が真っ白になり、目をこすってみた。しかし景色は変わらない。そればかりか、火の勢いが強くなった。「助けて！」大声で叫んだ。「誰か、助けて！」

きこえてきたのは、甲高い笑い声。

息を思い切り吸い込んで、悲鳴をあげようとした。そこでまばたきをしたとたん、元のバスルームに戻っていた。黒い大鍋は消え、ぬるめの湯加減になっている。ふうっと息を吐き出した。

いったいなにが起きたの？

冷静に考えれば、こたえはひとつ――居眠りをしていた。でもいまのは決して夢ではない。あまりにもリアルだった。心臓の鼓動が倍の速さになり、眉は汗でびっしょり濡れている。コーヒーのせいだ……。

マテオの奇怪なアフリカのコーヒーがまだ体内に残って作用しているにちがいない。バスタブから出て顔に冷水を浴びせた。テリークロスの丈の短いバスローブを羽織っていそいで廊下から主寝室へと行ってみると、誰もいない。

マイクはどこ？

椅子には彼のジャケットがかかっている。ドレッサーには銃が入ったままのホルスター。それを見てほっとした。ふだんは、夜ひとりきりで過ごすのをつらいなどとはほとんど思わない。でも今夜はちがう。マイクにいっしょにいてもらいたい。安心したい。

暖炉では炎がパチパチと音を立てている。彼が火を熾《おこ》しておいてくれたのだ。ほの暗い照明のせいで炎の魅惑的な光が室内のアンティークを照らし出す。ティファニー・ランプのステンドグラスからイタリア産の大理石でつくられた百年前の炉棚、磨き抜かれたマホガニーの四柱式のベッドにいたるまで。

炎の光はフレンチミラー、高い壁、数々の絵画、エッチング、いたずら書きを額装したものまで照らす。どれひとつとっても、この住まいに格別の味わいをもたらしてくれるものばかり。この建物自体、街のランドマークとなっている。マダムは長年、ここにつどう芸術家たちを支え励ましてきた。彼らの酔いをさますためにフレンチローストをポット一杯いれてふるまうこともあった。そのお返しに彼らはこうした作品をマダムに贈ったのだ。

わたしは大学で美術を学んでいたが、道半ばでドロップアウトしてしまった。そのわたしがいまではこのコーヒーハウスの貴重なコレクションの事実上のキュレーターを仰せつかっている。店内に飾る物を折々に選んで取り替えたり、美術館への貸し出しもまかされている──たとえばジャン＝ミシェル・バスキアの『ドレッドロックスと三匹の熊』というミクストメディアのコラージュは、『グリム兄弟　アートと童話』展のためにニューヨーク近代美術館に貸し出す運びとなった。これはとても名誉なことだと思っている。

もしもワシントンDCに移ることになれば、多くのものを手放すことになるだろう。貴重な作品の数々をこうして管理する役目からもおりることになる。

わたしのお気に入りのひとつ、『カフェの片隅で』という小品に視線がいった。キャンバスに描かれた油絵だ。ビレッジブレンドの店内で着想を得て生まれた絵だ。描かれているのは金髪の若い女性。テーブルに向かってひとりきりで座り、周囲のテーブルにも人の姿はない。

有名な『オートマット』と同じく、エドワード・ホッパーが描くこの絵の少女からも痛いほどの孤立が伝わってくる（群衆のなかの孤独は都市生活者にとってヒリヒリするような現実だ）。彼女は空のカップを見つめている。並々と注がれていた中身はもうない。椅子に座ったままカップのなかの虚ろな空間を眺めて物思いにふけっている。

この街にはこういう若い娘が大勢いる。おとぎ話のようなキラキラした夢を抱いてニューヨークにやってくる彼女たち。選択を誤り、道を間違え、すでに張り巡らされていた悪巧みに足をとられて夢はしぼむ。絵に描かれた午後の明るい日差しは、同じだけ濃い影をつくり出す。

いま初めて気づいた。この絵のフレンチドアの格子は、どことなく刑務所の鉄格子を思わせる。ホッパーがこの作品につけたタイトルを、あらためて考えてみた。『カフェの片隅で』で描かれている若い娘は、ただカフェの隅に座っていただけではなく、追いつめられ、閉じ込められた思いを抱いていたのではないか。選択を誤ったせいで、あるいは選択できなかったせいで自らをその状況に追い込んだ。おとぎ話の登場人物と同じように。

深読みしすぎだろうか。いまこんな状況に置かれているから、そう感じてしまうのだろうか。

窓の外では激しい嵐になっている。雨粒がガラスに叩きつけられ、街路樹が風であおられて大きく揺れている。

ここ数週間、わたしの気持ちもあんなふうに激しく揺れている。ふたつの思いに引き裂かれそうだ。ずっとここにいたい、でもマイクともいっしょにいたい。朝になれば彼はこたえを求めるだろう。彼にはその権利がある。どちらを選択すべきなのだろう。どちらを選べば、後悔せずにすむのだろう。

窓に自分の姿が映っている。絵のなかの若い娘みたいな浮かない表情だ。もう一度見てみようと、キャンバスに視線をやった――そのとたん、全身が凍りついた。

いったいどういうこと?

絵が変わってしまっている。金髪の娘の代わりに、四十がらみの女が描かれている。肩まで伸ばした髪の色はイタリアンローストのコーヒー豆と同じ。絵に近づいてみた。わたしだ。ここに描かれているのはわたし自身だ!

目をこすり、もう一度見る。やはりわたしだ。

「バスローブ姿もいいな。しかしあのチロル風の衣装にはやられた」

マイクが寝室に入ってきた。なぜか、ずっと遠いところから声がきこえるように感じる。

「病院では黙っていたが、ずぶ濡れでろくにボタンもはめていないきみの姿はセクシーだった……」

自分の身に異変が起きている。ぼうっとして、ふらついて、絵から目を離すことができない。

絵が変わってしまったと、マイクにいうべき？　信じてくれるだろうか？　それともこの避難所から現実世界に引きずりだされてしまうだろうか。

38

マイクが熱いカップをわたしの両手に押しつけた。「これを飲むといい。きっと落ち着く」

少しずつ飲んでみた。味などほとんどわからない。

「どうした、具合が悪そうだ」

「平気よ」かすれた声でこたえ、熱い液体をゴクゴクと飲んだ。

「コーヒー、うまいだろう？　なかなかの腕前だと思わないか？」彼がわたしの耳にくちびるを寄せる。

返事ができない。「もちろん、一流の先生の指導のおかげだ」彼がわたしの顎に触れ、自分のほうに向かせる。

マイクは着古したニューヨーク市警のスウェットパンツとくたびれたレンジャーズのTシャツに着替えていた。砂色の髪はくしゃくしゃに乱れ、思わず抱きしめたくなるような無防備な雰囲気だ。いつもは冷静沈着なまなざしがいまは生き生きと輝き、温かみのある青い炎が宿ってキラキラしている。ベッドに入ってわたしとのひとときを存分に味わおうと屈託のない表情だ。

彼がコーヒーを試飲する。わたしも今度はゆっくりと口に含んでしっかりと味わってみた。

豊かな風味が広がる――チョコレート、プラムワイン、クローブ。それから、なじみのあるエキゾチックなスパイスの風味がかすかに。これはいったいなんというスパイスだったかしら？

その瞬間、わたしは凍りついた。

「このコーヒーは？」

「どうした？　なにか変か？」

「いいから、教えて」

「教えろといっても、ここのキッチンの戸棚にあった豆を使っただけだ。光沢のある緑色の袋だ」

そういえば、二日前にマテオが地下の焙煎室からあの袋をここに持ってきた。忙しさにまぎれてまだ試飲していなかった！

「袋には黒いマーカーで〝M〟と書いてあった。それがちょっと気になった。マイクの〝M〟か？」

「あなたが魔法《マジック》のマイクなら」

「正体を確かめたいなら、ストリップショーでもするか？」マイクが茶目っ気たっぷりの笑顔を浮かべる。「お望みならやってもいい。きみとふたりきりならな。きみのショーも見せてもらおう」マイクがふざけて眉をおおげさに上下させる。

「変なものでも食べたの？」そう口にした瞬間、あっと思った。目の前のコーヒーのせいだ！

「マイク、よくきいて。このコーヒー豆はふだん飲むものではないの。占いの儀式に使うコーヒーなのよ。マテオがアフリカで調達して、今日のフェスティバルの会場でマダムが使ったの。この豆はおそらく……」

「おそらく？」

言葉にするのもバカげているけれど――「〝M〟という文字が示すように」

「〝魔法《マジック》の豆〟でいれたコーヒー、か？」

「そうよ！」

「本気でいっているのか？」

「少なくともわたしは、このコーヒーのせいでおかしな状態になったわ。あの豆のせいで……幻覚としかいえないようなものを見たの。だからもう飲まないわ。あなたもやめたほうがいい」

マイクはさらに少し飲んでみる。「ごく普通の味だし、気分の変調もない。極上の味わいだと思うが。きみは少々神経が高ぶっている。リラックスすることが必要だ。もう少し飲んだらどうだ。想像力が少しばかり暴走しているだけだ、きっと」

「どうしたらわかってもらえるの。そうよ、あれを見て」壁を指さした。「なにかおかしなものが見えない？」

絵を見てマイクが顔をしかめる。「なにか見えるのか？」

「わたしよ！」

「きみがあの絵のなかに？　ほんとうか？」マイクが絵に近づく。「どこだ？　カウンターの奥か？」

どういうこと？　わたしはもう一度絵を見てみた。カフェの片隅にクレア・コージーの姿はもうなくなっていた。

元通り金髪の娘が腰掛けて、空っぽのカップを見つめて物思いにふけっている。

「きみの絵があってもいいな」マイクがわたしの手からカップを取り上げて脇に置く。「しかしこういうのではない。もっと……」彼が背中から両手を腰にまわし、わたしのバスローブのベルトをほどこうとしている。

「マイク、信じて。確かにこの絵のなかにわたしの姿が――」

「こんな姿がいい」彼の指がベルトの結び目をほどき、バスローブの前がひらいた。「リラックスして」

「無理よ」

「無理じゃない。さあ。この一週間、きみのこの曲線を夢にまで見ていた」

「ほんとうに？」

「もちろん」首筋に彼のくちびるの感触、身体には彼の両手を感じる。「わたしの夢を現実のものにしてくれないか」

「わたしも、夢に見ていたわ」彼にささやいた。

「よし。いっしょに夢に浸ろう」

マイクのくちびるはわたしのくちびるに、バスローブは床に着地した。

39

ビー、ビー！　ビー、ビー！

車のクラクション？

熟睡から目覚め、目をこすった。かたわらにはマイクのどっしりとした身体が横たわってマットレスが沈み込んでいる。うれしいことに重力の法則のおかげで、ぐっすり眠りこけている彼にぴったりと密着している。

時間の感覚がない。枕元の時計をちらりと見た。

午後七時？　そんなはずは……。

腰にまわされたマイクの重い腕を持ち上げてベッドからするりと降り、窓辺に立った。歩道からはさざめくような笑い声がきこえてくる。タクシーが何台も停車して車の流れをせき止め、一階のコーヒーハウスの前で次々に人が降り立つ。

時計が指す時刻が正しければ、わたしたちはまる一日眠っていたことになる。そして、続々と集まってきたのはエスターが主催するポエトリー・スラムの参加者。そこまで考えて自分の頬を叩きたくなった。

いそがなくては。レッドから事情をきき出すチャンスを逃してしまう！

マイクはそのまま寝かせておいて、あわててジーンズとセーターに着替えた。従業員用の階段を大急ぎでおりて店の二階のラウンジに飛び込んだ。

会場となっているラウンジは満杯で、むんむんとした熱気とにぎやかな声で盛り上がっている。人ごみをかきわけて進んでいくと、マイクを握ったエスターが聴衆に呼びかけた――。

「みなさん、ご静粛に！　彼女の登場です！」

割れるような拍手喝采が起きた。いきなり明るい光が顔に当たって目が眩んだ。わたしがスポットライトを浴びているの!?　わけがわからないまま片手をあげてまぶしい光を遮った。広い肩幅の人物のシルエットがこちらに向かってくるのが見える。マテオなの？

元夫のマテオは、ふたたび王子さまになっている。フェスティバルと同じ衣装で、どこからどう見ても王子さまだ。

「エスコートしましょう」彼が片腕を差し出す。

ふたりそろって前に進んでいくと、女王の姿が見えた。マテオの母親だ。青みがかった紫色の優雅なドレスに身を包み、銀髪には金の王冠。わたしがステージにあがると、マダムは両手をひらいて迎えた――。

「いらっしゃい、愛しいプリンセス！」

「いいえ、プリンセスではありません」わたしはいった。「それに、こんな格好だし」

マダムはダイヤモンドがついた杖をひと振りした。するとジーンズとセーターはピンク色の限りなく薄い生地のドレスに変わり、かすみのような生地はスポットライトを浴びてきらめいている。

「ごらんなさい。あなたはプリンセスよ。でも、同時にふたつの王国を持つことはできないわ。どちらかひとつを選ばなくてはね」マダムがいう。

「できません。どちらかを選ぶなんて。どうかわたしを追いつめないで！」

「朝になるまでに選ばなくてはいけないわ。さもなければ、あなたの意思とは関係なく決まってしまうでしょう」

「わたしたち、ダンスをしに来たのに！」群衆のなかから若い娘が声をあげた。

「そうよ、ダンスがしたい！」別の声が加わる。

「ダンスしたい、ダンスしたい、ダンスをさせて！」さらに大勢の娘たちが叫ぶ。

「させてあげますとも！」マダムがこたえる。「さあ、ステージにあがっていらっしゃい！」

大勢のなかから十二人の娘が進み出た。皆、虹のように色とりどりのきらめくドレス姿だ。彼女たちはわたしを取り巻くように輪をつくり、歌いながら踊り、ふわりと浮かんだ。見れば、背中にそれぞれ妖精のように透明な羽がついている。

突然、雷鳴がとどろき、稲妻が部屋を直撃した。その光が消えると、息を吞む人々のなかに黒いシルエットがあらわれた。黒いロングドレスを身につけ、そのドレスには大きなフードがついている。

フードが持ち上げられるが、そこに顔はなく漆黒の闇があるばかり。室内にいた全員が震えあがった。ただひとり、われらが女王だけは超然としている。いや、激しく怒っている。マダムは玉座から立ち上がり、人差し指を突きつけた。

「ここはあなたが来る場所ではありませんよ！」

フードをかぶった人物はその声には少しも耳を貸さず、ふわりと浮き上がって十二人のプリンセスの輪へと移動すると、「鍵を拝見します」というではないか。

十二人のプリンセスは怯えた様子でチェーンにつけた金色の鍵をドレスの下から取り出す。わたしも首にかけているチェーンに触れ、引きちぎった。しかし鍵がついていない。

「鍵を見せなさい！」黒いシルエットの妖怪が叫ぶ。

「鍵がないわ」わたしはかすれた声しか出ない。

遠吠えのような恐ろしい声が響き渡り、皆が後ろに下がる。

「彼女はプリンセスですよ。頭を下げなさい」マダムが命じる。

妖怪がわたしの前で身をかがめた。相手のどす黒いプライドとどろどろした怒りが伝わってくる。ひざまずくように見えた相手のドレスの下から動物の前足があらわれた。その爪がわたしの足に突き刺さる。血が流れ出すが不思議と痛みはない。ただ、身体がふらつく。

「眠れ！」黒いシルエットが命じる声とともに、わたしはステージ上で崩れ落ちた。

ぱっと目が覚めた。群衆の姿は消え、わたしが着ていたドレスも消えた。

裸のまま熱い湯の入った大鍋のなかに座っている。周囲には暗い森が広がり、鍋の下にはたき火の炎が見える。甲高い笑い声がきこえる――フレッチャー・エンディコットがこちらを見て笑っている。

　後退した生え際を隠すように、頭のてっぺんがとがった黒い帽子をかぶり、千鳥格子のスポーツジャケットの上にはベルベットのマントを羽織っている。鼻は異様に長くねじ曲がっている。奇妙に張り出した顎にはたくさんのイボ。

「さぞ熱いだろうな、おい！」彼が叫ぶ。

　そして遠くのほうを指し示す。その先には雪に覆われた大きな丘が見える。雪の斜面をふたりのスキーヤーがこちらに向かっておりてくる。王子の扮装をしたマテオと、もうひとりはがっちりした体格の人物。エンディコットの相棒の刑事だ。レインコートをパタパタとはためかせて滑ってくる。

　たき火のところで止まるとエンディコットの相棒は銃を取り出し、マテオに銃口を向けた。

「貴様も入れ！」

「そうだ！」エンディコットが叫ぶ。「ふたりいっしょだ！」

　マテオは無言のまま、うなだれた様子でブーツを脱いで大鍋の熱い湯に入った。ところが彼の身体は浮かず、沈んでいく。

「マテオ、ダメよ！　あきらめないで！」

　彼を救おうと飛びついた。するとエンディコットの相棒はスキーのストックで鍋の湯をかき混ぜ始めた。そしてエンディコットと声を合わせて呪文を唱え出す。

「倍のまた倍、苦しめもがけ、燃えたて、大釜、煮えたぎれ！」（シェイクスピア『マクベス』木下順二訳／岩波文庫／一九九七年）

炎はめらめらと大きくなり、大釜の湯はぐらぐらと対流を始めた。泡立つ渦がわたしの身体を鍋の底へと引き込んでいく！

渦に巻かれてなにもきこえない。身体は巨大な管へと吸い込まれていく。やがて水しぶきとともに、長方形の巨大なプールに落ちた。さきほどまで見えていた森は消え、エンディコットと相棒の姿もない。マテオをさがしてみたが影も形もない。

「お手をどうぞ」

見上げると、青いスーツ姿の男性がふたり。ラインバッカーのような屈強な体格だ。彼らの横には馬車が停まっている。

遠くには堂々たる城の円屋根が見え、旗が掲げられて風にそよいでいる。すぐそばには巨大なオベリスクがそびえている。逆側には石の巨人が玉座に座り、わたしが放り込まれたプールを凝視している。

水中を歩いてプールからあがると、青いスーツの男性が特大サイズのバスタオルを差し出した。それを身体に巻きつけて馬車に乗り込むと、いつのまにかタオルは夜会服に変わり、濡れた髪の毛は乾いて美しいフレンチツイストに整えられ、花とパールで豪華に飾られている。

青いスーツの男性が袖口になにかをささやき、もうひとりはイヤホンをコツコツと叩く。

馬車が出発し、馬は速歩で進んでいく。きれいに刈り込まれた芝生と高い木々がそびえる木立が延々と続き、それを通り過ぎてようやく目的地に到着した——白く塗った砂岩で築かれた新パッラーディオ様式の宮殿だ。

馬車のドアがあくと、足元にはレッドカーペット。それはどこまでも延びて巨大な柱に挟まれた階段をのぼっていく。カーペットには正装姿の男性が立っている。どことなく無骨なたたずまいで薄茶色の髪はアーミーカット、瞳はコバルトブルー。思わず息を呑んだ。

「やあ、クレア」

「こんにちは、マイク」

「ホワイトハウスへようこそ」

彼にエスコートされてなかに入ると、城のなかで盛大な舞踏会がおこなわれていた。大勢のカップルがワルツを踊っている。マイクの腕に抱かれ、ダンスに加わった。彼のリードでクルクルと回転しているうちに目が回り、酔っ払ったみたいにふわふわしてくる。なんて幸せなんだろう。

「わたしを選んで欲しい」マイクがささやく。

「誓うわ」その言葉を口にしたとたん、わたしたちはキラキラと輝く渦に巻かれた。

そして舞踏会は消えてしまった。

40

「おはよう、お寝坊さん……」

マイクがベッドの端に腰掛けたのでマットレスが少し沈んだ。彼は満面の笑みを浮かべている。

「初めて見るわ、あなたのこんな笑顔」わたしは手を伸ばして彼の腕をつねった。ぎゅっと強く。

「痛い！　いったいどうした？」

「本物かどうか、確かめたくて」

「そういうことか。では本物だと証明してみせよう」たちまち枕の上に押し倒され、彼のくちびるでくちびるが覆われた。情熱的な甘いキスの後で、彼がまたもやにこやかな笑みを浮かべた。

「これで本物だと納得できただろう？」

乱れた呼吸を整えながらうなずいた。

「それならよかった。せっかく〝本物〟のコーヒーをいれたのに、冷めてしまうところだった」彼が指し示したほうを見ると、シルバーのトレーにフレンチプレスとカップが二脚並んでいる。

まさか、また……。

「大丈夫だ。今回は袋をちゃんと確認した。どうかな、味は」

おそるおそる、ほんの少しだけすすってみた。柑橘系のさわやかな風味はエチオピア、まろやかなボディはコロンビア、フローラルでフルーティーな風味はグアテマラのコーヒー豆の特徴だ。そのすべてが絶妙に溶け合っている。わたしがつくったサンシャイン・ブレックファストブレンドだ。

「おいしいわ」ほっとして声をもらした。「でも、あなたの笑顔の説明にはなっていない」

「なにをいっている。いまさら説明するまでもない。ようやくきみが決断してくれたからだ」

思わずパチパチとまばたきをした。彼の言葉の意味がわからない。「わたしの決断――」

「なにも心配するな。時間をかけて準備をすればいい。アレグロと彼の母親にも事前の挨拶が必要だろう。ともかくワシントンDCに移ると決断してくれて、うれしいよ」

あやうくコーヒーを噴いてしまいそうになった。「ねえマイク、わたしはあなたになんといったのだったかしら？」

「『わたしを選んで欲しい』といったら、きみは『誓うわ』といった」

「確かに夢のなかでそういったわ」

「そうだ、夢だった。毎朝、毎晩、きみとの暮らしを育むのが夢だった。夢といえば、昨夜は異様な夢をいくつも見た。エンディコットが西の国の魔女になっていた」

「ちょっと待って。どんな夢だった？」

「エンディコットと太った相棒が森のなかできみを生きたまま大鍋で茹でようとしていた——アレグロもいっしょに。その後、きみは素っ裸でリンカーン記念館の前のリフレクティングプールで泳いだ。うっとりする光景だった。そしてホワイトハウスの公式晩餐会でわたしと合流した。おもしろいだろう？」

いいえ。ちっともおもしろくない。不気味なだけ。ふたりそろって同じ夢を見るなんて、とんでもなく異様だ。

「目が覚めたら、隣できみがわたしを見つめていた。愛情のこもったまなざしで。それできみにたずねてみたんだ。どう決断するのかと。きみはワシントンDCに移るとこたえた。絶対に後悔はさせない。約束するよ」

彼がベッドサイドの時計をちらっと見る。「行動を開始したほうがよさそうだ。子どもたちといっしょにブランチをとることにしている。きみも来るだろう？」

「そ……そうね」

「よし。きみの大移動を子どもたちに発表しよう」

「やめて！　だって、ほら、あなたがいった通りいろいろ準備が必要だし」

「そうだな。まだ子どもたちには伏せておこう。それよりモリーとジェレミーにはアーニャのことを伝えなくてはならない。動揺するだろうが」彼がそこでひと呼吸置いてわたしと目を合わせる。「きみがいっしょに来てくれれば心強い。きみが必要なんだ」

思いがけない言葉だった。「あなたがそんなことをいうなんて」

「そんな？」

「わたしを必要としているなんて」

「誰かを必要とするのは女々しい」彼が真っすぐわたしの目を見据える。「しかし、わたしにはきみが必要なんだ」

彼の頬に触れた。「先にシャワーを浴びたら？　わたしは一本だけ電話をかけるわ……」

彼がバスルームに向かうと、わたしは勢いよくベッドカバーをはがして携帯電話を手にとった。かける相手は元夫だ。

41

「マテオ、話があるの」声をひそめた。

「逮捕の件か？」

「あなたが調達したコーヒー豆の件よ！　あのおかしな魔法の豆！」

「どうした？　なにかあったか？」

「あったどころか、また幻覚を見たのよ。マイクとわたしは寝る前にあのコーヒーを飲んで、ふたりそろって〝同じ夢〟を見たわ」

「新しいパターンだな」

「どんどんひどくなっていく。マイクによると、わたしは目を覚まして彼にワシントンＤＣに移ると誓ったそうよ」

「なんだと!?」

「自分では憶えていないの。でも彼は確かにそういったと」

「なら、ちょっとした失言だといっておけばいい」

「無理よ」

「どうして？」

「あ、彼が来る――」

気配をうかがうと、マイクはまだバスルームにいるらしい。歌らしきものがきこえてくる。歌？　マイク・クィンがシャワーを浴びながら歌っている！

「大変」小声でいった。「失言なんて、とてもいえないわ。あんなにはしゃいでいるのに。彼をがっかりさせたくない。自分がわからなくなったわ。このままおかしくなっていくの？」

「クレア、きみは百パーセント正気だ。すべては、あのコーヒー豆の影響だ。昨夜よくわかった。だからドクター・ペッパーに連絡をとった」

「ソフトドリンクのメーカーに？」

「ちがう。こっちのドクター・ペッパーは医学博士だ。それ以外にもいくつも博士号を取得している――生化学も人類学も。彼はコーヒーを化学的に分析するエキスパートで、この豆にひじょうに関心を抱いている。この豆の威力は昨日や今日始まったものではないんだ」

「午後ここに来て説明してちょうだい。なにか手を打たなくては！　今夜の予定はすべてキャンセルしてね」

「しかし今夜はブリーにせがまれて出かける予定が――」

「よくきいて。あなたのコーヒーのせいで、わたしの頭もわたしのプライベートライフも大混乱なのよ。それにあなたの容疑はまだ晴れたわけではないわ。しかも罪状がいつ殺人罪に変わってもおかしくないのよ。だから今夜のブリーとのお出かけはあきらめて。あなたの行き先はエスター主催のポエトリー・スラムよ」

「さっぱり理解できないよ。どうしてエスターのポエトリー・スラムなんだ」

「今日の午後説明するわ」

「クレア、シャワーが空いたぞ！」マイクの上機嫌な声がする。

「ありがとう！」廊下に向かって甘い声でこたえ、電話の向こうにいるマテオには脅しを込めて最後にひとことつけ加えた。「来ないと許さないわよ！」


それからの数時間、マイク・クィンと彼の子どもたち――特に子どもたち――だけに全力を注ごうと努めた。

アーニャの容態をきいてモリーとジェレミーはとても動揺した。ふたりの反応はそれぞれで、ジェレミーは最初こそショックを受けたものの、いかにもマイクの息子らしく次々に質問を浴びせた。どこでアーニャを見つけたのか、彼女はどんな様子だったのか、昏睡状態がどれくらい続いているのか、と。

「どうして昨夜話してくれなかったの？」

「もうそのくらいにしろ」マイクがストップをかけてもジェレミーは止まらない。無理もない。十三歳の彼はアーニャの身に起きたことを単純には受け止められないのだろう――怒り、くやしさ、森ですぐそばにいたのに彼女を守れなかったという罪悪感さえ感じているにちがいない。

それを感じ取ってマイクは言葉少なに声をかけたけれど、あまり慰めにはなっていない。モリーは怒りもいらだちも見せず、ただ泣いていた。

泣きじゃくる彼女を抱きしめてやると、「アニー」のお見舞いに行くといってきかなかった。

病室に入ったジェレミーは静かにアーニャの枕元に立った。けれども彼の目は訴えかけていた。なぜこんなことになったのかと、こたえを求めていた。

「あなたのお父さんとわたしとできっと真相を突き止めるわ」ジェレミーに話しかけた。

「でも、ぼくも手伝いたい」

わたしたちのやりとりをきいていたマイクが口をひらいた。「おまえには無理だ。首を突っ込むのはやめておきなさい。いいな？」

ジェレミーは父親にいい返さない。けれども歯をぐっと食いしばっている表情を見ると、固い決心が伝わってくる。

レイラの自宅があるアパートまで子どもたちを送ってくると、マイクはわたしをロビーで待たせて元妻にアーニャの状況——残念ながら、特に変化はない——を伝えにいった。

椅子に掛けて待っているとマイクが戻ってきた。

「どうだった？　彼女、取り乱さなかった？」

「いや、そんなには。ただ少しばかり……」

「少しばかり？」

「なんというか、怯えていた」

「怯えていた？　なにに？」

「どうかしたのかとたずねたが、だんまりを決め込んでいた」

「それなら、わたしがきき出す」エレベーターに向かって歩き出すわたしを彼が引き戻す。

「レイラと話してもろくなことにはならない。この前だってあやうく流血沙汰になるところだったろう？　彼女はピリピリしている」

「それでも、きいて確かめたいことがあるの」

「いまは止めておけ」マイクが腕時計を軽く叩く。「見送ってくれるか？」

タクシーを拾ってペンシルベニア駅に着くと、列車にはすでに乗客が乗り込んでいた。

「離れると寂しくなる」

「わたしも」

「面倒なことに首を突っ込むな。いいね？」

わたしに向かってウィンクをすると、彼は踵《きびす》を返して歩き出した。アーニャの容態に変化があればフランコから連絡が入るようにマイクが手はずを整えてくれた。

次に事態が動くのは、おそらく今夜わたしのコーヒーハウスで。わたしはなぜかそう確信していた。

どうかマテオが店で待っていてくれますように。そう祈りながら戻った。

42

今回に限って、祈りは叶えられた。

ビレッジブレンドのカウンターの前にマテオはいた。背中を丸めるようにしてスマートフォンを操作し、店の新作のピーナッツバター・チューズを次から次へと口に運んでいる（伝統的なピーナッツバター・クッキーにわたしがオリジナルの工夫を加えて一段と洗練された味わいにしたところ、危険なまでに後を引くスイーツとなった。マテオはそれを実感している真っ最中だ）。

わたしはダブル・エスプレッソをふたり分用意し、マテオを引っ張ってカウンターからうんと離れた隅のテーブルに移動した。エスターとナンシーの好奇心を刺激して、立ち聞きされないために。

「それで？」マテオは腰掛けると同時に口をひらいた。「きみの大事な刑事《デカ》に話したか？」

「なにを？」

マテオが顔をしかめた。「ワシントンＤＣに移らないってことをだ」

「いったでしょう、彼をがっかりさせたくないと」

「なぜだ？　捨てられるのが怖いのか？」

「いいえ。彼を愛しているから。彼を傷つけたくないから。この件については、またあらためて。それよりあのクレイジーなコーヒーよ。わたしはついに壊れてしまったの？　それともあなたがあのコーヒー豆にＬＳＤでも仕込んだの？」

「きみは少しも壊れちゃいない。そしてあの豆にはなんの細工もしていない。あのコーヒーの影響で生じる幻覚や夢の内容は重く受け止めるべきだ。まぎれもない現実としてな」

「どういう意味？」

「言葉通りの意味さ」

「昨夜見た夢は非現実的だったわ。まるでフェリーニの映画みたいにね！　エンディコットが魔女のとんがり帽子をかぶっていたのよ。彼の相棒はスキーをしていた。妖精たちがダンスしているところへ侵入者があらわれて獣のような鋭いかぎ爪で襲いかかってきた」

「占いをする時のように解釈してみろ。コーヒー占いは粉が描く模様を読み取る。そうだろう？」

「ええ」

「きみの幻覚も同じだ。見たものを解釈して現在と未来に重ね合わせてみるんだ」

「あなたも幻覚を？」

「いや」マテオは即座に首を横に振る。「一度も見ていない」

「それならなぜ、コーヒーが誘発する幻覚の意味を重視しろなんていうの？」

「個人的な体験からだ」

「それだけじゃわからないわ」

マテオはもぞもぞと身体を動かし、ふうっと息を吐き出す。「アフリカで、ぼくはこの豆で命拾いした」

「なんですって!?」

お客さまが数人、こちらを注目した。

「命が危なかったなんて、きいていないわ!」

「声が大きすぎる、もっと抑えてくれないか。大丈夫だ。この通りぴんぴんしている。ともかく、アフリカでの経験から『魔法のコーヒー豆』の威力を確信した。極めて希少な豆だ」

「希少なのは知っているわ。でもそれはなんの説明にもなっていない」

「よし、じゃあ最初から話そう」マテオはエスプレッソを飲み、テーブルの向こうから身を乗り出した。「去年アディスアベバを訪れてエチオピア正教会の総主教に拝謁した。その際に総主教から聖なるコーヒーのことをきいた。タナ湖の周囲の森にかつて自生していたコーヒーだ」

「聖なるコーヒー?」

マテオがうなずく。「三千年前、イスラエルの部族がタナ湖に契約の箱を運び、ある島にそれを隠した。契約の箱というのはきいたことがあるだろう?『インディ・ジョーンズ』を憶えているか。あの映画に登場する聖櫃《アーク》だ」

まあ。「旧約聖書に記されている聖なる箱のこと？　それならわかるわ。続けて」

「総主教の話では、その契約の箱のそばで育った野生のコーヒーは神秘的なパワーを帯びるようになったそうだ。そうきけば、ぜひとも味わってみたい。そういってみたんだが、その地域の森はおおがかりに伐採されて件《くだん》のコーヒーはほぼ絶滅したそうだ」

「ほぼ？」

マテオがうなずく。そのまなざしには自信の片鱗《へんりん》がうかがえる。「見つけたのさ。わずかな生き残りを」

43

わたしはマテオをまじまじと見つめた。「行ったの？　タナ湖に？」

「ああ、行った。かなり緊張した……」

それはそうだろう。

マテオは長年、コーヒーハンターとしてハラール、シダモ、イルガチェフェ、リムに出かけている。いずれもエチオピアで昔からコーヒーが栽培されている地域だ。ところがタナ湖は、いままで訪れた地域とはまったく正反対の方角だ。マテオにはなんのつてもなく、案内役もいなければコーヒーを見つける手がかりもなかった。

「さがし始めてから一週間経った時、セガ半島で暮らす部族に出会った」マテオの興奮が伝わってくる。「彼らはいまも森で自生するコーヒーを収穫していた。保護された狭い一角に育つコーヒーをな。彼らに大歓迎されたわけではないが、数日間ほっつきまわって彼らの手伝いをして、ようやく輪に入ることができた」

「それには女性が一役買っていたんでしょうね」

「まあな。アディーナは部族のなかで収穫を監督する立場にいた。それに村のシャーマンでもあった。ギリシャ語、フランス語に加えて英語も少し話せたから、なんとかコミュニケーションがとれた。聖なるコーヒーを試飲したいと伝えたら彼女はうなずいて、ぼくに自分のテントで待っているようにと指示した」

「どれくらい待ったの？」

「三日間だ。あきらめようかと思った頃、真夜中に老人に起こされて彼の案内で森のなかに入った。満月の光を浴びながらふたりで切り立った断崖のてっぺんにのぼった。そこからはタナ湖が見渡せた。そこにアディーナがいたんだ。ほかにも大勢いた。そのなかに正教会の司祭がいた。古くてくたびれた祭服を着ていたよ。ぼくは彼らの輪に加わった。儀式用に焚かれた火のまわりで詠唱が続くなか、浅い鍋でローストしたコーヒーがふるまわれた」

マテオがそこで少し間を置いて、さらに続けた。「飛び切りのうまさだった。飲み終えると、また老人に案内されてテントに戻った。ほかの連中は瞑想や祈りをするために残った」

「それで幻覚を見たの？　異様な夢を？」

マテオが首を横に振る。「なにも。その時はな。すべてはたわごとだと思った。高級品として高く売り出す際に箔をつけるエピソードとしてはじゅうぶん使えるとは思ったが。次にアディーナに会った時に、販売用の豆はすべて買い取りたいと申し出た——五十ポンド入りの袋ふたつだ。借りたローバーに荷を積み込んでいると、アディーナがコーヒーを持ってやってきた。そして警告したんだ……」

「マテオ、どうしたの？　顔が真っ青よ」

彼はうなずいて、またもやもぞもぞと座り直す。「アディーナはコーヒーで幻覚を見たといい、『青い雁《がん》』を避けろとぼくにいった。近づきすぎると滅ぼされるから、と。強い口調だった」

「エチオピアに雁がいたとは知らなかったわ」

「タナ湖の周囲にはいる。マンハッタンのハトみたいにありふれている。そうはいわれても、さっぱり理解できなかった。彼女の警告の意味を理解したのは三日後だった。湖を渡ろうとフェリーに乗船したら、船首に青い雁が描かれていた。それを見たら気持ちが悪くなった。アディーナにいわれたことを思い出して旅程を一日延期することにした。フェリーには次の町で乗ることにした」

「たいしたことではないみたいだけど」

マテオが暗い表情を浮かべた。「その晩、青い雁が描かれたフェリーが転覆したんだ。ひとりも助からなかった」

快適な店内にいるというのに、マテオは震えている——わたしも。

「偶然だったかもしれないわ」

「ほんとうにそう思うか？」

「いいえ。でもそれ以外に納得のいく説明はつかない。わたしは納得のいく説明が欲しいの。アディーナはなぜコーヒーを飲んだ後であなたの未来を見通したの？　どうしてわたしは幻覚を見てしまうの？　あなたはそんなものはまったく見ていないのに」

「最初は、性別の問題かもしれないと考えた。女性だけに限られるのかと。次に、霊能力に恵まれているかどうかが関係するのではと思いついた。昔からきみにはそういうところがあった。結婚していた頃、きみにはなにも隠し事はできないとよく思っていた」

「わたしは霊能者ではないわ。あなたのやることなど予想の範囲内よ」

マテオはエスプレッソを飲み干した。「納得のいく説明が欲しいなら、ドクター・ペッパーに会うしかない」

「どういう人物なの？」

「彼とは大西洋横断便で出会ってほぼ十八時間ぶっ続けでコーヒーについて話した。彼は生化学者であり医師でもある。ぼくたち同様コーヒーに惚れ込んで人生を捧げている。飲むのと研究するのと両方だ」

「その人物がどんなふうにわたしの力になってくれるの？」

「タナ湖のコーヒー豆を調べてもらおうと思って彼に送ってある。きみが見た幻覚のことをメールで伝えたところ、ひじょうに興奮していた。ぜひきみにコロンビアに来てもらいたいそうだ」

「コロンビアって、南米の!?」

「そうじゃない！　ドクター・ペッパーは南米の人間ではない。西インド諸島出身だ。コロンビア大学で教鞭をとっている。アップタウンの研究室をきみが訪れるのを彼は待っている」

「研究室?」

「実験装置にきみをワイヤーでつないで、タナ湖のコーヒーを飲んだ後の脳の働きを調べるんだ」

「マテオ、わたしはあのコーヒーは飲まないわよ。二度と飲みません」

「好きにすればいい。しかし現実にきみは飲んだ。それも一度じゃない。そして幻覚を見た。うまいこと利用すればいいじゃないか?」

「二度と占いはしないと誓ったの」

「べつに害はないだろう?」

「あるわ。いっぱい」

マテオは背もたれに身体を預け、錫《すず》のパネルを貼った天井をしげしげと見ている。「どうすればきみに信じてもらえるんだろう」空のカップを脇に押しのけてマテオがこちらに身を乗り出した。

「あのコーヒーでぼくが命拾いしたと信じたくなければ、それでもいい。しかしマイクの子どもたちを見つける際には役に立ったじゃないか。そうだろう? セントラル・パークで」

「そうね。オーク橋だった」わたしはつぶやいた。

「どうしてあの場所を思いついたのか、忘れたか?」

「じっさいに思いついたのはあなたよ」

「そうだ。きみから幻覚の内容をきいて手がかりをつかんだ。同じことをもう一度やってみればいい。な、いいだろう？」

わたしは目を閉じ、思い切って決断した（たいして選択肢はなかったけれど）。

「わかったわ。どこからスタートする？」

44

「コーヒーの影響下できみが見たものを解釈してみよう」マテオがいう。「夢の内容をもっとくわしく教えてくれ。憶えていることを全部」

シュールなポエトリー・スラムのことから始めた。主賓扱いされ、妖精の羽が生えた娘たちがわたしの周囲を取り囲んで宙に浮かびあがって舞い踊り、そこに黒いシルエットの人物が侵入してパーティーは台無しになった。

「『眠れる森の美女』みたいだな。皆に愛されるプリンセスの華やかなパーティーに妖精たちがそろって招待されたが、ひとりだけは招待されなかった。招待されなかった妖精が会場にあらわれてプリンセスに呪いをかけて眠らせてしまう」

「『眠れる森の美女』のお話をあなたが知っているなんて、意外だわ」

「娘がいるからな」

「読んできかせてやったの？」

「アニメ映画に連れていった。ジョイがハローキティとバンパイアの虜《とりこ》になる前のことだ。ディズニー・プリンセスに夢中になっていたじゃないか。忘れたか？」

「もちろん憶えていますとも。でも、まさかあなたがね」

「憶えているどころか、ディズニーの邪悪な妖精のせいで長いこと悪夢に苦しめられた」マテオがブルブルと震えてみせる。

「『マレフィセント』（『眠れる森の美女』に登場する魔女マレフィセントの物語）のせいで悪夢？　架空のキャラクターなのに」

「あの魔女のせいで過去の恋愛がらみのトラブルで味わった嫌な思い出がよみがえった」

「それなら納得」

「それよりカフェインがらみの夢の話に戻ろう。きみはステージにあがり、アーニャみたいなピンク色のロングドレスを着ていた。そしてフードをかぶった何者かが獣の爪をきみの足に突き刺し、眠らせた。そいつはアーニャを同じ目にあわせたということか」

「その可能性はあるわ。彼女には薬物の使用歴はなかった。何者かが勝手に注射したのなら、つじつまは合う。黒いシルエットの人物は皆に金の鍵を見せろといったわ。でもわたしは身につけていなかった。アーニャが見つかった時にも鍵はなかった」

マテオが顔をしかめる。「なんの鍵だ？」

「これまでわかったところでは、アッパーイーストサイドの会員制クラブに入るための鍵。そしてなんと、マイク・クィンの元妻はその鍵を持っている」

「ちょっと待て。アーニャはクィンの別れた女房に雇われていた、いいたんだな？」

「そうよ。やはり怪しいわよね。昨日のフェスティバルでもレイラは奇妙な行動をとっていたわ。彼女がアーニャの口を封じる具体的な理由があるかどうかは不明よ」

「フードをかぶった侵入者の話に戻ろう。そいつが鍵を見せろと要求したということは、そのクラブに関係あるはずだ」

「むしろ、すべてがそのクラブに関係しているとわたしは考えている。クラブのドアの前でもとても嫌な幻覚を見たわ。同じような重苦しさを、あの晩セントラル・パークでも感じた。幻覚に出てきた黒い化け物が、あの重苦しさの根源よ。黒々とした殺意の塊みたいな化け物」

「わかった。では黒々とした殺意を抱いている人物とは？」ふたりとも言葉が出ない。「オーク橋の時と同じ方法でヒントをさがしてみよう。一つひとつの要素を吟味してみるんだ。フードをかぶっている人物といえば？」

いうまでもない。「レッド・プリンセス！」

「昨夜の夢で見たのは赤いフードだったか？」

「いいえ。黒かった。でもレッド・プリンセスは憶えているでしょう？　アーニャの友だち。エスターの話では、〝赤ずきん〟の呼び名でこの街でラップのパフォーマンスをしていて人気があるそうよ。彼女、今夜のポエトリー・スラムにも参加するわ。あなたに会うために」

「ぼくに？　なぜ？」

「さあ、わからないわ。でもマイクはあなたの身を案じている」

「心配いらないさ」

「いいえ、よくきいて。彼女にはくれぐれも用心して」

「おおげさすぎないか？」

「エスターによればレッドは派手に遊び歩くタイプのようね。レッドがアーニャに薬物を与えて、アーニャが誤って過剰摂取したなら、いまごろ彼女はパニックになっているかもしれない。あなたが警察から尋問を受けたことをききつけて、あなたを罠にはめようと考えている可能性もあるわ。あなたが薬物を所持しているように画策して警察に密告するかもしれない。罪を逃れるためにね。アーニャが死ぬようなことがあれば、じっとしていられないでしょう」

「それで、ぼくは彼女に会うのか？　会わないのか？」

「上で待っていて。わたしが呼んだらおりてきて。まずわたしが彼女と話すわ」

「なにを？」

「アーニャについて。レッドにとっては友だちだからね。彼女のことを持ち出したらどんな反応をするのか確かめておきたい」

「きみの目的は？」

「ふたりのあいだにほんとうはなにがあったのか」わたしはテーブルの向こうのマテオのほうに身を乗り出して声をひそめた。「アーニャの金の鍵のことがどうしても気になるのよ。マイクの娘はアーニャがその鍵を持っていたといっていたけれど、わたしが彼女を見つけた時にはなかった。そして彼女のネックレスのチェーンは壊れていた。仮に、レッドがあのアッパーイーストサイドのクラブに入るためにアーニャの金の鍵を欲しがっていたとしたら？　アーニャがそれを渡すのを拒んだとしたら？　アーニャに薬物を投与して鍵を奪い、意識を失ったアーニャを森のなかに放置して単なる薬物の過剰摂取に見せかける、ということをレッドがひそかに企んでいたのかもしれない」

「それが真相であるなら、きみが見た幻覚はつじつまが合う。黒い服からいきなりかぎ爪のついた手が出てきたんだろう？」

「そうよ。でもなぜつじつまが合うの？」

「『赤ずきん』の物語には残忍なオオカミがつきものだ。レッドがオオカミなんだろう。彼女の物語のなかでは赤ずきんがオオカミなんだ」

「わたしたちの読みがまったく外れている可能性も、もちろんあるわ。占いにはそういう危険がつきまとう。ひとつ間違えたら、描かれた模様の意味を取り違えてしまう。レッドは無実かもしれない。昨夜の夢で見たフードは黒だった。赤ではなかったの」

「それならなぜ彼女はぼくに会いたがっているんだ？」

「犯人ではないとしたら、単にあなたにきいてみたいだけなのかもしれない。考えてみれば、あなたとアーニャはペアを組んで一日の大半を過ごしていたのよね」

「レッドは容疑者なのか証人なのか、どっちかに決めてくれ」

「決められないわ。この段階ではまだ無理。でもぐずぐずしていられないわね。あなたが厄介な事態に巻き込まれる前に判断しないと」

「とっくに巻き込まれている」
「それなら、お互いジタバタするのはやめましょう」

45

数時間後、エスター主催のポエトリー・スラムがすでに始まっている。テーマはおとぎ話。招待客限定のつどいだ。わたしは最前列の中央に陣取っていた。今日のための特設ステージに、レッドが気取った足取りであがる。

タイトな赤い革のワンピースという装いの彼女はセクシーでおしゃれだ。ワンピースにはスパンコールを散らしたフードがついており、赤いハイライトの入った黒髪を半ば覆っている。色っぽいポーズを決めて男性の視線を釘付けにするいっぽう、大胆で個性的でユーモアたっぷりの身のこなしは同じ女性から見てもとても魅力的だ。

マザーグースの「丘を上るジャックとジル」の歌をモチーフに、彼女が自作のラップを披露する。大都市を逃げる男女のストーリーだ。切れ味のいいパフォーマンスで声も耳に心地よい。聴衆を魅了して会場全体をひとつにしてしまう才能はたいしたものだ。

最前列のテーブルにはエスターが力を入れている福祉プログラムに参加しているティーンエイジャーの子が何人も並んで、レッドが機関銃のように繰り出すラップにすっかり心を奪われている。ところがわたしの大事なバリスタ、エスターはどうやらそれどころではないらしい。

「このブーツのせいで、痛くて死にそう」エスターが靴ひもをほどきながら小声でこぼしている。

今夜のエスターは見るからに落ち着かない様子だ。恋人のボリスがいつあらわれるかと、はらはらしている。肝心のボリスはまだ姿を見せない。やきもきしているエスターに思いがけない災難が降り掛かった――足元のトラブルだ。

エスターのコンバットブーツを見て、アドバイスしてみた。「スニーカーに履き替えたら？あれなら履き心地いいでしょう？」

「履き心地なんてどうだっていいんです、ボス。今夜ボリスは別れを切り出すにちがいないのだから、こっちもそれに備えていないと」エスターは靴を脱ぎ、タイツを履いた指先をくねくねと動かした。「これは女のサバイバルマニュアル。闘いに臨む際には戦闘用の靴で足元を固めなくては」

コンバットブーツはエスターのラップ――『グレーテルの復讐』――によく合っていた。グリム童話を下敷きにした物語は、タフな少女が弟を女親分のもとから救い出すというストーリーだった。弟は幻覚作用のあるキャンディーを盗んだといって女親分に油で揚げられてしまいそうになるところを間一髪で助かった、というストーリー。

皆、エスターのラップに夢中だ（毎回のごとく）が、わたしの目から見れば今夜のエスターは身が入っていない。ボリスが来て「話し合い」をする予定なのだから、無理もない。彼に振られるものとエスターは思い込んでいるけれど、ほんとうにそうだろうか。

意見の食い違いがあったとしても、ボリスとエスターはとてもお似合いのカップル。きっとなにか誤解があったのだろう。それが解けますようにとわたしは期待していた。正直なところ、今夜ボリスがあらわれないのでほっとしていた。エスターのためにも、わたしにとってもありがたい。エスターは人前でいい争いたくはないだろう。わたしはレッドに全力を注ぎたい。

赤ずきんのパフォーマンスは終盤にさしかかっている。エスターもそれがわかっているのでブーツに足を入れた。が、靴ひもを結ぼうとはしない。

レッドのパフォーマンスが終わり、拍手喝采が起きた。レッドは笑顔でそれにこたえている。ところがステージから退場したとたん、サービス精神旺盛なラッパーは影も形もなくなった。

ステージからぴょんと飛び降りたレッドはエスターの前に立って睨みつけた。あっという間のことだったので、わたしは立ち上がるチャンスを逸した。

「マテオ・アレグロはどこ?」レッドはきつい口調だ。「どこにもいないじゃないの。かならず来るって、あなたいったわよね。とんだ時間の無駄だったということ?」

「マテオは来ているわ」わたしは立ち上がりながらいった。「話をしたいのならどうぞ。ただし、その前にわたしと話をしてからよ」

46

レッドはなにもいわず、こちらを凝視している。あっけにとられているらしい。

「いわれた通りにして」エスターはレッドにひとことというと、コンバットブーツの紐を結ばないまま派手な足音を立ててステージにあがった。聴衆に感謝を伝え、短い休憩に入るとアナウンスした。

会場内の人たちがそれぞれに動いたり足を伸ばしたりするなか、レッドは赤いバックパックを置いてある椅子へと移動した。わたしは彼女の後ろからぴたりとついていく。

「あなたは？」レッドはバックパックのなかをあさりながらたずねた。

「クレアです。ミスター・アレグロの仕事上のパートナーよ。彼にどんなご用かしら？」

「どんな用事だろうと、あなたには関係ないわ。仕事上のパートナーなんでしょ」

「そうはいかないわ。彼に関係することは、わたしにも関係する。あなたに確かめておきたいの。お友だちのアーニャのことよ。あなたはなにか知っているの？」

「バカな友だちのこと？　いま病院のベッドに寝かされている、おバカさん？　わたしまでバカだと思われているのかしら？　アーニャがどんな目にあったのか、きいているわ！」

レッドは目にも留まらぬ早業で右手で銀色のケースをあけてタバコを一本くわえ、火をつけた。

「昨日の朝、セントラル・パークであなたは彼女をさがしていた。さがしていた理由は？彼女からなにかを受け取る必要があったの？　たとえば鍵とか？」

「どういうこと？　身体検査でもしたいの？　さては、あなたが鍵をさがしているのね？」

「あなたから真実をききたい。ただそれだけ」

「この人は信頼できるわよ」エスターが戻ってきて椅子に腰掛けた。「それから、ここは禁煙よ」

「信頼なんてできるわけないでしょ」レッドがピシャリといい返す。禁煙のルールもつっぱねている。「それに、なぜアーニャのことに首を突っ込むのかしら？」

わたしはレッドに詰め寄り、ぐっと声を落とした。「わたしはね、アーニャが面倒を見ていた子どもたちの友だちなの。アーニャの身になにが起きたのか、かならず突き止めるとあの子たちに約束したの。やはり消えた彼女の鍵は大きな手がかりなのだと、いまあらためて確信したわ」

レッドはきゅっと口を結ぶ。あらためてわたしを値踏みしているような表情だ。そして彼女が口をひらいた。さきほどまでの喧嘩腰の態度とは裏腹に、純粋な好奇心をのぞかせている。「わたしが彼女の鍵を奪ったと思っているの？」

「奪ったの？」

「いいえ」長い一服をして、天井に向けて細く煙を吐き出す。「アーニャの鍵なんて、欲しがるわけがない。自分の鍵を持っているから」

「ということは……あなたは会員ということ？」怪訝そうな口調になった。

「信じないの？　誰のおかげであのおバカさんが鍵を手に入れたと思う？　わたしが面倒みてやったのよ！」そしてなんと、レッドは証拠を見せたのだ。タバコの火を足で踏んで消し、スパンコールつきのフードを外して首もとに手を入れ、引き出しのは金色の鍵だった。

鍵だけなら納得はできないけれど、チェーンを見れば疑う余地はなかった。小さな金と銀の菱形が連なった独特のチェーンはアーニャのものであるはずがない。アーニャのチェーンはモリーの手元にあるのだから。

「ほら。嘘はついていないでしょ。アーニャの鍵なんて欲しくない。彼女に危害を加えたりしていないわ。アーニャは友だちなんだから。でもあの子はわたしの言葉に耳を貸さなかった。何度も説得したわ。あいつらに一度でも〝ダー《イエス》〟といったら、〝ニエット《ノー》〟とはいえなくなるんだって！」

「あいつら？　誰のこと？」

レッドはわたしの問いには答えず、ロシア語でわめくばかりだ。意味はわからない。でも昨夜エスターが口にした言葉はきき分けることができた。

「ヤー・ブードゥー・リャーダム！」

レッドは何度もそれを繰り返す。意味をきいてみた。レッドは首を横にふる。「これだけしゃべればじゅうぶんでしょ。さっさとマテオ・アレグロに会わせて。さもなければ、ここを出るわ」

「あなたがほんとうにアーニャの友だちなら、なぜ彼女の身になにが起きたのか心配しないの」

「なにいってるの？　心配に決まっているじゃない！」

「じゃあ、それを証明してみせて。明朝もう一度ここに来て。マテオはここであなたと話をするわ。わたしたちの友人も同席する」

「友人？」

「彼になにもかも話してちょうだい。オフレコで。わたしたち皆で知恵を出し合って次のステップを考えましょう」

「オフレコの人物？　記者なの？」

「いいえ……」わたしは彼女のほうに身を乗り出して耳打ちした。「名前はエマヌエル・フランコよ。警察官。信頼できる相手よ」

うまくいった。警察というひとことがレッドには決定打だった。彼女は頭を大きく一回振るとフードをかぶり、かき集めるようにしてレインコートとバックパックを抱えた。

「待って――」彼女の腕をつかんだ。

「チャンスはあと一度だけ」彼女が押し殺した声で脅しをかけ、わたしの手を振り払う。

「マテオ・アレグロが五分以内にあらわれなければ出ていくわ。そして二度とここには足を踏み入れない」

レッドという娘のことは好きにはなれない。けれども鍵とクラブに関しては彼女を信用できるし、さらに情報を得たい。それにアーニャが最初に〝イエス〟といい、次に〝ノー〟といったという「あいつら」のことについても。

マテオにかかれば、たいていの女性は魅了されて自分からストッキングを脱いでしまう。とげとげしいレッドからさらにきき出すには、マテオが唯一の頼みの綱だ。

マテオは同じ建物の上階で待機している。わたしが暮らしているメゾネット式の住まいのキッチンでクッキーを頬張り、スマートフォンのゲームで遊び、仕事の国際電話をかけている。

レッドとマテオが話をする条件をわたしは決め、マテオはそれに同意していた（コーヒーハウスから出ない。彼女と身体的な接触をしない。わたしはお目付役とし、ふたりの会話がきこえる範囲内にいる）。この条件であれば、マイクもやってみろと賛成してくれるだろう。

「マテオを呼ぶわ」レッドに約束した。

「あと少しで時間切れよ」レッドは脅すようにいうと、とがったヒールをカツカツと鳴らしながら部屋の奥へと向かった。

携帯電話を取り出してマテオにかけてみたが、留守番電話が応答した。

「おりてきて」それ以降のメッセージは、すさまじい音にかき消されてしまった。耳をつんざくような爆音がすべてを飲み込んだ。

背後のステージ上の音響だ。なにかが始まっているらしい。しかし、それよりも元夫におりてきてもらわなくては。留守電からメールに切り替えることにした。とその時、エスターの断末魔のような声がした。

メールを打つ手を止めて視線をあげると、エスターが驚愕の表情を浮かべている。

「どうしたの？」

こたえが返ってくる前に、よく知っている男性の声が店のスピーカーから大音量で響いた。

おれはこうと決めたらいちずな男、それをこれから見せてやるぜ

今夜、おまえたちを皆、おれの証人にしてやる——。

エスターの恋人のボリスだ。パートタイムでレコーディングアーティストをしながら、フルタイムでベーカリーの仕事をこなしている。その彼がとうとうあらわれた。エスターがもっとも恐れていた瞬間だ。

浮かんだと思えば沈む、そんなおれの人生

苦悩なんて都会の窓ガラスみたいにありふれている……。

エスターは恐怖に固まった顔でステージを指さす。「嘘だといってくださいよ、ボス。あ

んなの嘘だといって！　最後通告をパフォーマンスアートで表現するなんて！」

47

聴衆から喝采があがった。振り向いてステージを見ると、なるほど観客が沸くわけだ。ロシアから移住してきた若者ボリスは短い金髪をいつものようにジェルで固めてツンツンに立てているが、いつものバギージーンズにエミネムのTシャツ、前後逆にかぶったキャップではなく、黒いタキシードとアンクル丈の細身のパンツだ。往年のロックンローラー、バディ・ホリーを彷彿とさせるスタイル。開襟シャツはしっかり糊付けされていて白く輝いている。それよりも輝いているのは、彼のグレーの瞳。鼻の両脇にくっついているような彼の両目が、パフォーマーとしてのオーラに満ちて輝いている。

いつものヒップホップの動きに加えて、いままでにないシャープなダンスの要素も披露している。マイケル・ジャクソンみたいなスピンやムーンウォークも。しかし振り付けの変化に驚いている場合ではなかった。ボリスをここまで変身させた理由だ——。

いっしょに暮らそうときみはいった

おれに向かって手を差し出した。

でもおれは嫌だね
成り行きまかせで生きるなんて。
深い愛と濃い情熱で結ばれたおれたちふたり。
こんなすてきな相棒はいない！
こんなすてきな愛はない
だからおれは本気だ
愛しいツァリーナ、いっしょにいてくれ。

ボリスは低いステージの端まで横滑りして、口をぽかんとあけているエスターの真ん前で膝をついた。

聴衆はいっせいに立ち上がり、ボリスは尻ポケットからなにかを取り出した。小さな宝石箱。エスターはそれを見たとたん、息を呑んだ。ボリスが親指で弾くようにして蓋をあけた。なかにはダイヤモンドが輝くエンゲージリングが赤いベルベット張りのクッションに鎮座している。

ボリスは片手で自分の胸を押さえながら、もう一方の手で指輪をエスターに差し出した。

早鐘を打つおれの心臓がきみの返事を待っている

どうかイエスといってくれ
さもなければ死んでしまう
結婚しよう、エスター
おれと人生を共にしよう
夫婦になって末永く幸せに暮らそう

ボリスのプロポーズでわたしまで有頂天になって皆といっしょに拍手を送った。ボリスとはもう終わったのだとエスターは思い込んでいた。ところがどっこい、結婚を歌ったポップソングのサビの歌詞を借りれば、〝たったいま始まったばかり〟(カレン・カーペンターが歌ったあの歌がエスターとボリスの結婚式のプレイリストに入る可能性はまずないが)。いますぐにでもエスターを抱きしめてふたりに祝福を贈りたい。しかし、それよりもまずエスターはボリスの求愛に対して返事をしなければ。彼女はきっとラップでこたえるだろう。そして彼はエスターの手をとってステージにあげ、ふたりは抱擁してハッピーエンドということになるだろう。

誰もがそう予想して、またとないこの瞬間を写真に収めようと携帯電話をかざした。

しかし、その瞬間は来なかった。

ボリスとエスターはその場で凍りついたように向き合っている。どのくらい時間が経っただろう。エスターはその場でボリスを凝視している。ボリスはひざまずいたまま片手を胸にあて、もう一方の手で指輪を差し出している。

とうとう歓声が止み、皆は花嫁の返事をきき逃すまいと前のめりになった。

いちおう、返事はあった。

エスターは両耳を手でふさぎ、身の毛がよだつような悲鳴をあげたのだ。ムンクの有名な絵、『叫び』そのままのポーズで。そしてぱっと立ち上がり、下におりる階段へと向かった。

奥の螺旋階段ではまだレッドがマテオを待っていた。エスターはレッドを見ると、叫び声をあげた――。

「ここから出して！」

レッドはエスターの手をつかんで階段をおり始めた。半分まで行ったところでエスターがつまずいてふたりのスピードが遅くなった。が、不思議の国のアリスの白ウサギのようにふたりは足を止めず先をいそいだ。

「エスター、待って！　行かないで！」わたしは叫んだ。

その声は、マイクを通じたボリスの叫び声でかき消された。彼もまったく同じセリフを口にしていた。

聴衆のあいだをかきわけて進もうとしたが、皆がカメラ付き携帯電話をふりまわして行く手がふさがれる。誰もが演出の一部だと思い、うら若い女性の運命が覆るほどの決定的な瞬間だなどとは夢にも思っていない。

次の瞬間、低いステージからボリスが飛び降り、彼を通すためにようやく山のような人だかりが解けて二手に分かれた。

「ツァリーナ！　戻ってきてくれ！」なんとも哀れな声だった。

フィアンセに志願したボリスを、エスターは完全に無視してレッドといっしょに歩道に出た。

わたしは猛然と階段をおりてエスターの落とし物を飛び越えた。外で車のエンジンを吹かす音がして、リンカーン・タウンカーが走り去るのが見えた。後部シートにレッドとエスターが身を寄せて座っている。運転席の男はウェーブのかかった長髪に山高帽をかぶっている――前日の夜、レッドが乗った車を運転していた男だ。

ナンバープレートを確認しようとしたが、交通量が多く視界が遮られる。わずかに、昨夜見たのと同じ旗のバンパー・ステッカーだけが見えた。

背後で誰かが走ってくる足音がして振り向くと、ボリスだった。打ちひしがれた様子で手にはなにかをつかんでいる。

黒いタキシード姿の彼はシンデレラの靴を手に持って茫然としている王子さまのよう。ただしガラスの靴ではなく紐のほどけたコンバットブーツの片方だった。階段にエスターが残してきたのだ。

「愛しのツァリーナ……彼女はどこに？」ボリスがわたしにたずねる。

「それが……行ってしまったのよ」

48

エスターのブーツを握りしめたまま、ボリスは「ツァリーナ」に心のこもったメールを送信した。返信はない。取り乱しているボリスをうながして店のなかに入り、カウンターの前に座らせ、落ち着かせるためにドリンクをつくることにした。

カウンターのなかにマテオも入ってきて、後ろから声をかけた。「レッドはどこだ？　いったいなんの騒ぎだったんだ？」

マテオにくわしく説明し、ポエトリー・スラムに参加したお客さまが引きあげるのを見届けてくれるように頼んだ。「その後も、まだここから離れないで欲しいの」

「なぜだ？　レッドはもう行ってしまったんだろう？」

「ええ。でもエスターをさがすのを手伝ってもらうことになるかもしれない」

「心配そうだな」

声をひそめてマテオにいった。「レッドといっしょなのよ。彼女のことは信用できないから」

マテオはちらりとボリスに視線をやり、またわたしを見た。「なにを企んでいるんだ？」

「ボリスはレッドのことをよく知っているわ」ひそひそ声でいう。「いまは落ち込んでいるけれど、話をして落ち着いたらレッドについてなにかきき出せるかもしれない。たとえそれが無理でも、ボリスといっしょにエスターを今夜中に見つけ出したいの」

「それは賛成だ」マテオが同意する。「なにかあれば電話してくれ……」ダイアナ・ロスの歌をもじって、元夫は二階のラウンジへと向かった。

ボリスのためのドリンクが完成した。グラスからあふれんばかりにたっぷり満たしたラテをカウンターに滑らせた。

「いいえ《ニエット》」ボリスはグラスを脇に押しのける。「コーヒーは神経を刺激するから」

「これはうちの店特製のドリーム・ストリーマーよ。エスプレッソは入っていないわ。スチームドミルクと自家製のオレンジ、バニラ、カラメルクリームのシロップだけ。飲んでみて。きっと気持ちが落ち着くわ」

ボリスは少し味見をする。「すごくおいしい……ありがとう《スパシーボ》」

「どういたしまして」

ボリスがむっつりと黙り込んで飲んでいるあいだ、わたしは保存庫に入ってエスターに電話をかけてみた――するとスタッフ用のクロゼットからくぐもった着信音がきこえた。見ればエスターのコートが掛かっている。ポケットには財布もスマートフォンも入れっぱなしで。

それを見せると、ボリスはショックで倒れそうになった。わたしもがっくりした。スマートフォンはロックされている。これではエスターの交友関係を確かめることもレッドの電話番号を知ることもできない。エスターはアパートには固定電話を引いていない。いますぐにでもタクシーでイーストビレッジの彼女の住まいに行こうとボリスに提案した。

「レッドはエスターを送っていったのかもしれないわ」そういいながら、指を交差させて幸運を祈った。「家のドアの前まで行ったとして、その先が問題よね。もしも彼女があけてくれなかったら?」

「鍵は持っている」ボリスがいう。

「じゃ、行きましょう」


イエローキャブでアルファベット・シティまで行き、アベニューCで降りた。あちこち補修された跡がたくさんある大通りだ。セサミストリートに出てくる街ではなく(ビレッジブレンドのいちばん若いバリスタのナンシーはほんとうにそうだと思い込んでいたそうだ)、イーストビレッジとイーストリバーに挟まれた住宅地だ。

十九世紀、この地区は人口が密集し、安アパートが立ち並ぶ貧民街だった。ここで暮らした移民たちの人生は短くも過酷なものだった。二十世紀半ばまでにはプエルトリコ人が大量に移住してきて「ニューヨリカン」アート・ムーブメントが起こり、この界隈の安い家賃と自由奔放な雰囲気に惹かれて売れないアーティストとミュージシャンが集まるようになった。

マイク・クィンがよく指摘するように、その時期は犯罪率が高く不法薬物がらみの事件が多かった。そのいっぽうでブレイクダンス、ラッパー、DJが世界で初めて登場したのもこの時期だった。一九八八年、初のポエトリー・スラムがニューヨリカン・ポエッツ・カフェ――エスターが暮らしている場所からほんの数ブロック先のアヴァンギャルドな雰囲気の店――で開催された。

いまわたしたちが立っているのは、エスターが住むエレベーターなしの六階建ての建物の古びたドアの前だ。かつては貧困層が暮らす安アパートで水道も引かれていなかった。今日ではイーストビレッジの大半が中流化、高級化してしまった。通りに面した建物の一階には最新流行のレストラン、ブティックが多い。古いアパートメントは何百万ドルもの資金を投じてリノベーション済みだ。けれどもこの建物は、そこまで大幅なテコ入れはされていない。

何度か呼び鈴を鳴らしてみた。応答はない。そこでボリスの鍵の出番となった。正確には三つの鍵。まず通りに面した入り口、次に正面玄関、最後にデッドボルト錠。

その甲斐もなく、室内にエスターの気配はなかった。

エスターの部屋を訪れたのは初めてだ。ワンベッドルームで狭いけれど、とても心地よい空間だ。ボリスとわたしは明るく照らされたキッチンに入った。非常階段の出口には鉢植えの植物が置かれている。エスターのルームメイトはソファのあるスペースを和風の屏風《びょうぶ》で仕切り、右側を使っていた。そこにはもう私物はなにもなかった――ルームメイトはすでに引っ越してしまっていたのだ。

エスターの寝室はキッチンの向こう側にあり、ドアで仕切られている。そのドアはいま半分開いている。

なかに入って室内を見回した。一つの壁はエスターの人生の折々の写真がフレームに収められてびっしりと並んでいる。すましてポーズを決めたような写真は一枚もない。エスター本人と同様に、どれも一風変わっていて正直だ。ポエトリー・スラムの子どもたちがエスターのまわりでにぎやかに騒いでいるところ、仲間のバリスタたちがコーラスラインをしているところ、結婚してウェストチェスターで暮らしているエスターの姉が子どもたちと必死に犬を洗っているところ、ボリスが半分食べかけのバースデーケーキを前にして口のまわりに髭みたいにクリームをつけている姿、ビレッジブレンドのカウンターのところでわたしとマテオがカメラに向かって舌を出している写真まである。

天井には夜空を描いた壁紙が貼られ、残り三方の壁は画像と言葉のすばらしいコラージュだ。しかしこの部屋でいちばん興味深いものといえば、散らかった机の上に吊られているもの——黒い大きなマグネットボード。そこには自由に動かせる白いアルファベットがたくさん貼ってある。

「ここには戻っていないようね」試作用のマグネットボードに彼女が最後につくった言葉を興味津々で読んでみた。「like otiose vacillating enemies stuck together in neverending krappy situations——〝無価値で煮え切らない敵どもが果てしないクソみたいな状況でつつかえているよう〟」

わたしは眉をひそめた。「どういう意味かしら？　それにどうしてｃｒａｐの先頭がｋなのかしら？」

ボリスはボードを見つめ、うめき声をもらす。

「どういうことなの？」

「アクロスティックだ」ボリスがつぶやく。

「それはロシア語？」

「アクロスティックというのは言葉の遊びです。暗号みたいな――」彼がボードを指さす。

「先頭の文字だけを拾って読んでいく、先頭の一文字だけを……」

Like
Otiose
Vacillating
Enemies

Stuck
Together
In
Neverending
Krappy
Situations

読んでみて、はっとした。ボリスにたずねたりしなければよかったと心から悔やんだ。

ボリスはエスターのマットレスにどさりとへたりこむ。暗号で書かれた詩の意味にうちのめされている——。

「愛《LOVE》なんて、くだらない《STINKS》」

49

「教えて、クレア・コージー。ぼくは呪われているのかな？」

短い金髪をツンツンと立て、細身のタキシードに身を包み、憔悴した表情を浮かべるボリスは、グラミー賞を逃した期待の若手レコーディングアーティストといった風情だ。つらい気持ちが手にとるようにわかる。わたしは彼の隣に腰をおろした。

「どうかわかってあげて。あの子はもうあなたに愛されていないと思い込んでいたのよ」

「だからといって、どうしてこんな言い方をするんだ？　ぼくたちは幸せだった！　ぼくとエスターの愛はくだらなくなんかない！」

「そうね。でもエスターがあなたに、ここに引っ越してこないかときいた時、あなたからの返事がなかなかなくて……どう説明したらいいかしらね。返事がないことで、彼女の胸のなかにぽっかりと穴があいて、真っ暗なスペースが生まれてしまった。エスターのような人にとってそういうぽっかりとあいた穴は危険なのよ。自動的に、最悪のシナリオをそこに書き込んでしまう」

ボリスが首を横に振る。「〝半面の真実を完璧な真実として扱おうとすると、めちゃくちゃなことになる〟」

「どういうこと？」

「この世界のことです」彼は天井の夜空の壁紙を指さす。「宇宙は黒く見える。真っ黒闇に見える。しかしそれは宇宙の完璧な真実ではない。真っ黒な宇宙には明るく光る点がある——たくさんある！　重要なのは光があるということだ。命はそこにある」

「あなたにとっての完璧な真実は？　エスターはそれをききたいんじゃないかしら」

ボリスはため息をついてうなだれ、そのままゆっくりとうなずく。「いっしょに住まないかと彼女にいわれた時は、うれしくて有頂天になった。でも、困ったなという気持ちもあった。それがほんとうのところです。しだいに、自分が困っていることに困ってしまった。だって、ぼくは彼女を愛している。彼女はぼくを愛している。考えて、とことん考え抜いて、ようやく困っている理由がはっきりした。ぼくはエスターのルームメイトにはなりたくない。エスターの結婚相手になりたいんだ。それに気づいたら、あとはもう一直線にサプライズのプロポーズを計画した」

「でもね、ボリス。あなた、自分でもいっているでしょ、『考えて、とことん考え抜いて』って。時間をかけて自分の気持ちを見つめたということね。エスターはステージであなたがプロポーズするのをきくまで、別れを切り出されると思っていたのよ。いま彼女はとても混乱しているわ」

「ぼくは肝心なことがわかっていないってことか。教えてください」

「彼女には結婚はまだ早いのかもしれないわ。もしかしたら、このさきも結婚は考えていないのかもしれない。それでも、まちがいなくあなたを愛している。彼女には時間が必要なんでしょう。しばらくしたら、きっと連絡があるわ」（そうだと思いたい）。「じつはね、今夜いちばん心配なのはそのことではないの。あなたが完璧な真実を知ったら、やはり心配になると思うわ」

「完璧な真実を知れば？」

「レッドのこと――エスターといっしょに逃げた若い女性……」

レッドの友だちのアーニャの身に起きたことをボリスはまだ知らずにいたので、知る限りのことを伝え、最後にずばりと結論をいった。

「アーニャとレッドは悪い人たちと関わりを持ってしまったのだと思うわ。その人たちの誰かがアーニャを昏睡状態に追い込んだ。この件に関してレッドはもっとくわしく知っているはず。だからエスターがここに戻ってくるのを待ちたいの。無事にちゃんと戻ってくるのをね」

「それ以上のことはわからないんですね？」

「ええ。レッドはわたしになにかをまくしたてたんだけど、ほとんどロシア語だった。でも一つだけ憶えている言い回しがあるわ。彼女はそれを何度も繰り返していたから」

「どういう言い回しを？」

「ヤー・ブードゥー・リャーダム！」

色白のボリスの顔からさらに血の気が引いていく。

「どうしたの？　なにが問題なの？」

説明している暇も惜しいとばかりに、彼はぱっと立ち上がってキッチンのテーブルのところに行って電話をかけた。何本も。

ボリスが十人以上と話をしているあいだ――すべてロシア語の会話だった――わたしはエスターのフレンチプレスを見つけてふたり分のコーヒーをいれた。今回はボリスはカップを押しのけなかった。

「おかわりをポットひとつ分お願いします」二杯を続けざまに飲んでからボリスがいう。

立ち上がってコーヒーのおかわりをつくりながらボリスに話しかけた。「次の電話をかける前に、これはいったい何事なのか説明してもらえる？」

「ブライトン・ビーチの友だちに連絡をとっているんです。ロズは何カ月も前にあそこから引っ越したそうです。いまどこで暮らしているのかは、誰も知らない。知り合いに片っ端からメールを送ったけど」

「彼女のこと、ロズと呼んだ？」エスターも同じ呼び方をしていた。「本名は？」

「ロザリーナ・クラスニー」

「彼女についてあなたが知っていることを全部教えて」

ボリスはジャケットをするりと脱いで椅子にかけた。「彼女は幼い頃にアメリカに渡ってきました。父親についてはなにも知らず、母親はロシアの刑務所で亡くなった」

「母親は犯罪者だったということ？」

「ロシア政府からは犯罪者呼ばわりされた。いわゆる政治犯です」

「なにをしたの？」

「過激な活動をするグループに加わっていたんです。〈ヴォイナ〉みたいな。〈ヴォイナ〉ってわかりますか？」

「いいえ」

ボリスが天井を見つめる。「では〈プッシー・ライオット〉は？」

「それも」

「表現の自由を求めるアーティストとパフォーマーの集団です」

「待って、〈プッシー・ライオット〉はきいたことがある……」ニュースで報道されていた。ロシア人女性のグループがウラジミール・プーチン政権のもとで強いられる抑圧的な制限と同性愛者を不当に扱う法律に対して辛辣な批判をしているという内容だった。

「想像がつかないかもしれませんが」ボリスがシャツの袖をまくりあげる。「ここアメリカでは詩人が近所のカフェで大統領、政府、法律を批判するラップを自由に歌うことができます。それで彼らの身があやうくなることはない。しかし二十五年前のロシアはカオス状態だった。それまで自由という概念はなかったんですから。皆が皆、よろこんでいたわけじゃない。ノーメンクラトゥーラ、つまりソ連時代のエリートや支配階級は新しい制度を忌み嫌った」

「レッドのお母さんは?」

「彼女は過激な言動をしていたから目をつけられていた。そして国家に対する破壊行為で起訴されたんです。モスクワでのデモに加わった際に。そこでは警察のバンへの放火もおこなわれた。アーティストと急進派には厳罰が科せられました。レッドの母親はそれに耐えられなかった。インフルエンザにかかって獄中で命を落としたんです」

「娘のレッドをロシアから連れ出したのは?」

「政府の抑圧の犠牲者を国外に逃がす活動をしていたグループです。メンバーの多くは旧ソ連の強制収容所《グラグ》で苦しんだ人たちです。ここで彼らは地元のビジネス集団を結成しています。あなたの知り合いもいますよ。ぼくの友だちです。以前に紹介した仲間です」

「ええ、憶えているわ……」(ブライトン・ビーチのスチームバスでタオル一枚でにっこり笑って遭遇した時のことを忘れるわけがない)。ボリスの話をききながら、フレンチプレスに挽いたコーヒーをいれて熱い湯を注ぐ。

「レッドはアメリカに親類がいるんです。ブライトン・ビーチで小さな薬局を経営していた年配の夫婦です。彼女はその夫婦に育てられました。彼らはいい人たちではなかった。子どもに口でいってきかせる代わりに叩く、そんな人たちです。彼女を学校に入れて、薬剤師になって自分たちのために働けといった。でも彼女は逃げ出した。母親と同じようにアーティストとして表現活動をしたかったんです」

「そしてアーニャは?」

ボリスは肩をすくめる。「アーニャはここに来てまだ日が浅い。二年くらいかな。彼女のことを誰もくわしくは知らないんです。アーニャの母親とレッドの母親が友だちだったという声もあります。ぼくにわかるのはこれくらいです」

「いまとなっては真相を知るのはレッドだけなの。アーニャは病院で意識が戻らないままだし。このまま死んでしまう可能性もあるわ」

「そうなったら、とんでもないことになる。レッドも、おれのエスターも。ふたりをさがさなくては」

「じゃあ、わたしと同じ意見なのね？　ふたりはトラブルに巻き込まれているということね？」

「レッドがアーニャに関してロシア語で、『ヤー・ブードゥー・リャーダム！』といったんですね。意味わかります？」

わたしは首を横に振る。

「次はきっとわたし」

50

ポットふたつ分のコーヒーを飲んだボリスは、エスターがアルファベット・シティのこの界隈でよく立ち寄っていた場所を当たってみることにした。ほかにエスターが行きそうな場所をボリスが手早くメモしてリストにしてくれたので、それを持ってわたしはビレッジブレンドに帰った。

ナンシーとダンテはニューヨーク大学近辺を当たった。マテオはタクシーを拾ってクイーンズ区のアストリアに行こうと買って出てくれた。エスターはドキュメンタリー映画製作者といっしょに時々仕事をしていたのだ。わたしは店に残って留守を守り、情報を整理し、店のスタッフにメールを送信した。

ハリソン・ヴァン・ローンにまでメールを出した。フェスティバルの法律顧問はレッドの住所をメールで返信してきたが、それはブライトンビーチで彼女を引き取った一家の住所だった。ボリスの話では、レッドはとうにそこを出ている。

そしてついに、タッカーから返信があった。

ゴス・クィーンの姿なし。引き続き注意します。今週はショーがすし詰めで目が回りそうな忙しさです。午前二時までに寄ります。また後ほど。

結婚してウェストチェスターで暮らしているエスターの姉からも返信があった。一週間以上エスターからは連絡がないという。

「なにかあったんですか?」という文言がある。

「無事です」と返信した——無駄に心配させる必要はない(いまのところは、まだ)。「ちょっと用事があって連絡をとろうとしているんです」

ひそかに、エスターが店に戻ってくることを期待していた。そうしたら腹を割って話そう。エスターのためにも、(本音をいえば)わたしのためにも。

ボリスとの会話でわたしの心は揺れていた。愛情、誤解、真っ暗な宇宙、失望についてのやりとりが。しかし自分の葛藤を話せる相手がいない。マテオはわたしがワシントンDCに移るとほのめかすだけでカンカンになるから、おいそれとは打ち明けるわけにいかない。

しかし、ボリスの打ちひしがれた表情とマイクがシャワーを浴びながらうれしそうに鼻歌を歌っていたことを思い返すほどに、大切な人の愛情を失ってしまうのではないかという不安がこみあげてくる。一度にすべてを失うというより、じわじわと失っていくのかもしれない。砂粒が海に運ばれ、いちばんやわらかな部分が浸食されてゆくように。後に残るのは石ばかり。

たったひとりでそんなことを考えているのはつらかったが、エスターはとうとう帰ってこなかった。ナンシーとダンテはなんの収穫もないまま戻ってきた。ふたりとも眠たそうで険しい表情だ。その一時間後ボリスから電話があり、地元では見つかっていないという。マテオからもようやくメールが届いた。アストリアの映画製作者は街を離れているが、隣人がレッドを知っているそうだ。彼女はその界隈でよくパフォーマンスをしているのだという。そこでアストリアのナイトクラブをいくつか回ってみることにしたそうだ。

マテオがどうか見つけてくれますようにと祈り、店を閉め、上階に引きあげた。

とちゅうでガードナー・エバンスから電話がかかってきた（なんというタイミングのよさ）。

「ボス、何事ですか？」

ナイト・マネジャーの気さくな声をきいたとたん、気分が明るくなった。彼は今日はオフだったので仲間とともに市内の数軒のジャズ・クラブで演奏をしていたのだ。最後の演奏を終えて携帯電話をチェックした時、わたしからのメールに目を通したそうだ。

「なぜエスターをさがしているんですか？　なにかあったんですか？」

「いろいろとね。いまは説明できないけど。彼女に会ったら知らせてね」

「かならず」彼がいう。「いまグループのメンバーといっしょにハーレムに向かっています。フライドチキンとワッフルを食べに。いっしょにどうです？」

「〈エイミー・ルース〉に行くの？」

「当たりです」

何度かガードナーに連れられて行ったことがある。家庭的な雰囲気の小さな店でメニューにはソウルフードが並び、ベルギーワッフルとハチミツをまぶしたフライドチキンは絶品だ。ガードナーの笑い声がきこえる。「ボスがシスター・ジャネットに、どうしたらこんなになにもかもおいしくつくれるのかときいたあの晩のことを、よく憶えてますよ」

シスター・ジャネットは〈エイミー・ルース〉の料理長だ。彼女の回答は、わたしたち皆をうならせるものだった。自分がつくるソウルフードにはひとつだけシンプルな秘密がある——料理する前に〝祈り〟を捧げるのだ、と彼女はこたえた。その時のことを思い出して、思わず微笑んだ。そしてボリスと、彼が語っていた真っ暗な宇宙に点在する光が頭に浮かんだ。

「電話してくれてありがとう、ガードナー」

「お安いご用です。テイクアウトをお望みならメールしてください」

通話を終えてキッチンテーブルに向かって腰掛け、テーブルを指でコツコツ叩きながら考えた。エスターを見つけるためにわたしにできることは、ほかにないだろうか。ふと目に入ったのは、〝M〟と書かれた光沢のある緑色の袋だ。マイクが置いたまま、ずっとそこにある。

マテオの魔法のコーヒー豆……。

マテオにはタナ湖のコーヒーは二度と飲まないと宣言した。飲んだ時のことを考えるだけで冷や汗が出る。

もう一度だけこのコーヒーを飲んだら、エスターを見つける手がかりが得られるだろうか？　それともただ頭が混乱するだけ？　この豆はほんとうに不思議な力を秘めているの？それともすべては偶然と迷信？

〈エイミー・ルース〉のシスター・ジャネットが自分のキッチンで祈る姿がどうしても浮かんでくる。迷信？　それとも祈りという行為そのものが心の集中に役立つということ？

マテオの友人という「ドクター・ペッパー」は、どんな見解を示すだろう……。

どんな答えが得られるのかはわからない。が、ともかくわたしには研究室で実験する時間的余裕も、宗教に関するディベートに費やす暇もない。わが子同然の若い女性が危険にさらされている可能性があるのだ。消息を絶った彼女を探し出さなくてはならない。そのために全力を尽くし、ありとあらゆることをやるべきだ。だから——。

少しばかりの祈り。カウンターのところに行ってヤカンを火にかけながら祈りの文句を唱えた。

それから少しばかりの魔法。そのために、わたしは震える手でマテオの特別な豆を計量して挽いた。

51

「起きろ、ねぼすけ！　馬車が来ているぞ！」

目をあけてみた。

ここはもうタナ湖のコーヒーを一気に飲み干したキッチンではない。土間で横たわっている。着ているのはピンク色の薄い生地のドレス。

身体を起こして、来ているはずの馬車をさがしたが、土に埋もれた石の壁と牢屋の鉄格子が見えるだけだ。

「ここは牢屋のなか？」

「女王の地下牢に入っているんですよ」聞き覚えのある声が隣の独房からきこえる。

「ガードナー？　あなたなの？」

ジャズ・ミュージシャン兼ビレッジブレンドのナイト・マネジャーはルネサンス期の南フランスの吟遊詩人トルバドゥールみたいな格好だ。頭にイギリス風の山高帽をかぶり、リュートをかき鳴らす。

「出口はある？」わたしはたずねてみた。

彼はこたえる代わりに童謡『ジャック修道士よ、ジャック修道士よ、寝ているのですか？寝ているのですか？』をジャズ調で演奏する。

鉄格子のところに行って独房のドアを揺すった。びくともしない。

「クレアおばさん！　そこにいる？」

「下だよ。ほら、見える！」

高い石の壁のずっと上のほうでジェレミーとモリーがあどけない顔を小さな窓の鉄格子に押しつけているのが見える。

マイクの子どもたち！「ここでなにしているの？」わたしは叫んだ。

「助けに来たんだ」ジェレミーが落ち着いた声でこたえる。

「どうやって？」

ワン！　ワン！

「ペニー！」小さなコリーが地下牢の壁の狭い隙間から頭をのぞかせている。そのまま身体をよじるようにしてなんとかこちら側に入り、わたしに飛びついて来た。やわらかな頭を撫でてやろうと身をかがめると、ペニーは挨拶代わりにひと声吠えて、さっそく仕事に取りかかった。土間を前足でせっせと掘り始めたのだ。

「なにをさがしているの？」

掘った穴にペニーが頭を突っ込む。その頭を上げると、歯で光るものをくわえている。鍵だ――アーニャの金の鍵！

ドアの鍵穴に差し込んでみると、みごとに開いた。ガードナーが奏でる調べがふいに止んだ。

「わたしも出してください！」彼が叫ぶ。「逃げ道を知っています！」

ガードナーの独房の鍵穴にも差し込んでみた。ドアが勢いよく開き、わたしたちは手に手を取って廊下を駆け出した。たいまつで照らされてはいるが、暗い廊下だ。ペニーもわたしたちといっしょに走っている。

角を曲がると、いきなり蛍光灯の明るい光に照らされて目が眩んだ。土間はリノリウムの床に変わり、セントルークス・ルーズベルト病院の一階の廊下をわたしたちは走っている。

「出口がある！」ガードナーが叫び、わたしを引っ張ってガラスのドアへと向かう。そこに着く前に、ドアが開き、目出し帽をかぶった体格のいい人物が入ってきて銃を構えて発砲した。

撃たれた。自分の左足のすねから血が滲んでくる様子に衝撃を受けて床に倒れてしまった。

「起きて、ボス！」エスターが叫んでいる。「起きて！　目を覚まして！」

彼女、戻ってきてくれたのね。朦朧《もうろう》とする意識で、そう考えていた。エスターが戻ってきた！　ああ、ほんとうによかった！

キッチンのテーブルから頭を上げると、そこはキッチンではなかった。アッパーイーストサイドの不気味なクラブの前の冷たい歩道に横たわっている。

「そこにいるんですか、ボス？」

「エスターなの？　どこにいるの？」

「このなかにいます！」

立ち上がって煉瓦の壁の奥まった部分へとのろのろと近づいた。菱形のマジックミラーからエスターの声がする。でも彼女の顔が見えない。なかに煙が充満しているみたいにガラスが曇って見える。

その煙が消えるとレッドの姿が見えた。ポエトリー・スラムの時のように踊っている。けれども赤い革の服ではなく、アーニャが着ていたピンク・プリンセスのロングドレス姿だ。極薄の生地でできたわたしのドレスとはちがい、彼女の薄いドレスはもうきらめきを失っている。汚れて破れて泥にまみれている――公園でアーニャを見つけた時のように。

音楽が流れてレッドがラップのパフォーマンスを始めると、窓枠に沿ってたくさんの旗があらわれてひらひらと揺れる。

ドアを開けてみようとしたけれど、開かない。よろけるように後ろに倒れ、椅子に倒れ込んだ。目の前にはカフェテーブル。ビレッジブレンドの店内だ。周囲のテーブルには人の姿はなく。わたしの前に置かれたカップは空っぽだ。コーヒーの粉はわたしの未来を示している。でもわたしはそれを見まいとしている。

ふいに、カップがノートパソコンに変わった。パソコンがぱっと開いて、画面にある光景が映っている。マジックミラーの窓からのぞいた光景とそっくり同じものが。

アーニャのピンクのドレスを着て踊るレッド、窓枠に沿って揺れる万国旗。その光景に思わず見入ってしまう。突然、彼女が踊るのを止め、ノートパソコンの画面は真っ黒になった。

「助けて！　お願い、誰か！　助けて！」

レッドの悲鳴だ。けれどもその声は幼い少女のようにか細い。怯えている声だ。

両手を動かそうとしても動かない。その場で固まってしまったように。顔を上げると、奇妙な木枠の窓を通して自分の主寝室が見おろせた。

窓ではない。絵の額縁だ。寝室に飾っている『カフェの片隅で』のなかに閉じ込められていた。

暖炉で燃え盛る炎が見える。四柱式のベッドで愛し合うふたり。目をつむった。身体がマヒしている状態がつらくてたまらない。自由になりたい。

「出して！　お願い！　ここから出して！　助けて！　誰か、助けて！」

「クレア!?　どうした？」

「出して！　ここから出して！」

「起きろ、クレア！　目を覚ませ！」

目を開けると、マテオ・アレグロが必死の形相でわたしの腕を揺さぶっている。意識が朦朧として少し目がまわっている。わたしが目を覚ましたのに気づいたマテオが顔をのぞき込む。

「きみは気が触れたみたいに、わけのわからないことをわめいていた。どうしたんだ？　なにかあったのか？」

マテオに返事をしたけれど、自分の声が遠くにきこえる。

「あなたのコーヒーを飲んだの」

52

「なぜそんなことを⁉　それも、ひとりで飲んだのか⁉　もう二度と飲まないといっただろう⁉」

マテオは取り乱した様子でわめいている。寒さのあまり頬が赤く染まり、茶色の目は切羽詰まった様子だ。

「大丈夫よ。頭がしゃんとするまでちょっと待って」

マテオは肩をすくめるようにしてスウェードのジャケットを脱ぐと、部屋のなかをせわしなく行ったり来たりし始めた。「コーヒーの酔いざましにはいったいなにが効くんだ？」彼は足を止め、わたしの手をとって軽く叩いた。「アスピリンを飲むか？　それとも胃薬か？　アイスクリームを食べるか？　チョコレートがいいか？　刻んだハムとピクルスのサンドイッチはどうだ？」

「妊婦じゃないんだから。頭がぼうっとしてるだけ。でも、憶えていてくれてうれしいわ」

「憶えているに決まっている！　深夜営業のデリに何度通ったことか。刻んだハムにもくわしくなった」

「あの時はお世話になったわね。わたしたちの娘も、きっと恩を忘れないと思うわ」

「少しましになったようだな。受け答えがしっかりしてきた」

「もう手をトントンしなくても大丈夫よ。もう離して。ありがとう」

手で目をこすり、立ち上がろうとした。ぐらついたのを見て、マテオが腰を支えてくれた。

冷たい水をグラスで一杯飲んで数分間立っていたら、感覚が戻った。

「いま何時？」

「朝の四時だ。クイーンズのアストリアから帰ってきたところだ」

「なにか収穫は？」

「ほとんどなかった。レッドはよく知られていた。あのあたりのクラブでよくパフォーマンスをしていたらしい。だが、暮らしている場所や連絡先については誰も知らなかった」マテオは無念そうな様子だ。「とにかく」彼はまた腕をまわしてわたしを抱えた。「ベッドに入ろう」

「まあ、王子さま。わたしはそこまでボケていないわ。離婚したことくらい憶えています。あなたが再婚したことも」

「無理にとはいわないが……きみがひとりじゃ寂しいのなら」

さきほどの幻覚の最後に見た光景が浮かんだ。四柱式のベッドのなかで愛し合うふたりの人物。やめて！　それはダメ！

「ジョイの部屋が空いているわ」元夫にいった。「今夜ここに泊まりたいなら、それがわたしからの最高の、そして唯一のおもてなし」

その日の早朝、マテオは寝室に忍び込んできてわたしを驚かせた（変な意味ではない）。彼はわたしの目覚まし時計を解除し、ビレッジブレンドにおりて店を開けてくれたのだ。

「ゆっくり眠らせておこうと思って」数時間後の彼の弁だ。「昨夜のあの状態を見たら、当然そう思うさ」

「心配しすぎよ」

「するさ」

あくびをしながら身を起こしたわたしの手に、間髪を容れずマテオがいれたてのカプチーノをぐっと押しつけた。

「きみがなにを食べたがるのかわからなかったから、選択肢をふたつ用意した。まずはカリカリに焼いたベーコン入りのコーンマフィン。売り切れそうになっていたのを、一個失敬した。それからローファット・チョコレートマフィンもな。午後の休憩の時にいつも食べているだろ。リコッタチーズとヴァージンココナッツオイルが入っているマフィンだ。なんという名でメニューに出しているんだったっけな」

「チョコレート・リコッタ・マフィンよ」

「食べるか？」彼がひとつ取り出した。

「すごくうれしいわ。でもまだ食欲が湧かなくて。まずカプチーノだけいただくわ。なにか連絡は入っている？」

マテオが力なくこたえる。「いや、残念ながらまだなにも入っていない」お互い押し黙ってしまった。彼がわたしを見る。「それで？　夢の内容を話す気になったか？」

「さあ、それは」

「きっとなにか意味があるはずだ。ぼくたちの助けとなるものが、きっと」

わたしはため息をひとつつき、お尻の位置を少しずらしてマットレスの上にマテオのスペースをつくった。

「とても奇怪だったわ」マテオはさっそくベッドに腰掛けてコーンマフィンを頰張る。

「今回もフェリーニの映画みたいなのか？」

「どちらかといえば、デヴィッド・リンチ風かしら。最後のほうでホッパーの絵のなかに閉じ込められてしまった。あなたのお母さまの、あの絵。その前に、エスターがマジックミラーの向こうからわたしに話しかけてきたわ」

「その夢にレッドは出てきたか？」

「主役としてね。音楽に合わせて踊ってラップを歌ったわ。彼女が着ていたのはアーニャのピンク色のドレスだった。それから彼女を取り囲むように窓枠に沿って旗がたくさんあらわれて――」

「旗か？　どんな旗だ？」

「万国旗よ。わたしのスカーフの柄みたいな」

「ジョイからもらった、あれか？」

「そうしたらカップがノートパソコンに変わって、マジックミラーの光景と同じものが映った」

「おもしろいな」

「なにがおもしろいの？」

マテオが肩をすくめる。「まるでアマチュアのミュージックビデオだ。レッドのファンがアプリを使って編集して万国旗を縁取りにしてユーチューブにアップする、みたいな」

ユーチューブ。それよ、きっと！

「ノートパソコンをどこに置いたかしら？」

「とってくるよ」

十分後、わたしは〝赤ずきん〟という言葉でインターネット上の動画の検索を開始していた。肩越しにマテオも画面を見つめている。

「たくさんありすぎるわ。膨大な数の動画！」

「もっと絞り込むんだ」

「日付で絞り込んでみる」追加情報を打ち込んだ。「よし、これでレッドの最新の動画から順に出てきたわ。昨夜エスターが主催したおとぎ話のポエトリー・スラムの前にブライアン・ビーチに二回登場しているわ」

「そうだな。しかし次の五件を見てみろ」マテオが指さす。「どれもクイーンズだ。昨夜まわったアストリアのクラブもいくつか混じっている」

動画は長いものが多くて最初から最後まで全部を見るわけにはいかないので、試しにいくつか見てみることにした。そこに映っていた――山高帽が。ある動画のなかでレッドは山高帽をかぶってレストラン内のテーブルの周囲をまわりながら踊っていた。レストランではパーティーの真っ最中で、カメラが室内をパンした時に、壁に一枚の旗がかかっているのが見えた。青地に黄色い三角形、そして白い星が並んでいる。

「これだと思う」

マテオが動画のタイトルを読む。「エルダーの誕生日」彼がわたしを見てたずねた。「エルダーとは何者だ？　聞き覚えがあるか？」

「いいえ。でもレッドは昨夜エスターを送っていった車の運転手とすごく親しげだったわ。制服を着た運転手は山高帽をかぶっていた。同一人物がその前の晩にここにレッドを迎えにきたのよ」

「この動画を投稿したのは？」

「車をチャーターする会社でゼニカ・リムジンという名称。もしも、山高帽をかぶっているこの運転手を見つけることができたら、昨夜レッドとエスターをどこまで運んだのかをきき出すことができるはず」

マテオが同意する。「その会社の住所を突き止めよう」

「ええ。ボスニア？」

「ボスニア?」

わたしは画面を指さした。「検索して最初にあがっている」

マテオが読みあげる。「『ゼニカはサラエボから北に約七十キロ離れた町でボスニア川沿いにあります』どういうことなんだ。なにをそんなに興奮しているんだ?」

「どこの旗なのかわからなかったのも無理ないわ!」

「なんの話だ?」

別の語句で検索した。「見て!」

「ボスニアの旗か?」青地に黄色い三角形、そして星が並んでいる旗を見つめる。

「ジョイがくれた国連本部のお土産のスカーフの国旗はすべて憶えたのよ。そのなかにこの旗はなかった。だから変だと納得がいかなかった。ようやくわかったわ。ジョイが小学生の時、ボスニアには国旗がなかった! 一九九八年にようやくこの旗に決まったのよ!」

「ここに電話するつもりか?」

「いいえ、レッドの運転手を驚かせるような危険は冒したくない」ベッドカバーをがばっとめくり、ベッドから降りてシャワーに向かった。「クイーンズにこれから行ってみる」

「サポートが必要だ。いっしょに行くよ」

「あなたはダメ。相手は東欧出身ですからね。信頼を得るには、移民してきた若者を同行させるのがいちばんの近道よ。ボリスを呼んでみる。きっといっしょに行ってくれるわ。あなたは店をお願い。いいわね? いまは、あなたがそうしてくれるのがいちばん助かる」

53

ゼニカ・リムジンサービスはアストリア地区にあった。リトル・エジプトと呼ばれる一角だ。周囲はフーカバー（水タバコまたはシーシャを楽しめる店）、トルココーヒー店、アラブ料理のレストランがひしめき合っている。

早めに到着して街をぶらぶら歩き回ってみた。リンカーン・タウンカーは何台も行き交ったが、山高帽をかぶった運転手の姿はない。

ボリスが姿を見せる気配もない。

じりじりしながら行ったり来たりして待っていると、ようやく彼から電話がかかってきた。エスターの捜索範囲を広げるために車を借りたのに、故障したのだという。ここから何マイルも離れた、マンハッタンとクイーンズをつなぐ高速道路の路肩でレンタカーの代車を待っているそうだ。こちらに到着するのは、早くても正午過ぎになるだろう。

時間を無駄にするわけにはいかない。リムジンサービスの会社は特に怪しげでもなさそうなので、きしむ木製のドアをあけてみた。

なかに入ってみると、汚れが縦縞のようについた窓から太陽の日差しが降り注いでいる。

壁は、かつては白かったにちがいない。掲示板には隅が折れてしまっている注意書きや予定表がびっしり貼ってある。黄色いポスターには川沿いに並んで建つバウハウススタイルの建物が描かれ、いちばん上には〝ゼニカ〟という文字がでかでかと並んでいる。

カウンターの向こう側にはワイシャツ姿の禿げた男性がいて、わたしの話を熱心にきいてくれた。もちろん、あらかじめ用意しておいた作り話だ。

「昨夜おたくの車に乗ったんですけれど、後部座席に忘れ物をしてしまったの。運転手さんの名前はわからないのですが、黒っぽい髪を長く伸ばして山高帽をかぶっていらしたわ」

「エルダーをおさがしなんですね。すぐそこの〈王妃カタリナ・カフェ〉にいますよ」

「それは?」

「〈王妃カタリナ・カフェ〉はボスニア料理を出す食堂です」

彼は名刺の裏になにかを走り書きしてカウンターのこちら側に滑らせた。カフェの住所だった。

〈王妃カタリナ〉に近づくにつれて、いやおうなしにふたつの事実に気づかされた。まず、開けっ放しの戸口からグリルしたラム、ビーフ、エキゾチックなスパイスの香りが漂ってきて、口のなかに唾が溜まってきた。そしてもうひとつは、表に出したテーブルには見るからに荒くれ者の集団が陣取っている。

男たちの存在は気になるものの、おじけづいて歩調を緩めようとは思わない。

都会のたいていの女性は――そしておそらく多くの男性も――こういう男たちにジロジロ見られるとひるんでしまう。わたしはペンシルベニア州西部の工場地帯の町の出身だ。さらにくわしくいうと、祖母ナナがいとなんでいたイタリア食料品店で育った。居心地のいい店舗の裏口を出ると、わたしの父が胴元となって数を当てる博打やスポーツの賭けがおこなわれていた。そこには客として〝地元の商売人〟が大勢集まっていた。

そんなわけで、人相も柄も悪い男たちがうろうろしている環境でわたしはのほほんと成長した。タバコの吸いさしを無精髭の生えた顎でクチャクチャ嚙んでいるような男たちが、「お帰り」とわたしに声をかけたものだ。それにいまは大事なバリスタの安全を確かめたい一心で、引き返すことなど考えもしなかった。

できるだけ歩道を通らないようにして開けっ放しの戸口から店に入ろうとするわたしを、柄の悪そうな男たちがあきれたように見ている。小さな食堂のなかに入ると、今度はわたしが仰天する番だった。

予想していたのは、清潔とはいいがたい狭苦しい店内にむっつりしてとげとげしい目つきの男たちがぎっしり並び、傷のついたメラミン化粧板のテーブル、テレビからはスポーツの試合の大音響、埃まみれのプラスチック製の観葉植物がやたらにある、などという光景だった。

しかし〈王妃カタリナ〉のなかはこぎれいで、すてきなしつらえだった。そして、がらんとしている。店内の壁には、例の旗がかかっている。そう、ボスニアの国旗だ。旗の脇には

「ボスニア王妃カタリナ」の中世の肖像が額装されてかかっている。

　こぶりなテーブル六つはそれぞれ厚地のテーブルクロスが掛けられ、ふたり分のテーブルセッティングがされている。客がいるのはひとつのテーブルだけだ。ウェーブのかかった長い髪と、かたわらの椅子に置かれた山高帽で、その人物の正体はわかった。

　いても立ってもいられず、よく磨いてある堅木張りの床を彼めがけて突進した。

「すみません、力を貸してください」座っている彼の前に立つと同時に口をひらいた。「昨夜、グリニッチビレッジのわたしのコーヒーハウスの前で女性をふたり乗せましたね。彼女たちをどこまで乗せたのか教えてもらいたいんです」

　相手の年齢は四十歳近いだろうか。いや、もう少し若いかもしれない。目のあたりに疲れが滲んでいる。少し突き出した顎を片手でこすり、たくましく張った肩をすくめた。

「魅力的な女性にアプローチされるのはそうそう毎日あることではない。だからあなたのぞんざいな態度に目くじらを立てるのはやめておきましょう」

「ごめんなさい、決してそんなつもりは――」

「お友だちについて、あなたは質問なさった。ご自身の自己紹介はせずに。『こんにちは、エルダー。ご機嫌いかが?』ともいわず。コーヒーをいっしょにどうか、のひとこともない」

　文明の衰退について考察するような風情で、彼は首を横に振る。

「どうぞお座りなさい」ようやく彼が口をひらいた。「いっしょにお話ししましょう。おそらく力になれると思います」

警察官モードになろうとする自分をなんとかなだめて、わたしは彼に丁寧にうなずいた。

この人から情報を得るためには、昔ながらの人づきあいの基本に立ち戻る必要があるのだ。「熱狂渦巻くマンハッタン」流は通用しない。祖母ナナ直伝のマナーの出番だ。

さっそく実践してみた。

54

椅子に腰掛けて、まずは挨拶から始めた。「自己紹介させていただきますね。クレア・コージーと申します。ビレッジブレンドのマネジャーをしております」

「なるほど！　どうりで見覚えがあると思いましたよ！　最高にすばらしいコーヒーをいれる名人ですな」

これは心してかからなければ。以前、マテオがバルカン半島を旅してまわったことがあった。彼の話では、その土地ではコーヒーをいっしょにいただくことはとても大切な儀式なのだそうだ。友人、家族との絆をより固く結ぶための習慣として愛されているという。エルダーは小さなテーブルの向こう側から身を乗り出して、とても大きな手を差し出している。

「お目にかかることができて光栄です。もちろんコーヒーはお好きですね？　あなたならきっとボスニアのコーヒーを気に入ってくださるでしょう」

エルダーはレジのところにいる女性に向かって大きな声で注文した。

「ボスニアン・コーヒーをふたつ！」

エルダーが祖国の伝統的な飲み物について熱っぽく語り、つくり方をくわしく説明してくれるのを、初めてきくような顔で熱心に耳を傾けた。ひとつの容器でコーヒーをいれる方式――トルココーヒーの流れを汲む方式――についてかなりくわしいことなど、おくびにも出さずに。

ほどなくしてウェイトレスが銅製のトレーを運んできた。凝った装飾がほどこされ、いっぽうの縁には〝サラエボ〟という文字が浮き彫りになっている。わたしとエルダーの前にそれぞれ、複雑な装飾のついたジェズヴェという小さな釣り鐘形の鍋が置かれた。長い柄のついたこの鍋はコーヒーの粉がカップに入らないようにデザインに工夫がされている。

エルダーの真似をしてデミタスカップに角砂糖を一つ落とし、ジェズヴェをゆっくりと傾け、黒く濃厚なコーヒーをその上に注いでいく。

コーヒーは絶品というにふさわしかった。トルココーヒーのように力強く濃厚だが、独特のコクと味わいがある。満ち足りた心地で、思わず吐息を洩らした。これでじゅうぶんに親交を深めることができたはず。そろそろ切り出してもよさそうだ。いまわたしが直面している問題について。

「うちの店のバリスタが昨夜、とても動揺して店を出てそのまま戻ってきていないんです。わたしにとっては娘同然なので心配でたまらなくて。彼女といっしょにいた人物はあなたの得意客で、昨日もふたりであなたの車に乗ったはずなんです。なんとしても行方を突き止めなくてはなりません。皆が彼女のことを心配しています」

エルダーはカップの中身を飲み干し、うなずいた。「ふくよかでグラマーな娘さんをおさがしですね？　ひと目でレッドの仲間ではないとわかったから、憶えていますよ」

「うちの店のバリスタはパーティー・ガールではない、ということ？」

「いや。男ではないという意味です」

ふむ。ひじょうに率直な回答。幸先がよさそう。「ということは、レッドは異性に人気があったということかしら？」

エルダーが肩をすくめる。「レッドに関しては、なにもコメントしていませんが」

「あら、そうかしら。彼女はわたしの大事なバリスタのお友だちなのだから、もう少しくわしく知りたいわ。とにかく心配で――」

わたしの言葉を遮るように、エルダーはこちらにやってくるウェイトレスを身振りで示した。「さあ、昼食だ」いっしょに食べるものと決めてかかっている口調だった。

このレストランに足を踏み入れた瞬間、肉がジュージューと音を立てて焼ける香ばしいにおいに包まれた（しかも、わたしは朝食を抜いている）。エルダーの言葉をありがたく受け止めて、うなずいた。いざ料理を目にすると、心の底からよろこびが湧いてきた。

「これはハンバーガー、かしら？」目を丸くして、エルダーにたずねた。こんなに大きなサイズは見たことがない。フリスビーとほぼ同じ大きさだ。

「ボスニア風ハンバーガーです」自慢げにエルダーがこたえる。「ミスター・マクドナルドのハンバーガーよりはるかにうまい」彼はニコニコして、これは〝ピイェスカヴィッツァ〟と呼ばれるのだと教えてくれた。焼きたての丸いパンはピタよりも厚みがあってふわふわした感じで、こちらは〝レピニャ〟というそうだ。

料理といっしょに運ばれてきた三つの銅製のボウルを彼は指さした。そこには伝統的なボスニアの薬味が入っていた。生のオニオン、〝カイマック〟（少し発酵させたクリーム状の乳製品）、焼いた赤ピーマンとナスでつくった〝アイバル〟というペースト。

「このペーストは食べたことがあるわ」うれしくて声が弾む。「ロシアの人たちがこれによく似たものをつくるのではないかしら？」

「その通りです」彼がうなずく。「彼らは『貧乏人のキャビア』と呼びます」

エルダーはハンバーガーを四等分して食べ始めた。彼にならってカイマックとアイバルをパティに塗り、生のオニオンを散らした。炭火で焼いたラムとビーフのジューシーなパティにボスニアの薬味のさわやかさ、鼻にツンとくる辛さ、塩味のクリーミーな食感が加わっておいしさが炸裂する。あまりのおいしさに頭がくらくらして、数分間というもの、エルダーからの聞き込みなどすっかり忘れてしまった。

すばらしい昼食のおかげで、エルダーの口は軽くなっている。それは不思議でもなんでもない。祖母ナナの言葉を借りれば、「パンを割って分ければ、氷も割れやすくなる」

「レッドを正しく評価するには、彼女が壮絶な子ども時代を送ったことを知っておく必要があります。母親を失った子が外国に送られて冷酷で厳しい親戚のもとで暮らすのは、生半可なことではなかった。だから彼女の願いを非難はできない」

「願い？」

「王子さまを見つけることですよ。ずっと過酷な人生を生きてきたレッドは、死ぬまで楽をさせてくれる金持ちの結婚相手をつかまえたがっている。いけないことですか？」

「彼女を非難するつもりはありません」残りわずかなボスニア風ハンバーガーを頬張る合い間にわたしはいった。「ただ、質問をしているだけ。異性の友人が多いときいて、おとぎ話を実践しているような印象を受けるわ」

「おとぎ話？」

「王子さまに出会うまでには、たくさんのカエルにキスしなくてはならない」

エルダーが笑い声をあげた。「そういう見方もあるか。だが最近彼女が見つけた場所にはカエルどもは入れない。レッドはそこを〈プリンス・チャーミング・クラブ〉と呼んでいるんです。ある種の出会いの場所です。金持ちの男たちが集まります。仕事や政治や楽しみのために遠い土地からニューヨークにやってくる男たちです。彼らはこの国を知るために力を貸してくれる、きれいな妻や恋人をクラブで見つけるんです」

「昨夜はそこにレッドとエスターを？」

「いや、ちがいます。あのクラブは料金がバカ高い。それにあなたのお友だちは鍵を持っていない。レッドのアパートまで送っていきました。ここからそう離れていないところです」

エルダーはテーブルにお金を置いて立ち上がった。ネイビーブルーのスポーツジャケットを整え、山高帽をかぶり、戸口のほうを身振りで指し示す。

「行きましょう。お連れしますよ」

55

どうしても助手席に乗れとエルダーはいい張った。助手席には木のブロックが何個も置いてあった。彫りかけのシカもある。跳ねている姿だ。それをどかしてわたしのためにスペースをつくってくれた。木彫りの像はダッシュボードにもいくつか固定されている。小さなカエル、吠えるオオカミ、老女の像もある。

「どれもすてき。本格的な勉強を？」

「じいさんが大工でした。親父は森で働いていました。ナイフが持てるようになると、すぐに彫るようになりました」

「ニューヨークにはいつ？」

「八年前に。その前はロンドンで暮らしていました。ボスニアから移住したんです」

「なぜボスニアを離れたの？」

「戦況がひどくなって、大勢が逃れました。身内の大半は死にましたが」

「お気の毒に」

「まだほんのガキでしたが、あっという間に大人になりましたよ。ロンドンでタクシーの運転手になりました。自分の車はまだ持てなかった。アメリカでは自前の車です。会社の株の一部も所有しています」

「レッドのところまで連れていってもらえるなんて、ほんとうにありがたいわ」

「あなたは運がいい。午後、彼女を迎えに行くように指示されていたんです。彼女のところにあなたのお友だちがいるなら、さらに運がいい。いなければレッドと直接話せばいい」

わたしは黙ったままエルダーの横顔を見つめ、思い切って切り出した。「レッドの友だちをもうひとり知っているわ。ロシア人の女の子。金髪で、名前はアーニャ。彼女をご存じ？」

「ええ」エルダーがうなずく。「とてもかわいい子ですよ、アーニャは。とてもかわいらしい。ここしばらくは見かけていないが。レッドの話では、アッパーイーストサイドの女性ともめたらしい」エルダーが横目でこちらをちらっと見る。「もめた原因は、想像がつきますよね？」

「どういう意味？」

エルダーが片手をハンドルから離し、親指と人差し指をすりあわせる。万国共通の、盗みのサインだ。

「その女性の名前は？」

問いにこたえる代わりにエルダーは急ハンドルを切った。その勢いで、シートベルトが身体に食い込む。車は消火栓の前に停まった。駐車禁止の場所だ。

「到着です」エルダーが山高帽の位置を直す。「直接レッドにきいてください。わたしが口を挟む筋合いではない」

ここはアストリアの反対の端だ。停車した場所の正面には二階建てのこぎれいな煉瓦造りの建物がある。出窓には三毛猫がいて、わたしたちの車を興味津々で見ている。建物の前の小さな花壇に置かれたマリア像が目を引く。

「レッドはここに住んでいるの？」意外だった。

「奥の地下の部屋に。たいていはこの歩道に出て待っています」

彼はスマートフォンを取り出して短縮ダイヤルでかける。しばらくすると彼が顔をしかめてエンジンを切った。「彼女らしくない。今日は大事な予定があるのに。だから時間ぴったりに来てくれと彼女にいわれたんです」

「大事な予定？」

エルダーはよほど心配なのか、あっさり話してくれた。「アーニャの件です。彼女が巻き込まれたトラブルをレッドは解決しようとしているんです」

「誰といっしょに？　レッドの行き先はどこなのかしら」

「それはわかりません。本人にきくしかない。当事者に」

エルダーとわたしは車を降りて煉瓦造りの建物の裏手にまわった。コンクリートを敷いた小さな中庭の先には狭い芝生の庭があり、その向こうに高い木の柵がある。階段を五段おりると地下室の入り口だ。エルダーがドアを一度ノックすると、いきなりドアが開いた。

「小さなカエル《ザビカ》！」エルダーが呼びかけた。「起きろ、ねぼすけ！　馬車が来ているぞ！」

エルダーの言葉をきいて、全身に鳥肌が立った。真夜中に見ためまぐるしい幻覚のなかで確かにこの言葉をきいた。物がいっぱい詰め込まれた狭い部屋に日光が柔らかく射し込んでいる。アニマル柄のカーペットに真っ赤なシミが広がっているのを見た瞬間、悲鳴が出そうになった。それを押し殺して近づいてみた。

よく見るとワインカラーのナイトドレスの端だ。血だまりでもなければ血糊でもない。茫然としている折り重なったレースのなかに小さなピンク色の足と真っ赤な爪が見えた。

エルダーを押しのけて、室内に入った。壁紙はろうけつ染めの模様だ。

床にレッドが横たわっている。真っ黒な髪の毛は頭を中心に放射状に広がっている。指一本触れなくても、彼女がことされているのはあきらかだ。すでに死後硬直が始まっていた。目が半ば開き、そのまなざしは焦点が合っていない。真っ赤なくちびるは魚が苦しんで口をパクパクするようにひらいている。そして左の前腕の静脈には皮下注射の針が刺さったまま。

「ザビカ！　おい、ザビカ！」

エルダーが部屋のなかに駆け込もうとするが、わたしはそれをぐっと押しとどめた。

「いっさいなにも触れないで。ここは犯罪現場よ！」

「しかし、ザビカが……」

「もう亡くなっているわ。外で待っていて」彼の腕をぐっとつかんで、命令口調でいった。

彼はがっしりした肩をまるめ、素直に中庭に出ていった。

わたしは周囲を見回した。部屋がふたつにバスルームがひとつ。誰もいない。エスターの姿もない。彼女がここにいたという形跡も見あたらない。

樹脂で着色した水パイプはあるが、薬物らしきものはない。

ふうっと大きく息を吐き出して、ずっと息を詰めていたことに気づいた。外に出てみると、エルダーは建物の壁にもたれている。頬を涙がつたっている。

「どうするんです？」

「警察を呼びましょう」

彼が首を横に振る。「警察は嫌いだ」

あなたもマテオと同じなのね。「心配いらないわ。わたしが呼ぶから」

エマヌエル・フランコ巡査部長は最初の呼び出し音で出た。

「やあ、コーヒー・レディ。どうした？」

「クイーンズのアストリアまで、いますぐ来られる？」

「なぜ？」

彼に事情を打ち明けた。

「二十分以内に到着する。クイーンズ区の警察には連絡しないでくれ。犯罪現場を最初に見たい」

「わたしたちの立場がまずいことにならないかしら。しかるべき捜査機関に犯罪を報告しないことになるわ」

「これも立派な通報だ。後のことは引き受けた」

56

「ニューヨーク州が交付した運転免許証、ビザカード、バンクオブアメリカのデビットカード。いずれも名義はロザリーナ・クラスニー。そして現金四百二十二ドル」

エマヌエル・フランコ巡査部長はビニール製の証拠品袋のなかにレッドの財布を落とし、犯罪現場用の手袋を外した。

「寝室の宝飾品は手つかずのままだ。同じ場所に電子機器も複数ある」フランコが広い肩をすくめる。「なにが起きたのかはわからないが、強盗ではないな」

フランコとわたしはコンクリートを敷いた中庭に立っている。フランコは到着後すみやかに手袋と紙製の短いブーツをつけて犯罪現場を調べるために入っていった。出てくるまでの十五分は、耐えがたいほどの長さに感じた。

エルダーは落ち着かない様子でコンクリートの中庭から芝生、そして柵のほうに行ったり来たりしている。警察への不信感はよほど強いらしく、フランコにはいっさい口をきこうとしない。

「書き置きもない。ソーシャルメディアでお涙ちょうだいの告知でもしていない限り、自殺ではないだろう」フランコがいう。

「薬物の過剰摂取のようね。事故なのかしら？」

フランコは剃りあげた頭のてっぺんを掻く。「そう思わせたいと考える人物がいるってことだ」

革のボンバージャケットの深いポケットのなかをあさって、フランコはふたつめの証拠品袋を取り出した。これにはプラスチック製の小さな瓶が入っている。

「遺体の下で見つけた。そしてあの通り、彼女の左前腕には針が刺さっている。右利きの麻薬常習者が打つ位置にな」ひと呼吸置いて、フランコが続ける。「ここで終わらなかったのはコーヒー・レディのおかげだ」

「わたし？」

「そうだ。もう一方の腕にも針の跡があった。確かめてみる気になったのはコーヒー・レディが警部補にいったひとことを思い出したからだ」

「クイン警部補？」

「コーヒー・レディは第六感が働くと彼はいっていた。アーニャの足をもう一度調べてくれという要望通り、医師は再度確認した。すると公園の茂みでついた引っ掻き傷に混じって針を刺した跡が見つかった。彼女はそこから薬物を体内に入れられたんだ」

幻覚にあらわれた足から血を流したアーニャが思い浮かんだ。

「どうしてそのことを？　エンディコット刑事のことだからＯＤ班を寄せつけないと思っていたわ。わたしがマイクの交際相手だからという理由を盾にして」

「寄せつけまいとがんばっていたよ。しかし毒物の予備報告書が届くとそうもいっていられなくなった」

「なぜ？　その報告書にはなんと記載されていたの？」

「アーニャの体内に注入された薬物は従来のものとは一致しなかった。最新のストリートドラッグが出現したということは、治安維持において新しい脅威が生まれたことを意味する。しかし注目すべきは、投与の仕方だ。アーニャは生命が存在し維持できる領域《ゴルディロックス》に相当する量を投与されている」

「ゴルディロックス？　『三匹の熊』に出てくる女の子の名前でしょう？」

「そうだ、童話のゴルディロックスから来ている。両極端ではなく、ほどほどの領域に属している状態を示す用語だ。熱すぎず冷めすぎない粥《かゆ》、硬すぎずやわらかすぎないベッド――」

「そういう意味なのね」

「アーニャは『眠れる森の美女』のように毒を盛られた。致死量には達しないが、昏睡状態に陥らせ、意識を取り戻すには解毒剤の処方が必要だ。そういう『ほどほど』の量を投与されている。そんなケースは毒物学者によれば百万分の一の確率だそうだ。だがそれは、偶然に起きた場合だ」

「偶然とは考えていないのね、あなたは」

「ゴルディロックスの原理を実現するには、あらかじめ被害者の体重と身長を知っておく必要がある。犯人はそれを知っていたにちがいない。こんなことが偶然に起きるはずがない」

「アーニャの存在を表舞台から消したい人物がいたということね。口を封じようとはしたが、命は奪わない。なぜかしら？」

フランコは無言のままだ。仮説すら口にしない。

アーニャが訴訟沙汰に巻き込まれていたらしいとフランコに伝えた。しかし、あまりにも矛盾しているという結論で一致した（公園内で人目を避けて薬物を盛り、その数時間後にはわざわざ病院内に侵入して法的権利を放棄するための署名を強制するのは、つじつまが合わない）。

さてどうしたものか。とにかく解決の余地がありそうなことに集中しよう。マテオの件だ。

「使われた薬物がコカインではないとわかれば、マテオは容疑者のリストから外されるのね？」

フランコが顔をしかめる。「それは甘いな、コーヒー・レディ。この事件の指揮を執っているのはエンディコット刑事だ。彼と相棒のネッド・プレスキーはきみの元の亭主が世界を股にかけて旅していることを知っている。コーヒー・ハントのとちゅうで目先の新しいものを見つけてひそかに持ち帰ったのだろうと彼らは睨んでいる。それを立証できれば一件落着だ。目下、彼らはその方針で突っ走っている」

全身に鳥肌が立つ。中庭を吹き渡る秋風のせいばかりではない。わたしはフランコを見つめた。

「あなたがいまも捜査に関わっているということは、エンディコットとプレスキーにはまだ知られていないのね。あなたのプライベートな交遊について」

「コーヒー・レディの娘と交際していることか？」

「ジョイはマテオの娘でもあるわ」

　若い巡査部長にとって、これはなかなか厄介な事態だ。

　マテオはフランコに逮捕されたことがある。その時はわたしも勾留された。でも、もうなんのわだかまりもない。マテオはちがう。絶対にフランコを許そうとしない。ふたりは取調室で殴り合いの一歩手前までいったのだ。その後、娘のジョイがフランコと交際していると気づいたマテオは大荒れに荒れた。

　わたしの元夫マテオは長年南米の国々の腐敗した警察官との攻防でさんざんな思いを味わっていた。コカイン中毒という前歴も彼には不利に働いた。だからマテオは警察官と名のつく人間を忌み嫌っていた。マイクを受け入れるまでには相当時間がかかった。相手がフランコとなると、いったいいつになることやら。

　愛娘が警察官と結婚することになったら、それも、都会ずれした〝卑劣な輩《やから》〟呼ばわりして嫌っている人物となったら、マテオは耐えられないだろう。父親とぶつかる娘は多いというけれど、ジョイは父親を心から慕っている。その父親を傷つけると知ればジョイ自身も傷つくだろう——そしてフランコも。

若い恋人同士は大西洋のこちらと向こうとで遠距離恋愛の状態だ。いずれどちらかの情熱が冷める、一瞬燃え上がった炎はいつか燃え尽きるとマテオは高をくっている。

マテオの思惑通りになるかもしれない。その可能性はおおいにあるだろう。フランコがこの事件に進んで関与しているのは、なにかの前触れなのだろうか。ジョイとの交際に赤信号が灯っているのだろうか。

フランコの次の言葉で、わたしの疑問は吹き飛んだ。

「この事件の利害関係者であることは、エンディコットとプレスキーにはまったく気づかれていない。長年の経験から、プライベートライフは明かさないことにしている……」フランコが肩をすくめる。「われながら賢いもんだ」

「事実を伏せてまずい事態にならないかしら？」

「いちかばちか、やってみるまでだ」

「それはジョイのため？」

「家族のためだ」

思いがけない言葉だった。ジョイへのフランコの愛情は少しも薄れてはいない。それどころかますます深まっている。そしてキャリアを犠牲にする覚悟でマテオの濡れ衣を晴らそうとしている——マテオからの信頼を回復し、家族の一員としてふさわしい人物であると証明するために。

娘のジョイはこれまでの恋愛でつらい思いをすることが多かった。だからフランコの言葉がどれほどうれしかったことか。たちまちジョイのウェディングドレス姿が目に浮かび、鐘が鳴り響き鳥のさえずりがする光景を思い浮かべた。が、そこに嗚咽《おえつ》がきこえてきた。狭い庭の向こうでエルダーが泣いている。花嫁の母親のファンタジーは一瞬にして吹き飛んだ。友を失ったエルダーは木の柵にすがるように崩れ落ち、山高帽は斜めに傾き、顔を両手に埋めている。レッドも白いウェディングドレスを夢見ていた。けれども運命が彼女にもたらしたのは黒い遺体袋。

悲しみとともに、怒りがこみあげてきた。一見、パーティー・ガールが羽目を外して命を落としたように見せかけて、巧妙にもレッドの命を奪った人物がいる。フランコもわたしもそう確信している。

「遺体にはもう一カ所針を刺した跡があったのね？」

「ここに……」フランコは自分の右腕の内側に触れる。手首から数センチ上の位置だ。

「右腕なのね？」

「左前腕に針が刺さっているのをのぞけば、ほかに針の跡はなかった。つまりレッドはおそらく薬物中毒者《ジャンキー》ではない。そしてもしも被害者が右利きだとしたら——」

「右利きだったわ、彼女……」昨夜、レッドが手慣れた様子でタバコに火をつけるところを思い返した。「それなら左手に注射器を持って自分で刺すのは不自然よね？」

フランコがうなずく。

彼と向き合った。「握手しましょう」

「仲直りか？　仲違いしていたとは知らなかった」

「わたしは真面目よ。この手を握ってみて」

フランコが右手を差し出す。わたしは握手をする代わりに腕をつかんでひねり、左手で注射器を持ったつもりで彼の前腕の内側に刺す真似をした。

「スムーズな動きだ。犯人もこのやり方で刺したのかもしれない」

「レッドとアーニャは同じ薬物を投与されたのかしら？」

「それは考えられるな」フランコが腕時計を見た。「しかしロザリーナ・クラスニーはキスで目覚めることは永遠にない。残念ながらこの眠れる美女は、病院到着時死亡《DOA》だ」

57

当座やれることはやったと判断してフランコは同僚に連絡を入れようとした。その電話ごと、わたしはぐっと押さえ込んだ。DOAのレッドからはなにもきけないとしても、まだなにか手がかりは見つかるはずだ。それに依然としてエスターの行方は知れない。

「レッドのアパートで、ほかになにか見つからなかった？」わたしは念を押した。「なにかあるはずよ、なにか手がかりになるものが。彼女のスマートフォンは？ 持ち去られていた？」

「確保してある。なにが知りたい？」

「彼女が最後に電話をかけた先は？」

「メトロノース鉄道のインフォメーションセンター。深夜十二時少し前に……」

そんな時刻にどうして鉄道の情報を問い合わせたのだろう。すぐにこたえがひらめいた——きっとエスターのため。どうか当たっていますように。

「それから」フランコが続ける。「近所のテイクアウトの店に何本かかけている。残りの通話とメールの履歴は削除されている」

「わかるのはそれだけなのね？」

「ああ、アプリはパスワードで保護されている」

「エンディコット刑事はこのスマートフォンのデータを入手するのにどれくらい時間がかかるかしら？」

「ファイルシステム抽出の専門家なら、十五分か二十分でほぼあらゆる携帯電話からデータをダウンロードできる。パスワードで保護されていてもロックがかかっていても削除されていたとしても問題はない。熟練の技術者はすべてを手に入れることができる」

「それならかなり早く手がかりが得られるということね」

「すでにひとつは手がかりがある。彼女のデイタイマーにはアクセスできた。ひらいたままだった。ただし大部分は暗号だな。たとえば、エルダーの話では彼女は今日の午後アッパーイーストサイドで人と会う約束があったそうだな」

フランコは革のボンバージャケットからもうひとつ証拠品袋を取り出した。そこにはレッドのスマートフォンが入っている。手袋をしないままビニール袋越しにスマートフォンを起動させた。

「今日の約束に関しては相手の名前は入っていない。時間と場所だけだ」

レイラ・クィン・レイノルズが住む建物の住所がフランコの口から語られるのを半ば期待した。けれども、レイラのアパートの住所ではなかった。それを書き留めた。

「ふたつ目のアポイントは今夜十時に予定されていた。名前も場所も書かれていない。イニシャルだけだ」

「見せて」

「ここだ」フランコが指さす。「PCC。その脇に〝フリー〟と添え書きがある」

「同じような書き込みはほかにもある？」

フランコはスクリーンをスクロールしていく。「先週二件ある。火曜日と金曜日。その前の週に二件。同じ曜日だ。この人物を特定する必要があるな」

エルダーに呼びかけてみた。奥の柵にもたれていた彼はむっつりとした表情でこちらにやってきた。

「先週レッドをアッパーイーストサイドに送って行きましたね？」わたしはたずねた。

エルダーがうなずく。「二回。火曜日と金曜日に、その前の週も」

「わかった」わたしはフランコにいった。「PCCは人物ではないわ。〈プリンス・チャーミング・クラブ〉を略しているのよ。彼女はあのクラブをそう呼んでいた。そしてアーニャも会員だった」

アップタウンの秘密めいたクラブのことをフランコに説明した。リムジンに乗った裕福そうなカップルが出入りし、古びた黒いドアには菱形の鏡がはめ込まれ、そこから声がする仕組みであること、鍵を持たずに入ろうとしたら追い払われたことを。

「レッドは何カ月も前から出入りしていたみたいだな」彼女のデイタイマーをスクロールしながらフランコがいう。「たいていは〝フリー〟だが、何回か〝マッチング〟になっている」

「そういう時には特別な相手がいたんでしょうね」

「そいつらを探し出せばいい」エルダーは指を突き上げながら、断固とした口調だ。

「なぜそこにこだわる？」フランコがたずねる。「レッドは秘密のプレイボーイクラブの会員だったにちがいないが、ラップアーティストでもあった。むしろそっちのほうが暴力とライバル意識むき出しの競争が激しかったんじゃないか。デイ・スパやドンペリニョンでわいわいやっている連中よりも」

「暴力沙汰は確かにラップの世界のほうがあるかもしれない。でもライバル意識むき出しの競争はどちらも熾烈《しれつ》よ」わたしが指摘した。「少しでも成り上がろうと必死なのは同じよ。レッドは暴力の末に殺されたのではないわ。冷酷で、冷静沈着で、ぞっとする殺し方。まちがいなくアップタウンの流儀よ。ダウンタウンではなく」

エルダーがうなずく。「彼女のデートの相手なら、きっとなにかを知っている」

フランコはエルダーをじっと見据えた。「レッドは男の知り合いがたくさんいたようだな。気になったか？　心配していたか？」

エルダーの表情がこわばる。「もちろん、心配だった」

「なんらかの方法で阻止しようと思ったか？」

「阻止するなんて無理だ。レッドは人の忠告などきかない。いくらいってもきく耳をもたない」

「説得だけではらちがあかなかったのか」フランコがいい募る。「だから行動に出たのか。

彼女がこれ以上深みにはまらないうちに」

エルダーは真っ青になって後ずさりする。「レッドに危害を加えるなんて、とんでもない。レッドは友だちだ。あの子はいい子なんだ――」

フランコが前に足を踏み出してエルダーに迫る。「昨夜のアリバイは？」

「運行記録を確認してください。車のGPSと電話をチェックしてください。隠すものなど、なにひとつない！　昨夜はレッドと彼女の友だちをここで降ろして、それっきりふたりには会っていない。生きているあの子を見たのは、あれが最後だった」

「かならず確認する」フランコはレッドのスマートフォンを切り、わたしのほうを向いた。「ささやかな話し合いはそろそろ切り上げる頃合いだ、コーヒー・レディ。地元の〝ジャンダルム〟に連絡を入れなくてはならない」

「ここにいることをどう説明するの？　六分署からはずいぶん遠いわ」

「まったく問題はない……」

フランコは捜査に加わった際にエンディコットの相棒から一枚のリストを渡されていた。アーニャと交遊があったとされる人物のリストだった。それに基づいて、フランコに聞き込みをさせて肝心の捜査に口を挟ませまいというエンディコットらのもくろみだった。そのリストにロザリーナ・クラスニーが含まれていた。

「ここに到着したら、すでにきみたちふたりがいたと説明する。ミス・クラスニーにアーニャのことをきくためにおれはここにきた。きみたちは若い女性をさがしている。彼女は最後にミス・クラスニーといっしょにいるのを目撃されている。きみたちの供述はとった。ほかの刑事がさらに話をききたいとなれば協力してもらう。いいね？」

エルダーとわたしは力強くうなずいた。

「犯人をかならずつかまえてください」エルダーがいう。「そいつを葬ってください」

エルダーといっしょに車に戻ったところで、もう一カ所行きたいところがあると切り出すと、彼は快く引き受けてくれた。めざす場所に向かう車中で思い切って打ち明けることにした。アーニャが危害を加えられて昏睡状態に陥っているときいたエルダーはショックを隠さなかった。

「レッドからはなにもきいていなかったの？」

「レッドはこの二日間、ひどくいらだっていたんです。てっきり、『アッパーイーストサイド』の女性との問題が原因だと思っていた。これでようやくわかってきた。ミス・コージー、わたしのザビカにひどい仕打ちをしたやつを、さっきの警察官はつかまえてくれますよね？」

悲しげな彼の表情を見ているうちに、昨夜の幻覚を思い出した。レッドが幼い女の子のようにか細い声で助けを求めていた。誰か助けてと呼びかけていた。

「たとえフランコがつかまえなくても、わたしがかならずつかまえるわ。かならず……」それをきいてエルダーは少し元気を取り戻した。そこで、気になっていたことをきいてみた。

「なぜレッドを〝ザビカ〟と呼ぶの？」

エルダーが肩をすくめる。「〝小さなカエル〟という意味です」

「カエルに似ていると思うの？」

「レッドとわたしにだけ通じるジョークなんです」

「よくわからないわ」

「レッドが〈プリンス・チャーミング・クラブ〉を見つけた時、まるで『カエルの王子さま』の逆バージョンだとわたしがいったんです……」

エルダーの目にふたたび涙があふれる。

「彼女はカエルによく似ていた。冷たいところがあったし、ずぶとかった。でも、たったひとりでもレッドを心から愛しキスしてくれる王子がいたなら、あの子のなかにずっと隠れていた美しい女性が姿をあらわしただろうに」

58

エルダーの思いが切ないほど伝わってきた。心やさしく温かい人だ。信頼のおける人だと判断して、レッドが人と会う予定だったアッパーイーストまで連れていってもらうことにした――レッドに関する最大の手がかりだ。とちゅう、橋で渋滞につかまり車が数珠つなぎになって進めない（ここがニューヨークであることを忘れてはいけない）ので、ニューヨーカーの端くれであるわたしはさっそくマルチタスクモードに切り替えた。

ハンドルを握るエルダーはわたしが携帯電話を取り出すのに目を留めた。「誰にかけるんです、コーヒー・レディ？」

「友だちのエスターのことでちょっと。そもそもあなたをたずねていったのは、彼女の行方をさがしていたからなの。フランコ巡査部長が彼女の居場所の手がかりをつかんだのよ」

「それは？」

「ウエストチエスター。エスターのお姉さんがそこで暮らしているの。メトロノースの通勤電車が走っている――レッドは昨夜、その案内所に電話していた」

彼がうなずく。「鮮やかなものですね、コーヒー・レディ」

「わたしの予想が当たっていれば、だけど」

電話をかけるわたしをエルダーが見ている。「コーヒー・レディと呼んではいけないかな。親愛の情を込めてそう呼ばせてください」

「うれしいわ」呼び出し音に耳を澄ます。お願いよ、ハッティー。電話に出て！

「フランコというあの若い警察官はあなたに惚れているのかな？」

「わたしに？　まさか。彼が好きなのはわたしの娘よ」

エルダーが眉をひそめる。「反対しないんですか？」

「とっつきにくい人だと思われがちだけど、フランコはすてきな人なのよ。これまでに何度も彼のおかげで危機を乗り越えてきたわ。フランコとわたしの娘は深く愛し合っているの」

「しかしあなたの娘は――」彼がわたしの頭のてっぺんから爪先まで視線を動かす。「せいぜい十三歳か十四歳ってとこでしょう。彼とつきあうには若すぎるんじゃないかな」

「よほど目が悪いみたいね、エルダー。娘は二十代半ばよ」

「目は少しも悪くない」彼がにこっとして見せる。「あなたがとてもきれいに見えていますよ、コーヒー・レディ」

「ありがとう。いっておきますけど、わたしには恋人がいるのよ」

「おやおや」エルダーがちょっぴり肩を落とす。「それは残念だ」

「お世辞でもうれしいわ」

「お世辞じゃありませんよ。こんな麗しいレディに恋人がいないわけがない」

「あなたみたいにすてきな男性にも、当然恋人がいるはずね」

エルダーは真顔だ。座り直して少し姿勢を正した。「やさしい言葉を、ありがとう《フヴァーラ》」

「どういたしまして」ちょうどその時、電話がつながった。が、エスターの姉のボイスメールだ。もどかしいけれど、とにかくメッセージを残した。

ようやく車が流れ出し、エルダーは小気味よく車線を変えながら車を疾走させ、やがてクイーンズの低層の建物と棟続きの家並みが川の対岸の景色となった。車は摩天楼がそびえ立つマンハッタンのミッドタウンに入った。

エルダーは鮮やかにハンドルを切りながら普通車、バン、配送トラックのあいだをすり抜けていく。しゃれたオフィスビル、一流ブランドの靴店、高級レストランが並ぶ町並みを全米自動車競争協会《ナスカー》のドライバーばりのハンドルさばきで疾走していく。彼らは山高帽はかぶっていないだろうけれど。やがてエルダーが車を停めた。目的地は、ちょうどはす向かいだ。

わたしはぽかんと口をあけた。「レッドはここに来るはずだったの？　まちがいない？」

「ええ」

てっきりアパートか会社だと思い込んでいた。しかしエルダーが指さした先にあったのは、黄昏時の空のような鮮やかな紫色のオーニング。〈バブカ〉の入り口だった。この街が育んだ文化を語る上で欠かせない、伝説の店だ。

トム・ウルフはかつてこの店を「エレインズの南」と呼んだ——人気のレストラン〈エレ

インズ〉から二十ブロックほど南下した地点にあったから。しかしエレイン・カウフマン亡き後、彼女の名を冠したレストランは閉店し、〈バブカ〉はいまもなお健在だ。なんとも皮肉なものだ。

〈バブカ〉は一ブロックの半分を占めるほど敷地面積が広く、ベーカリーも併設され歩道にもテーブルが出ている。ダイニングルームのメニューには高い値段設定のコンフォートフードが並び、ベーカリーはバブカ（ユダヤ教徒の伝統菓子）だけを扱っている――ロシア、ウクライナ、ポーランド、ハンガリー、リトアニア風など、あらゆる種類のバブカがそろっている。昔ながらのチョコレート・バブカ（わたしの好物）もあれば、シナモン入り（これもおいしい）、ヌテラやキーライム入りのサクサクした新しい味も楽しめる。季節に応じて、早春にはバーモントメープルシロップ、夏にはグレーズド・メーンブルーベリー、秋のめぐみはパンプキンスパイス、ハーベスト・アップル、シュガード・クランベリーと幅広い種類のバブカを提供している。

〈バブカ〉の店は有名な映画の撮影に使われ、作家から称賛の言葉を浴び、観光客が目白押しだ。週末ともなると一ブロック分の長さの行列ができる。

「なんてツイているのかしら」

「なぜ？」

「わたしの雇い主はこのレストランのオーナーとは長いつきあいなの。予約リストを見せてもらえるかもしれないわ」

「レッドが誰と会う予定だったのかがわかりますね」

「そうよ」

エルダーはレストランを観察する。「〝バブカ〟という言葉はペストリーだけを指すわけではありません。〝おばあちゃん〟という意味もあります」

「ええ」

「オーナーのバーバラはおばあちゃんという感じの女性ですか？　ちんまりした善良な老女、というイメージですか？」

なんとこたえたものか。「彼女はビジネスウーマンよ」

エルダーがわたしに視線を向ける。「あなただってビジネスウーマンだ」

「そうね。でも彼女とわたしとではステージがちがうわ」

「どういう意味ですか？」

「ちんまりした善良な老女では、〈バブカ〉という帝国を築き上げることはできなかったでしょうね。ここで待っていてもらえるかしら？」

「はい。今回は違法駐車ではありませんから、ご安心を」

「ありがとう。すぐに戻るわ」

勢いよくドアをあけて降りると、ほかの車を避けながらレストランに飛び込んだ。

女性の接客係には近づかず、すばやく店内を見渡してひとり客のテーブルをさがした。しかしカップルとグループばかりだ。ふと、窓辺の大テーブルを見ると、大人数が囲むなかに空席がひとつある。

見れば、全員が秋のおとぎ話フェスティバルの運営委員だ。法律顧問を務める顎髭の弁護士ハリソン・ヴァン・ローンの姿もある。テーブルの中央で注目を集めているのは、伝説の人物バーバラ・バブカ・バウムだ。高齢のレストラン・オーナーは自らのレストランを仕切るのと同じ要領——強引な態度と恐ろしく大きな声——で会話の主導権を握っている。

バーバラの右隣には、わたしの雇用主、マダムがいる。左隣にはサマンサ・ピール。フェスティバルの指揮官の今日の装いはかなりソフトで、クリーム色のVネックのカシミアのセーターと真っ黒な細身のペンシルスカートだ。フェスティバル会場ではきりりとまとめてポニーテールにしていたつややかなブルネットを、今日は垂らして毛先をきれいにカールしている。

わたしはバッグをさぐって携帯電話を取り出し、そっとマダムに連絡をとろうとした。が、サマンサが立ち上がったので中断した。ヒールの高いブーツを履いた彼女が化粧室へと向かう。彼女の後を追って羽目板張りの廊下に入った。

「サマンサ」

「まあ、クレア！　こんにちは。あなたも今日の集まりに？」

「いいえ。ちょっと待ち合わせで。ただ、待ち合わせの相手がわからなくて」

サマンサはいかにもゴシップ好きな表情で黒い眉を片方あげる。「ブラインド・デート？」

「まさか」わたしはダイニングルームのほうを指さした。「そちらの集まりは誰か欠席者がいるようね。おとぎの国のプリンセス役も今日は出席するの？」

「いいえ。今日は秋のおとぎ話フェスティバルの次回のイベントのミーティングなのよ。MoMAでおこなうグリム兄弟の展覧会の件で」

「そういうことなら、わたしの事情もお話ししたほうがよさそうね――」

サマンサを引っ張って女性用化粧室に入り、レッドの遺体を発見したことを小声で知らせた。彼女の顔から血の気が引いてクリーム色のカシミアのセーターよりも白くなった。

「それは確かなの？　彼女はほんとうに――」

「ええ、亡くなっていたわ。警察が駆けつけているはず」

「ハリソンの耳に入れておかなくては」サマンサは廊下に出るドアに向かって歩き出す。

「待って」彼女を引き戻した。「伝えるならヴァン・ローン弁護士よりも、バーバラに。レッドはここで誰かと会う予定だったの」

「予約リストを見たい、ということね？」

わたしはうなずいた。

「いらっしゃい――」今度はサマンサがわたしを引っ張っていく。彼女はすばやくレストランの接客係をつかまえて、FTFの委員が囲んでいる大テーブルのほうを指し、てきぱきと話を進める。「バーバラから予約のデータをチェックするように頼まれたの。手伝っていただけるかしら？」

接客係は一も二もなく引き受けてくれた。わたしたちを予約係のデスクに案内し、わたしが指定した時刻を端末に打ち込んだ。彼女が画面から離れ、わたしとサマンサはリストを確認した——そして息を呑んだ。

「マテオ・アレグロ？」衝撃のあまり、かすれた声しか出ない。「まさか！」

「意外ね」サマンサがいう。「わたしたちの会合が始まって三時間以上経つわ。わたしの席からはレストランのエントランスが見えるの。マテオは来てないわね」サマンサが画面を指さす。「ほら見て、マテオ・アレグロは『無断キャンセル』と表示されている」

「それではますます怪しまれる」わたしはつぶやいた。「マテオがここに姿をあらわさなかったのは、レッドがすでに死んでいることを知っていたからだと警察に誤解されてしまう！」

サマンサはこわばった表情だ。「これは絶対に変よ」

わたしはうなずく。「マテオは罠にはめられたのよ、きっと」

「たぶん、その通りだと思う」

「ほんとうに？」

サマンサは運営委員が囲むテーブルのほうに視線を向ける。誰を見ているの？　バーバラ？　ヴァン・ローン？

「どうしたの？　話してちょうだい」わたしはささやいた。

「ここでは無理よ。席に戻らなくては」

駆け出そうとする彼女の腕をぎゅっとつかんだ。「あなたが知っていることを教えて。お願い」

そわそわした様子で彼女がわたしと目を合わせる。「今夜電話するわ。待っていて。ちゃんと話すから。とにかくいまはテーブルに戻るわ。あなたもここを離れたほうがいい」

店から出てエルダーの車に乗り込んだ。

「相手の名前はわかりましたか？」

「絶望的よ」

それをきいてエルダーの表情が曇る。

「でも、新しい手がかりが見つかりそう。電話で――」

その時、携帯電話が振動した。ひょっとしたらサマンサかもしれない。いや、エスターのお姉さんだ、きっと。予想は外れた。きこえてきたのは意外な人物の声だった――マイク・クィンの息子。

「クレアおばさん、相談したいことがあるんです。会ってくれますか」幼いながら毅然とした口調だ。

思わずこわばってしまう。「ジェレミー、どうしたの？　なにかあったの？」

「はい。大事な話があるんです。でも電話では話せない」

「いまどこにいるの？」

「セントラル・パーク」

「誰といっしょ？」

「ペニー」

小さなコリーは自分の名前が出たのをきいて、その場で吠えた。

「ほかには？」

「誰も」

「ジェレミーらしくないわ。公園には大人の付き添いなしで入ってはいけないって知っているでしょう」

「だからクレアおばさん、付き添って」

59

「来たわよ、ジェレミー。わけをきかせて。なぜあなたがここにいるのか」

午後の日差しが木漏れ日となって上から射し込んでくる。オーク橋の土台部分のゴツゴツした石のそばではカモが水しぶきをあげている。美しい公園はのどかそのもの。しかし橋の中央部で行ったり来たりしているジェレミーにはのどかさのかけらもない。片手には携帯電話を、もういっぽうの手にはペニーのリードを握っている。

わたしの姿に気づくとジェレミーは顎にぐっと力を入れ、鮮やかな青い目がキラリと光った。どこか不敵な表情にも見える。誰がなんといおうと意志を貫くと覚悟を決めた人の目だ。そういうところは父親譲りだとつくづく思う。

「アーニャを見つけた場所を教えて」

これは困ったことになった。

ジェレミーが犯罪現場に近づくような真似を父親のマイクが許すはずがない。それはよくわかっているけれど、目の前のジェレミーは意志を翻《ひるがえ》さないだろう。ダメだといって無理矢理ベビーカーに押し込んで、さっさとパークアベニューを歩いていければ楽だろうけれど。

ジェレミーはもうそんな年齢はとっくに過ぎた。

「教えないとはいわないわ。でもあなたが知りたがるわけを教えて。それが条件よ」

「どうしても行く必要があるんだ」

「それだけじゃ説明になっていないわ」

ジェレミーは首を横に振る。「どうせわかってもらえない」

「決めつけないで」

「ベッドに入って何度も考えた。アーニャが薬物を過剰摂取《オーバードーズ》して倒れた晩、ぼくはこのランブルにいた。ペニーはちゃんとアーニャを見つけたんだ。あの時さがすのをあきらめなければ、きっとぼくがアーニャを見つけて——」

「そうはいかなかったと思うわ。わたしがアーニャを見つけた時にはすでに意識がなかった」

「でも、もしぼくが見つけていたら、手遅れにならずにすんだかもしれない。インターネットで調べた。薬物を過剰摂取しても医師は助けることができるんだ。ただし、一刻も早く手当てをしなくてはならない」

アーニャは過剰摂取したのではなく何者かに薬物を投与された。その事実をジェレミーに伝えるのはあまりにも酷ではないか。しかもなにを投与されたのか、誰が投与したのかもわからない、おそらく同じような方法でアーニャの友だちも薬物を投与され、殺された。そんなことはとうていいえない。

夜も眠れないほど悩んでいるジェレミーをますます追いつめてしまうだろう。

ジェレミーの苦しみを少しでも和らげるには、アーニャを助けられる可能性はなかったのだと納得させるのもひとつの方法かもしれない。

「わかったわ、ジェレミー。あなたを連れていく――」

「やった！」

「でもね、正確な場所をはたして思い出せるかどうか」

「できるよ。きっと思い出せる」

わたしが先頭に立って巨大な石を積み上げたアーチを抜けて丘をのぼり、二日前の夜に歩いた通りに曲がりくねった道を進んだ。記憶はかなり曖昧だ。騎馬警官のダレッキが馬のオブライアンとともにあらわれてくれないだろうか。彼はGPSを利用して正確な位置情報をやすやすと手に入れて報告していた。

「お母さんに見つからずによく出てこられたわね？」歩きながらたずねた。

「ママは留守だから。新しいドレスを買いにいって、その後はサロンの予約をしている。招待状が届いたから今夜は重要人物と会うといっていた」

招待状？　金の鍵に添えられていたカードが頭に浮かんだ。〝お待ちしています〟。すごくうれしそうだった」

「レイラはひとりで行くのかしら？」

「ぼくの継父が行くかどうか？　あの人は行かない。二週間近く留守なんだ」

わたしは腕時計を確認した。「モリーはいまどこ？」

「バレエのレッスンに行っている。今夜はシッターが来るんだ。モリーの面倒ならぼくが見るって何度もママにいっているのに」

「このあいだ、あなたたちが行方不明になったショックがまだ尾を引いているのよ、きっと。わたしもぞっとした……」

丘の中腹あたりの大きな岩のところで足を止めて周囲を見回してみた。ペニーは大木の幹にうれしそうにマーキングをしている。

「ここは見覚えがあるわ……」

葉はだいぶん落ちているけれど、色鮮やかに紅葉した葉はまだじゅうぶんに残っている。手がかりはないかとさがしてみたら、あった。あまり高くない場所から突き出した二本の枝のあいだに新しい蜘蛛の巣ができている。繊細な糸が日の光を浴びて輝いている。

「走っていてあの蜘蛛の巣に顔から突っ込んでしまったの。顔にべったりくっついたから憶えている」指をさして見せた。

「嫌だなあ」ジェレミーがつぶやく。

「今回は下をくぐり抜けましょう。そうすれば蜘蛛がもう一度巣をつくり直さずにすむわ」

「それに顔にべったりつく心配もないし」ジェレミーが絶妙な相づちを打つ。

ふたりでうろうろ歩き回った末に、壁のように続く低木の茂みを見つけた。あの時、迷子になったペニーとわたしをこの茂みが隔てていたのだ。かきわけてみた。

「ここよ……」

警察が張ったテープはもう残っていないけれど、緊急医療班《EMS》と鑑識班が下生えを踏み荒らした跡がついている。ペニーもこの場所を憶えていた。やおら吠えてリードを引っ張る。わたしはジェレミーを見た。

「こんな場所だもの。道を歩いていても見つかるはずがないわ。アーニャは地面に倒れていたから、よけいに目につかなかった。わたしが彼女に気づいたのは、ペニーがぶつかってきた勢いで倒れて茂みの向こうが見えたからなの」

ジェレミーは落胆した様子で顔をしかめた。ここでなにかを見つけようと、なにかを思い出そうと意気込んでいたのだ。アーニャの事件の捜査に協力したいと考えていたのだろう。それなのに、収穫はなにもなかった。

ジェレミーの肩に手を置いた。「協力したいというあなたの気持ちはよくわかるわ。でも――」

いきなりペニーがリードを強く引いたのでジェレミーがバランスを崩した。ペニーはそのままニレの古木の根元へとジェレミーを引っ張っていき、前足で懸命に掘る。

その光景を見ていたら、ふらついて真っすぐ立っていられなくなった。

視野が急激に狭まり、現実感が薄れて無性に気味が悪い。デジャヴを体験しているみたいな感覚だ。ペニーがこんなふうに掘っている光景がよみがえった。あの、奇怪な夢だ！　わたしは地下牢に閉じ込められて、そこから脱出するのをペニーが助けてくれた。

「ダメだぞ、いたずらしちゃ」

「いいから、ペニーのやりたいようにさせて！　引き戻さないで！」

小さなコリー犬は必死で穴を掘っている。と、前足の動きが止まり、ペニーが茶色の鼻を穴に突っ込んだ。光るものを口にくわえてジェレミーの足元に置いた。

それを見てわたしは息を吞んだ。アーニャの金の鍵だった。

「きっと昨夜ペニーが埋めたんだ」ジェレミーが興奮気味にいう。「いつもこうやってなにかを埋めるんだよ。先月はモリーのサングラスをリバーサイド・パークに埋めようとした！」

わたしは少しためらい、それから鍵を拾い上げた。重要な証拠が泥と犬の唾にまみれて腐敗していたらどうしよう。

泥を拭き取ると、鍵は完全な姿のままだった。

ジェレミーは誇らしげな表情で目を輝かせている。「ぼくは役に立った？　クレアおばさん、役に立ったよね」

「ええ、もちろんよ。ひとことではいい表せないほどのお手柄よ……」

アーニャの鍵さえあれば、あのマジックミラーを黙らせて〈プリンス・チャーミング・クラブ〉に入る謎のドアを通過できる。もちろんリスクはある。しかしこのもくろみが成功すれば、すばらしい収穫があるはず。

「ほかに、ぼくになにかできるかな？」ジェレミーがきく。

「ひとつだけささやかなお願いがあるわ。モリーの部屋からアーニャのチェーンを持ってきて欲しいの。モリーが公園で拾ったチェーンを」

「その鍵をまたチェーンにつけるの?」

「そうよ。引き受けてくれるかしら。アーニャのために」

「わけないよ。かんたんさ!」

そうだろうか。そうかんたんにいくだろうか。この鍵と特徴のあるチェーンにすべてを託して実行に踏み切るかと思うと、早くもじっとりと汗ばんできた。

60

駐車したタウンカー——フランコが使っている情報提供者からの借り物——の車内の暗い照明のなかで片耳にイヤリングをつけ、もう片方のイヤリングの裏についている細くて短いワイヤーとイヤホンを点検した。

「警察の備品室から持ってきたの?」

「いや」フランコがいう。「それだと書類の手続きが必要だ。これはクイーンズのスパイ・ショップで買った。至れり尽くせりで口は堅くて、質問はいっさいなし」

〈プリンス・チャーミング・クラブ〉はここから数ブロック先だ。わたしたちはここで準備の仕上げにかかっている。いよいよこれからアーニャの鍵でクラブに潜入する。

「いかにも安っぽそう」正直な感想を述べた。「ドレスと釣り合っていないし」

「今夜はファッションは二の次だ、コーヒー・レディ。この送信器を装着した状態で不幸にもあのクラブでつかまったら、これが本物の金かどうかなんて誰も問題にしやしない。なにを嗅ぎ回っているのかと、とっちめるだろう。どんなひどい目にあわされることか」

「わたしは行くわよ。決めたの。脅しても無駄よ」

「わかった。とにかく支度をしてしまおう……」

フランコは運転席からこちらに身を乗り出し、わたしの耳たぶの脇でイヤリングを支え、わたしはイヤホンを耳の穴にしっかりと押し込む。そしてフランコから送信器つきのイヤリングを受け取って耳たぶにつけた。バックミラーに映して仕上がりをチェックしてみる。

髪を留めていたクリップを外して耳を髪で少し隠せば、安物のイヤリングが目立つことはない。エレクトリックブルーのロングドレスは一流デザイナーのフェンのデザインで、こちらは文句なしに最高級の品質。マダムのパートナー、オットー・ヴィッサーの画廊でおこなわれたチャリティーイベント用に、マダムがわたしにプレゼントしてくれたものだ。襟ぐりのラインは大胆で非の打ち所がない。日頃からクラブに出入りしている女性にふさわしく、かといって男性の関心を過度に引きつけるほどわいせつではない。ドレスそのものはふわりとしたデザインで、身体の曲線を魅力的に引き立ててくれる。

ビレッジブレンドの仕事は、ありがたいことにマテオがまる一日引き受けてくれたので、念入りに支度を整えることができた。レイラみたいにサロンでハイライトを入れ、マニキュアとペディキュアをしてもらい、頑丈なボディスーツを購入した（レイラはボディスーツを必要とはしないだろうけれど）。

危険は承知のうえだ。しかし、数時間前にフランコから最新の情報をきいて決心は固まった。

エンディコット刑事と彼の相棒はレッドが死亡したと報告を受けても方針を変更しないま

ま、依然としてマテオを唯一の容疑者候補に絞っていた。レッドのスマートフォンから取り出したデータは彼らにとっては状況証拠の宝の山だった。これを使わない手はないと勢いづいたにちがいない。

「仮説を新しく立て直すようしつこくいっているんだが、なにせ証拠が証拠だけに……」

レッドとマテオは夜に会う予定だった。その記録が残っている。しかし約束を果たす前にレッドは死を迎えた。レッドの周辺の聞き込みをしていた警察官たちは、アストリアのナイトクラブでマテオが必死にレッドをさがしまわっていたという証言を隣人から得ている。

取り乱して店を飛び出したバリスタの身を案じてわたしの元夫は行動した。真摯な動機で動いたにもかかわらず、それが裏目に出て最悪の状況となっている。早ければ明日にも彼は殺人罪で告発されてしまうかもしれない。

わたしにできることといえば、今夜ささやかな覆面捜査をするのが精一杯。

運がよければ真犯人の手がかりをつかんでフランコに証拠を渡すことができる。そうなれば、マテオの人生を破綻させ、わたしの娘を嘆き悲しませ、わたしが敬愛するマダムに計り知れない衝撃を与えようとするエンディコットのもくろみを葬り去ることができる。

イヤリング型送信器をテストしようとした時、スマートフォンの振動を感じたので送信者を確かめた。

「エスターのお姉さんだわ。出なくては……」

ハッティー・ベスト＝マーゴリスは妹とよく似て早口で大きな声で話す人だ。「クレア、折り返すのが遅くなってしまってごめんなさい。でもエスターがひどく取り乱していて――」

「ということは、ウェストチェスターにいるのね？　そこに、いっしょに？」

「ええ、でもあなたに電話をかけるなと止められていたの！　ボリスに居場所を知られたくないんですって。大勢の注目を浴びるなかで結婚の申し込みをされて、ひどい目にあったんですってね。全部きいたわ」

「ひどい目だなんて。あれはボリスが精魂込めて作り上げた傑作よ。ただ、エスターの気持ちを理解できていなかっただけ。お願いだからエスターと話をさせてちょうだい」

「これまであの子にはいろんな男性を紹介してきたというのにね！　医師。弁護士。大学教授。会計士。しかもひとりずつじゃないわ。シティプランナーまで紹介したわ。それなのにあの子が選んだ相手ときたら！　ブルックリンのラッパーよ。しかもパン職人がいいんですって！」

「まだ決まったわけではないわ」正確を期しておいた。

「それはそうね。でも、あのふたりはわたしから見てもお似合いよ。それは確かね」

「同感よ」

「わたしはこっちで妹に働きかけてみるわ。誤解を解くように説得してみる。ああ、でもね、あの子がわたしのアドバイスに耳を傾けたことは一度もないのよ。そちらはぜひ、ボリスの説得をお願いね。ここに近寄らないようにいってちょうだい。彼が来たら妹はプレッシャーを感じるわ、きっと。ろくなことにならない。ふたりの関係は空中分解！」

「ボリスの説得はまかせて。でもその件以外でエスターと直接話がしたいのよ。一刻を争うの。ボリスとは関係ないわ」

「あの子は留守よ。わたしの子どもたちを連れてチーズケーキ・ファクトリーに行っているわ。オレオのチーズケーキで悲しみを紛らわすとかなんとか」

わたしは目をつぶって考えた。そのレストランに電話するべきか？「待って。いっしょに行ったお嬢さんはもうティーンエイジャーだから携帯電話を持っているわね。番号を教えてくれたらそちらの電話にかけて、エスターに出てもらうわ」

「そうしましょう」ハッティーがいう。「妹は電話を切ってしまうかもしれないけど、そこは承知しておいてね」

数分後、ようやくエスターと連絡がついた。そして姉の警告通り、エスターが切ってしまわないうちに早口で用件を伝える羽目になった。

レッドが無惨な最期を遂げたことを伝えた。エスターはショックを受け、明日こちらに戻ると約束した。マテオの容疑を晴らしたり殺人犯を突き止めたりすることにつながる情報は、残念ながら得られなかった。

「レッドのところは夜中の零時をまわった頃に出たんです。旅費に使うようにと彼女は大金を渡してくれたわ。タクシーを拾ってグランドセントラル駅に行きました。それだけです。誰かと会う予定があるなんて、ひとこともいわなかった……」

通話を終えてフランコのほうを向いた。「エスターはなにも知らないわ。事件を解決する手助けにはならない。やはりわたしがあそこに入るしかない。

彼はスマートフォンを軽く叩いた。「それなら、身元を特定されるようなものはいっさい持ち込むべきではない。これは預かっておく」

「どうぞ」

「くれぐれも注意深く、な」彼はわたしの手をとり、右耳のイヤリングの中央にあるキュービックジルコニアに人差し指を置く。「これがオンとオフのスイッチだ。やってみて……」

押してみると、自分の頭の内側から声がきこえた。

「なにかいってみて——すてきな低音で。アンプの音のテストをするから」

「お腹ぺこぺこ。オレオ・チーズケーキのことで頭がいっぱい。この補正下着《スパンクス》はきつすぎる」

「よし、問題なし。では送信器をオフにして。正面入り口のドアのセキュリティを無事に抜けるまではその状態で」

フランコがそこで押し黙る。彼の手はハンドルを握っている。「ほんとうにいいのか？　やめるならいまだぞ」

「ほかにどんな選択肢があるというの？　あなた、いったでしょう？　エンディコット刑事はマテオが真犯人だという仮説にこだわっているって。今日ここでどうしても会わなくてはならないのよ。その人物こそ最大の情報源であると、お互い結論を出したはずでしょう」

フランコがわたしの目を見つめる。「これから出会う人物は殺人犯かもしれない。それも、並の手口ではない。凶器は針だ」

「わかっているわ。でも論理的に考えてみて。混雑した場所で刺すことは可能だったはずなのに、そうはしていない。アーニャが襲われたのは公園のひとけのない場所だった。そしてレッドは自宅アパートのなかだった。殺人犯があのクラブのなかでわたしに危害を加えることは、まずないわ」

「それでも、ここで姿をさらせば、今後標的にされるかもしれない。そしてじっさいになにか起きれば、マイク・クィンは決しておれを許さないだろう。ジョイも。それだけは勘弁してほしい」

「あなたが見張っていてくれるのだから、きっとなにも起こらない」わたしはにっこりした。

フランコがふうっと吐息をつく。

「そんなに心配しないで」彼のがっしりした肩を軽く叩いてみた。「うまくやるから」

「そうだな。これまでもそうだった」

「じゃ、幸運を祈っていてね」

「ああ。なかに入ったらくれぐれも用心するんだ……」

わたしが後部シートに移動するとフランコは《ニューヨーク・デイリーニューズ》をひらいて盗聴器をその下に隠した。三分後、わたしたちの乗った車は不気味な黒いドアの前へと近づいていった。

「この先のホットドッグ店の前から観察している」フランコがいう。「なにかトラブルがあれば、すぐに出るんだ。交信がとぎれた場合もだ。充電が持つのは約一時間。だから深夜零時をまわる頃には——」

「わかってる。スパイ・グッズの店で調達した送信器がちゃちなイヤリングに戻ってしまう前にお城を出るのね」

最後にフランコはわたしの幸運を祈った。そしてわたしは地図にのっていない水域に飛び込むダイバーのように、大きな深呼吸を三回し、タウンカーから出た。

61

通りは影に覆われ、しんとしている。めざす建物は先日見た時のまま、薄汚れて殺風景だ。奥まったドアは歩道から一メートルほど内側に引っ込んでいる。金属製の古びたドアの取っ手を、ごく自然に目でさがしてしまう。そして思い出した。取っ手はないのだ。鏡から不気味な男性の声だけがきこえてきた。

「鍵を拝見します……」

レイラの仲間になったつもりで、うんざりという表情をつくった。これまでに何十回も同じセリフをきいて、もう飽き飽きといった風情を装う。それからモリーが拾った金と銀の長いチェーンを取り出し、アーニャの鍵を見せた。

なんの前触れもなく真っ赤なレーザー光線が照射されたので、あわてた。赤いレーザー光で鍵と（おそらく）わたしがスキャンされているのだろう。光が消え、奥まったドアのあたりはさきほどの暗がりに戻った。

息を止めて数秒間待っていると、カチャリと大きな音がして重いドアが開いた。思わず「ありがとう！」と叫びそうになったが、黙ったまま厚い金属製のドアを押した。

「ようこそ」さきほどの脅すような男性の声ではない。甘ったるくてなまめかしい女性の声が話しかけてくる。「どうぞ中までお進みください……」

なかのスペースは明かりがあるものの、薄暗い。そして誰もいない。背後でドアが閉まり、ガチャンという音とともにロックがかかった。思わず身がすくむ。照明が明るくなり、軽量コンクリートブロックの部屋はかの有名なシンシン刑務所の独房といった風情だ。

そこにふたたび案内の声がきこえたので、心臓の鼓動が一気に速くなった。「少々お待ちください……」

今回はレーザー光はあらわれないが、天からふたつの目で見下ろされている——独房の両端の隅に監視カメラが二台あり、わたしを精査するために前後に首を振る。

「エレベーターにご搭乗ください……」

「エレベーター!?」とあやうくいってしまいそうになった時、四方のブロックの壁のひとつがブロードウェイの劇場の幕のように上がり始めた。エレベーターのドアが左右にすっとひらき、なかに足を踏み入れると全面鏡張りだ。ドアが閉まり（ドアの内側も鏡張り）、エレベーターは降下を始めた——感覚からいって地下五階、あるいは六階？

ドアが開くと、そこは黒っぽい板張りのロビーだった。クロークルームのカウンターもあり、ようやく人の姿が見えた。リトルブラックドレス姿の金髪の若い女性がきびきびした足取りでこちらにやってきた。

「こんばんは」彼女が挨拶をする。

「こんばんは」わたしもこたえた。

彼女は立ったまま待っている。まばたきをして、なにかをうながすようなまなざしだ。

あら。なにか変かしら？

「バッグを……」

「あ、そう、そうよね……」彼女にバッグを渡した。彼女がそれを差し出すと、わたしの左側の暗がりからオリーブ色の肌をしたタキシード姿の大柄な男があらわれた。めかしこんだラインバッカーといった感じのその男性はバッグに大きな手を入れてわたしの口紅、コンパクト、ヘアブラシを一つひとつ確認していく。わたしの右側にはパンツスーツを着た女がにこりともしないであらわれた。

その女性は手にした電子スキャナーでわたしの頭のてっぺんから爪先までスキャンし、すっと下がっていった。冥府《めいふ》に戻っていったのか、それともJFK国際空港の旅客ターミナルか。

「今夜はフリーですか、それともマッチングですか？」金髪の案内係がたずねる。

「フリーよ」フレンチネイルのマニキュアをした手をひと振りしてこたえた。

「今日のラインナップを」彼女がいう。

「クリーンナップ？」

一瞬緊張が走り、彼女はぽかんとしてわたしを見つめた。そして噴き出した。「おもしろい！」そびえ立つような大男の警備員を見上げるが、彼がにこりともしないのを見て、視線をわたしに戻した。

「今夜のダイヤモンドはおおいに弾けて大胆にパーティーを楽しむことができるでしょう――あなたにその気があるなら」彼女は微笑み、すっかり友好的な態度でバッグを返してくれた。「あなたは何語を？」

「イタリア語」いまさら英語を申告するまでもない。「それからフランス語も。なんとかいけるわ」

「なんとかいけるレベルなら、ここではじゅうぶん。ご存じでしょうけど」彼女がふたりの警備員に目で合図を送り、彼らはふたたび暗がりのなかに戻った。接客係はポケットからスマートフォンを取り出してアプリを起動させ、画面をスクロールさせながら大きなアーチ形の通路を移動する。アーチには金の葉が飾られている。

いそいで彼女に追いついた。

「今夜はシルバーにサウディの王子がいらしてます」さりげなく情報を漏らしてくれる。「彼はフランス語も達者です。イタリア語を話すのであれば、ダイヤモンドに男爵がいらしています。フォーミュラ・ワンに出場し、夏にはオルビア＝テンピオでヨットレースでも活躍している方。ヴェネズエラ人の貿易商の跡継ぎもいます。今夜はマッチングの相手がお気に召さなかったようだから、じゅうぶんにチャンスはあるわ……」

このクラブの「ラインナップ」とは、本日の来店客の顔ぶれのことだったのだ。

案内係はさらに数人の男性客についてかんたんにプロフィールを紹介した。エグゼクティブ、政治家、貴族。アメリカ人はひとりもいない。写真も本名も登場しない。わたしの名前も問われない。どうやらここでは、相手の名前をきくのは〝無作法《フォ・パ》〟にあたるようだ。

とにかく、このクラブの仕組みを知る手がかりが欲しい。案内係の口からはしきりにシルバー、ゴールド、ダイヤモンドという言葉が出てくる。なにを意味するのだろう。あの警備員たちがいると思うと、うかつに質問はできない。下手をしたら鏡張りのエレベーターに放り込まれて叩き出されてしまうかもしれない。

くわしいことはなかに入ってからさぐってみよう。適当な相手をつかまえて（バーテンダーとか？ いい具合に酔っ払っているゲストとか？）こちらの素性がばれないようにきき出せばいい。チャンスが訪れるまでは笑顔でうなずいて、よけいなことはいわずにおこう。

「では楽しいひとときを」案内係は軽やかにそういうと、またもやスマートフォンを軽く叩き、壁に埋め込まれたスキャナーにかざした。両開きのドアがすっと開くと同時に案内係はくるりと踵《きびす》を返して歩き出し、金ぴかのアーチ形の入り口にわたしはひとり置き去りにされた。

またもや巨大な鍵穴……。

顎を引いて胸を張り、覚悟を決めて足を踏み入れた。

62

そこには広々としたスペースが広がっていた。それも、すばらしくゴージャスな空間。アーチ形の入り口を抜けると、バルコニーのような中二階となっている。十メートルほど下にはカーペット敷きのフロアがある。このクラブのメインフロアにちがいない。大理石の柱、豪華なカーテン、本物の花をつけた木々で演出された美しい空間だ。見上げれば、五メートルほど上にステンドグラス製の大きな葉が何百枚も、天井から吊るされている。

照明もとても凝っている。上半分は薄暮の空のようなピンク色がかった青。おかげでここが地下（もとはガレージなのか？）ではなく、ヨーロッパの広場にいるような錯覚をおぼえる。けれども眼下に広がるのは、どう見てもカジノの光景。何十ものカジノテーブルをおしゃれなカップルがグラスを手にして囲み、笑いさざめいている。

天井から吊ってある無数の色鮮やかなガラスの彫刻の意味がようやくわかった。ガラス彫刻家デイル・チフーリの〝コモの花《フィオーリ・デイ・コモ》〟を再現しようとしているのだ。ラスベガスのホテル、〈ベラージオ〉を飾る手吹きガラスの花のシャンデリアを彷彿とさせる趣向だ。

ごくさりげない仕草でイヤリングに触れた。

「もしもし」ひとことといって、じっと耳を澄ます。

「受信状況は良好だ」耳元でフランコのつぶやくような声。「なにが見える?」

鼻を掻くようなふりをして口に手を当て、返事をした。「地下のガレージにラスベガスとモンテカルロが合流している」

「ほお。警戒を怠らないようにな」

「こまめに連絡するわね」

手を下げ、堂々たる階段のほうへと進んでみると、カップルが何組もおりていく。男性はタキシード、女性は身体の線にぴったり沿ったドレス姿だ。中二階をさりげなく見まわすと、ずっと先の突き当たりにもうひとつアーチ形の入り口がある。わたしが入ってきた裏通りのドアはメインの入り口ではなかったということだ。フランコにそれを知らせた。

「もう一つのエントランスはどこだ?」フランコがきく。「通りに面しているのか? それとも建物のなかか?」

「わからないわ」

「確かめてみてくれ」

「その前にやるべきことがあるわ」

「わかっている。だが――」

「出る時に向こうのアーチを通ることにするわ」

「了解」

メインフロアに着いた。香しい花を咲かせた鉢植えの木やカジノテーブルのあいだをぶらぶらと歩き回ってみた。大部分はカードゲームのテーブルだ。大勢が囲んでいるルーレット台が一台。騒々しいクラップステーブル（二個のサイコロを使うゲーム）も一台ある。先のほうに広い出入り口があり、落ち着いて上品な雰囲気のバカラルームへと通じている。賭け金のレートはかなり高そう。入り口には複数の警備員が立っているので、近づかないように進路を変えた。次に見つけたのがビリヤードの部屋だ。ここも警備員が出入り口を守っている。なかをのぞくと少なくとも三つの台でポーカーの真剣勝負が進行中だ。大部分が男性客――そろって葉巻をくゆらせている。

社交を楽しんでいるふりをしながらさらに歩いていくと、さまざまな言語が耳に飛び込んでくる。フランス語、日本語、片言の英語、ひときわ目立つのがロシア語と中国語（くわしくはないので、広東語というのかもしれない）だ。といっても通訳はいらない。男性はわたしの身体のラインを舐めるように見てうなずいたり笑顔を浮かべたりする。たとえていうと、シェフが肉の仕入れに行って、その場で切らせて満足げにうなずく表情か。女性の視線も感じる。男性とちがって笑顔はない。

さらに探索を続ける。

「ゲームのフロアには彼女の姿はない」フランコに向かってささやく。「ラウンジを確認してみるわ」

「いくつある？」

「三つ……」

アーチ形の広い入り口にはそれぞれデザインの異なる装飾がほどこされている。キラキラと光るメタリックなシルバー、LEDのきらめくダイヤモンド、ゴールドの葉、と趣向をこらしている。

イーニー、ミーニー、マイニー——どれにしようかな……。

いちばん近い入り口から入ってみた。三つのうちもっとも広く、いちばん混雑している。見たところ、このラウンジのテーマは第一次機械時代《マシン・エイジ》を意識したシルバーだ。アールデコ調の内装はダンスフロアをぐるりと取り囲む手すり、メタル彫刻、ミラーシャンデリアにいたるまでシルバーずくめだ。

人をかきわけるように進んでいくと、アートとは無関係のもうひとつのテーマに気づいた。

「ラウンジに入ったか?」フランコだ。「どうだ?」

「殿方がつどう国際社交クラブのパーティー……」

フレンチ・ディスコが大音量でリズムを刻みながら流れるなか、あちこちから甲高い笑い声がきこえる。ありとあらゆる人種の男たちがパーティー・ガールと戯れ、きれいな女の子たちがきゃあきゃあ騒いでいる。戯れるという言葉はいささか上品すぎるかもしれない。

イタリア人のサッカーのスター選手は若い女の子ふたりを羽交い締めにしている。彼の連れの男は椅子に座ったまま意識を失っている。女の子の身体をまさぐっている男性は、確か副警察長のはず。相手が妻ではないのは一目瞭然だ。

隅のほうでは日本人ビジネスマンふたりが酔っ払って下着姿になり、テーブルを脇に移動させて相撲をとり始めた。周囲から声援が飛んでいる。

隅のブースではテーブルに若い女の子が乗ってなまめかしいダンスをしている。それを中東系のふたりの男が水タバコを吸いながら鑑賞し、律儀に拍手している。

一方の壁に沿って鏡張りの長いバーカウンターが設けられている。渦巻くような笑い声、ダンス、痴漢同然の悪ふざけ——まったく！——や、酔って舞いあがっている女たちがひしめく大海で溺れそうな気分のわたしは、沿岸警備隊が投げ込む命綱にすがるような思いで空いているスツールにたどり着いた。

クイーンズに行って貧しくとも教養豊かな制服姿の運転手といっしょにボスニア風コーヒーを飲みたかった。それでもシャンパンを注文し、バーテンダーを務めるモデルのような若者に素朴な質問をした。

「シルバー、ゴールド、ダイヤモンドというラウンジのちがいは？」

プラスチックの面のような笑顔がすっと消えた。「知らないんですか？」

わたしは肩をすくめた。「初めてなの」

バーテンダーが眉間に深くシワを刻み、わたしを見つめる。疑いのまなざしだ。「ここで待っていてください」彼がいう。「動かないで」

しかし彼がその場を離れると、わたしも離れた。大急ぎで人にぶつかりながら出入り口をめざし、高価なシャンパンを飲み干した（勇気を振り絞るために）。空のフルートを、ダンスフロアを囲むように配置されたテーブルに置いた。これがまずかった。そのテーブルに着いていた男性は、わたしにアプローチされたと勘違いしたのだ。

「チャオ、美《べ》しい人《ラ》！」赤ら顔のロミオが高らかに叫んでわたしの腰に腕をまわし、強引に引き寄せて膝に座らせた。「いっしょに踊ろう！」

満員のダンスフロアは目の前だ。けれども彼は立ち上がろうとしない。彼がお望みのダンスは、座っておこなうたぐいのものだった。

「いいえ、結構！」三カ国語で叫んだ。彼はわからないふりをしている。そして大きな両手がわたしの上半身で活動を開始した。こうなったら礼儀もなにもあるものか、通りかかったウェイターのトレーからグラスをつかんで中身をぶっかけた。

マティーニを顔にまともに浴びた（せっかくのマティーニがシェイク状態になってしまった）ロミオは憤慨をあらわにして立ち上がり、イタリア語で最大級に下品な言葉をわたしに浴びせた。わたしも立っている。でもこの場から離れることができない。ロミオは激しく罵りながらも、わたしの手首をしっかりつかんでいるのだ。隙を見て蹴ってやろうとタイミングを見計らっていると、ウェイターがリネンのナプキンを持ってきた。

「わたしの落ち度です。申し訳ありません」ウェイターは慇懃《いんぎん》な口調でなだめながら男を座らせた。

みごとなものだ。気がつけば大男のロミオがわたしの手首を放している。今度はウェイターを口汚く罵《ののし》っている。ラテン系の童顔のウェイターは小柄で、わたしとほとんど身長差がない。それでも毅然とした態度で大男を見おろしている。なんと頼もしいことだろう。ロミオが腹立たしげに大股で去っていったので、窮地を救ってくれたウェイターに心から礼をいった。

驚いた表情でこちらを見て、目をパチパチさせている。「どういたしまして」生まれて初めて礼をいわれたみたいないい方だ。少なくとも、このクラブではそうなのだろう。

すぐそばではドイツ人のビジネスマンふたりがビールを酌み交わし、もうひとりがカクテルグラスでジャグリングをして連れの女性たちを楽しませている。どこからともなくフェドーラ帽がフリスビーのように飛んできて脇をかすめる。

ウェイターがわたしに身を寄せてささやいた。「失礼ですが、お客さまはほんとうにシルバーのラウンジでまちがいないのでしょうか？」

やっとラウンジの謎が解ける！

「シルバーはゆきずりの相手と一夜限りの遊びを楽しみたい人々が集まります」彼が耳元で説明する。「盛大なパーティーです。男性も女性も、その場限りの快楽が目当てです。カップルになったらダイヤモンドに移動します」

「そのダイヤモンドとは？」

「ダイヤモンドは女の子の憧れです」彼が肩をすくめる。「ダイヤモンド・ルームの男性は年齢が高めです。彼らは女の子と長期的な交際を望んでいます。かならずしも結婚とは限りませんが。おわかりでしょうけど……」

「愛人ということ？」

彼がうなずく。「そしてゴールドは――」

「金の結婚指輪？」

「その通りです。ゴールドはマッチングを目的としています。結婚相手を求める男女のために」

もう一度ウェイターに礼を述べてから化粧室の場所をきいてメインフロアに戻り、天井を飾るガラスの葉っぱを見上げた。

このクラブの構成は愛と結婚をめぐるメタファーとなっていたのか。さらに、ここを企画した人物は『おどる十二人のおひめさま』の世界を再現している。アーニャが大好きだというお話だ。

一晩じゅう踊り明かしたい十二人のお姫さまたちは寝室の床に隠されていたドアから抜け出し、銀、金、ダイヤモンドの森を抜けていった。

不安が頭をもたげてきた。深呼吸をひとつしてわたしは化粧室に向かった。

舞踏会は確かに華やかだった。けれども、おとぎ話ではお姫さまの秘密をさぐる者は命を懸けなければならない。もしもレイラ・クィン・レイノルズを見つける前にわたしが彼女に見つかったら、このささやかな仮装舞踏会と引き換えに命を失うかもしれない。

63

この街では豪華な化粧室など少しも珍しくない。けれどこれは別格だ。個室のスペースはウォルドルフの化粧室のようにエレガントで香りも洗練されている。隣には女性用の鏡張りのラウンジ。正確に表現すれば、ファッションウィークのショーでランウェイに登場するモデルの控え室のような雰囲気だ。

クラブの女性会員五、六人の世話をしているのは、ピンク色の上っ張りを着た女性たちだ。服のシミを落としたり、とれたボタンを縫い付けたり、乱れた髪を整えたりしている彼女たちは『シンデレラ』に登場する妖精のよう。そのうちのひとりが身振りで椅子を勧めたので、ありがたく座ることにした。椅子の前の鏡は床から天井まである。

ここで十五分間くらい隠れていようと思いついたのは、われながら名案だった。あのバーテンダーはあきらかにわたしのことを怪しんでいた。それに、ロミオの強引なダンスのショックから立ち直るためにも、鼻に妖精の粉を少々はたいておきたい。

周囲で繰り広げられている数カ国語の「おしゃべり」を盗み聞きしてみた。きこえてくるのはストッキングが伝線しただの、ネイルチップが割れただの、万国共通の愚痴ばかり。

「なにかきき漏らしているのかな」フランコのつぶやきがきこえてきた。「クラブを出てヘアサロンに立ち寄ったのか」

「お化粧直しをしているのよ」

「時間は刻々と過ぎている」フランコは気が気ではなさそうだ。

妖精に化粧を直してもらい、髪をホットカーラーで巻いてもらってカバーガールへの変身を果たしている時、なんと、ターゲットが化粧室に入ってきた。

ランウェイを歩くモデルのような足の運びは、かつてランジェリー・モデルだった時の名残だろうか。マイク・クィンの元妻はさっそうとした姿で化粧室の個室へと向かう。

「これはこれは」わたしは小声でつぶやいた。「世界中に化粧室は星の数ほどあるけれど、よくぞここに……」

「ずばり目論みが当たったらしいな」フランコに伝わったようだ。「たいした直感だ。幸運を祈る……」

待っていると、数分後にレイラがこちらのラウンジに入ってきた。オフショルダーの深緑色のドレスからのぞいた肩には、無駄な肉がまったくついていなくて骨ばかり。スカートには深いスリットが入っている。一流ブランドのピンヒールのサンダルを履いた足には新色のペディキュア。赤褐色の髪はきれいに撫でつけて後ろにひっぱりあげ、ねじってひとつにまとめている。リフトアップ効果のありそうな髪型だ。女帝のようにゴージャスな装いの彼女は鏡をのぞき込んで丹念にチェックしている。細部まで精巧につくり込んだメイクが少しでも崩れて美貌が損なわれていないかと、真剣なまなざしだ。

ピンクのスモックを着た妖精をじゃけんに追い払い、レイラは自ら化粧直しを始めた。プロ級の繊細なタッチだ——そしてついに、鏡に映ったわたしの姿に気づいた。

「こんばんは」わたしから声をかけた。「いくつかききたいことがあるの……」

すばやくレイラがこちらを向く。その拍子に、手に持った口紅が右頬に赤い筋を引いた。彼女は静かに悪態をついて、手近なティッシュの箱から数枚つかみ、懸命にこすり取ろうとしている。最高級の口紅で描かれたアメリカインディアンの出陣化粧を。

「こんなところでなにをしているの？」小声で叱責するような口調だ。

「いったでしょう。いくつか質問にこたえてもらう必要があるのよ」

「会員でもないくせに。人を呼んで叩き出すわよ！」

「アーニャの鍵を使ったのよ」静かにこたえた。「わたしを叩き出そうとするなら、あなたから売りつけられたというわ。そうしたら、あなたもここにはいられないわね。そうなるのがお望み？」

レイラの動きが止まった。負荷のかかりすぎたコンピューターがフリーズした状況と同じ。チャンスだ。彼女の腕をつかんでラウンジの隅へと引っ張っていった。ここなら鉢植えのレモンの木の枝と実に隠れて人目につかない。レイラは腕を組み、うんざりした表情でわたしを睨みつけている。

「五分だけよ。なにが知りたいの？」あくまでも邪険な態度だ。

「アーニャと知り合ったきっかけは？　このクラブ？」

「冗談じゃないわ。わたしは最近入ったばかりよ。アーニャはここの雰囲気についていけなくて、やめたがっていたわ」

「どういうこと？」

「アーニャはここで白馬の王子さまとの出会いを期待していたのよ。でも彼女みたいな経歴では王子さまなんてつかまえられない。せいぜい援助交際のパトロンが引っかかるくらい。そういう駆け引きに疲れてピリオドを打つことにしたんでしょう」

「結果的に無理矢理ピリオドを打たされた。何者かに薬物を投与されてね。そうでしょ？」

「なんともいえないわ」

「あなたが当事者だから？」

「わたしが!?　やめてちょうだい！　あの子に薬を盛るわけないでしょう？」

「このクラブがどんなところなのか、観察してみたわ。ここに集まる女性たちはガールスカウトの仲間なんかじゃない。お金持ちの男性を獲得しようと争うライバル同士。アーニャとあなたはパトロンを取り合っていたんじゃない？」

「よくもまあ、そんなバカらしいことを」

「じゃあ、ほんとうのことをきかせてもらいたいわね。あなたを警察に委ねる前に」

(もちろんはったりだ。けれどもレイラには効いたらしい)

「アーニャとわたしは争いようがないわ。わたしはゴールド以外は出入りしないし、アーニャはお金目当てで結婚なんて眼中になかった。彼女はダイヤモンド・ガールだったの。でも、わたしはそうではない。それなりの人たちとの交際があるから、正式な夫である必要があるのよ」

「夫なら、いるでしょう？」

「いまはいないわ」レイラが目をそらす。「ハンフリーは共同経営者に夢中なの。相手はけばけばしい女」レイラのフレンチネイルの指先がひらひらと動く。「ま、どうでもいいけど。彼にはわたしもうんざりだったから。ただし彼に無理矢理に署名させられた婚前契約書がとんでもない内容だったのよ」具体的な内容をいくつか彼女が挙げた。「だから新しい相手をさがすために、婚活市場に出たのよ。わたしと子どもたちに快適な人生を保証してくれる人を見つけるためにね」

「割り切った関係を求めているのね」

「なにをいまさら。どんな恋愛でも、突き詰めていけばそんなものでしょう？」

いいえ、そうは思わないわ。しかしいまは彼女の恋愛哲学について討論している暇はない。だからひとつだけ確認しておこう。「このクラブにいる男性の大半は外国籍のようね」

「だから？」

「そのなかから結婚相手を選ぶとしたら、相手の意向次第では将来的によその国に移り住む可能性があるわね。あなたも子どもたちも。マイクは許さないでしょうね」

「ニーズを満たすためには、やむを得ないわ」

ニーズ? 面と向かって噴き出してしまいそうになるのを、ぐっとこらえた。レイラは結婚前に結んだ婚前契約の合意にもとづいて、わたしの年収の二倍の額を受け取る。それなのに贅沢三昧で育てられ、「世間体のいい住所」を維持し、〈デイ・スパ〉のエステに定期的に通い、豪華な休暇を過ごし、一流ブランドの服でつねにクロゼットを満杯にしたいと願う女性の「ニーズ」はどこまでふくらむのだろう。

「さっきもいったけどアーニャはもっぱらシルバーとダイヤモンドに出入りして、わたしはマッチングのデートに招待された時だけゴールド・ルームに来るの。今夜は年配の方とお会いするのよ。とても紳士的なアブダビの男性」

わが耳を疑った。「アラブ首長国連邦でジェレミーとモリーを育てるつもり⁉ マイクは絶対に認めないわ!」

「仮にそういうことになれば、マイクとわたしとで話し合いますから。あなたには関係ないわ。アーニャに薬物を投与した人物はわかっているわ。警察に伝えてもらってもいいわよ」

「それなら、いまここできかせてちょうだい」

64

「フットボールの選手よ」小声でいいながら、レイラは勝ち誇ったようなギラギラとした表情を浮かべる。

「待ち伏せ攻撃の対象は、わたしではなくて、フットボールの選手にすべきよ」

「フットボールの選手？　名前は」

「ドウェイン・ギャロウェイ」

「なんだと!?」フランコの絶叫が耳に装着した盗聴器からきこえた。六階上の地上に停めたタウンカーで待機しているフランコの声は、送信器など使わなくても届きそうだった。

「そのドウェイン・ギャロウェイという人物は？」

「ニューヨーク・ジャイアンツの元選手よ。現役時代はランニングバックで、大きなチャンピオン・リングをふたつ持っているわ。彼は数カ月前にここでアーニャと知り合ったの。彼女に夢中になったわ。でもうまくいかなくて、ふたりは別れた。そして彼はアーニャの友だちとつきあい始めたのよ。確かレッドと名乗っている子。その後もギャロウェイはアーニャのことが忘れられなくて、先週のフェスティバル会場でもストーカーみたいに追いかけまわしていたわ」

「会場にギャロウェイがいたの？　セントラル・パークに？」

「騎士の格好をしていたわ。彼のキャストと同じ衣装」

「キャスト？」

「現役引退後に、ギャロウェイはなじみのあるジャイアンツ・スタジオのそばに倉庫を購入して改装し、いま流行のテーマパークみたいなレストランをオープンしたのよ。ジェレミーは連れていけとうるさいけど、わたしは絶対にごめんだわ」レイラが腕時計をちらりと見る。

「そろそろ行くわ。デートの相手が待っているから」

くるりと向きを変えて行こうとする彼女をぐっと引っ張って引き留めた。

「どうして警察にいまのことを話さなかったの？」

「ふざけたことばかりいわないで」

わたしは首にかけたアーニャの鍵を指さした。「ふざけていると思う？　あなたにこたえてほしくてここに来ているのよ」

「あなたが気に入るこたえかどうか知らないけど」レイラがぐっとこちらに身を寄せた。

「サマンサという友人が警察に伝えようとしたわ」

「それはサマンサ・ピール？　フェスティバルの責任者を務めているサマンサ？　あなたたち友だちなの？」

「彼女もここの会員よ。わたしたち、弁護士もいっしょなの。離婚を扱う弁護士。ギャロウエイがアーニャにつきまとうのをサマンサは見ているわ。直接きいてごらんなさいよ。彼女は警察にもそれを話したのに、うやむやにされたのよ」

なんてこと。レイラのいう通りだわ……。

マテオが逮捕された晩のことがぱっとよみがえった。エンディコットとプレスキーは「中世の服装をした男」とマテオを混同した。ほんとうに混同したのだろうか？

「まだわからないの？」レイラがニヤニヤと薄笑いを浮かべている。「青い制服を着たマイクの仲間はあの元ジャイアンツの選手を守っているのよ。彼がスポーツ界のセレブだから。それに彼が経営するレストランでは騎馬隊の半数に副業の口を提供しているんですもの。〈肉の騎士団〉なんてレストランには行きたくもないけど、彼はニューヨーク市警の幹部連中に無料の家族パスまで贈っているわ」レイラが首を横に振る。「あの森でギャロウェイがデートレイプ・ドラッグを使ってアーニャをひどい目にあわせたかと思うと、ぞっとするわ。それなのに担当刑事は的外れの捜査をしている。きっと罪のない人物が濡れ衣を着せられるんでしょうね」

思わず身がすくんだ。

「わたしが知っているのはそれだけよ。ゴールド・ルームに戻るわ。ついてきたりしないでね」そっけない口調だった。

レイラが化粧室の出口に向かう。わたしは十数えてから上階と連絡をとった（警察バッジを所持しスパイ・ショップの受信器に耳を澄ませている人物と）。

「全部きこえた？」

「ああ」

「よかった。ギャロウェイがアーニャにつきまとっていたと証言できる第二の証人まで確保できそうよ。ツイているわね」

「証人？」

「わたしよ。フェスティバルの日の朝、ビレッジブレンドが出したコーヒー・トラックのところで作業をしていたの。甲冑姿の騎士がふたり、トラックの窓の前で足を止めたわ。そのうちのひとりはとても大柄で、いかにも元フットボールの選手という体型だった。彼はアーニャを執拗に見ていたわ。肉食獣が獲物を狙うみたいな目つきで」

「彼を見分ける自信は？」

「大丈夫だと思う。ギャロウェイの写真は手に入るかしら？　カーテンが崩壊して以来、フットボールへの関心はほとんど失せていたから」

「鉄のカーテンか？」

「ピッツバーグのスティール・カーテンよ。ジョー・グリーニーを始めとする四人組のディフェンス陣」

「レイラの話をきいた限りでは、目下の懸案事項は青い制服のカーテンだな。ギャロウェイを守るためにその情報を握りつぶした人物を突き止める必要がある」

少し考えてみた。「じつはね、協力してもらえそうな人の心当たりがあるの。倒れているアーニャを見つけた時、鎧兜をつけた騎馬警官がその場に来たのよ。彼はギャロウェイのレストランでアルバイトをしているし、眠れる美女の姿を見てとても憤慨していたわ」

「そうか。じゃあ、上で合流しよう。次にとるべき行動について相談だ」

「ええ。最後にもう一度、ひととおり偵察してくるわ」

「了解。出る際には入った時とは別のところからだ。頼むぞ。もうひとつの入り口の位置が知りたい」

「お安いご用よ」

メインフロアに戻り、腕時計で時間を確認し、テーブルゲームの様子をうかがった。頼りになる送信器の充電はまだじゅうぶんもつ。

それなら、思い切ってもう一度サイコロを振って賭けに打って出よう。そう決めた。レイラからささやかな警告を受けていたけれど、真っすぐゴールド・ルームをめざした。

65

シルバー・ルームのパーティーのどんちゃん騒ぎとは対照的にゴールド・ルームはお見合いにぴったりの雰囲気だ。

キャンドルを点《とも》したテーブルが噴水を囲むように丸く並んでいる。噴水には金塊を溶かしたような金色の液体がゴボゴボと音を立てて流れている。壁には金をちりばめたタイルのモザイクがきらめき、その脇には金箔の巨匠グスタフ・クリムトのレプリカがいくつもある。そして背面の壁には大理石に金の飾りのあるバーカウンター。そこでは金賞受賞のワインのテイスティングができるので、数組のカップルがいる。

すらりとしたスタイルのレイラが彼らに加わる。オリーブ色の肌をした五十代の男性が立ち上がり、鷹揚《おうよう》な態度で彼女を迎える。彼らのほうへと一歩足を踏み出そうとしたわたしに、金髪の女性接客係がつかつかと歩み寄った。

「こんばんは」険のある声だ。

「こんばんは」おうむ返しにこたえる。

「招待状を拝見できますか?」

「あ、今夜はフリーなのよ」レイラを真似てツンと気取った態度でごまかして立ち去ろうとした。「ここにはおしゃべりしに……」

そこで言葉がとぎれてしまったのは、白い手袋をした双子のウェイターがわたしの左右を通過したから。ふたりが運んでいるお菓子を見たら、茫然として口が半開きになった。

片方のウェイターが運んでいるのは、ドバイの〈ブルームズベリー・カフェ〉の世界一高価なゴールデン・フェニックス・カップケーキではないか。世界的に有名な金粉まみれのデザートが、これまた金ぴかのエンパイアモーニング・ケーキスタンドに盛りつけられ、ドーム形のガラスのカバーをされている。その脇の小さなボウルにはアメリカ産ゴールデンキャビア。塩気のない魚卵にパッションフルーツとブランデーなどで甘みをつけたものだろうか。

もうひとりのウェイターが運んでいるのは、どうやらゴールデン・オピュレンス・サンデーらしい。フローズン・ホット・チョコレートで知られるニューヨークのレストラン〈セレンディピティ〉の名物デザートだ（マダガスカル産バニラを使ったアイスクリーム五スクープに金箔をトッピングし、世界でもっとも高価と目されるチョコレートでつくったシロップを散らし、パリから直送したドラジェ・ロンゲット（ナッツやチョコレートに糖衣をかけた菓子）に金をまぶしたもので飾っている。どれだけのコストがかかっているのか？　ゴールデン・カップケーキと同じく、千ドルくらいだろうか）。

「少々シャンパンを飲みすぎたのでは？」

金色まみれのグルメに心を奪われているわたしに、ふたたび接客係が声をかけた。

「どういうことかしら？」わたしがたずねる。

彼女がぐっと身を寄せて声を落とす。「クラブの会員があなたのプロフィールを見て検討し、会ってみたいと希望した場合、この部屋への招待状が届きます。それが届かない限り、ダイヤモンドあるいはシルバーでの交流を楽しんでいただきます。では、ごきげんよう」彼女はジェスチャーで出口を示す。

あっさり叩き出されてしまった。

メインフロアに戻り、今夜はこのあたりで退散しようかと思ったちょうどその時、またもや見覚えのある顔、というより顎髭を見つけた。

カジノテーブルの周囲をぶらぶらと歩いているのは、仕立てのいいタキシード姿のハリソン・ヴァン・ローンではないか。秋のおとぎ話フェスティバル運営委員会の法律顧問を務める弁護士だ。ノーネクタイでファッショナブルな彼はとてもリラックスしている様子。ドリンクを手に少し歩いては足を止め、男女を問わずクラブのメンバーと打ち解けて言葉をかわしている。

考えてみれば、ヴァン・ローンがいても少しもおかしくはない。彼はアップタウンで活躍する大物であり、移民の草分けとして渡ってきたオランダ人一族の子孫という由緒正しい家柄なのだ。鼻持ちならない新興の金持ち連中との交流は彼にとって大切な人脈づくりにちがいない。とはいえ、非合法の賭博施設で人脈づくりに励むのはいささかリスクが大きすぎるのでは。それとも、わたしには思いもおよばないからくりでもあるのだろうか。

なぜ彼がここにいるのかはさておき、ひとこと挨拶しておかなくては。マテオを警察の留置場から出すために力を貸してくれたのだから。ふたたび法律の魔法をかけてもらえるかもしれない。

ところが、わたしが彼のもとにたどり着く前に、ごま塩頭の彼はカジノのフロアから離れてLEDで飾られたダイヤモンドのアーチの向こうに行ってしまった。

いったん足を止め、考えてみた。

知人男性を追って「愛人さがし」の部屋に入っていいのか？

きらびやかなアーチをちらりと見て、もっともらしい理由を思いついた。

「なにをしている？」イヤリングからフランコの声がする。

「いまからケータリングの調査に切り替えるわ」

「ごちそうがあるのか？」

「そりゃあもう……」（金ぴかのカップケーキとホット・チョコレートサンデーを目にしてからというもの、厨房の仕事にがぜん興味が湧いてきた）。「料理をチェックしたら、どんな店が提供しているのか割り出せると思うわ。そこから芋づる式にこのクラブのオーナーの正体がつかめるかもしれない」

「ではさっそく料理の調査に取りかかってくれ」フランコは反応がいい。「調べる際には、おれのためにカノーリを一本確保してもらいたい」

「最善の努力をしましょう」

66

ブッフェに向かって歩きながら、フランコからきいた〝ゴルディロックスの原理〟のことを考えていた。シルバー・ルームはあまりにも騒々しかった。ゴールド・ルームはあまりにも静かだった。しかしこのダイヤモンド・ルームは滑らかに流れるジャズ、社交ダンス、魅惑的なタパスのテーブルと、まさに〝ちょうどいい〟加減。

視界の端でヴァン・ローンを追いながら、ブッフェを丹念に観察した。思わずため息が出てしまう充実ぶりだ。しかし誰がこのケータリングを担当しているのかは、まるで見当がつかない。

試食用に小皿に取り分けられているのは街の名店の看板メニューばかり。〈ブッダカン〉の鶏のささみを茶葉で薫製にし、エシャロットとジンジャーのチャツネを添えた一品もあれば、〈21クラブ〉のベシャメルソースをかけた豪華なチキン・ハッシュもある。〈スパイスマーケット〉のコリアンダー・ライム・ステーキ、〈カフェ・ブルー〉のシュガーケーン・グリルドシュリンプのピーナッツソースがけ、〈ル・ベルナルダン〉のアンコウのローストをサボイキャベツにのせてベーコンとバターを煮詰めたソースをかけた一品も。

ゴルディロックスのことは忘れよう！　いまのわたしは魔女の家の前に立ったグレーテルの心境だ。小皿に盛られた料理を次から次へと貪欲に口に運ぶ。〈アクアヴィット〉のワサビのサバイヨンソースをかけたサーモン、〈ジャン・ジョルジュ〉のペッパーのきいたサヤインゲンとバッファローチキン・サラダにゴルゴンゾーラ・ドレッシングをかけたスパイシーかつクリーミーな一品——後者は誰のレシピなのかはわからないけれど、ぜひとも真似してみようと頭に焼きつけておいた。〈バッボ〉のミント・ラブレター（豆のピュレ、リコッタチーズ、フレッシュミントの入ったラムのラグーを詰めたラビオリ）を平らげてから、パリパリとした歯ごたえの〈バブカ〉のシュリンプ・キエフにとりかかり、忘れずに首を後ろに倒し（以前、マテオからそうするように教わった）、なかに封じ込められたハーブ入りのおいしいバターを一滴もこぼすまいとした。

そしてようやく、テーブルに並ぶスイーツ類をじっくりと見る余裕ができた。フランコが欲しがっているカノーリはないけれど、ドミニク・アンセル特製のクロナッツのミニサイズ版とシェフ、トーマス・ケラーの有名なバージョンのオレオがある。

「初めてお見かけしますね」

みごとな「インサイドアウト」のチョコレートクリーム・コーヒーケーキ（ふわふわにホイップしたモカクリームを何層にも重ねたデビルズフードケーキ）に見とれていると、声をかけられた。見ればハリソン・ヴァン・ローンではないか。一流デザイナーのフェンのドレスに包まれたわたしの身体の曲線を彼の視線がなぞっている。デザートのディスプレイを見つめるわたしの視線に負けず劣らず爛々《らんらん》と光っている。

「あら」驚いた風をよそおった。「メンバーになったばかりなんです。来たのは今夜が初めて。あなたは――」

「ハリーと呼んでください」

今夜のヴァン・ローンはべっこう縁のメガネではなくコンタクトレンズだ。そのせいでヘーゼルグリーンの瞳の緑色が強調されている。彼がこちらに一歩近づき――ちょうどいい距離を少々逸脱するところまで――セントラル・パークで会った時のように白い歯を見せて笑顔になった。ただし今回は獲物を前にしたオオカミのような残忍さを漂わせている。

「お目にかかれて光栄です」その言葉がわたしにはこうきこえた。で、お嬢ちゃん、きみのバスケットにはなにが入っているの？

彼が手を差し出した。握手をしながら、彼の記憶に働きかけた。

「前にもお会いしていますね」

「そうでしたか？」彼が首を傾げ、握手した手にぐっと力を込めた。「わたしの事務所のクライアントでしたか」

「近いですね。先週末に、法律の専門知識で助けていただきました」

それでも思い出せないようなので、わたしは声を落とした。

「クレアです。ビレッジブレンドの」

「コーヒー・レディか？」ヴァン・ローンの笑顔が消え、同時にぱっと手も離れた。そして大きく後ろに一歩下がった。

「変な誤解をしないでくださいね。つまり、わたしがいまここにいるのは」

「いや。考えてみれば当然ですな。なにしろあなたの店のオーナーは――」

店のオーナー？「どういう意味かしら？」

わたしの問いかけに耳を貸す気はないようだ。「じつによい」彼の視線がわたしの頭のてっぺんから爪先まで移動する。今回はオオカミというより、化粧室のラウンジでピンク色のスモックを着ていた妖精のようなまなざしだ。「うむ、非の打ち所がない」

まあ、ありがとう。「お手間はとらせません。手短にうかがいたいことがあるんです。よろしいかしら？」

「なにかな？」

「わたしのビジネス・パートナーが警察で尋問された際、法律家として救いの手を差し伸べてくださいましたね。憶えていますよね？　セントラル・パークのフェスティバルの後で」

「ええ。じつに残念な事態だった」

「さらに輪をかけて残念な事態になりそうなんです。彼は再度、法律家の力を必要とする状況になるかと。ですから、できれば――」一歩彼に歩み寄った。

「申し訳ないが」彼が片手をあげて制止する。「あなたにストップをかけなくてはならない
……クレア、でしたね？　あの時はフェスティバルの運営委員会の法律顧問をしている立場

から、すみやかに電話をかけさせてもらいましたよ。しかしわたしは刑事事件を扱う弁護士ではないのです」

「あなたの法律事務所で、どなたか」

「いません」彼が声を落とす。「うちの事務所はもっぱら離婚を専門に扱っていましてね」

「それ以外はなにも？」

「われわれは婚前契約書を作成します。しかしそれくらいです」

わたしは周囲を見回し、なるほどと合点がいった。「ここは宝の山、ということですね？」

「その通り。じっさい……」彼がこちらにぐっと身を寄せ、インサイダー情報を打ち明けるような調子でニヤニヤする――起業家同士の連帯感、か。「女性のクライアントには、このクラブのメンバーになるよう勧めたりもしますよ」

レイラの言葉を思い出した。サマンサと同じ離婚専門の弁護士と契約しているといっていた。ヴァン・ローンだろうか？　いちかばちか、試してみた。

「まあ、さすがね」――こともなげに軽く手を振ってみせる――「サマンサ・ピールとレイラ・クィンの離婚問題も手がけていらっしゃるんでしょう？」

「ええ、多くのクライアントのうちの一部です。わたしの法律事務所ではクライアントのために民事訴訟も手がけていますが、刑事事件は扱っていません。明日の午前中にわたしのオフィスに電話してください。紹介できる弁護士のリストをアシスタントに用意させておきます。あなたの……ええと、その、ご予算に応じて。当然ながら該当する弁護士も限られてきますが。さて、わたしはこのへんで……」

それっきりだった。顎髭を生やした弁護士は商売の種になる獲物を求めて行ってしまった。目で追っていると、エスプレッソカウンターの前を通り過ぎて男女ふたりずつで囲むテーブルに近づいていく——女性ふたりはダイヤモンドで飾り立てている。

しかし、ダイヤモンドよりもわたしの関心を引いたのは、彼がさっさと通り過ぎたコーヒーカウンターだ。興味を抱くなというほうが無理だ。

いったいどこのコーヒーが提供されているのかしら？

プロとしての好奇心を抑えきれず、カウンターへと向かい、ダブルエスプレッソを注文した。なぜかとてもなじみがある味わい。

「このコーヒー、とてもおいしいわ」バリスタにいった。

「ありがとうございます」

「どこから仕入れているのか、うかがってもいいかしら？」

「ビレッジブレンドです」

67

あまりの驚きに、ただただバリスタを見つめた。「いま確か、ビレッジブレンドと?」

「はい。最高のコーヒーハウスです。自分たちで豆を調達してローストもしています」

「まあ」バリスタを質問攻めにしようとした時、どやどやとゲストがやってきて注文を始めた。わたしはマニキュアをした指でカウンターをコツコツ鳴らしながら腕時計をチェックした。送信器のバッテリーはあと十五分はもつ。

「きこえるか?」フランコの声だ。

「バリスタがこっちに来るのを待っているところ」ボソボソとささやいた。「このクラブはうちのコーヒーを出しているのよ。信じられる!?」

返事がない。

「フランコ? きこえた?」キュービックジルコニアのスイッチを何度か叩いてみた。送信器は信号を送っているけれど、彼のもとへは届いていないようだ。コーヒーカウンターにはさらに人が集まってきたので、泣く泣くあきらめることにした。

ここから出たほうがよさそう。

たやすいことではない。ラウンジはいまや人でぎっしりだ。ジャズ調の『アマポーラ』の演奏が始まった。その時、誰かに腕をつかまれるのを感じた。

「踊りませんか？」

わたしが反応する間もなく、白髪の紳士が目の前に歩み出た。片腕をわたしの腰にまわし、そのまま抱え上げてカーペットから堅木張りの床へと着地させた。

がっしりした体軀で年齢は六十代後半。長身だ。今夜のわたしはいちばん高いヒールを履いているというのに、思い切り首を伸ばさないと視線を合わせることができない。首を伸ばさず真っすぐ前を見たら、シルクの赤いネクタイとおろしたての真っ白のワイシャツしか見えない。

「ごめんなさい」身体を相手から引き離そうと試みた。「もう帰るところなので」

「そこが問題です」彼がわたしに耳打ちした。「ここを出るには、少々のトラブルを覚悟しなくてはならないでしょう」

思わず目を大きく見開いた。「いったいなんのことだか――」

「問題はあなたのそのイヤリングです。わたしがあなたなら、右のイヤリングをもう一度叩くでしょうな。いまは通信が妨害されている。が、その送信器からの信号は依然として発信されている。つまり、発信元は容易に突き止められるということだ」

ただちに送信器のスイッチをオフにした。「どうしてあなたにそんなことが？」

「わたし自身、盗聴器をここに仕掛けていますからね。しかし壁の向こうにまで信号を飛ばそうとはしていない。いま現在、あなたは非常に大きな問題に直面している」彼が白髪の頭を傾げるようにして指し示した方向を見ると、大柄な警備員がふたり部屋に入ってきた。

「両方の出口にスタッフが待機し、あなたが出てくるのを待ち構えている。緊急脱出ルートはあらかじめ確保してありますか？」

いいえ。そう思った瞬間、親切なウェイターを思い出した。

「ええ、大丈夫だと思います」

「これを持っていきなさい」彼が襟の下から取り出したのは名刺だった。「わたしの身元確認のために。少々の謎解きが必要だが」彼がにっこりした。「あなたなら、なんなく解けるだろう」

ろくに名刺を見もしないで、胸元にしまいこんだ。

「曲がもうすぐ終わる」彼がささやく。「終わったらすぐに立ち去りなさい」

スペインの恋の歌の余韻が消えるとともに謎の男性に礼を述べ、ダイヤモンド・ルームを出ていく人々の一団に紛れ込んだ。

親切なあのウェイターをさがすためとはいえ、乱痴気騒ぎのシルバー・ルームに戻りたくはなかった。けれど、地下のカジノでわたしはツイていた。ルーレットに興じるカップルにドリンクを運んでいる彼の姿を見つけたのだ。

「もう一度、力になってもらえるかしら」彼に小声でいった。「また質《たち》の悪い人にからまれてしまったの。とてもしつこくて。なんとか撒《ま》いてみたのだけど、仲間といっしょに出入り口で待ち伏せしているらしくて」

「おお、チキータ、今夜はさんざんな目にあっているようですね」

「残念ながら、そうみたい」

彼がこちらに身を寄せた。「心配いりません。前にもお客さんを逃がしたことがありますからね。あそこのココナッツの鉢植えが並んでいる向こう側にカーテンがあるでしょう？あの陰に隠れていてください。誰にも見られないように。すぐに行きます」

人々の視線はゲームのテーブルに注がれているので、ココナッツの奥のカーテンにたやすく隠れることができた。生きた心地がしないまま五分待ち、しだいに迷いが出てきた。ほんとうにあのウェイターを信用していいのだろうか。かといって、ほかに選択肢はない。

その時、キャスターつきのカートがお尻にぶつかった。さきほどのウェイターがステンレス製の配膳用カートを押してきたのだ。カートはテーブルクロスで覆われ、空になったタパスの皿が積み上げられている。

ウェイターが白いクロスをめくると、カートの下段にわたしが乗り込めそうなスペースがぽっかり空いている。

「お迎えの車です」

カートに乗り込んで膝を抱え、背中を丸めて座った。

「では行きましょう」ウェイターがテーブルクロスを降ろす。「声を出さないように。そうすれば万事うまくいきますから」

ガタンと大きく揺れてカートが停止した。息を詰めて耳を澄ますと、ウェイターが早口のスペイン語でなにかを話している。相手は太い声の持ち主だ（警備員にちがいない）。男性の低い笑い声。警備員が「よし」とつぶやくと、エレベーターのドアが開く音がした——アップタウンのエレベーターが開く時のヒュッと静かな音ではなく、大型の業務用エレベーターのガチャガチャという騒がしい音だ。

（重要任務を帯びたスパイになった経験はないけれど、この街でプライベートのパーティーにケータリング業者として出入りした経験なら豊富にある。だから「スタッフ」専用の出入り口がかならず設けられていると知っている）

「あと一息だ、チキータ」エレベーターのドアが閉まるとウェイターがささやいた。「声を出さないで」

エレベーターを降りると、とたんに喧噪に包まれた。にぎやかな業務用の厨房のまっただなかにいるのだ。その音がしだいに遠ざかり、カートは廊下を進んでいく。そしてようやく停止した。

「わたしが完全にこの場を去るまで二十数えて待ってくださいね。そうしたらいちばん近いドアから出てください。左側に女性用の化粧室があります。ゆっくりと身繕いをして、それからレストランのダイニングルームから出ていけばいいですよ」

「ありがとう」

「お安いご用です《ノ・アイ・プロブレマ》。しかし、ひとことといわせてもらえるなら、あなたはこのクラブには向いていないんじゃないかな？　出会いの方法なんてほかにいくらだってあるんだから、ね？　大手出会い系サイトの〈マッチ・ドットコム〉とかクリスチャン専用の〈クリスチャン・ミングル〉なんてどうかな？　ユダヤ系の人たちを対象にした〈ジェイ・デート〉もあるし」

「ありがとう、考えてみるわ」

ウェイターの足音が遠ざかっていく。二十まで数え、すぐさまカートから出て、スイングドアを通り抜けた。なぜか懐かしさを感じる、見覚えのあるパネル張りの廊下に出た。珍しいことに公衆電話がある。

フランコに電話すべき？　いや。なによりまず、ここから脱出しよう！

大きなダイニングルームへの入り口があったので入ってみた。驚きのあまり、しばらく動けなかった。フランコに頼まれたカノーリを持ってくることはできなかったけれど、クラブのもうひとつのエントランスを見つけることには成功した。

〈プリンス・チャーミング・クラブ〉はニューヨークの超有名レストランの真下にあるということか。皆のおばあちゃんとして敬愛されるバーバラ・バウムが経営する〈バブカ〉の真下に。

レイラの家に黙って入った時のことを思い出した。金の鍵が入った箱にはメッセージカードが添えられていた。『お待ちしています』という文字と頭文字だけの署名。『BB』と書かれていた。

BB……バ《B》ーバラ・バ《B》ウム。なんてこと！

68

車でビレッジブレンドに戻る車中でコスチューム・ジュエリーをフランコに返した。彼がスパイ・ショップで調達したイヤリングだ。そして謎の白髪男性、業務用エレベーターでの脱出、〈バブカ〉とのつながりについて報告した。

店に着くと、フェンのデザインのエレクトリックブルーのドレスに身を包んだまま二階にある自分専用の狭いオフィスの鍵をあけ、年季の入った木のデスクの前に座ってコンピューターを起動した。フランコはデスクを挟んで向かい側の椅子に座るやいなや、ペストリー・ボックスの紐をパチンと切った（せっかく〈バブカ〉にいたのだから、有名なベーカリーのカウンターに立ち寄らない手はない）。

箱のなかからいちばん人気のバブカをとりあげてフランコがちぎると、チョコレートとシナモンの魅惑的なにおいが狭い室内に立ちこめた。わたしたちの手元のカップからはスマトラ・サンセットの、これまたうっとりするアロマが立ちのぼっている。

「どうして気がつかなかったのかと思うわ」薄紫色の箱を見つめながら、わたしは口をひらいた。「〈バブカ〉はあの黒い謎のドアと同じブロックにある。そしてレイラに贈られたクラブの鍵を収めた箱はバーバラのレストランのオーニングと同じ色合いの紫だった。ベーカリーの箱も同じ色」

「仲人業か。誰か紹介してくれないかな」フランコが頬張りながらそういい、指を舐めてにっこりした。

「楽しい発想ね」やりとりとは裏腹に、お互い同じことを考えていた。マダムの旧友がアップタウンに持ち込んだのは、ロウアーイーストサイドのコンフォートフードと求愛のシステムだけではない。「シルバー・ルームのディスコ、ダイヤモンド・ルームのブッフェと金の水が噴き出す噴水、ギャンブルのフロア、ピンク色のスモックを着た妖精がいる化粧室まで、なにからなにまですばらしく豪華だったわ」

「『ハロー、ドーリー！』（主人公ドーリーは仲人業）がおとぎ話のもぐりの酒場でカジノをやっているみたいなものか。そして彼女の地下駐車場で起きていることはいっさい表に出ることはない」フランコがきっぱりといい切る。

コンピューターの画面を指し示した。「この記事によれば、ドウェイン・ギャロウェイはバーバラと同じくらいの資産家で――口止め料を余裕で支払える財力があるわ。ＮＦＬ史上もっとも裕福なプレイヤーのひとりなのね。どうやってそんな資産を築いたのかしら」

「男たちに斧を」

「なに？」

「かつてギャロウェイは男性用のボディソープ、シャンプー、デオドラントのコマーシャルに起用されていた。両手でひとりずつセクシーな女性を抱えるポーズで『男たちに斧を』というキャッチフレーズをいうんだ」

「牧場経営も手がけてワイオミングでアンガス牛を育てているわ。それで〈肉の騎士団〉というレストランをひらいたわけね。中世の騎士がショーをするテーマ・パークみたいなところですって」

「ドウェイン・ギャロウェイは一流プレイヤーだった。スポーツライターはジャイアンツでの彼の全盛期を〝ドウェイン統治時代〟と呼ぶ」

「そのようね。あら、ちょっとこれを見て！」

またもや画面を指さして見せた。スポーツ専門チャンネルESPNのアーカイブにギャロウェイがワイオミングの自分の牧場で馬に乗っているニュース映像を見つけたのだ。さらに古い映像には平行棒の練習をしている姿がある。ナレーションによると――。

「〝大学時代のギャロウェイは元オリンピック代表選手でソ連から亡命してきたロルフ・タメロフ監督のもとで体操を学び……〟」

「体操か」フランコは剃りあげた頭を掻く。「なるほど、それでか」

「なにがなるほどなの？」

「ギャロウェイはタックルされても恐ろしく高くジャンプしてかわすことで有名だった。ゴールを決めた時にはかならず宙返りをしていた」

「ロシアとのつながりが気になるわ。それでアーニャとレッドに接近したのかしら？」

「ロシアの女の子が好きなんだろうな」

「きっとロシア語もしゃべれるのね……」

ドウェイン・ギャロウェイのいちばん最近の写真をじっくりと見てみた。目は濃い茶色だ。セントラル・パークでアーニャを見つめていた騎士と同一人物だと確信した。野獣が獲物を狙うような目つきだった。

わたしの携帯電話が鳴った。電話の相手を確認し、スピーカーモードで出るからフランコに黙っているように頼んだ——。

「こんばんは、サマンサ。約束通り電話してくれたのね」

「こんなに遅くなってしまってごめんなさい。運営委員会の仕事で今夜はとにかく忙しくて」

運営委員会の全員が忙しかったわけではないけどね。ハリソン・ヴァン・ローンはクラブで楽しんでいたわ。

「大丈夫よ、こちらもまだ仕事をしているから」

不自然な間があき、サマンサの声がした。「そっくり同じセリフを最悪だった元夫がいつもいっていたわ」サマンサがはあっと息を吐く。「ミスター・ウォールストリートは確かに熱心だった。インターンの子とベッドに入るのにとても熱心で……」

あらまあ。彼女、酔っているのかしら？　思わず肩に力が入る。無料通話のセラピー代わりに愚痴をきかされるのはごめんこうむりたい。フランコもきいているのだから。話が脱線しないように誘導していかなくては。

「じつはね、とても心配なの。わたしのビジネス・パートナーがいま置かれている状況について、あなたからくわしくききたくて。どうしてマテオがレッド殺しの濡れ衣を着せられていると思うの？」

「かんたんなことよ。ドウェイン・ギャロウェイについてご存じ？　彼とレッドとのつながりは」

「いまはわかっているわ。今夜、レイラ・レイノルズにばったり会ったの……ちょっとした集まりで。そこで彼女からきいたのよ」

サマンサがまたもやため息をつく。「わたしがゴシップをまき散らしていると思うでしょうね。でもね、わたしもひどく動揺してしまって。誰かに話さずにはいられなかったのよ。だからレイラに打ち明けた。誰にもいわないでと約束したのに」

「ええ、だから彼女、なかなか話そうとしなかったわ。わたしが強引にきき出したのよ」

「レイラだってすべて知っているわけではないわ。警察がギャロウェイを守っていると彼女からきいている？　じっさい、そうなのよ」

「だからあなたはエンディコットの相棒がマテオを怪しむように誘導したの？」

「誘導？　いったいどこからそんな発想を？」

「プレスキー刑事によれば、アーニャを最後に見た時に中世の服装の男性といっしょだったとあなたからきいたそうよ」

サマンサが不満げな声を出す。「わたしは『鎧』といったのよ、クレア。あの丸ぽちゃの刑事には、アーニャといっしょにいた男は鎧を身に着けていたといったの。つまり騎士の格好をしていたという意味。フェスティバルで騎士の格好をしていたのはギャロウェイと彼のフットボールの仲間と、それから――」

「ニューヨーク市警の騎馬警察官たち」

「きいてちょうだい、わたしだって心の痛みを感じているわ。レッドがこんなことになるなんて、ほんとうにかわいそうだと思う。でも、わたしはあくまでもボランティアとして市が開催するイベントの運営をいくつか手伝っているだけなのよ。いまあなたに話していることは極秘事項なの。悪徳警官がセレブと崇めるフットボールのヒーローを守ろうとしているのに立ち向かうなんて、わたしにはできないわ」

フランコの眉間のシワが深くなる。

「お話はよくわかりました。力を貸してくれて、どうもありがとう」サマンサに礼をいった。

通話を終えた時には、次にとるべき行動のプランが固まっていた。

「明日の夕食をつきあってもらえるかしら、フランコ？」

「騎士の馬上槍試合のショーが楽しめる〈肉の騎士団〉で？」

わたしはこくりとうなずいた。サマンサもレイラも、警察がギャロウェイを守っているといった。ギャロウェイのレストランで副業をしている騎馬隊の警察官をひとりだけ知っている。トロイ・ダレッキだ。彼はどれくらい信頼できるのだろう。いずれにしても彼のマントはまだわたしの手元にあるので、あの若い騎馬警察官をひょっこり訪ねていったとしても少しも不自然ではない。ひとりでは行きにくいけれど。

「話に乗るよ、コーヒー・レディ。この件の真相を突き止めたいのは、おれも同じだ。それに一度行ってみたいと思っていた」

「バッジを忘れずにね。ニュージャージーはあなたにとって管轄外だけど、中世の騎士がたくさんいるのだから古き良きニューヨーク市警の盾が必要になるかもしれないわ」

「肌身離さず持ち歩いているよ。サポートは必要だ。特に今夜みたいな危機一髪の事態の後だからな。ひとりで行くなんていい出さなくて、ほっとしている」

「そのお説教はもうたくさん」

「ダンスをしたという男は毒がたっぷり詰まった針を持っていたかもしれない。チクッと刺して命を奪って逃げるつもりだったのかもしれない」

「でもそんなことは起こらなかった。もうその話は止めましょう。それに彼は悪い人には見えなかったわ」

フランコが立ち上がる。「そっくり同じセリフをきいたことがあるよ。性的暴行の被害者がよく口にするセリフだ」

「それとこれとは話が別よ。彼が助けてくれなければ警備員につかまっていたはず」

「かもしれない。つかまらなかったかもしれない。詐欺師の手口だ。おめでたい人間から金を巻き上げる前に相手を助けて信頼を得る」

「あなたがこんなにシニカルだってこと、わたしの娘は知っているのかしら？」

「〝慎重〟と表現してもらいたいね。次にそいつに出くわしたら、くれぐれも慎重に」

フランコは紫色のベーカリーの箱を抱えてドアへと向かう。「七時に迎えに来る。夕飯はごちそうするよ。腹を空かせておこう。一人前はとんでもないボリュームらしい」

「どれくらいの量なの？」

「最大の売れ筋はブロントサウルス・リブだ」

これは憶えておかなくては。残したものを持ち帰る手押し車を忘れずに持っていくこと。

フランコが店の一階に続くらせん階段をおりていく。その大きな足音をききながら、ダンスに誘われた白髪の紳士から渡された名刺を見つめた。

ここには自分の身元を確認できる「謎」が隠されていると彼はいったけれど、わたしもフランコもそれを解くことができない。名刺には住所の記載はない。ウェブ上のアドレスすらない。〝ウィルソン〟という名前と電話番号だけ。それも、やたらに長い番号だ。

普通の電話番号に内線番号を加えているのかもしれない。もう一度その番号にかけてみた。先ほどと同じく、話し中を告げる音がきこえるだけ。もはや何度目かわからないけれど、もう一度名刺に目を凝らしてみる。

紅海、黒海、エーゲ海

インターナショナル

インターネットでいくつか検索してみたけれど、該当する会社も団体も見つからない。

そこで思い出したのが、エスターが頭文字で〝LOVE STINKS〟とつづった方式だ。そのやり方だと紅海《RED》、インターナショナル《INTERNATIONAL》、監査人《AUDITORS》のそれぞれの頭文字で〝RIA〟になる――イタリアのテレビ放送網。

ウィルソンはヨーロッパのテレビのプロデューサーなの？　仮にそうであれば、なぜこんな曖昧な名刺を渡したりするのかしら。

言葉そのものはヒントにはならない。「インターナショナル・オーディターズ」はいったいなにを意味するのか。紅海、黒海、エーゲ海と並ぶ理由もわからない。

待って、海よ。紅海、黒海、エーゲ海。

思わずピシャリと自分を叩いた。〝sea（海）〟という文字を〝c〟に置き換えると、とたんに頭文字の並びに意味が出てくる。謎の男性がスパイ・ショップのごく単純な送信器の存在を突き止めた理由も解ける――。

ＣＩＡ。中央情報局！

「いや、まさかそんな」

名刺の謎解きゲームはそのくらいにして、アーニャの鍵のついたネックレスを外して夜のお出かけ用のバッグにしまった。そしてコンピューターを終了させて今夜の作業は終えることにした。

ドアに鍵をかけていると、携帯電話の振動を感じた。ガードナーからだ。一階からかけてきたのだ。

「ボス、ナンシーの勤務が明けます。それに、もう閉店の時間です」

「いま行くわ」

らせん階段をおりていくと、ちょうどそこにガードナーが通りかかった。使用済みのカップとソーサーを満載したトレーを運んでいる。「奥の席に年配の紳士がいます。これを運んだら閉店だといいに行きます」

「わたしが行くわ」

「エレクトリックブルーのフェンのドレスで?」ガードナーが笑う。「用心棒のベストドレッサー賞を進呈しなくては」

暖炉のそばのテーブルに近づいていった。黒いジャケットを着た白髪の男性がこちらに背を向けて座っている。まさか、彼ではないわよね。心のなかでつぶやいた。男性の頭が動いた拍子に横顔が見えた。反射的にぎくっとした。

謎の男性はわたしの跡をつけて、仕事場である店までやってきたのだ。

フランコの警告を思い出して、いそいでカウンターのなかに入って護身用の武器をつかんだ。金も銀もダイヤモンドもついていない、本体はアルミでグリップはラバー。

「ガードナー、ここにいてちょうだい。あの男性がわたしに一歩でも近づいたら通報して。

わたしは――」手に持ったルイビルスラッガーのバットを掲げた。「これでぶん殴るから」

69

ガードナーがわたしの腕をつかんだ。「ボス、それよりいますぐ九一一番に通報したほうがいいのでは」

「ダメ。いまはダメよ。まず彼と話をしたいの」

「知り合いですか?」

「名前だけは知っているわ。ウィルソン。でも味方か敵かはわからない」ひそひそ声でいった。

ナイト・マネジャーに見守られてわたしは白髪の侵入者に接近した。特に危険な気配はない。座って静かにエスプレッソを飲みながらスマートフォンを操作している。

彼の背後から近づいてあと数歩のところまで来た時、いきなり彼の声がした。

「こんばんは、ミズ・コージー」

その場で身体が固まった。「わたしの名前を知っているの?」

彼がこちらを振り向いた。笑顔だ。さきほどのタキシードを着たまま、ネクタイを外しワイシャツの胸元のボタンをあけている。金属バットを握っているわたしを見てもまばたきひとつしない。

「ようやくお互いの身元もあきらかになったことだし、クレアと呼んでもいいかな？」

「そこが問題ね。あなたの身元などなにひとつわかっていないわ」

彼は落胆したような表情を浮かべ、立ち上がった。「名刺を渡したはずだが」

「あと一歩でも近づいたら容赦しないわよ！」

彼が両手を広げる。「危害を加えようと思って来たわけではない。話をしに来た。信じてくれ、針を刺して薬物を投与するつもりなら、気づかれないうちにやってしまう」

「ダイヤルしてます！」カウンターの向こうからガードナーが叫ぶ。

「やめて、ダイヤルしないで！」そう叫び返したのは、ウィルソンが立ったまま、わたしたちのパニックが収まるのを辛抱強く待っているのに気づいたから。

「やっていないと証明することはできない」静かな口調で彼がいう。「しかし、アーニャ・クラフチェンコとロザリーナ・クラスニーが薬物を投与された件にはまったく無関係だ。それは断言できる。そしてわたしの身元を示す名刺は本物であると証明できる。腰掛けて、それをきいてくれないだろうか？」

「本物だなんて、どうやって証明するつもり？　CIA長官にでも会わせるの？」

彼がまた笑顔を浮かべる。「お見事だ、ミズ・コージー。あなたが謎解きをしてくれなければ、がっかりしていたところだ。ではこれでどうだろう。マイケル・ライアン・フランシス・クィンがわたしの身元を保証すれば、信じてもらえるだろうか？」

マイクの名を彼が口にした瞬間、全身が固まった。「もう深夜の十二時をまわっているわ。きっと迷惑よ」

「いつも平日は一日おきに夜、電話でクイン警部補と話しているじゃないか。なぜ今夜だけ例外なのかね？」

身がすくんだ。国家安全保障局《NSA》をネタにしたエスターのジョークを思い出した。〝エドワード・スノーデンのやったことなどかわいいものだと思える日がいつか来る〟

「わかったわ。とにかく座って！」ペットが主人のいいつけに従うように、彼は素直に座った。

彼から目を離さないまま、わたしはバットをもう一方の手に持ち替えて彼と向かい合わせになるように腰掛けた。

「そのまま動かないで」彼にいってから、テーブルの上に携帯電話を置いた。スピーカー機能をセットし、短縮ダイヤルを押す。

「やあ」最初の呼び出し音でマイクが出た。「いつもより早いじゃないか。でもちょうどよかった。大事な話がある」

「わたしも話があるの。でもその前に、あなたの力を借りなくてはならないのよ」

「なにかあったのか？」

ウィルソンはくちびるに人差し指を当てたまま、よく磨いてある大理石の天板の上に自分の名刺を置いてすっとこちらに押し出す。例の番号が記載されている。電話番号ではない。

ウィルソンがそれを指さす。

「これから番号を読み上げるわ。なんの番号なのか教えてもらえる？」

「きこう」

一息で読み上げた。

「それは複数の政府機関で共有するプロトコル番号だ」マイクがいう。

「具体的に、なにを意味するの？」

「ＩＤのデータベースの情報を識別するために使う。連邦法執行機関の職員が現場に出た際、潜入捜査をおこなっている他の機関の職員や刑事の身元を確かめるために利用する」

「スパイのためのイエローページみたいなもの？」

「というより、運転免許証かな。政府機関の職員であることを示すバッジを諜報員が携帯していると身の危険につながりかねない。この番号は彼らの身元確認に使われる。いまオフィスのコンピューターにログインして、おそらく準機密情報と思われるものを確認している。なぜこのナンバーを知ったのか、理由を教えてもらおう」

フランコとの捜査活動の経緯について、枝葉をかなりばっさり切り落とした上で説明し、「ある情報源」から事件の手がかりを得たと話した（いうまでもなく、情報源は彼の元妻であること、彼女の口をひらかせるための鍵を見つけるのにマイクの息子が協力した部分は割愛した。正直なところ、今夜はこれ以上の劇的状況は勘弁してもらいたいと思ったから）。

無謀にもクラブに潜り込んだ顛末《てんまつ》――かなり詳細を省いた説明――をきいて、案の定マイクの反応は思わしくない。それとは裏腹にウィルソンはわたしの話を堪能しているらしい。さすが盗聴を天職とするエリートだ。

「ともかく、それは本物の番号だ」マイクが断定した。「CIAに所属する人物だな」

「その人物についてもう少し教えてもらえる？」

「白人男性、年齢は六十二歳。旧ソ連と東欧圏のエキスパート。現場ではウィルソンという名前を使用」

テーブルの向こう側でウィルソンがすまして軽く頭を下げた。

「よくきけ、クレア」マイクが硬い口調になる。「次にその男があらわれたら、対応はフランコにまかせるんだ。約束してくれ、いいね？」

わたしはふうっと大きく息を吐いた。「わかったわ、マイク。約束する。次にウィルソンがあらわれた時にはそうするわ」

ウィルソンがおどけた表情を浮かべる。

「よし。それで少しほっとした。ずいぶん疲れた声をしているな」彼がやわらかな口調になる。「そっちに行って寝かしつけてあげたい。さもなければ、ここでいっしょにいたい」

「わたしも」

「いっしょにいられれば、眠ってしまうのはもったいな」

自分の頬が赤く染まっていくのを感じた。「ええとね、マイク。わたし、まだ店にいるの。あと一時間くらいしたら電話していいかしら？」

「この続きを再開するためなら。せめて電話でくらい、楽しもう」

「そうね」いそいで返事をした。ウィルソンが声を出さずにクスクス笑っているけれど、知らぬふりをした。

「待ってくれ！　切る前にいまの状況をきかせてくれ。ワシントンDCに移ってくる件だ。アレグロにはもう話したのか？」

「それは……いま話を進めているところ」

「朗報がある。これをきいたら、きみはさっさとこっちに移ってくるかもしれない。フェデラル・トライアングルのそばにすばらしいコーヒーハウスを見つけた。その店では一流のロースターをさがしているそうだ。うまくいけば、お互い歩いて行ける範囲内で働ける。マンハッタンでもそうだっただろう？　ことによったら昼休みに焙煎室で逢瀬を楽しめるかもしれない。あの時みたいに」

「もう、行かなくちゃ！」

電話を切って、ウィルソンとがっちり視線を合わせた。彼は愉快でたまらないという表情だ。

「いいわ。あなたを信じます。それであなたがここにいる理由は？」

「ニューヨーク市に、という意味だろうか。それともきみのコーヒーハウスに？」

「両方よ」

「ニューヨークにいる理由はある匿名の人物から、未解決事件《コールドケース》がにわかにホットになったという垂れ込みがあったからだ。このコーヒーハウスにいる理由は、お互い協力し合えると考えているからだ。情報を共有できると踏んだ」

「どんな情報を？」

ウィルソンがテーブルの向こうからこちらに身を乗り出す。すでに笑みは消えている。

「かわいそうなロシア人の娘たちに毒を盛った人物についてだ。わたしは二十年以上その冷血な殺人犯を追っている」

70

ウィルソンとわたしが話しているあいだにガードナーは正面ドアの鍵をかけ、アメリカーノをふたり分、そして店の新商品シルバーダラー・チョコレートチップクッキーをのせた皿を運んできてくれた——わたしが考案した薄くてパリッとした食感のこのクッキーは深夜のスナックにはぴったりだ。

「匿名の人物の垂れ込みでここに来たとおっしゃったけど、その垂れ込みの内容は？」ガードナーがカウンターに戻るのを待って（ルイビルスラッガーのバットとともに）。「内密の情報？」

「薬物だ。アーニャ・クラフチェンコを昏睡状態に追いやり、ロザリーナ・クラスニーの命を奪った薬物は極めて珍しいが、未知の薬物というわけではない。かつて、まさにここアメリカで使用された。二十五年前、わたしの同僚の諜報員はその薬物で殺された。ここニューヨークで」

「そういうことなら、きかせてもらいます。あなたの同僚が殺されたいきさつを、ミスター——」

「ウィルソンだ。ウィルソンだけでいい。ソ連の崩壊は一九八九年にベルリンの壁が崩れた時だと、一般的には考えられている。しかしじっさいは一九九一年の八月クーデターでようやく終焉《しゅうえん》を迎えた」

「あなたは現地に？ ロシアにいたの？」

「八〇年代の大半は」ウィルソンはコーヒーを飲み、さらに続けた。「その後、デリケートな任務にあたるためアメリカ本土に戻された。あるロシア人諜報員の活動をさぐり監視するために。その人物はきみが〈プリンス・チャーミング・クラブ〉と呼ぶ場所を拠点としている」

「冗談でしょう」

「いや、まったく。彼の手がかりをつかむために部下を三人クラブに送り込んでいる。今夜、きみは冷戦の前線のひとつに足を踏み入れた。そこは記念碑や土産物屋があるような戦場とはちがうかもしれないが、歴史上重要な戦場であるのはまちがいない」

「ＣＩＡはアメリカ国内での活動は許されていないのだと思っていたわ」

「許されていない。しかしきみが入っていった、なんの表示もない黒いドアのある建物には、モロッコ王国総領事館の別館が入っている。厳密にいえば国外に該当する」

「そして〈プリンス・チャーミング・クラブ〉の一部は同じ住所である、そういうことなのね？」

「自国内での活動の制約規定を、われわれはこの方法でかわした——そこには連邦議会の選り抜きの議員の協力もあるが……」彼はパリッとした歯ごたえの小さなクッキーを一枚つまんでカップのコーヒーに浸してから口に放り込んだ。さらに二枚、つまんだ。「あのクラブは防諜活動には絶好の場だ。国連に極めて近く、外国人で満杯だ。それも、平凡な旅行者や移民ではない。彼らは裕福で広い人脈を持つビジネスマン、一流の文化人、なかには軍の高官もいる」

「まさにカサブランカというわけね」

「じっさい、それがあのクラブを指す時のわれわれのコードネームだ。あそこにエージェントを配置しているのはわれわれだけではない。イギリス、フランス、それから――さっきもいった通り――ロシアもわれわれ同様に活動に励んでいる。たいていはセックスピオナージだ」

「セックスピオナージ？」身震いしそうになるのをこらえた。「それは、言葉から類推できる内容なのかしら？」

「ターゲットを誘惑して機密情報や部外秘の情報を引き出すことを指すのであれば、セックスピオナージとはまさにその通りだ。追い求めているものは皆同じだ。企業秘密、政府の機密情報、防衛計画――」

「スパイ同士の足の引っ張り合いもあるんでしょうね」

「いった通り、これは冷戦だ。暴力も実戦もない。ひたすら機密情報を収集するだけだ。ほかのプレイヤーたちが次にどういう動きをしようと計画しているのかを知るために。未来に関してサプライズは誰だってごめんだ。とりわけ一国のリーダーたちはな」

「要するに、ナナが昔やっていたのと同じことなのね」

「はて？」

「祖母のナナはコーヒーの粉で未来を読み解くことができた」

「ぜひともその力を貸してもらいたかった。ともかくソ連八月クーデターとともにすべてが一変した」

「どういう事件だったのか、あまり記憶にないわ」

「そうだろうな。一九九一年のことだ。ベルリンの壁は崩壊し、ソ連ではどっちを向いてもグラスノスチだった」

「グラスノスチなら憶えているわ。情報公開という意味ではなかった？」

「その通り。ソ連においては個人の自由へとつながる改革全般を表現する言葉だ。グラスノスチは、アメリカを含め西側の民主主義国家との関係を樹立するという意味でもあった」

彼が肩をすくめる。「そういう新しい自由は守旧派の共産主義者には受け入れがたいものだった。そこで八月のある朝、〝委員会〟はモスクワでクーデターを起こした」

「委員会とは？」

「国家非常事態委員会だ。頭文字をつなげた呼び名のほうが浸透しているだろう――ソ連国家保安委員会《KGB》」

71

「KGBなら、もちろんきいたことがあるわ！　CIAに当たる機関ね」

「機関だった、過去形だ。KGBはもう存在していない。二日にわたる武力攻勢の後、クーデターは頓挫し共謀した者たちは逮捕され、KGBは崩壊して連邦防諜庁《FSK》にとって代わられ、ロシア連邦保安庁《FSB》とロシア対外情報庁《SVR》が登場した。KGBの消滅から一年も経たないうちにソ連そのものも崩壊した」

「それが〈プリンス・チャーミング・クラブ〉とどう関係しているのかしら？」

「説明しよう。むかしむかし、ペトロフという名のKGBの課報員がいた。数多くの別名を名乗り、完璧な英語を操り、人の信頼を得ることに長けていた。ハンサムで魅力的でひじょうに知的だった。そうした長所のおかげで、彼はここニューヨークで何人ものエージェントをスカウトすることに成功した。そして彼らを地下のクラブに配置した」

「セックスピオナージのために？」

ウィルソンがうなずく。「わたしに課せられた使命は、彼が使っているエージェントを突き止めることだった——そして彼らが誰にアプローチしているのかを。彼らのターゲットにアメリカ市民が含まれている場合にはすみやかにFBIと連携をとる手はずが整っていた。この任務を完遂するために、わたし自身もエージェントを使っていた。いちばん有能なのは若いアメリカ人の女性だった」

懐かしく思い出すような口調だ。「フェイスという名前だった。ブラウン大学を出たばかりでずば抜けて聡明な彼女は三カ国語を自在に操ることができた。たいそう美しく、自ら選び取った職業で抜群の能力を発揮した」

「その彼女になにかが起きたのね？」

「ペトロフが使っていたエージェントのひとりに殺された。冷血な方法で命を奪われたんだ。アーニャが投与されたのと同じ薬物が使用された」

ウィルソンの苦渋に満ちた表情がすべてを物語っていた。

「フェイスを大事に思っていたのね」

彼が笑い声をあげたが、決しておかしくて笑っているのではない。「彼女を愛していたよ、ミズ・コージー。初めて会った日から、昏睡状態に陥ってこの世を去るまでの四百四十九日間、一日たりとも愛さない日はなかった。いまでも愛している」

「彼女を殺した犯人をつかまえたかったでしょうね」

「そんな生易しい表現では足りないくらいにな」

「なぜそうしなかったの？」

「モスクワでのクーデターが失敗に終わった後、共謀者たちとつながりのある強硬派はたっぷり油をしぼられた。ペトロフはロシアに呼び戻された。尋問を受けるためにな。裁判も待っていたかもしれない。その後、ＣＩＡはフェイスに関する調査を終結した。ペトロフが犯人であるという結論だった」

「でもあなたは真犯人はペトロフではないと考えているのね？」

ウィルソンがこちらに身を乗り出す。「ペトロフは若いアメリカ人を祖国の裏切り者に仕立て上げ、スパイ活動のノウハウを教え、冷酷なスパイに仕立て上げた。その点において彼は有罪だ。しかしフェイスに薬物を投与したのは彼ではない。彼が使っていたエージェントの仕業だ。そしてその人物はなんの処罰も受けていない」

「なぜＣＩＡの見解を受け入れず、そう断言できるの？」

「フェイスはペトロフのエージェントのうちふたりの身元を暴くことに成功し、三人目にとりかかっていた。三人目のアメリカ人は正体を暴かれて裏切り者として起訴されることを恐れ、彼女に薬物を盛った」

「殺人犯があのクラブの会員だとしたら、なぜあそこを閉鎖させないの？　あのクラブでは違法行為がおこなわれているわ。たとえば非合法のギャンブルとか」

ウィルソンが首を横に振る。「理論上は、あのクラブはギャンブルの〝学校〟を運営していることになっているので法的にはまったく問題はない。ギャンブラーとしての腕をあげたい者を対象に。賭け金の高いゲームは別室でおこなわれているが、それはあくまでもプライベートなものであってカジノ側は賞金の上前を撥《は》ねることはない」

「そういうからくりなのね。でもほかにもいろいろなことがおこなわれているはずよね。それは完全に法に――」

「あのクラブはスパイのコミュニティにとって便利な場所だ、ミズ・コージー。当時、われわれはあそこを閉鎖することは望まなかった。いまもあの場所が危険にさらされることを、われわれは望んでいない」

ウィルソンがこちらに身を乗り出す。「過去、あのクラブに関係する殺人事件はフェイスのケースだけだった。ロザリーナ・クラスニーが二番目のケースだ。CIAは可能な限りすみやかに、そして静かにこのケースを終息させるつもりだ」

「それがCIAの意向なのね。でも、あなたは？」

「終息させるつもりだ。復讐、と呼んでもいいが。フェイスが殺された後、上司はわたしをふたたび東欧に送り込んだ。フェイスの事件に関わりすぎたのが理由だそうだ。しかし心がフェイスから離れることはひとときもない」

「それは、よくわかるわ」

ウィルソンはコーヒーを飲み干してカップを脇にどけた。「いいか、フェイスの死は公式には薬物の過剰摂取と記録されている。彼女の遺族は未来永劫、真実を知ることはできない。だが彼女は麻薬中毒になって死んだのではない。英雄として命を落としたんだ、そしてあのクラブに関係する若い女性ふたりが同じ薬物を投与されたのは、偶然の一致ではない。ロザリーナを殺した犯人を突き止めれば、フェイスが殺害されたケースの解決につながる――そう確信している」

「わかったわ」わたしは大きく息を吐いた。「どうすれば、あなたの役に立てる？」

「知っていることをすべて話して欲しい、ミズ・コージー」

「協力してやっていくのだから、どうぞクレアと呼んで」

彼が右手を差し出し、わたしはそれを握った。

そしていままでにわかっていることをすべて話した。アーニャについて、彼女とレッドとの関係、警察がマテオに罪を着せようとしていることも。さらに、レッドを殺しアーニャに薬を投与した犯人はドウェイン・ギャロウェイだとレイラが名指ししていることを明かした。そしてフランコとわたしは元プロフットボール選手に会いにいくつもりだと伝えた。

「でもほんとうにギャロウェイが容疑者なのかしら。いまのあなたの話をきく限り、殺人犯は冷戦下で活動していた人物のはず。つじつまが合わないわ」

彼がうなずく。「きみがレイラと話した後、ギャロウェイについて少々調べてみた」

「レイラとの話の内容は、たったいまあなたにいったばかりなのに。そんな時間的余裕は――まさか、クラブでわたしの会話を傍受していたの？」

「きみの通信を傍受して得た情報は、自分の盗聴器で捕らえた会話の内容よりもはるかに興味深かった」ウィルソンの顔にふたたび笑みが戻ってきた。

「要するに、あなたはスパイという立場を楽しんでいるのね」

「それはお互いさまだ、クレア。いままでの経緯から判断して、きみはきっと優秀な諜報員になる」

「それよりギャロウェイの話を」このままではCIAのリクルートのプレゼンが始まりそうなので、それを封じた。「彼が関与した可能性はあるかしら？」

「あるだろう。多くのスパイが彼と同様の生い立ちだ。裕福な境遇で育ち、能力を伸ばし自信をつけた。彼はニュージャージー州ハンタードン郡で馬のブリーダーの一族に生まれた」

「そうよ！　ネットで見たわ。ギャロウェイは大学で体操を専攻し、ロシアから亡命してきた有名なロシア人に指導を受けていたと」

「ロルフ・タメロフだ」ウィルソンはうなずきながらこたえる。「そしてここからはネットをさがしてもどこにも出ていない。タメロフの亡命は見せかけだ。彼がアメリカに渡ってきた真の目的は、若いアメリカ人をリクルートして共産主義者にするためだった」

「ということは、ギャロウェイは共産主義に転向したかもしれないということ？」

ウィルソンがうなずく。「それだけではない。ギャロウェイはニューヨーク州北部の学校に在籍していたが、夏にはニューヨーク市あるいはその近辺で過ごしていた。八月クーデターが起きた年の夏にも」

「そしてギャロウェイが〈プリンス・チャーミン・クラブ〉のメンバーであることは、すでにわかっている。当時から会員だったのかしら？」

「それはなんともいえないが、ギャロウェイが会員になっていた可能性はじゅうぶんにある。当時でも、じゅうぶんな財力はあった」

「しかし、それを裏付けるものをまだわたしたちはつかんでいない。そういうことね?」

「ああ、その通りだ。だがきみとフランコという若い刑事の理想的な組み合わせなら、かならず裏付けをとれるにちがいない」

72

「こりゃ驚きだ」フランコがいう。「駐車場から早くもパーティー開始か」

テーマパーク型レストラン〈肉の騎士団〉は城を模した巨大な建物で、その大きさときたら、想像できる限りの最大の大規模小売店の規模に匹敵する。レストランの建物は胸壁、銃眼のある壁、堀、四本の塔を備え、夜空にスポットライトを放っている。

中世風の書体で描かれたネオンサインが入り口に掲げられた駐車場は広大だ。光る「レーザー」の剣を手にした「従者」の案内がなければ迷子になってしまうだろう。スピーカーからは中世風の音楽が流れ、サーカスのテントのように先がとがったテントではさらに大勢の従者が土産物を売っている。

「停めた場所を憶えておこう」フランコは標識を確かめる。「ここは〝リチャード獅子心王の領地〟だ」

わたしは後部座席に置いていたマントを手にとった（ダレッキに借りたケープは感謝の気持ちを込めてドライクリーニングに出し、ビニール袋に入れたまま持参した）。食事に訪れた大勢の人が正面ゲートに向かってにぎやかに歩いていく。わたしたちも加わった。

堀にかかる幅の広い木の橋を渡ると、フランコはチケット売り場には行かず、わたしを連れて〝従業員以外立入禁止〟と表示された両開きのドアに近づいていく。ドアの脇にブザーがある。警察バッジを取り出してから、ブザーを押した。

愛想のない警備員がドアをあけた。手にはスマートフォンを握っている。フランコがキラリと光るバッジを示す。

「警察官のトロイ・ダレッキをさがしている」

「ラムシャンク卿ですか？　たぶん着替え用のエリアです。右手の二番目のドアです」

「ラムシャンク卿だと？」フランコが愉快そうにわたしを見た。わたしはなにもいわず肩をすくめ、そのままふたりで広い廊下を進んだ。あたりに奇妙なにおいが漂っている。消毒薬と馬糞のにおいが入り混じっているのだ。

消毒薬のにおいを辿《たど》ると「着替え用のエリア」に到着した。ハイスクールの体育館のロッカールームに似た空間で、一方の壁に沿ってスチール製のドアがずらりと並び、中央にはベンチが置かれている。筋骨たくましい男性が十数人、それぞれに着替えのさいちゅうだ。ハイスクールのロッカールームならチームのユニホームを着るのだろうが、彼らが身につけているのはアルミ製の鎧。

そっとダレッキのほうを見ると、彼もわたしに気づいたようだ。部屋の真ん中で立ち話となった。

「土曜日に病院であなたと入れ違いになったようです。看護師が教えてくれました」彼がいう。

「アーニャのお見舞いにいらしたの？」

ダレッキがうなずく。「一回ほど。あんなことになって、とても気になっていましたから」

ダレッキはつらそうな表情を浮かべる。マイクの息子ジェレミーもこんな表情だった。彼女のためにもっとなにかできたのではないかと苦しんでいるのだ。

わたしは笑顔で気持ちを切り替えてクリーニング済みのマントを差し出した。「これを返したくて。そしてもう一度お礼をいいたくて」

「どういたしまして、ミズ・コージー。ぜひショーを観ていってください。あと二十分で領主と貴婦人のパレードが始まります」

ダレッキにフランコを引き合わせた。ダレッキはマントを包んでいたビニール袋を破ってマントを広げた。背中にあたる部分に凝った刺繍がある。これまでは部分的に見るだけで、どんな柄なのか気に留めていなかった。全体の柄を見るのはこれが初めてだ。皿の上にフライドポテトのチーズがけ、その上にラムシャンクが交差している。

これはまさしくラムシャンク卿だ！

フランコが笑いをこらえている。「すごい紋章だな、トロイ」

「はい。われわれ騎士は指定されたメイン料理の名誉にかけて一対一の馬上槍試合をします」ダレッキの言葉には皮肉のかけらも感じられない。彼はくるりと向きを変え、他の騎士たちを指さした。大半がまだ下着姿のままだ。

「彼は七面鳥のドラムスティック卿です。あっちは牛サーロイン卿。あそこではバーベキュー・チキン卿とハンバーガー卿が話しています。そして向こうにいるのは新入りのサラダと付け合わせ卿です」

フランコが肘でわたしを小突く。涙をこらえるのに必死で話せないのだ。

わたしは咳払いをした。「ということは、ファンはお気に入りの料理の応援をするのかしら」

「ええ、その通りです。お客さまが料理の注文をすると旗が渡され、それを振って応援するんです。もちろん、試合の会場に到着する前に勝敗は決まっています。その日いちばん人気のある料理の騎士がかならず勝者になります。できるだけ多くの人たちに勝者の気分で帰ってもらいたいというオーナーの意向です」

フランコがようやくまともな声を出した。「もしや、サラダと付け合わせ卿はあまり勝ったことがないのかな?」

ダレッキは悲しげな表情でうなずく。「チャンピオンの座に君臨しているのは牛サーロイン卿です。じっさい、毎晩勝っています」

「オーナーといったわね」わたしがたずねた。「それはドウェイン・ギャロウェイのことかしら?　彼、今夜ここにいるの?」

「たいていの夜はいますよ。なんといってもここは彼の王国ですからね」

フランコがウィンクする。「彼に会って挨拶するチャンスはあるだろうか?　大ファンなんだ」

ダレッキが首を横に振る。「王との謁見《えつけん》は誰も許されません」

王さまですって!?

「そんな固いことをいわず」フランコが食い下がる。「ジャイアンツの選手として競技場で活躍していた頃のファンでもダメなのか?」

「彼にとってあの頃のことはすでに過去なんです」ダレッキはきっぱりとした口調だ。

「バッジを振りかざして公務だといったら? そうすれば、会えるか?」

「ここはニュージャージーですよ、フランコ巡査部長。オーナーはボディガードに命じてあなたを叩き出すでしょう。そして駐車場では彼が懇意にしているこの町の警察関係者が待ち構えていて、迷惑行為を働いたとして逮捕するでしょう」

「つまりギャロウェイは警察に守られているのね。噂にはきいていたけれど」

「そういうわけではありません。ただ、プライバシーをとても大切にする人なんです。それを守るためであれば、影響力を駆使するでしょう」

とてもプライバシーにこだわるときいて、ますますギャロウェイが容疑者だという確信が強くなる。ダレッキはきっぱりと否定したけれど、やはり警察は彼を保護しているのだと思えてならない。割のいい副業を多くの警察官に提供する見返りとして。

ジャイアンツの大ファンというギャロウェイに近づこうというフランコのもくろみは頓挫してしまった。ニューヨーク市警のバッジも効力はなさそう。なんとかダレッキを味方につけられないものだろうか。しかし彼はボスのギャロウェイにすっかり心酔している。どうしたらこちらの側についてくれるだろう。

ダレッキがこちらに背を向けて着替えを始めたので、紋章がこちらを向いている。わたしとフランコがどう思おうと、ダレッキは真剣なのだ。

大学時代に呼んだ『薔薇物語』を思い出した。宮廷恋愛が盛んになるとともに騎士道と呼ばれる行動規範――騎士はモラルと名誉を尊び、弱い者を守ることを使命とする――が実践されるようになった。

真の騎士であれば、この高潔な行動規範に忠実でありたいと願うだろう。王への愛を二の次にしても。

ダレッキの肩を軽く叩いた。「じつはね、これはアーニャに関係があるの」事実を打ち明けた。「フランコもわたしも、ギャロウェイがなにか知っていると思っている。アーニャの事件を解決するのに役立つ情報をね。会ってじかにきいてみたいことがふたつほどあるだけ」

そして不気味な王の罪を暴く。心のなかでつぶやいた。

「彼はアーニャと知り合いなんですか?」ダレッキは困惑している様子だ。ボスがプレイボーイの異名をとっていることを、彼はいずれ知ることになる。

「むしろアーニャの友だちのほうがドウェイン・ギャロウェイとは親しかったわ」慎重に言葉をつないでいく。「童話の『赤ずきん』にちなんでレッドと名乗る人物。レッドとアーニャの事件には関連があるとわたしたちは考えているの」

「すみません、力になりたいのは山々なんですが、彼とじかに話すことはわたしにも無理なんです。つねに完全武装の兵士に囲まれていますから。ききたいことがあるなら、彼の弁護士を通じて申し入れるしかないでしょう」

「ぐずぐずしていられないのよ。お願い。なにか方法はない？　絶対にあるはずよ。これにはアーニャの命がかかっているの」

ダレッキが視線を落として自分のブーツを見つめている。ようやく顔をあげた時には、瞳が輝いていた。

「ありました。ひとつだけ方法がある」ちょうどその時、トランペットの高らかな音がアリーナのほうから響いてきた。「正攻法ではないが、いま思いつくのはこれしかない」

「なんだってやるわ。だから教えて」力強くうながした。

ダレッキがフランコを見すえる。「挑戦者として名乗りをあげるんです。黒い騎士に勝負を挑んで彼を打ち負かすんです」

73

騎馬警官隊に所属するダレッキは、〈肉の騎士団〉の呼び物のショーについて手早く説明してくれた。

「毎晩、観客のなかからくじ引きで一名が選ばれて〝ギャロウェイの難所〟で黒い騎士に立ち向かいます」

「難所、というのは？」フランコがたずねる。

「障害物コースです。平均台、ロープを伝ってのぼったりターザンみたいに飛んだり、雲梯《うんてい》、滑り台もあります。滑りおりた先にはルーレット盤がクルクル回転しています。正しい方法で乗らないとロデオマシンみたいに吹っ飛ばされてしまいます。その先は助走をつけて台を飛び移るんです」

「黒い騎士よりも先にゴールすれば挑戦者の勝ち、ということ？」

「競争ではありません。倒れたりコースから外れたりしないでフィニッシュすれば、勝ちです。黒い騎士は挑戦者を邪魔してゴールさせまいとする。それに成功すれば黒い騎士の勝ちです」

「そのレースとギャロウェイに会うことと、どう関係しているの？」わたしがたずねた。

「黒い騎士を打ち負かせば、褒美として王さま専用のボックス席で王さまとの食事に招待されます。つまりドウェイン・ギャロウェイと二時間テーブルを囲むことができる」

「それなら、やらなくちゃ」わたしがいった。

フランコは白い歯をのぞかせてにやりとした。「やろうじゃないか」

「甘くはないですよ」ダレッキが警告する。「だけど、挑戦者になれるようにくじ引きを細工するのはまかせてください。モンクには貸しがあるから――」

「修道士《モンク》といったの？」

「じきにわかります。問題は挑戦者に選ばれることではなくて、コースにどう挑むかです。黒い騎士は転倒させようと狙っています。むろん、こちらからやり返すこともできる。ケガの心配はありません。下に落ちても〝堀〟ですから。水深は約二メートル」

「なかなかおもしろそうじゃないか」フランコがいう。

「わたしたちは黒い騎士の代役をする時のために、コースを熟知しているんです」

フランコはロッカールームにいる男たちに視線をやった。「その悪玉は誰がやるんだ？」

「サーロイン卿です」ダレッキは眉をひそめてこたえた。

三人そろって、その人物がいるほうを向いた。鍛錬されたアスリートであるとひと目でわかる。しかも大変な巨体だ。筋肉に筋肉がついているとしか思えない。

フランコがへなへなと自信を失っていくのがわかる。それはわたしも同じだ。

「筋肉モリモリの騎士に頼んでフランコを勝たせてもらえないかしら」ひそひそといってみた。「手加減してもらうわけにはいかない？」

ダレッキが首を横に振る。「残念ですが、その可能性はありません。昨年、彼は小さな男の子に勝たせてやったんです。その後、ギャロウェイからクビにされそうになりました。その件があってから彼は毎回真剣ですよ。おかげで少々いい気になっているのが鼻につきますけどね。なにせ連戦連勝ですから。だからぜひ勝ってください。彼の鼻をへし折ってやってくださいよ」

ダレッキはわたしたちをそばに引き寄せて声を落とした。「じつは、ルーレット盤に細工がされていて、決まった位置から助走をつけて飛ばないと最後のジャンプは絶対にできないんです」

「ぶっつけ本番で成功する確率は？」フランコがたずねる。

「開業以来五年で成功者はふたり。ひとりはさっきの、黒い騎士が手加減してやった小さな男の子です」

「もうひとりは？」わたしがきいた。

「米海軍特殊部隊の隊員でした」

フランコが目をしばたたかせる。「なるほど、手強そうだ。しかし不可能ってことはないだろう？　その証拠に、きみはマスターしている」

「一週間かけてね。それだけじゃない。挑戦者も甲冑をつけるのが条件です」

「甲冑!?」

「防弾チョッキほど重くはありませんが、動きは制限されます。それに兜も決して快適ではない」

「兜?」思わず声が出た。「ふうむ……」わたしのささやかな灰色の脳細胞が活動を開始した。「その兜は面頰《バイザー》で顔全体が隠れるタイプ?」

「ええ、すっぽり隠れます」

わたしは少し後ろに下がり、筋骨隆々とした警察官ふたりのサイズを見比べた。ダレッキのほうが少々背が高く、フランコのほうが少々がっちりしている。でも——。

大丈夫。きっとうまくいく。

「ちょっときいて。名案があるの……」

74

「みなの者、よくきくがいい！　みなの者！　いよいよ国王陛下の御前で馬上槍試合の一騎打ちがおこなわれる。それに先立って皆の者のなかからひとり、ギャロウェーーーーイの難所で黒い騎士に挑むがよい！」

修道士の衣装をつけた司会者がいかにも中世風にアナウンスを始めたが、最後は世界プロレス連合《WWF》みたいな威勢のいい調子になった。観客はすでに興奮状態で、拍手喝采と雄叫びが湧き起こる。

すでに国王は入場していた。わたしたちが見ている前で壮大なファンファーレの音とともに登場したのだ。元ジャイアンツの選手ドウェイン・ギャロウェイは高いところにしつらえられた玉座に腰掛け、アリーナの最上段に設けられたキャンバス地のテントから貫禄たっぷりに自分の王国を見おろしている。

フランコとわたしは一番下の段でゴツゴツした木のテーブルを前に、背もたれのないベンチに腰掛けている。この席からは領主と貴婦人のパレードがよく見える。騎士、凛々《りり》しく美しいスペイン馬、お姫さまが次々にあらわれて円形のアリーナを行進する。

料理を注文した。フランコは牛サーロイン卿に一票を投じ、わたしはかわいそうなサラダと付け合わせ卿を応援することにした。野菜をイメージした薄緑色の旗を手に、いまかいまかと抽選を待つ。修道士に扮した司会者はくじ引きの不正工作を引き受けてくれた（どうやら仲間内での賭けの貸し借りがからんでいるようだ）。

フランコはわたしが注文した「付け合わせ卿」の「揚げ名人タック特製の、衣にエールビールを使ったオニオンリング」をせっせとつまんでいる。

歯触りがよくて熱々でおいしいせっかくのオニオンリングだが、わたしは緊張のあまりふた口しか食べられない。あとはひたすらプラスチックの凝ったゴブレットからジンジャー・エールを喉に流し込んでいる。

さらにひとしきり口上が続いた後、修道士はようやく木製の桶に手を入れ、カードを一枚取り出した。そしてマイクロホンを口元に近づける。

「おおかわいそうに、黒い騎士の憤怒を一身に浴びることになるのは……ニューヨークはブルックリンのミスター・マニー・フランコ！」

予行演習した通り、フランコとわたしはベンチから飛びあがり、いかにも興奮した様子で跳ね回った。とんがり帽をかぶったプリンセスがふたりやってきて、わたしたちをエスコートしてステージの入場門へと導く。入場門には紫色のカーテンが引かれている。そこからは段取りに従ってダレッキがフランコをエスコートして更衣室へと連れていく。残されたわたしは玉座に座らされた。前方には障害物のコースが広がっている。

じつに豪華なステージだ。高さ九メートルの空間はダレッキからきいていた通り、臨場感あふれる凝ったつくりだ。円を描くように照明があたり、ミラーボールが輝き、けたたましい音楽があふれている。

まもなく「中世」のハードロックが響き渡り、黒い騎士が悠然とした足取りでアリーナに登場した。観客がいっせいに彼の名前を叫ぶ。圧倒的な人気だ。歓声のなか、彼が梯子《はしご》をのぼってステージに立つ。

そしてついにカーテンが開き、挑戦者があらわれた。鎧に兜という姿の挑戦者にスポットライトがあたり、会場の照明は薄暗くなった。

「皆様、フランコ卿の登場です！　さあもっと前に、高潔な騎士よ……まな板の上の鯉になったつもりで！」

どっと笑いが起きる。

「大事なレディに敬礼を、フランコ卿。さあ、いざ難所へ！」

フランコ卿はわたしに向かって一度お辞儀をした。兜の面頬《バイザー》の奥の彼の目は見えないけれど、絶対にウィンクしたはず。そしてくるりと向きを変え、梯子に駆け寄った。

「幸運を祈るわ、わたしの王子さま」そっとつぶやいて静かに祈った。神様、お時間があれば、どうぞ彼を助けてください！

その直後、チャンピオンと挑戦者は堀の上に設けられたスタート台に並んで立った。堀は煮えたぎった大釜のようにブクブクと泡が立ち、湯気のような煙がもうもうと上がっている。

「始め！」修道士の合図で光と音が炸裂し、ハードロックの音量が一段と高まった。

そろってスタートを切ったふたりのレースは初っぱなから荒れ模様となった。並んだ平均台にそろって乗るやいなや、黒い騎士はフランコ卿を押してバランスを狂わせようとする。

その汚いやり口に観客からブーイングの声があがる。

「気をつけろ！」修道士の声が飛ぶ。「黒い騎士にフェアプレー精神はないぞ！」

フランコ卿は姿勢を立て直し、ロープのぼりで黒い騎士に追いついた。

上までのぼりきると、ふたりそれぞれロープにつかまってターザンのように滑空して着地した。次は雲梯だ。黒い騎士が足をフランコ卿の足にからませて邪魔する。

観客からのブーイングの声が高まる。いつのまにか、押され気味な挑戦者を応援するムードになっている。

滑り台に先に着いたのは黒い騎士だ。それをフランコ卿が追い、つるつるしたスチール製のスロープをふたりがもみ合いながら降りていく。

見る見るうちにルーレット盤が近づいてくる。クルクル回る円盤の着地点を間違えれば吹っ飛ばされてしまう。

盤上に尻もちをつけば、やはり吹っ飛ばされる。黒い騎士は滑りながら前方を向いて、足で着地するために両脚をそろえる。その後ろからフランコ卿は黒い騎士の兜にブーツを当てて体勢を整え、そのまま背筋を伸ばし、黒い騎士を横倒しにした。

黒い騎士はもがきながら滑っていき、尻からルーレット盤に落ちて、すぐに弾き飛ばされてしまった。ドライアイスを気化させた雲のなかを彼の身体が飛び、ブクブクと泡立つ堀へと落ちていった。

フランコ卿がルーレット盤に着地し、バランスを崩しながらも次の台に飛び移ると、観客が総立ちになった。

しかし、まだそこで終わりではない。

煮え立った「大釜」を飛び越えた先がゴールだ。かなり広いスペースを飛び越えなければならない。フランコ卿はまったくためらうことなく助走をつけて跳躍した――そして向こう側に無事に着地した。両手を上にぐっと突き上げ、そのままゴールに駆け込んでテープを切った。

修道士は黒い騎士がルーレット盤から弾かれてからというもの、あぜんとして見つめていたが、ようやく喉から声を振り絞った。

「勝者はブルックリンのフランコ卿！」

計画通りチャンピオンとなったわが君はいそいそと梯子をかけおり、両手を広げて待つわたしに駆け寄った。そのままひしと抱き合い、よろこびのあまりふたりでクルクルと回った。そのまま回りながら紫色のカーテンのなかに入った。

観客から見えなくなると、「フランコ卿」は大急ぎで兜を外して安堵の吐息をもらし、そっくりの鎧を身につけて待ち受けていた本物のフランコ巡査部長に渡した。

「よくやった、ダレッキ！」フランコはにっこりして兜をかぶって面頬をおろした。「バトンタッチだ！」

わたしはフランコの手をとり、走って紫色のカーテンの向こうに出た。場内の観客が嵐のような拍手喝采でわたしたちを迎えた。

場内に高らかにファンファーレが響き渡った。ちょっと長すぎるかと思うほどのファンファーレに合わせて、とんがり帽をかぶったプリンセスたちがわたしたちを取り囲んだ。道路工事で使われるような七色のコーンでフランコを囲み、彼の鎧を外し、わたしたちふたりにフェイクファーのマントを着せた。

次に修道士がわたしたちの前に進み出てうやうやしく一礼した。

「フランコ卿と貴婦人、どうぞ王さまの前へ！」

75

「おめでとうございます」リーダー格のプリンセスがわたしたちにいう。くりくりした瞳であどけない顔立ちだ。彼女がわたしたちの先に立って護衛に守られた階段をのぼり、ギャロウェイのテーブルまで案内した。「王さまとの謁見がかなうとは、おふたりともなんと幸運なのでしょう。わたしたちは皆、おふたりがうらやましくてなりません」

フランコとわたしは顔を見合わせた。観客やスタッフの羨望《せんぼう》のまなざしは、どうやら本物らしい。

フランコがわたしのほうに身を寄せた。「ここはディナー・シアターなのか、それともカルトか？」

以前に黒い騎士が負けてクビにされかけたとダレッキからきいていたので、今回のギャロウェイの反応はどうだろうかとわたしたちは案じた。お抱えのチャンピオンを打ち負かされて機嫌を損ねているだろうか、敵意を剝《む》き出しにするだろうか。ところが予想とは裏腹に王さまは笑顔で立ち上がり、わたしたちを迎えた。

「驚いたな」フランコが目をまるくしてつぶやく。「ニューヨーク・ジャイアンツだけあって、ほんとうにでかい」

確かにインターネット上の紹介文では「約二メートル」とあった。アリンコ並みの身長のわたしの前にあらわれた元ニューヨーク・ジャイアンツのドウェイン・ギャロウェイは、筋肉と鎧でできあがった巨大な塊にしか見えず、いざ目の前にするとあまりの威圧感にたじろいでしまった。

カーリーヘアの巨人が吠え、フランコの背中を叩いた――軽い人物であったなら吹っ飛んでいたかもしれない。

「すばらしかった!」とどろき渡るような声だ。「撮影した動画は次のコマーシャルで使うことにした!」

ギャロウェイは王者にふさわしい出で立ちだ。キラキラ光る鎖かたびら、XLサイズの腰には宝石をちりばめた剣帯、さらに本物のファーをトリミングしたチュニック。屈強な戦う王のイメージなのだろうが、指にはめたチャンピオン・リングが時代錯誤なうえ、興奮のあまり少年のように無邪気な表情なのが惜しい。

彼の視線がこちらを向き、ニーハイ・ブーツから黒いタイツ、カジュアルなスカート、なんの変哲もないセーター、その上に羽織ったフェイクのオコジョの毛のマントまで移動する。

「これはこれはようこそ、あなたは……」

「クレアです」

彼が深く腰を折り――百五十七センチのわたしの身長に合わせてほんとうに深く――わた

しの手にくちづけし、またもやセーターのあたりをねっとりと見つめている。

「このように麗しい曲線美の王妃を射止めたフランコ卿はじつに幸運ですな」

「王女です」わたしはすかさず訂正した。「わたしたち、夫婦ではありません」

ギャロウェイが獲物を狙うオオカミのように目を細めた。本能がなせるわざにちがいない。やはりセントラル・パークで見た獣のような騎士はこの人物だと確信した。

「さあ座って。盛大に食事を楽しみましょう！」

彼に案内された巨大なテーブル（丸テーブルだ）には銀とピューターのゴブレットがセッティングされている。アリーナを見渡せる特等席だ。馬に乗った騎士のパレードが始まった。巨体のギャロウェイがわたしに椅子を勧める——身分の低い農民にあてがわれるベンチとはちがってまっとうな椅子だ。そして彼は自分の椅子をわたしの真横にくっつけた。なるほど、これならよくお話ができそう……。

給仕係のメイドが次々にやってきて王さまにふさわしい料理が並ぶ。あきらかにメニューにはのっていない料理ばかり。ヒッコリーでスモークして揚げた七面鳥、洋梨とスティルトンチーズを詰めたポークチョップ、ビーフのブルゴーニュ風、ファッロ（スペルト小麦）とルッコラと枝豆に甘酸っぱいフレンチドレッシングをかけたサラダ。

食事をしながら王さまはフランコと友好的に会話し、下のアリーナでおこなわれている騎士たちの馬上槍試合を見物した。そしてついに、ギャロウェイはわたしのほうにぐっと身を乗り出してきた。

「さて、レディ・クレア」喉をゴロゴロさせるように耳元で甘くささやく。「わたしの王国はお気に召したかな？」

ごくりと唾を呑み込んだ。フランコは黒い騎士に挑んで勝った。今度はわたしの番……。

「じつは」軽やかな口調でこたえた。「あなたが最近交際していたふたりの女性のことでおききしたいことがあって、うかがったんです。名前はロザリーナ・クラスニーとアーニャ・クラフチェンコ」

とたんに元ジャイアンツの選手ドウェインはピンと背筋を伸ばし、わたしを凝視した。顔を平手打ちされたような表情だ。

「いったいこれはどういうことだ」押し殺した声だ。「ゆすりか？」

彼がさっと片手をあげて指を鳴らすと、見るからに恐ろしげな男がふたりあらわれた。これが完全武装の兵士か。といっても彼らは中世の衣装で扮装しているのではなく、ものものしいブラックスーツにホルスターを装着し（グロック社製の拳銃はいまのところ、ホルスターにおさまっている）、まるでシークレットサービスのようだ。

フランコは反射的に銃を手にとろうとしたが、肝心の銃はロックした車のなかだ。それに気づいてフランコは悪態をつき、両手をあげた。

76

「王さま」即座にわたしは呼びかけた。「周囲をごらんになって。わたしたちのボックス席はまわりから丸見えよ。目の前にはあなたのファンが何百人もいるわ。わたしたちを追い出したりしたら、潔く負けを認めない卑怯者に映るでしょうね。騎士道の風上にも置けないのでは？」

「ゆすりに来たくせに、ずうずうしい言い草だ」ギャロウェイが唸るような声を出す。

「ゆすってなどいないわ」

「彼女のいう通りだ」フランコがいう。「殺人事件のオフレコの捜査だ。協力しないなら、公表するぞ」

ギャロウェイはあっけにとられている。「殺人事件だと？」

わたしはうなずく。「ここには家族連れのお客さまが大勢いらしているけど、りっぱな王さまが若い女性に薬物を盛って眠らせ、もうひとりを殺害した容疑者だと知ったら、二度と子どもを連れてここに来ようなどとは思わないでしょうね」

このひとことにギャロウェイは反応し、かっと目を見開いた。「なにがあったんだ？　教えてくれ！　アーニャは無事なのか？」

　わざとらしさは感じられない。わたしたちはターゲットを見誤ったの？　それとも彼は並ではない演技力の持ち主？

「アーニャはセントラル・パークのフェスティバルで薬物を投与されて、いまも昏睡状態にままよ。彼女につきまとっていなかったとはいわせないわ。アーニャが占いのテントから出てくるのをじっと見ていたでしょう。わたしは知っているわ。その後、あなたは彼女に話しかけていた」

　プレスキー刑事が証拠——あくまでも状況証拠——としてマテオに示した事実もぶつけてみよう。「四時頃アーニャが中世の格好をした男性と話しているのが目撃されているわ。それはあなたでしょう？」

　ギャロウェイは黒いスーツの男ふたりに立ち去るように身振りで合図した。そしてわたしのほうに向き直ると、うなずいた。

「そうだ、彼女に話しかけた。アーニャが占い師のテントで泣いているのを見たからだ。だが彼女をつかまえることができたのは、午後になってからだ」

「要するに、アーニャが薬物を投与される前に最後に会った人物、ということね」

　彼が顔をしかめる。「アーニャには指一本触れていない。薬物とも無縁だ」

「それなら、なぜアーニャをわざわざさがしたの？」

「彼女とは別れた。しかしずっと彼女のことは心配していた。なぜ泣いているのか、確かめたかった。しかし追い払われた。大事な用事があるからと」ギャロウェイが首を横に振る。「あれほどの美人はいない……」彼がため息をつく。「だが、そんなことはどうでもいい。アーニャには問題がありすぎた。巻き込まれるのはごめんだ……」

「どんな問題が？」

「初めのうちはうまくいっていた。いっしょにいるのが楽しかった。仲も良かった。理想のタイプだ。ただ、どうしても受け入れられない事情が発覚した」

「事情？」わたしはたずねた。

「彼女はブルックリンのマフィアに借金があった」

「マフィアに？　理由はきいた？」

「けっきょく、わからずじまいだった。返済のためだといって彼女から一万ドルの借金を申し込まれた。重大な理由があるといったが、どうしてもそれをいおうとはしなかった。ひどくあわてていた。金を渡し、後をつけた。彼女はその足で銀行に行って、それからブライトン・ビーチのロシア人マフィアに会いにいったんだ。それを確かめて、もう彼女とは続けられないと悟った」

わたしは彼の目をぐっと見据えた。「アーニャを捨てたのね。そんなにかんたんに？」

「そうだ。とても惹かれていた。しかし、あれで彼女への信頼はなくなった。こっちはこうして家族連れが楽しめるディナー・シアターを経営している。マフィアにゆすられるのはまっぴらだ。アーニャは美人だし、ダイヤモンド・ガールにはちがいない。だが若い娘など、ほかにいくらでもいる」

「たとえばレッド？　レッドは死んだわ」

ギャロウェイはクソッとつぶやいたのだろうか。

「彼女が無事かどうか、きかなかったわね」

「はっきりいっておく。亡くなったのは気の毒だとは思うが、レッドはしょせんシルバー・ルームの娘だ。何度か遊んだことはあったが、特別な仲ではない。あそこにはあの手の子がいくらでもいる」

「地下のクラブのシルバー・ルームね。そういう目的で通っていたの？　女性との出会いを求めて？」

たちまち、狙った獲物はかならずしとめる獰猛な騎士の表情に変わった。「いまのは少し口が滑っただけだ――シルバー・ルームのことだ。クラブのことなどなにも知らない。それが公式見解だ。オフレコを条件でこたえれば、それが目当てで通っている」

ギャロウェイが巨大な拳でテーブルをドンと打つ。「こっちは億万長者だ。元スター選手で、セレブだ。下手なバーやダンスクラブに入って若くてかわいい子を遊び相手にするわけにはいかない。身ぐるみはがしてくれといっているようなものだ。駆け出しの頃、さんざんな目にあった。認知訴訟やら暴行罪やら、身に覚えのないことをかたっぱしからでっちあげられて、こりごりした。それに比べたら、高い会費などかわいいもんだ」

ギャロウェイはゴブレットからガブガブと飲む。「それがクラブの存在意義だ。クレア、といったかな。われわれがクラブに行くのは、そういう理由があるからだ。あれほど安全な場所はない。もちろん、この王国は別格だが」

「かなり昔からクラブのメンバーだったようね。ニューヨーク・ジャイアンツの選手になる前から」

「そんなデマをどこで仕入れた？」

「デマなの？　てっきり大学生の頃から出入りしていたものだと。夏はニューヨーク市で過ごしていたんでしょう？」

「さすがにそういうわけにはいかない。当時はまだ学生だ。ジャイアンツに入って二シーズン目にようやく会員になった」

「あなたは学生時代に体操競技の選手として亡命ロシア人の指導を受けていたそうね」

「ロルフのことか？　そうだ。それがどうした。ロルフはすぐれた指導者で、人柄もよかった」

「まだ親しく交際を？」

「いや。せっかくの友情をわたしが壊した。ロルフはスヴェトラーナという名の姪をわたしに紹介した。確か姪だったと思う。ともかく、血のつながりがあるといっていた……」

「スヴェトラーナ？」ＣＩＡはロルフの正体を調べ上げていた。ウィルソンはセックスピオナージについても語っていた。

「そうだ、スヴェトラーナだ。あんな飛び切りの女はそうはいない。ロシア語のアクセントがキュートだった。長い金髪に大きな青い目だった。そこはアーニャと同じだ。すっかりのぼせあがった」未練たっぷりの口調だ。

「でも交際は続かなかった？」

「身を固める気になれなかった。それにスヴェトラーナに愛想を尽かされた。四六時中ゲームばかりだといって腹を立てていた」

「フットボールの試合か」フランコがいう。

「そっちのゲームではない。彼女はフットボールには口を出さなかった。オフシーズンのゲームに我慢ならなかったんだ。ロールプレイング・ゲームにのめりこんで、大学では騎士と魔法使いクラブのドラゴンマスターを務めていた」

ようやくわかってきた。この〈肉の騎士団〉のアイデアはそこから生まれたというわけか。

「いまいったように、あの地下のクラブに出入りするようになったのはジャイアンツの二シーズン目からだ。ルーキーの年に女がらみのトラブルでひどい目にあって懲りたんだ」

「女がらみのトラブル？」具体的な説明をうながした。

「知らないのか。スポーツ界のスタープレイヤーにはスカートを履いた詐欺師が寄ってくるんだ。遠征中にそういう連中のいいカモになっていた。その失敗を糧にしたというわけだ。地下のクラブの存在を知って、全員がルールを呑み込んで安全に遊べる場所ならと、会費を払ってメンバーになった」

「ふたりに薬物を投与した人物に心当たりはあるか？」フランコがきく。

「まったくないな。だが彼女ならなにか知っているかもしれない。クラブのオーナー——BBだ」

「バーバラ・バウムのことね」

あのクラブの正式な住所は上階のモロッコ王国総領事館別館と同じであると教えてくれたのは、気さくなCIAの諜報員、ウィルソンだ。ただ、バーバラ本人がどこまで深くかかわっているのかはわからないままだった。けれどもギャロウェイのひとことではっきりした。

「バーバと呼ぶほうがぴったりだが。ロシアの魔女のバーバ・ヤーガだ。バーバラの辞書に知らないという文字はないんじゃないか？」揶揄するような調子でそういうと、やおらギャロウェイが巨体を折るようにしてこちらに身を乗り出した。

「ここではなにもきかなかったことにしてくれ。あの婆さんの影響力ははんぱじゃないからな。睨まれたら被害は甚大だ。クラブから追い出されたら、きっちり落とし前をつけてもらう」

ギャロウェイがまた指をパチンと鳴らした。さきほどの黒いスーツの男たちがあらわれた。

「ふたりを車までエスコートしろ。騒ぐようなら警察に通報して逮捕だ。悪いやつは罰してやらなくてはな」ギャロウェイがにやりとする。凶悪な人相だ。

77

駐車場へと荒っぽく「エスコート」されていくあいだ、冷静だったのはわたしではなくフランコ巡査部長だった。

わたしは黒いスーツの男があまりにも乱暴なので、向こうずねを蹴ってやった。彼は遠吠えのような声をあげ、性悪女と罵った(正確には、もう少し現代風の語彙《ごい》だった)。かっとなったわたしは百倍くらい、いい返した。こんな仕打ちを許してたまるものか。あまりの激しさに、相手もたじたじとなっている。

地元の警察に通報される前にフランコはわたしの腕をつかんでSUVに押し込み、猛スピードで駐車場を後にした。プラスキー・スカイウェイを走る車中でフランコが険しい視線をわたしに向けた。

「どういうつもりだったんだ、コーヒー・レディ? なぜあの野郎を蹴った?」

「腹が立ってしかたなかったわ。ほんとうは間抜けな大男の王さま《キング・ジャイアント・ジャッカス》を蹴ってやりたかった」

「いいか、長年スラム街のスーツ姿の悪党を相手にしてきたおれにいわせれば、ギャロウェイみたいな奴をむやみに刺激するのはまずい。なんのために警察があると思う。いくら腹を立ててもそのまま相手にぶつけるな。警察にまかせておけ」

「自分の怒りではないわ！　ギャロウェイに侮辱されても、追い出されても、そんなの平気よ。それより彼のあの態度。吐き気がするわ」

「奴の態度の悪さをいい出したら切りがない。もっと具体的に教えてくれ」

「女性全般への態度と、特にロザリーナの死を知った時の反応」

「確かに冷血というしかなかった」

「スポーツ界のレジェンドと持ち上げられて、甲冑姿の騎士を率いるリーダーを気取っているけれど、騎士道精神の対極にある人物……」

レッドの人生に登場したもうひとりの男性と比べずにはいられない――エルダーと。リムジンの運転手をしているボスニア人のエルダーは地位も名誉もないかもしれないが、愛する女性のためなら火のなかにでも突っ込んでいくにちがいない。息絶えた友人のために彼が涙をポロポロこぼしてむせび泣いていた姿がよみがえる。それに引き換えフットボールのヒーローの反応はあまりにもそっけなく、あまりにも冷たい。

フランコはふたたびハンドル操作に集中し、わたしはギャロウェイの難所にあった巨大なルーレット盤のことを考えた。あれは娯楽用だけれど、もとは古代に端を発している――。女神フォルトゥーナが回す運命の車輪《ロタ・フォルトゥーナ》。

大都市にはレッドみたいな女性が大勢いる。世慣れていてタフで利口に行動しているつもりで、人を見る能力が恐ろしく欠けている。

どうして。どうしてわからないの……。

レッドは理想の王子さまを求めてニューヨークの隅から隅まで――地下まで――さがした。ほんとうは、王子さまは彼女の目の前にずっといたというのに。彼はレッドを幸せにしてやると心に誓い、つらさを噛み締めながら夜ごと運命の車輪を回し、つまらない男に彼女を近づけてしまった。

ビレッジブレンドまでフランコに送ってもらい、沈んだ気持ちで降り立った。直接ギャロウェイと話してみると、真犯人であるという確信はぐらついた。彼が座っていた安っぽい合板の王座よりもぐらぐらと揺れている。

カフェインが欲しくてたまらなくなり、真っすぐコーヒーカウンターに向かった。かなり遅い時刻とあって店内にはすでにマテオの姿はなく、ガードナーが店を取り仕切っている。すべてが順調にまわっているようだ。お客さまはジャズのプレイリストがお気に召しているようだし、いちばん若手のバリスタ、ナンシー・ケリーは暖炉のそばで三つのテーブル席を陣取っているニューヨーク大学の学生のおしゃべりに加わっている。

カウンター席に腰掛けるとガードナーはさっそくダブルエスプレッソをいれて、デミタスカップをすっとこちらに滑らせた。それをぐっと飲み干した。なぜか少しもリラックスできない。

背後から視線を感じる。チクチクと刺されるような感覚だ。

もしや、知らないうちにCIAのエージェントに監視されているのだろうか。スツールに腰掛けたまま振り向くと、ボリスが腕組みをして立っていた。

エスターの最愛のボリスを最後に見た時、プロポーズのためにタキシードを着ていた。今夜の彼はタキシード姿ではない。いつものバギージーンズとハイカット・スニーカー、エミネムのTシャツ、秋の冷気を防ぐための黒い革のジャケット。いつものボリスだ。

「どうしたの、そんなところで?」

ボリスのグレーの目は睨みつけるように細くなった。ベーカリーで働きながらラッパーとして活動しているロシア系の若者は顎をツンとあげ、簡潔にこたえた。

「彼女に会わせてもらいたい」

78

「いったでしょう、居場所はわからないのよ」

彼が片手をあげる。「嘘をつかないで、コーヒー・レディ。ぼくのツァリーナをこの上にかくまっていることはわかっている!」金髪をツンツンに立てた頭を傾げるようにして、ボリスが暖炉のほうを示す。「ナンシーが口を割りましたよ!」

ひゃあ。「ねえ、ボリス。嘘をついたことは謝るわ。でもね、エスターには落ち着いて考える時間と場所が必要だったのよ。お姉さんの家のソファで一週間寝るのは嫌がっていた。だから客間を提供したの。誰にもいうなとエスターに無理矢理誓いを立てさせられたのよ」

ボリスはこの世の終わりのような表情でゆっくりと首を横に振る。「『運命の女神にも人々の目にも冷たくそむかれ、私はひとり見すてられたわが身を嘆き――』」

「まあそういわず――」

「『むなしい泣き声で聞く耳もたぬ天を悩まし』」ボリスが自分の胸をドンと叩く。「『わが身を眺めてはこのような身の上を呪う』」

「まだ呪わなくても――」

「『このような思いに自分を卑しめているうちに、私はふとあなたのことを思う、するとたちまち私は』」子犬のように邪気のない表情で彼は天井を見つめる。『夜明けとともに暗く沈んだ大地から舞いあがるヒバリのように……天の門口で讃歌を歌い出す』」

店内のざわめきが静まり、半分ほどのお客さまがボリスを見つめている。数人が小さく拍手をしている。

わたしは目をパチパチさせた。「それはエミネムではないわね」

ボリスはため息をつき、首を縦に振る。

「あなたが自分を不遇だという気持ち、よくわかるわ。エスターは混乱しているのよ。わたしにも口をきかないくらい。ここはあなたも焦らないで、もう少し時間をかけて――」

「いいえ《ニエット》！」

ビクッとしてスツールの上で腰が浮いた。数人のお客さまも同様の反応をしている。

「受け身の愛は愛ではない！　行動する男は運を天にまかせたりしない。ぼくたちがどれほど愛し合っているのか、彼女の記憶を掘り起こさなくては！」

「エスターは忘れてなどいないわ。あなたから結婚を申し込まれたこともね」

「そう《ダー》。あれから二日！　とても長い二日だった。一刻も早くツァリーナに会わなければ、彼女は思考停止に陥り、黒い闇に支配されてしまう！」

「降参よ。あなたが正しい……」そもそも、コーヒー占いの漠然とした予言にエスターが動揺して思考停止になったのだ。そう思うとボリスの言い分もわかる。

「助けてください、コーヒー・レディ。会わない時間は愛情を深めたりしない。愛を試そうとする敵だ」

「祖母のナナと同じことをいうのね」

「イタリアのことわざですか？」

「そう《ダー》。当たりよ」

「イタリア語はロマンス語だ！　やっぱり！　だからロマンスについての考えが一致するのか！」

「わたしと一致してもしかたないわよ。これから上に行ってエスターに伝えるわ。隠れているのがばれたこと、あなたがここにいて話したがっていることをね」

「ありがとう《スパシーボ》！」

「お礼はまだ早いわ」わたしは立ち上がり、さばさばとした口調でいった。「十五分以内に彼女がおりてこなかったら、それが彼女の意思だと理解してね。一晩待って欲しいという意思を尊重してあげて。彼女は明日の遅番だから、その時に話をするチャンスはあるはずよ。どう？」

「ここで待ちます」

「じゃあ、おやすみなさい。幸運を祈るわ。それからナンシーの命を大切に思うなら、エスターの居場所を誰からきいたのか、絶対にいわないでね」階段のほうへと向きを変えた。

「それはそうと、あなたの詩はとてもよかったわ」

「ぼくの詩ではありません」わたしの背中に向かって彼がこたえる。「ウィリアム・シェイクスピアのソネットです。しかし英語では彼の作品を堪能できませんね。やっぱりオ、リ、ジ、ナ、ル、の、ロシア語で読むのが最高です！」

79

「嫌です。ボリスには会いたくない」

エスターは居間の暖炉の前にいた。足にキルトをぐるぐるに巻きつけて片手に本を、もう一方の手にココアの入ったカップを持っている。

「彼は下であなたを待っているわ。このままではあまりにもかわいそうよ。いいの？」

エスターが顔をしかめる。「わたしがここにいるって、誰が彼にばらしたんですか？」

なんてこたえよう!? ガードナーは二週間後に退職したいと申し出ている。ナンシーがエスターに殺されたりしたら、スタッフが激減してしまう——。

「窓越しにあなたが見えたんじゃないかしら」

エスターと並んでソファに腰掛けた。「気が動転しているのね。それとも彼に腹を立てているの？」

「わかりません」エスターの視線は暖炉の炎に注がれている。「そうですね、腹を立てているんだと思います」

「いまの気持ちをわたしに話してみない？」

「話したら、放っておいてくれますか?」

「そうつとめるわ」

「わかりました」エスターがぱたんと本を閉じた。「第一に、わたしは彼に腹を立てている。いっしょに暮らさないかという話を持ち出したら、彼からなにも返事がなくて苦しめられた」

「だからいま彼を苦しめているの? 仕返し? 返事がなくてつらかったから、同じ思いを味わわせているの?」

「そんなわけでは。ただ……」エスターが天井を見つめる。「やはり少しはそういう気持ちもあるわ。第二に、自分たちの恋愛を見せ物にした彼に腹を立てている。あんな屈辱的な目にあうなんて!」

「わかるわ。でもね、それでこそ詩人でしょう? 自分の人生を観客と分かち合う。ちがう? 前にあなたはそう表現していたわ。苦悩をアートに昇華するのだ、と」

「いや……そんなふうにいわれてしまうと、反論しにくいな」

「じゃあ、反論しなければいい。ボリスの立場に立って考えてみて。彼はね、こんなことをいっていたわ。あなたのルームメイトにはなりたくない、あなたの結婚相手になりたいのだとね」

「第三に! わたしに結婚を申し込んだことが腹立たしい。よりによって結婚!」エスターが激しく頭を横に振る。

「結婚が問題なのね。そうなのね？」

「あったりまえです。ボスだって、ここのところそれで悩んでいるでしょう？」

「わたしのことはいいから。いまはあなたとボリスの話。どうしてちゃんと話そうとしないの？」

「ごめんですよ。だからこっちに戻ってきたんです。姉ときたら、延々とその話ばかり。

『妹が結婚するのを見たいわ。真っ白なドレスを着て、ケーキカットをして、郊外に移り住んで、子どもたちが生まれて……』

「なるほどね。いちおうきいておくけど、あなたにとって結婚はそういうイメージ？　真っ白なドレス、子どもたち、郊外？」

「それは姉が考える結婚の姿だわ」

「あなたのお姉さんが描くハッピーエンドのストーリーなのね。そして妹のあなたもそうやって幸せになれるものと思っている。でもあなたの意見はちがっていて当然ね。それにね、結婚というのは暗い森のなかでほんとうの自分を見失ってしまうような、そんなものではないわ」

「じゃあ、どういうものですか？」

「約束よ。ふたりの人間が交わす固い約束。相手を支えると約束するの——暗い森に入ってもお互いが無事に出てこられるように。ボリスがふたりの将来として描いているのは、そういうものではないかしら。でもいまのあなたは怒りと恐れで、冷静には考えられない状態ね。

それがおさまれば彼と話をして、きっと理解し合えるわ」

エスターが押し黙り、ココアを飲み干してカップを置いた。「ほんとうに、下に彼がいるんですか？　わたしがおりてくるのを待つためだけに？」

「そうよ」

「彼は無理矢理ここに踏み込んでこようとしなかったし、わたしにプレッシャーをかけようともしなかった。彼の思いやりを感じます。わたしに居場所を確保しようとしてくれているんだなって、わかります」

「そうね、それは――」

「『恋の軽い翼でわたしはお庭の塀を飛び越えてみせます！』」

「なに、あれは？」エスターが眉をひそめる。「もしかして、ボリスの声？」

わたしは立ち上がってバルコニーに出るドアに近づいた。ウエストビレッジの街灯の下にはボリスが立っていた。

「『四階の高さなどで、どうして恋を閉め出すことができましょう！　できることなら、どんなことでも恋はするも……』（参考『ロミオとジュリエット』中野好夫訳／新潮社）」

わたしは咳払いした。「彼がシェイクスピアを暗唱しているようね――」

「『わたしの雇用主などが何故邪魔になりましょう！』」

「オ、オ、オリジナルのロシア語からの翻訳よ、きっと」

暗唱はさらに続き、それから彼はラジカセのスイッチをいれて頭上高く掲げた。リズムを刻んで流れてきたのはヒップホップの曲ではなかった。七〇年代の懐かしいラブソングの出だしの旋律か？

ボリスがカラオケに合わせて歌い出した。「〝あなたは……〟」

「あの歌は確か……」わたしは頭を掻いた。

「『恋するデビー』！」エスターは叫ぶとともに客間に駆け込んだ。

「やめろ、ロミオ！」近所からの苦情がきこえて、わたしは思わずため息をついてしまった。

その直後、赤い光を点滅させサイレンを響かせながら、地元警察がやってきた。

上から見ていると、警察官のラングレーとデミトリオスがボリスに、路上のワンマンショーをやめて移動するように説得している。ボリスはそれを拒否する――何度も――ので、ふたりの警官は清潔で快適なパトカーへとボリスを誘導した。

「『ああ、あなたの目のほうがはるかに怖い。そう百の剣よりも！』」

それはそうだろう。

「『おやすみ、おやすみ、ぼくのエスター！　別れがこんなに甘く切ないなら、朝まで、おやすみをいい続けていたい……』」

ふたたびサイレンを響かせながらパトカーがボリスを運んでいく。わたしはバルコニーのドアを閉めて階段をあがり、エスターの様子を見にいった。

枕の下に頭を埋めている。「彼、逮捕されたの？」枕の下からくぐもった声がする。

「勾引状を渡されて釈放されるでしょうね。少し眠りなさい。朝になったら希望が湧いてくるわ、きっと」

自分の言葉に確信があったわけではない。けれども、エスターにはそういってやる必要があった。

主寝室に向かっていると、シャツのポケットで携帯電話が振動した。発信者を確認し、ふいにエスターの心情が痛いほど理解できた。

マイクのことは心から愛している。けれども、ワシントンに移ってこいという彼からのプレッシャーは強くなるばかりで、それが重くてたまらない。はい、と硬い声で電話に出た。

今夜はもうこれ以上は無理、いっそのこと、わたしも枕の下に頭を埋めてしまいたい。

80

「なにかあったのか？」マイクがたずねる。

「はい、といっただけなのに」

「声の調子だ。もう一度きく。なにかあったのか？」

「いまスピーカーモードにしているのよ。着替えているから……」

「それなら、ビデオチャットに切り替えてみるか？」

つい笑ってしまった。そういえば、黒い騎士が尻もちをついて吹っ飛べばフランコ卿が勝、てると計画を練った時に笑って以来だ。せっかくギャロウェイの難所を征服したのに、マンハッタンに戻った時は負け犬の気分だった。

ふうっと吐息をついて、ニーハイ・ブーツのファスナーをおろし、スカートのファスナーをおろし、タイツを脱ぎ捨てた。

「話す気はあるのか、クレア？　それとも、このままファスナーの音だけきかされて悶々《もんもん》とさせられるのか？」

「ごめんなさい。今夜は話せるような気分ではないの」

「そばにいて支えてやりたい。せめてなにがきみの気持ちを乱しているのか、ききたい。どうしても話さないというのなら、次のペンシルベニア駅行きの急行列車に飛び乗る」

まあ、まるでボリスの情熱が乗り移ったみたい。

「わかった。話すわ。だからシェイクスピアを引用するのはやめてね」

「シェイクスピア？」

「なんでもない。じつはフランコといっしょに車でニュージャージーに行ったものの、忌まわしい事件に関してはなんの収穫もなかったの。それですっかり落胆しているというわけ。手がかりが得られなければ、わたしはビジネス・パートナーを、娘の父親を見殺しにしなければならない。マテオは収監され、眠れる美女を昏睡状態にし、〝赤ずきん〟のレッドを殺した罪を着せられてしまう」

「よくきいてくれ、コージー刑事。事件の捜査が暗礁に乗り上げるのは毎度のことだ。わたしも、部下もみんな経験している。立ち往生するのは捜査のプロセスの一部と割り切ればいい」

「そんなの、なんの慰めにもならないわ」

「めそめそいうな。エネルギーの無駄遣いだ。あきらめたら、どんな事件も解決しない。絶対にな」

「あきらめたりしない。それでも行き詰まると悲観的になるわ」

「なるな。被害者のことを考えてみればいい。こうして息ができるのだから、悲観的になるのは早い」

わたしはベッドにどさりと座り込んだ。マイクの指摘は的を射ている。ベテランの警部補だけあって、ひじょうにしたたかでもある。スーパーバイザーとして際立った能力の持ち主だと、フランコはたびたび絶賛している。いまさらながらそれを実感する。

「わかったわ。じゃあ、わたしはどうすべきだと思う？」

「服を脱いでいく音をきかせる以外に？」

ふたたびわたしは微笑んだ。「ええ」

「すべての証人、すべての容疑者、そして証拠の一つひとつが、なにかを語っている――真実の一端を。捜査官の仕事は真実をまるごとを突き止めることだ」

「ええ」

「きみは今夜、容疑者と話をしたんだな？　被害者ふたりに近い人物と」

「一時間ほど話したわ」

「なんらかの収穫はあったはずだ。しかしきみはまだそれを自覚していない。話の内容をきかせてくれ……」

アーニャがなんらかの事情でブライトン・ビーチのマフィアに一万ドルを渡しているらしいと伝えた。高利貸しからの借金か？　脅迫されたのか、ゆすられていたのかはわからないが。

はたしてドウェイン・ギャロウェイはわたしに事実を語ったのだろうか。

それはなんとも判断できない。しかし地下のクラブについての話はほんとうだろう。バーバラ・バウムが直接関与していることも。クラブのオーナーだと彼はいったのだ。

「貴重な情報を手に入れたな。それを活かすんだ」

「どんなふうに？」

「バーバラ・バウムと直接対決なんてどうだ」

「脅すの？」

「説得するんだ。ギャロウェイはきみにその情報を提供し、きみはクラブの実態をじかに見ている。彼女は否定のしようがない。きみに協力してアーニャの事件が解決すれば、彼女は得をするといって誘導すればいい」

「アーニャへの薬物の投与に彼女が加担していれば、話はちがってくるわね」

「もしそうであれば、彼女をよく観察するんだ――そしてしっかりと耳を傾ける。きっと彼女はなにかを暴露するだろう。それをすくいとって足がかりにしろ」

「誰にきいても彼女はやり手の女性よ。そんな彼女がかんたんに口を割るかしら」

「きみの店のオーナーとは親しい仲だろう？　そのコネを利用すればいい」

「できることなら、わたしもそうしたい……」マダム・ブランシュ・ドレフュス・アレグロ・デュボワと並んで座った状態なら、バーバラはやさしいおばあちゃん《バブカ》として接してくれるだろう――極悪で人をペテンにかける魔女バーバ・ヤーガとしてではなく。「そのためにはマダムを説得しなくては。旧友に奇襲をかけるのに協力して欲しいと。うんといってもらえるかしら」

「頼んでみたらいい」

マイクをそのまま待たせて、マダムにメールを送った。『至急です。バーバラ・Bに話を聴く必要があります。厄介な事態になる可能性ありです。その上でお願いできるなら、〈バブカ〉でいっしょにランチをできればと思います。よろしければ午前中にお電話をくださ い』

こんなに遅い時刻にもかかわらず、ほぼ瞬時に返信があったので驚いた（そしてほっとした）。『了解。〝獲物が飛び出したのね〟！ まかせて！』

これはホームズがワトソンにいう決まり文句だ。毎度、マダムは推理小説みたいな探偵ごっこをおおいに楽しんできた。けれども今回はお遊び半分というわけにはいかない。そのことをまだマダムは知らない。マダムの息子の運命がかかっているのだ。そしてフランコの警告に従えば、殺人犯はまだ野放しの状態で、邪魔する者――わたしもそのひとり――には毒を満たした注射針で容赦なく襲いかかるだろう。

「役に立てたならうれしいよ」マイクがいう。

「ごらんの通りの成果よ。ありがとう」

「お安いご用だ」

おやすみなさいといって通話を終えた。それからベッドに入り、あることに気づいた。ワシントンDCに移る話題が出なかった。数週間ぶりにマイクはわたしにプレッシャーをかけようとしなかったのだ。

それはそれで当てが外れたような、奇妙な心地だ。

明かりを消してベッドカバーの下にもぐりこむと、あくびが出た。窓から射し込む銀色の月の光に照らされたベッドが妙に広々と感じられる。

わたしは寝返りを打った。

マイクと話ができた。もう枕の下に頭を埋めたりはしたくない。いま心から望んでいるのは、彼と枕を並べて眠ること。

「これを飲めば目が覚める」

マテオがカウンターの向こうからデミタスカップを滑らせてよこす。

「寝過ごしてごめんなさい。目覚ましの音にちっとも気づかなかった」

元夫が笑顔を浮かべた。「昨夜は大変だったからな。そのうえ、エスターが居候しているし。熟練のロースト職人、アマチュア探偵、婚前カウンセラー。一週間でそれだけこなしたら、たいしたものだ」

「おまけにエスターの壮絶な愛情劇、そしてタッカーの休暇」

「店はまかせろといっただろう。アーニャともうひとりの子の件は別として、いい時間だったよ。やっぱりたまらないな。こうして店に立つのは……」

マテオはカウンターに両手をついてにぎやかな店内を見渡す。順調に航行する船の船長のような、誇らしげな表情だ。

「これまでずっとコーヒー豆の調達に飛び回ったり海外市場で取引をまとめたり出荷したり、そんなことに明け暮れてきたからな。そもそもコーヒーとはなにかってことを、忘れかけていたよ」マテオが両手を広げる。「これだ。ぼくたちがつくったこの場所、人がつどい、くつろぎ、ひとりでも誰かといっしょでも、心身にぬくもりと活力を取り戻す一杯を味わう場だ……」

マテオは祖父の言葉を引用している。一九三六年頃のビレッジブレンドの店内を撮った古い写真に書かれている言葉だ。

マテオはカウンターをコンコンとノックして幸運を祈り、わたしにウィンクしてから、オフィスワーカーのグループのほうに挨拶にいった。

完璧なエスプレッソを口に運びながら、マテオがお客さまと談笑し、世界の反対側から持ち帰ったコーヒー豆でいれた一杯を勧めるのを眺めた。

やがて、ある思いが湧いてきた……。

世界中を旅してまわる暮らしに一区切りつけてみようとマテオが考える可能性はあるだろうか。このあたりで腰を据えて一年ほど店の経営に専念しよう、などとは考えないだろうか。もしもそうなれば、わたしが一時的にワシントンで暮らすという選択肢も検討できるかもしれない。

それから十五分、三杯めのエスプレッソのカップも空になった頃、正面のドアにつけた鈴が鳴り、聞き慣れた声が耳に飛び込んできた。

「タッカー・バートン、主役登場！」

お客さまのあいだからヒューヒューと囃《はや》し立てる声と拍手があがり、わたしは期待に胸をふくらませて振り返った。長らく姿を消していた、わたしの大事なアシスタント・マネジャーがいた。

「どう、休日を楽しんでいる？」

「楽しんでいる暇などありませんよ、ＣＣ」タッカーはわたしの隣のスツールに勢いよく腰掛け、モップのようなもじゃもじゃの髪を揺らせた。

「オフオフブロードウェイのキャバレーと秋のおとぎ話フェスティバルの読み聞かせショーに追われて、眠る間もありゃしない」

「メールする間もないようね。忘れちゃったかしら、セントラル・パークのフェスティバルでマイクの元の奥さまを観察して欲しいとあなたにお願いしたのだけど。その時の成果をまだなにもきかせてもらっていないわ」

タッカーがこちらに身を寄せて、声をひそめた。「メールではちょっと伝えたくない内容だったので」

「朝からどうしたの。気になっていたけど、昨夜はいろいろあってね。さあ、きかせてちょうだい」

タッカーが話し始めたところでマテオがエスプレッソを運んできた。とたんにタッカーが口をつぐみ、怯えた表情になる。マダム・テスラの占いのテントの時と同じだ。

わたしはマテオに礼をいってから、タッカーを連れて隅のテーブルへと移動した。ここなら誰にもきかれる心配はない。

「どうしたのタッカーったら。いつもはあれほどゴシップ話が好きなのに」

タッカーはあたりを見回して、ささやいた。「なにしろ、この街で有数の権力をふるう女性が関わっていますからね」カフェインで勇気を奮い立たせるように、タッカーがエスプレッソをすする。「レイラのスクープが欲しいんですよね。あるんです。でも、わたしからはきかなかったことにしてください。デラコート劇場でキャストたちと準備をしていたら、レイラがバーバラ・バウムと話しているのが見えたんですよ。話の内容まではきこえなかったんですが。バーバラはレイラに紫色の小さな箱を渡しました。長いこと、穏やかな様子で話してましたよ。それからハグしたんです」

例の小さな箱にちがいない。なにが入っていたのかもわかっている。しかし謎が残る。それはレイラとは関係ないことだけど。

「バーバラは劇場でなにをしていたのかしら？」

「秋のおとぎ話フェスティバルでわたしたちが子ども向けにやる『おとぎ話の時間』のメインスポンサーは彼女なんです」

「だから、彼女のことを告げ口するのが怖いのね？」

「ものごとは大局的に見なくてはなりませんからね。説明しましょう。セントラル・パークでのイベントの晩にわたしがVIPに会いにいったのを憶えていますか？　彼は大物プロデューサーで、わたしのキャバレーショー『グース』をもっと大きな劇場でやりたいといってくれているんですよ。劇場街から目と鼻の先の八番街で。短期間ですけど、これは注目される大きなチャンスなんです。わたしだけではなく、誰よりもパンチにとって大きなチャンスです」

「すばらしいわ。ふたりにお祝いをいわなくちゃ」

「ありがとう。で、ここからが重要なんですが……」タッカーがこちらに身を乗り出す。

「これをお膳立てしてくれたのは、バーバラなんです。セントラル・パークでわたしが演出した子ども向けのショーをとても気に入ってくれて、知り合いに何本か電話を入れてくれて――あれよあれよという間に、ここまで来たというわけです」

「わかった。バーバラに気に入られたのね」

「そうです。いっぽうで、バーバラに見放された場合には無惨な結末が待ち構えています」

そう前置きしてから、タッカーはショービジネスの世界で語り草となっている若き俳優のことを話してくれた。ブロードウェイで大ヒットとなった作品に出ていたその人物は、都落ちしてネバダ州パーランプの地元ケーブルテレビで天気予報士の職に就くことになった。彼は人気のトークショーで〈バブカ〉の「時代遅れの料理」に少々毒のあるコメントをしてしまったのだ。

「バーバラはそいつを破滅させたんです。彼はハリウッドの大作で主役だってできたはずなのに、役者として地獄の四丁目まで突き落とされてしまった。いいですか、バーバラがイーストでふくらんだおばあちゃんだなんて思っていたら、痛い目にあいますからね。この街で生き残っていくにはバーバ・ヤーガとは決してもめないこと、です」

81

ランチの約束に合わせて〈バブカ〉に行くと、レストランは満員で行列が延びている。

有名なダイニングルームは広々として開放的な長方形の空間で、通りに面した一帯は背の高い窓が並んでいる。ダイニングルームは広いものの、大型の家具を巧みに配置して仕切り、くつろげる空間を演出している。大理石の暖炉も数カ所にあり――どれも、マンハッタンの古いエレガントな大邸宅が取り壊されてしまう前に救い出したもの――パチパチと勢いよく火がはぜる音とともにぬくもりを与えてくれる。

内装は華麗なビクトリアン様式。所狭しと骨董品が置かれているので、下手に手を振ったりしたら壊してしまいそうだ。少し雑然としているのがかえって心地よい。そのなかにバーバラが一九六〇年代から現代にいたるまで俳優、音楽家、画家、作家、政治家とともに写った写真が目につく。

「バーバラはね、重要人物との交流を自慢するのが好きなのよ」マダムからそうきいたことがある。「そして彼女は『不思議の国のアリス』のハートの女王並みの強権をふるってダイニングルームを支配しているのよ」そこでは選り抜きのゲストと「無名」の者たちははっきりと振り分けられ、後者は一カ所に押し込められる。

シュリンプ・キエフとトリュフ入りマッシュポテトにマスカルポーネを加えてローストした豪華なクニッシュを、大ヒット映画の監督や億万長者のポップシンガーと同じダイニングルームで食べることはできる。しかし広大な空間はうまく仕切られているので、彼らに接近することは不可能だ。

万が一、特権階級専用エリアに「うっかり迷い込んで」携帯電話で写真を撮ったりサインをねだったりしたらどうなるか？〝首をはねろ！〟のひと声でただちに叩き出され、二度と店の敷居はまたげなくなる。

マダムはバーバラと昔から親交があるのだから、きっと特権的なエリアに入れてもらえるだろうと期待していた。特別待遇の客（と有名人）は、専用のエリアの席に案内されるのが普通だ。きっとマダムは〝選ばれし者〟であるにちがいない。

案の定、わたしの雇用主であるマダムには窓辺の特等席が用意されていた。そしてビクトリア朝のメイドの格好をした接客係がその居心地のいいブースまでわたしを案内してくれた。すでにお茶が運ばれていた。キッチュな「母鶏とヒナ」の柄の食器は、〈バブカ〉の名物だ。そしてどうやらマダムは誘惑に耐えきれず、ストロベリーのデザートを注文していた。これはリンディーことレオ・リンダーマンが創業したオリジナルの〈リンディーズ〉（俳優ミルトン・バール、作家デイモン・ラニアン、ユダヤ系のギャングであるアーノルド・ロススタインが愛した店）のメニューに敬意を表したもの。

焼きたての白いカップケーキに、砂糖をまとってつやつや輝くイチゴを詰めて新鮮なイチゴのシロップを散らしたものをマダムがランチの一品目とするなら、わたしも雇用主に倣うのは当然というものだろう。

注文してから数分後には〈バブカ〉の有名なトゥインキー・バーバ・ラム——モダンなコンフォートフードと旧世界《ヨーロッパ》の伝統が出会って、罪深いほどのおいしさが生まれた——を味わっていた。

「バーバラと話がしたいといっていたわね？」マダムは顎にイチゴのシロップの点々をつけたまま、ギンガムチェックのテーブルクロスの向こうからキラキラした目をこちらに向ける。明るい黄緑色のシャツにゴッホの『緑の麦畑、オヴェール』の絵がプリントされたシルクのスカーフを合わせて、今日も華やかでエレガントだ。

「きっと捜査の一環ね？　マテオから少しきいているわ。セントラル・パークで眠れる美女を見つけたと」

濃いブラックティーを飲みながら、一部始終をマダムに話した。アーニャの友人レッドがアパートの地下の部屋で不審死を遂げたことも。ロシアから渡ってきた彼女たちはこのレストランの地下六階のクラブに出入りして男たちと交際していたこと、それを調べるためにわたしもそのクラブに潜入したことも打ち明けた。

〈プリンス・チャーミング・クラブ〉のことを持ち出すと、なぜかマダムが動揺した。

「あのクラブの存在は秘密とされているのよ。いろいろと事情があってね。バーバラにはあまりしつこくきかないようにね」

「彼女とは昔からのお友だちなんですよね？」

「ええ、でも……」マダムは謎めいた笑顔を浮かべる。「確かに彼女の影響力は大変なものだし、恐ろしく率直な人でもあるわ。だからといって彼女に対して、同じように率直な態度に出るのは考えものよ。バーバラは気分を害すると、ただではおかないのよ」

「秘密クラブのことはきくなと、そうおっしゃるんですか？」

「きくという方法をとらずに、きき出してごらんなさい」

すぐそばで騒々しい声がして、わたしたちの会話は中断した。低い垂木が揺れるほどの声だ。

「まあ、クレア！　さあ、立って立って。このおばあさんにお顔をよく見せて！」

立つか立たないかのうちに、伝説のバーバラ・バブカ・バウムその人の腕にひしと抱きしめられていた。

82

バーバラはとても小柄でどこか鳥を思わせる女性だ。年齢は八十代前半。何十年も前から、ニューヨークの洗練されたビジネスウーマンの象徴として知られている。いまもなおほっそりとした体型を保ち、仕立てのいい一流ブランドのスーツを着こなし、ダイヤモンドをふたつあしらったメガネを鎖につけて首から提げている。メイクはもちろん完璧。シニアの肌にはやさしいシワが刻まれ、美容外科のテクニックが少々加わっている（むろん、不自然なところなど一片もない）。ウェーブがかかった短い髪をビターアーモンドの色に染め、つややかな金色のハイライトが入っているのは、一流サロンの技。

レストランの名前が示す通り、バーバラは誰に対しても自分は祖母であると位置づけ、じっさいにそうふるまう。力強く抱きしめられた後は、頬を親指と人差し指でつままれた。きゅっと痛みを感じた瞬間、意識のないまま病室で横たわる若いアーニャが強く平手打ちされていた光景がよみがえった。

「いったいなぜ二の足を踏むの？　マダムからきいているわよ。まだあの刑事さんと結婚していないんですってね。せっかく王子さまを見つけたというのに。まだなにかを待っているの？」

「まあ、秋のおとぎ話フェスティバル運営委員会の議題はわたしのプライベートライフだったんですか？」

わたしの雇用主はきれいに整えた眉を片方だけぐいとあげた。「わたしたちは世間話をするために集まっているのよ。委員会は新鮮なゴシップの温床ですもの」

バーバラがマダムを軽く小突く。「少し詰めてちょうだい、ブランシュ。わたしも座らせて」

周囲のテーブルを囲む人たちは、わたしたちのにぎやかなテーブルに目を向けるまいとしているけれど、大半は好奇心に負けてしまっている。

バーバラは日頃から足を止めて挨拶やおしゃべりをしたりすることで知られているけれど、この著名な店主がじっさいに客とともにテーブルを囲むことはめったにない。だからこの上ない栄誉なのだ。数人の客――ホームドラマのスターや大手ケーブルテレビのニュースキャスターらもいる――は羨望のまなざしをこちらに注いでいる。

「あのコーヒーハウスを国際的なブランドへと育てたあなたの手腕はみごとなものだと思っているわ。あなたたちのビリオネア・ブレンドは話題の中心よ。高所得者層にターゲットを絞った作戦も賢いわ」バーバラが指で自分の側頭部をトントンと叩く。「やはりいまは富裕層向けビジネスよね」

マダムはわが子が褒められて鼻高々といった様子でにっこりした。

だから」

「わたしが手柄を独り占めするわけにはいきません。マテオが豆を調達して――」

「いいの！　堂々と賛辞を受け取ればいいのよ。あなたはそれだけのことを成し遂げたのだから」

バーバラが横目でマダムを見る。「ブランシュにはあの由緒あるコーヒーハウスをフランチャイズ化する道もあったわ。そうすればとんでもない額のお金になったのに。でもあの小柄なフランス人と結婚して静かにリタイヤする道を選んだのよね」

マダムがくちびるを噛む。「もうその話は止めましょう」

「いいじゃないの、ブランシュ！　昔、あなたにいったでしょう。大きなスケールで考えなくちゃいけないって。わたしはそれを実行し、あなたはしなかった。来月、わたしはネバダに飛ぶわ。ラスベガスのＭＧＭグランド・ラスベガスに〈バブカ〉がオープンするのよ」

バーバラが指を折って数えながらいう。「これまでにレストランをダウンタウンに一軒、シカゴに一軒。ロサンゼルスに〈バブカズ〉。ラスベガスにオープンすれば四軒目ということ。その間、あなたは編み物やら麻雀やら、老人ライフを楽しんでいた」

「マダムは麻雀なんてしてしません」わたしはきっぱりといい返した。

わたしの雇用主の「リタイヤ」後の生活は、ピエール・デュボワが三カ国に所有する四つの住居とふたつの地所の管理、彼の事業とそれに関わるパーティーを補佐し、ピエールの健康状態が悪化すると夫に代わって貿易事業を切り盛りした。

それをいおうとした時、マダムが身ぶりでわたしを制し、自分自身でこたえた。

「誰もがそういう人生を歩みたいわけではない、そうよね。大切なものはほかにもあるわ。日々を丁寧に暮らすこと。夫の愛情と慈しみ――」

バーバラは手を振って遮った。「わたしだって一度は結婚した身よ。そんないいことばかりではないわ」

「亡くなった人を悪くいうのはやめましょう」マダムがいさめる。

「どうして？　あなたの亡きご主人は傲慢で使えないとマーヴィンはいっていたもの」

マダムが不快そうな表情を浮かべる。「それくらいにしておいて」

バーバラはすぐに新しい話題に切り替えた。

「ねえクレア、わたしは頭の切れる人を見つける目利きなの。そのわたしから見て、あなたは群を抜いている。ニューヨークの街での暮らしに飽きるようなことがあれば、あなたが望むどんな場所にでもフランチャイズの店舗をひらくから、ぜひマネジャーになってね。どこがいいかしらね。ボストン、メンフィス……」バーバラがそこで言葉を切り、ウィンクした――。

「ワシントンＤＣなんて、どう？」

ぎくっとした。どうしてわたしの計画を知っているの？　自分自身でも、まだ決めかねているのに!?

返事をする前に、マダムのスミレ色の目がキラリと光った。「バカなこといわないで！」マダムはわたしの手をぎゅっとつかんだ。「クレアを引き抜こうなんて、冗談じゃないわ。

ただのスタッフではないのよ。大事な家族なの。これからもずっとそう。この先クレアがどんな決断をしたとしても、それは変わらないわ」

わたしの将来がどうなろうと、いまは問題ではない。すみやかに話題を転じることにした。紫色の宝石箱と鍵のチャームがついたネックレスのことに。

「すばらしく精力的なんですね。ほかにもなにか事業を？　クラブの経営などは？　たとえばメンバーを限定した店などは？」

バーバラはまばたきひとつしないで平然としている。「いくら精力的でも、いまのところはレストランの経営で手一杯よ。ただのお茶汲み係としてスタートした女の子としてはじゅうぶんだと思っているわ」

「お茶汲み係ですか？」

マダムは天を仰ぐような気配だ。またこの話か、といいたげな表情。

「マンハッタンの由緒あるりっぱな法律事務所で、ティーセットをのせたカートを押していたのよ」バーバラがそこで小馬鹿にするような笑みを浮かべた。「知らないわよね、そんな時代は。カントリークラブのメンバーになっている上流階級の人ばかりだったわ。当時は、午後にはお茶の時間がちゃんとあったのよ。とてもお行儀がよかった時代ね。わたしは暇さえあればバワリー街の安アパートでバブカを焼いたの。ロウアーイーストサイドの住人でバブカを知らない人などいなかったけれど、勤務先の法律家たちはそんなものを見るのははみな初めてだった。ティーセットをのせたカートにバブカも加えるようになると、ワスプのエリートたちは夢中になったの！」

マダムは重々しくため息をつくばかりで、なにもいおうとはしない。

「優しいボスと、彼のふたりのパートナーが貸してくれた資金をもとにベーカリーとレストランを開いたというわけ。その後は、ご存じの通り」

バーバラの言葉をきいたマダムは、それ以上黙っていられないとばかりに咳払いをして口をひらいた。

「履歴書に少々手を加えるくらい、誰だってやっているけれど、せっかくのおいしい部分を削るべきではないわ。陰謀はすばらしいアピールポイントなのだから」

「陰謀？」わたしの耳がピンと立つ。

「バーバラが大物弁護士の法律事務所でお茶汲み係をしていたのは、まぎれもない事実よ。でもね、その優しいボスがワイルド・ビル・ドノバン、つまりＣＩＡの父であった事実をバーバラは省いてしまっているわ。確かにバーバラがその法律事務所で初めて彼と会った時、すでに彼は公式にはＣＩＡを離れていた。でも、スパイとして生きてきた人がはたしてほんとうにリタイヤできるものかしら……」

地下のクラブで出会った白髪のウィルソンと彼からきいたスパイの話がよみがえった。いまのいままで誇らしげだったバーバラは、なぜか話に乗ってこようとしない（それがことさら怪しく感じられる）。

「誇張しすぎよ、ブランシュ！　ドノバンさんはごく普通の弁護士だったわ。それ以上でもそれ以下でもなかった」バーバラの反論だ。

マダムが意味有りげに片方の眉をあげる。「それでも、気づいたらあなたは冷戦時代の国際的な事件に巻き込まれていた。そうだったわね？」

これだ。まさしくこれにちがいない。ウィルソンの話では、バーバラのクラブが諜報活動の舞台となり、彼の部下のフェイスというエージェントが殺されている！

ところがバーバラから明かされたのは、それとは似ても似つかない話だった。

「ずいぶん昔、まだ鉄のカーテンが堅く閉ざされていた時代に、亡命を希望していたボリショイ・バレエのスターをかくまっていたことがあるのよ」バーバラはにこやかな表情だ。「といっても彼女の存在を隠したりはしなかった。彼女はウィッグをかぶり、まさにここでウェイトレスとして働き、わたしのオフィスで寝泊まりしていたの。すべてが解決するまでね。すばらしく優秀なウェイトレスだったわ。バランスをとるのが上手で、決してトレーを落としたりしなかった」

バーバラがわたしをしかと見据える。「ウェイトレスならダンサーに限るわ。それからメキシコのマリアッチの演奏者はコックとして有能よ。絶対に雇ってはいけないのが作家ね。とにかく彼らはぶすっとしている！　よく憶えておくのよ、クレア。優秀な人材こそ成功の鍵ですからね――」

鍵！　やっときっかけが見つかった！「鍵といえば、じつはききたいことが――」

ちょうどその時、わたしの携帯電話が着信を伝えた。しかも至急の連絡を告げる音だ。

同席者に失礼しますと断わってから発信者をチェックした。フランコからだ。朗報か、という期待はすぐに裏切られた。「マテオのことで知らせがある。残念だが……」

心臓がいまにも止まりそう。「ちょっと待って」

マダムとバーバラにひとこと断わって席を立ち、レストランの外に出た。

83

寒風が吹きつけるイーストサイドの路上で過酷な現実をフランコからきかされた。

「マテオが逮捕された。ビレッジブレンドでわれわれが身柄を拘束した」

「われわれ？」

「ああ」フランコはしばらく沈黙し、続けた。「まさかこんな展開になるとはな。エンディコットとプレスキーから同行しろと指示された。耐えがたい成り行きだ」

「マテオにケガなどなかったんでしょうね？」

「それはない。だがエンディコットが逮捕を告げると抵抗したので、おれが手錠をかけた――」

「なんてこと。ひどいわ！」

「ああ、こっちもひどい気分だった。ジョイのことで頭がいっぱいだった。このことをジョイがきいたらどんなに傷つくだろうかと。そしてジョイの父親にとっても、愉快な成り行きではなかった」フランコはひと呼吸置いて、話を続けた。「そのさなかにマテオは警察官を殴った。暴行罪で告発される可能性がある。それだけでも刑務所にぶちこまれるかもしれない」

「殴られた警察官は無事なの？」

「おれならぴんぴんしている。ご心配ありがとう」

「マテオがあなたを殴ったの？」

「やむを得ず。相当きつい一発だった」

「それで、これからどうなるの？」

「いまは署のトイレからかけている。個室から出たら取調室に戻る。やつらはきみの元の亭主を連行したんだ。エンディコットがどんな隠し球を用意しているのかわからんが、引き続き立ち会うよ」

フランコが電話を切り、わたしはレストランの薄紫色のオーニングをひたすら見つめて次にとるべき行動を思案した。レッドは亡くなり、アーニャは昏睡状態、そして今度はマテオの逮捕。

これ以上言葉を重ねてもしかたない。直感のおもむくままに行動すべき時がきた。

ボリスは以前、ロシア人はふたつの顔を持っていると話していた。表向きの顔と、秘密の顔があるのだと。それはこのバーバラ・バウムという人にもよくあてはまる。表向きはおいしいケーキを焼く優しいおばあちゃん。しかしその裏には好戦的なバーバ・ヤーガが潜んでいる。

でも、わたしだって時には鬼になる——とりわけ、家族の自由が脅かされている場合には。

決心がついた。店内のテーブルに向かって足を踏み出した。

「ああ、やっと戻ってきたわね」席に着いたわたしにバーバラが声をかけた。「話はどこまでいったんだったかしら？」

「鍵です」わたしはこたえた。「かわいい女の子や美しい女性にあなたが渡していた鍵のことです。その特別の鍵をつけたネックレスで、彼女たちはこの下にあるあなたのクラブに入店できるんですね。一般の人には立ち入れない秘密のクラブに」

陽気なバーバラはたちまち消えて、眼光鋭くにこりともしないバーバ・ヤーガがあらわれた。

「いったいなんの話かしら」

「もうごまかさないで。ロザリーナ・クラスニーは亡くなりました。殺されたんです。アーニャは薬物を盛られた。容疑者として、マダムの息子マテオが今日の午後、逮捕されました」

「なんてこと！」マダムが叫んだ。

「こんな形で知らせるのは、とても残念です」マダムに詫びた。「でも、これはバーバラにきいてもらわなくてはならないんです。地下のクラブに関わる犯罪の容疑者として無実の人間が、それも友だちの息子がつかまっているんですよ」

「あなたは誤解をしているわ」バーバラが口をひらく。

「そうかしら？　アーニャは鍵を持っていたわ。レッドも」

「クラブについて誤解しているといっているのよ」

「シルバー、ゴールド、ダイヤモンドの部屋をこの目で見ました。アーニャが好きな『おどる十二人のおひめさま』のお話と同じ。あのおとぎ話をめざしていたんですか？　飢えた男性が気安く女性と遊べるファンタジーの世界をつくろうとしたの？」

バーバラは首を横に振って否定する。「クラブをひらいたのは、レストランでウェイトレスとして働いてくれていた貧しくてきれいな女の子と、レストランで食事をする孤独な女性のためよ。あなたもビジネスを通して、社会のそういう実態は見えているはずよ」

バーバラがわたしの腕に触れる。「慈善の精神だけではやっていけないわ。あっという間に破産してしまう。ウェイトレスの子たちは年がら年じゅうわたしにお金を無心していたわ。『家賃が払えない。わたしにはあれが必要だ、子どもにはこれが必要だ』といってね。当初はわたしも甘くて、いわれるままにお金を出していた。でも、じきに断わらざるを得なくなった。そんな時に思いついたというわけ。きれいな女の子たちに、お金持ちの男性を紹介してみようとね。金儲けは上手でも、女性との交際にはあまり長けていない男たちを」

「出会い系サイトみたいなものね」マダムがひとこと加える。

「会員限定のサービスよ。最初のうちはクラブの規模は小さかったけれど、しだいに大きくなっていったわ。それはブランシュもよく知っているわね。かつての会員ですもの」

えっ？　いまなんていった？

「そんなに驚かないでちょうだい。わたしはパトロンを見つけたいとか、裕福な結婚相手をさがしたいなんていうつもりはいっさいなかったわ。でもね、マテオの父親は早くに他界して、その後に交際した刑事さんとは悲しい結末を迎えて、わたしはほんとうにひとりぼっちになってしまった。孤独だったわ。クラブに来るヨーロッパの男性は教養があっておもしろい人たちだったわ」

「やがてブランシュはピエールと出会ったのよ」バーバラだ。「あの日はちょうどわたしも居合わせたのよね。まるで稲妻に打たれたように、彼は一瞬でブランシュに恋をしたの」

わたしはあんぐりと口をあけてマダムを見た。「ふたりめの夫とは友人の紹介で出会ったと、確かそうきいていますけど」

「あれは罪のない嘘よ。友だちにどうしてもと誘われて、あのクラブの会員になってピエールに出会ったのよ」マダムの告白だ。

「でもギャンブルはまちがいなく違法行為でしょう」わたしはいわずにいられない。

バーバラが肩をすくめる。「海外の投資家をクラブに受け入れたのよ。流れでね。彼らは〝カジノ・スクール〟のアイデアを売り込んできたわ。理論的にはまったく法に触れないし、相当の安全は確保されている。クラブの常連のお客さまと人脈のおかげでね」

「地下には副警察長の姿もありましたね、確か」

「ねえクレア、あそこはほんとうに出会いを取り持つクラブにすぎないのよ。わたしはつねに徹底して公明正大よ。会員を守るために懸命に働いてくれる弁護士も抱えているしね」

「ハリソン・ヴァン・ローンのことですか？」

「あら、よくわかったわね。彼がうちのお抱え弁護士よ」

からくりを理解するのに時間はかからなかった。バーバラは『ヘンゼルとグレーテル』の魔女のように、魅力的な女性を餌にして男たちを引き寄せる。いい思いをしようとした彼らは、バーバラのお抱え弁護士のお膳立てで婚前契約書を結ばされて大やけどを負うという怖いお話だ。

しかし、バーバラの説明には納得のいかない点がある。

「ヴァン・ローンがあなたの大事な女の子たちの面倒を見ているのだとしたら、なぜアーニャはブライトン・ビーチのロシア人マフィアへの借金返済で行き詰まったりしたのかしら？」

バーバラの激しい怒りを買うだろうと予想したが、彼女は平静そのものだ。

「彼らはマフィアではないわ」静かな口調だった。「少なくとも、理屈の上ではね。どちらかというと仲介役。彼らはアメリカに住んでいるけれど、ロシア政府とつながっている。アーニャは母親を刑務所から出すために彼らにお金を払っていたのよ」

「刑務所？」

「アーニャの母親はアーティストで反体制派だった。人権問題について堂々と主張したのだけど、少々声が大きくなりすぎてしまった。それで投獄された。同じように弾圧を受けてつかまったアーティストたちがほかにもいたわ」

ボリスとの会話を思い出した。「たとえばプッシー・ライオットというロックグループ？」

バーバラがうなずいた。「ブライトン・ビーチの仲介役にとってこれは初めてのことではないわ。そのプロセスにはとても長い時間がかかる。収監されている人たちの釈放をここから働きかけるんですもの。そしてお金もかかる。アーニャはいそいでお金をつくる必要があった。友だちのロザリーナが保証人になった。アーニャはたちまち大物のパトロンを惹きつけたわ」

「ドウェイン・ギャロウェイ。元ニューヨーク・ジャイアンツの選手ですね」

「うまくやっているものと思っていたのにね。ところがアーニャはモデルの仕事の際に暴行されてしまったのよ。相手はうちのクラブの会員ではなかったわ」バーバラの目が怒りに燃えている。「そういうふるまいをわたしは絶対に許さないし、ここの地下のクラブを訪れる男性も、それはよくわきまえている。店のスタッフから注意を受けても意に介さない連中には容赦しない」

シルバー・ルームでわたしに強引にいい寄ってきた男性と、そこに割って入って助けてくれたウェイターのことを思い出した。あれはその場で機転をきかせたのではなく、店の方針に沿った行動だったのだ。バーバラの店のスタッフは問題行動をする客には目を光らせるよう訓練されているのだろう。

「くわしいことはアーニャの代理人にきくしかないわ。ちょうどハリソン・ヴァン・ローンはいまこのレストランで昼食をとっているところよ」

「どこにいますか」わたしは立ち上がった。

84

今日のハリソン・ヴァン・ローンはプレッピースタイルのファッションだ。落ち着いたウールのスーツに赤いチェックの明るい感じのベストを合わせ、ごま塩頭と顎髭はきちんと整えている。鼻にちょんとのった遠近両用のメガネは彼に一段とアイビーリーガーの風格を与えている。

「相席してもよろしいかしら？」声をかけてみた。

相手からの誘いの言葉もなにも待たず、アーニャの代理人を務める弁護士と向かい合わせに腰をおろした。今回、ヴァン・ローンはわたしのことがすぐにわかったらしい。青い表紙の法律関係の書類を閉じ、テーブルに肘をついて両手の指を組み合わせた。

「ミズ・コージー、わたしになにかご用ですか？」いらだちを押し殺した口調だ。

「アーニャ・クラフチェンコを原告とする訴訟について教えていただきたいの」

ヴァン・ローンは目を白黒させ、ワイングラスに手を伸ばしてゴクゴクと飲んでから、ようやく返事をした。

「現在進行中の訴訟について話をすることは禁じられています」

「それはご心配なく。わたしでなければ、ニューヨーク市警のエマヌエル・フランコ刑事と話しますか？　彼はあなたの話に関心を示すと思うわ。アーニャの事件を解決する糸口を得られるでしょうから」

「訴訟についてはどこで？」

「バーバラ・バウムから。でも彼女を責めないでください。無理矢理きき出したので」.

ヴァン・ローンは遠近両用のメガネ越しにわたしを見据えた。「あのバーバラの口を割らせて真実をきき出すとは」見下すような表情から尊敬のまなざしに変わり、彼は視線を下に落とした。「たいしたものだ。で、なにを話せばいいのかな？」

「アーニャが訴えていた相手は誰ですか？」

「二日前なら絶対にこたえられなかったが、相手方の弁護士から連絡がありましてね。被告の男性が出廷するそうです。つまり、すべてが公になるのは時間の問題です」

「その人物の名前を教えてください」

「スチュワート・パッカー。有限会社プライス・アンド・パッカーの凄腕ヘッジファンド・マネジャーです。ウォール街のオオカミとも呼ばれている。ビジネス面だけではなく私生活においても」

「女性関係が派手なのね」

「民事法廷では手元の証拠に加え、そうした世評も取り入れます。まちがいなく勝てるでしょう」

「その証拠というのは？　目撃者ですか？」

「物的証拠です。いまはそう述べるに留めておきますよ」

「オオカミの巣はどこにあるのかしら？」

「パッカーは世界各地で事業を展開しているが、大半の時間はニューヨークとモスクワの往復に費やしている」

ヴァン・ローンが遠近両用メガネを外す。「いまはこの街に滞在中です。今夜のグリム兄弟の展覧会のオープニングに招待されていますよ」

「ニューヨーク近代美術館《MoMA》に？　なぜそれをご存じなの？」

「秋のおとぎ話フェスティバル運営委員会の一員として、招待客リストの作成に関与していますからね。パッカー氏は近代美術館に多額の寄付をしている」

この数日、あまりにもめまぐるしかったのでオープニング・パーティーのことをすっかり忘れていた。正装がドレスコードのパーティーの招待状は届いていたけれど、欠席するつもりだった。しかしたったいま、その考えを翻した。

アーニャに暴行を加え、民事法廷で彼女に異議申し立てをしようというふてぶてしい「オオカミ男」が出席するというのだから、またとないチャンスだ。

しかし身を守る武器はないし、サポートもいない。作戦を立てようにも、なんの材料もない。これでは相手を威嚇することはできないのか。

ウィルソンならどうするだろう？　拉致？　誘惑？　映画『ミッション・インポッシブ

ル』的な離れ業？

あっと思った。

その三つすべてを実行すればいいじゃない！

85

マンハッタンのミッドタウンにそびえる摩天楼にまじって近代美術館の建物がある。周囲のオフィスビルとさして代わり映えしないこの建物のなかに、世界中の近現代美術を網羅するすばらしいコレクションが収められている。

収蔵品は建築とデザイン、絵画と彫刻、写真とフィルム、さらに版画と絵本も。今夜は『グリム兄弟　アートと童話』展のオープニングを祝うパーティーだ。

占い師のマダム・テスラは今宵、この会場で〝パフォーマンスアート〟を披露する。そのために寄せ集めチームが急遽結成され、たったひとりの観客のために一芝居打つ。

成功の見返りは大きい。マテオの運命と、わたしの未来がそれで決まるようなものだ。

マダムはジプシー占いのマダム・テスラの扮装でリムジンで会場に乗りつけ（わたしは地味な黒い服をまとって同行した）、「潜入チーム」のメンバー三人と合流した。彼らは『赤ずきん』の登場人物の扮装をして、パーティーの入場を待つ人々にかれこれ一時間ほどサービスしている。

「木こり」（リムジンの運転手を生業とするボスニア人、エルダー）は顎に付け髭をして木こりの仕事道具も用意している。香水入りの石けんを彫って小さな動物をつくり、できあがったものをレディたちにプレゼントしている。

「赤ずきん」（ビレッジブレンド最年少のバリスタ、ナンシー）はピクニック用のバスケットに入れたグルメクッキーと各種スイーツを配っている。

そして「オオカミ」（ロシア人ベーカリー、ボリス）は頭にオオカミのマスクをすっぽりかぶっている。毛がふさふさして口がパクパクひらき、漫画のような目がついた凝ったマスクだ。その格好のまま、おとぎ話にインスパイアされたラップを速射砲のように繰り出している。

ようやく美術館のドアがひらき、アートのパトロン、批評家、有名人、報道関係者など多数の招待客とともに赤ずきん、木こり、オオカミもキラキラと輝くロビーへと入っていった。

展覧会にはビレッジブレンドからジャン＝ミシェル・バスキアの作品『ドレッドロックスと三匹の熊』を貸し出しているので、今夜の盛大なパーティーにわたしは正式に招待されている。

マダムは秋のおとぎ話フェスティバルの運営委員を務めているので、当然、招待されている。今夜は「手相占いの名人、マダム・テスラ」に扮し、建物の前でパフォーマンスをしていた三人を付き添いだと警備員に説明して会場に入れてしまう計画だった。

だがさいわい、その必要はなかった。

赤ずきん、オオカミ、木こりは本日のエンタテインメントの正式のスタッフであると警備員は信じて疑わず、すんなりなかに入ることができたのだ。

貧しいギリシャ移民から身を起こして〈パパイヤ・キング〉で成功したガス・プーロは、トロピカルジュースのスタンドの前にフラガールを置き、試飲のサービスをして事業のピンチを切り抜けた。同じ手法で、どうやらわたしたちも最初の関門を無事に切り抜けたらしい。

「みんな入ったわね」わたしはふうっと息を吐いた。〈パパイヤ・キング〉経営者のガスと妻のバーディー——ドイツからの移民でホットドッグを愛した女性——にヒントを得た戦略はみごとに当たった。心のなかで彼らに感謝を捧げた。

次は作戦基地の確保だ。

わたしはケータリングのためにこれまで何度もこの建物に出入りしているので、裏手の廊下と人目につかないように設けられている準備室がいくつもあるのを知っていた。さっそくパーティーの会場から少し離れた狭い準備室をめざした。ドアノブの下にはダイヤル錠がついている。前回訪れた時の数字の組み合わせは憶えている。

美術館のなかを皆で走りながら、マダムの目は興奮で生き生きと輝いている。「こんなにゾクゾクして楽しい経験は、マテオの七年生のサマーキャンプにコーヒーをこっそり持ち込んだ時以来よ！」

ナンシーがあぜんとしている。「てことは、マテオに……いや、ミスター・ボスに七年生でコーヒーを飲ませていたってことですか？」

「もちろんよ」マダムがこたえる。「気がついたらあたりまえのように飲んでいたわ。キャンプではオレンジジュースとチョコミルクばかり飲まされて、あの子は辟易《へきえき》していたのよ」

「まだですか」オオカミのマスクからボリスのくぐもった声がする。「このもじゃもじゃにはもう耐えられない！」

「次の角を曲がれば、すぐよ」スタッフがロック錠の数字の組み合わせを変えていませんようにと祈った。「そしたら次の衣装に着替えるから」

「このマント、すごく気に入っているのに」ナンシーは残念そうだ。

「残念だけどマントはもう必要ないのよ。わたしたちが狩るオオカミには別の餌が必要だから」

もうひとりの仲間に呼びかけた。「あなたは大丈夫、エルダー？」

「ひどく間抜けに感じている」エルダーは開拓者風のデニムのオーバーオールのサスペンダーを引っ張った。

「そんなことないわ」ナンシーがエルダーの肩をやさしくトントンと叩く。「どこからどう見ても木こりに見える。だから大丈夫」

「知ってるぞ、そのジョーク！」エルダーが声を張り上げる。「モンティ・パイソンだな？」

フィルムシアターの脇を通り抜ける。掲げられている上映演目をマダムが指さす。

「あら、ジャン・コクトーの『美女と野獣』を上映しているわ」そしてため息まじりにいう。「小さい頃から大好きなあの映画よ」

「後で存分に楽しめますから。さあ、行きましょう！」

めざすドアを見つけて数字を打ち込んだ。カチリと音がして鍵が開き、わたしたちはなかに入った。室内には箱やらさまざまな補充品やらが積み上げられている。ひどく狭苦しいスペースに鏡と流しが一つずつある。

それでもマテオがいる独房に比べたら、たぶんこちらのほうが広いだろう。

「さあ、作業に取りかかりましょう」

ボリスはほっとしたように唸り声をあげながら巨大なマスクを頭からむしり取った。

「大事な小道具だから気をつけて扱ってね」ボリスに注意した。「タッカーは土曜日のマチネーでそれを使うから、ちゃんと返さなくてはならないの」

ボリスはマスクのなかをさぐってフランコから借りた送信器を取り出す。眉にたまった汗を彼が洗い流すあいだ、わたしはマダムにイヤリングをつける。スパイ・ショップで調達したものだ。

「まあ、安っぽいこと」マダムが文句をいう。

「マダム・テスラの衣装とベールをつけているんですから、誰も気づきはしませんよ。使い方を教えますからね」

ナンシーはお菓子を入れているバスケットから革のジャケット、電話機のコード二本、高級化粧品一式を荒っぽい手つきで取り出す。その化粧品を持って鏡の前に陣取り、三つ編みにしていた金髪をほどく。

エルダーはオーバーオールとフラノのシャツを脱ぎ、その下に着ていた黒いTシャツ（迫力を出すために身体にぴったりとしたTシャツ）と同色のチノパンという姿になった。黒い革のジャケットを羽織り、木こり用の付け髭がそのままだったのを思い出してばりっとはがした。

「いよいよ、オオカミに罠を仕掛けて捕らえるぞ」エルダーがいう。いつものユーモラスな山高帽をかぶらず、黒ずくめの格好をしたエルダーはかなり迫力がある。そして、レッドを殺した犯人を絶対に捕らえるのだという固い意志がさらに凄みを加えている。

「準備オッケーです、ボス・レディ」ボリスがきっぱりと宣言する。革で補強されている軍用の黒いコマンドセーターに、タイトな黒いデニムという出で立ちで、これまた物々しい雰囲気だ。

ふたりの姿をじっくりと点検した。「仕上げにあとひとつ」

エルダーの耳に電話機のコードを装着し、コードの端を彼のジャケットに差し込んだ。ボリスにも同様に、耳にコードを装着してもういっぽうの端をセーターの背中側へと差し込む。

「これでふたりとも盗聴器をつけているように見えるわ」

「できた。こんな感じでいいかしら」ナンシーの声が震えている。

メイクが完璧に仕上がっている。上品で、とてもお金がかかっていて、けばけばしさの一歩手前の華やかなメイク。タッカーがナンシーにみっちりと仕込んだメイクのテクニックだ。

「マントをとってみて」わたしはナンシーに指示した。

ナンシーが頬を赤く染めて長いマントを床に落とすと、フェンのデザインのロングドレスがあらわれた。わたしのドレスをナンシーの体型に合わせてお直ししたのだ。それにしてもナンシーがこんなみごとな曲線美の持ち主だったとは、知らなかった。

「おう、こりゃいい」エルダーがウィンクする。

「ちっちゃなナンシーはすっかり大人に成長した」ボリスがきっぱりとした口調でいう。

「こんな若返りの術があればいいのにね」マダムはうらやましそうな口調だ。

これでキャストの支度は整った。わたしはバッグからスマートフォンを取り出し、ターゲットについての情報を呼び出した。まずは最近の写真から。

「この顔をよく頭に刻みつけておいてね」わたしは皆にいった。「わたしたちのターゲットは有限会社プライス・アンド・パッカーというヘッジファンドの最高経営責任者《CEO》。名前はスチュワート・パッカー。でも業界ではウォール街のオオカミという異名で知られている」

86

グリム兄弟ガラ・パーティーの開始から一時間が経ち、わたしはパニックに襲われそうになっていた。展覧会の会場を二周し、豪華なブッフェ付近をうろうろし、フィルムシアターのなかまでのぞきにいってみた。けれどもオオカミは影も形もない。

今夜は巣穴から出てこないつもりなのかしら。だとすると、すべてが水の泡……。

わたしが悶々としているあいだもマダム・テスラは着々と実績を積んでいる。マニキュアをしたレディ、裕福な有名人、上品な学者など、次々に手相を見ている。スタントン市長までニコニコして見てもらっている。

会場を二周して、タッシェン社の『グリム兄弟』の挿画集のコーナーで足を止めた。画集に収録されている作品の原画が多く展示されている。グスタフ・サス、アーサー・ラッカムの『勇ましいちびの仕立て屋』など十九世紀のドイツのイラストもある。

ビレッジブレンドが貸し出したバスキアのミクストメディアの作品はハイチ人画家、エドゥアール・デュヴァル＝カリエとフランケチエンヌのイラストとともに展示され、ひときわ目立つ場所を与えられているのを見て誇らしく思った。

そこからブッフェのテーブルへと戻った。今夜の晴れ舞台には、この街の選りすぐりのシェフが参加し、おとぎ話をテーマとした料理に腕をふるっている。

デル・ポストは、看板メニューの百層のラザニアを小さな四角形に切り分けて提供している――もともとアンデルセンの『エンドウ豆の上に寝たお姫さま』にインスパイアされて生まれたラザニアだ。

ファット・ウィッチ・ベーカリー（魔女のキャラクターで大人気のブラウニーブランド）からはおいしいブラウニー。お好みで白い魔女（ホワイトチョコレート）か赤い魔女（チェリー）が選べる。そしてわたしの友人でもあるペストリーシェフのジャネルは特製のフェアリーブレッドクッキーを焼いて出品している。これはオーストラリアの子どもたちのパーティーには欠かせない伝統的な「フェアリーブレッド」にインスパイアされている。

ナンシーは狭い準備室にこもっているエルダーとボリスをふびんに思い、「毒リンゴのシャルロッカ」（シャルロッカはポーランド語でアップルパイのこと）をまるまるひとつ確保した。根っから気だてのいいナンシーは銀メッキのトレーにそのアップルパイ、皿、肉切り包丁みたいな大きなナイフ、カップ、紅茶入りのポットをのせて準備室に運んだ。

プロの職人としてボリスは神妙な表情で「毒入り」バージョンの伝統的なロシア風アップルパイの味見をした。ひと口頬張り、「毒」の正体がシナモンシュナップスであると見極め、クラムにはアップルウォッカが使われていることも見破った。

「これは伝統的なレシピとはちがう」彼がいう。「しかし、認める！」

パーティー会場に戻って三匹の子豚（プロシュートでミニサイズのフランクフルトソーセージを巻いてバーボンとベーコン風味のペストリーに挟んだもの。それがトレーに並び、香ばしい香りが鼻孔をくすぐる。いくらでもおかわりできそう）を二度おかわりして楽しんでいるわたしのもとにナンシーがやってきた。

「オオカミがいます」彼女がささやく。

くるりと後ろを向くと、そこに彼がいた。

写真から想像していたよりもスチュワート・パッカーは背が高く、正装姿の彼の服はわたしの年収よりも高価であるにちがいない。力強く張った顎、金髪をオールバックにした髪型のオオカミは正統派のハンサムだ。しかし写真ではギラついていた緑の瞳が、いまはとろんとして焦点が合っていない。おそらく、ビジネスマンと談笑しながらカクテルを二杯ほど飲んだためだろう。

会話するふたりのそばにもうひとり男性がいる。パッカーの背後にぴたりとついて離れないのは、長身で黒っぽい髪のボディガードだ。その顔にはなぜか見覚えがある。いったいどこで見かけたのだろう。

「さあ、いよいよ始めるわよ。マダムにイヤリングのスイッチをオンにするように伝えてちょうだい」

「了解《ラジャー》」ナンシーがこたえる。

もう一度オオカミのほうを見てみた。通りかかったウェイターのトレーから三杯目のカクテルをとった。そのすぐそばに魅力的な女性が立ち、あきらかに彼に関心がありそうな様子だが、彼はまるで意に介さない。

これはまずい。はたしてうまくいくだろうか。

「ねえナンシー、〝セックスピオナージのエージェント〟については個人的に複雑な思いがあるから、ちょっといいにくいわ。でも、オオカミをマダムのところに誘導するにはあなたの美貌と魅力が頼りなの」

ナンシーはそわそわした様子で肩越しに後ろに視線をやり、うなずいた。「まかせてください」

いそいで送信器のある準備室に戻った。ナンシーはマダムに合図して注意をうながした。

舞台が整い、幕が上がろうとしている。はたしてハッピーエンドが待っているだろうか？

87

「きこえますか、マダム？」

「よおくきこえますとも」

「どんな状況ですか？」

「ナンシーとわたしはターゲットを囲い込んで――まあ、すてき」

「なにがですか？」

「ミスター・パッカーはわたしたちの餌をひと目見たとたん、あんぐり口をあけたわ。オオカミはよだれを垂らさんばかりの表情よ」

わたしは準備室でヘッドセットを装着ずみだ。手元のスマートフォンにはスチュワート・パッカーの情報がぎっしり入っている。

すぐそばにはすでに半分になった毒リンゴのシャルロッカと大きなナイフが置きっぱなしだ。ボリスとエルダーは送受信される会話の内容をきくのに忙しくて、アップルパイどころではない。

「ナンシーならきっとやり遂げるはず。だって彼女は清純でかわいくて――」

「アーニャも純真無垢だったわね」マダムの指摘に、思わずはっとした。「ナンシーの屈託のなさは武器になるわね。そしてあの大胆なデコルタージュ！」

突然、別の声が聞こえてきた。オオカミが連れに話しかけているのだ。

「わたしの元妻を憶えているか、フィル？　あの結婚でいちばんよかったのは彼女とイニシャルが同じだったことだ。ついでにスタンダード・アンド・プアーズともいっしょだ。おかげで鞄とタオルのモノグラムを変えずにすんだよ」

太い笑い声を遮るようにナンシーのかわいらしい声がした。なぜかスローテンポのセクシーな南部なまりだ。ナンシーがこんな喋り方をするなんて、知らなかった。

「失礼をおゆるしください、ミスター・パッカー。マダム・テスラがあなたのキュートな手の手相を見て差し上げたいそうです。あなたにどんな未来が待っているのか、マダムはとても関心があるそうですよ。わたしも」ナンシーははにかんだ様子で最後のひとことをつけ加えた――そしてまちがいなく、小麦色の髪をふわりと揺らしたにちがいない。

オオカミは餌に食らいつき、あっさりと友人を放り出した。

「そりゃいいな。うん、きみのいう通りにしよう」

「まあ、ありがとうございます」

「どうぞ、手を」マダムの重々しい声だ。

「いいえ、右手を」ナンシーの甘い声。「ここに……わたしが支えますから」

「未来を見通してみましょう」一拍置いてからマダムの声がきこえた。

「すぐ目の前の未来にきみが大きな位置を占めていることを願うよ」これはナンシーに向けた言葉らしい。

彼がカクテルを飲み干すゴクゴクという音。

「まあ、ミスター・パーカーは愉快な方なんですね」

「パーカーは父の名だ。スチュワートと呼んでくれ」

それより「煮込まれてくたくたになったシチュー」のほうがぴったりだわ。

オオカミの声はやたらに大きくて言葉は不明瞭――ひっきりなしに酒を飲んでいるところから想像して、パーティーが始まる前からすでにかなり酔っているにちがいない。

これは絶好のチャンス。彼の灰色のちっぽけな脳細胞がアルコール漬けの状態なら、脅すのはかんたん。

「旅が見えます、ミスター・パッカー。外国の首都に行きますね。ああ、なるほど、モスクワ。そして出発は一週間以内」マダムの声だ。

「どうしてそんなことがわかってしまうのかな」

《フォーブス》のビジネスニュースよ、とわたしは心のなかでこたえた。来週、国際投資セミナーであなたがゲストスピーカーを務めるという記事が出ていたわ。

「でも危険を感じます」マダム・テスラがおどろおどろしい声で続ける。

「当ててみよう。飛行機の墜落かな」

「エアロフロートの未来に墜落は見えません――」

「ルフトハンザ！」わたしはマダムに訂正した。「彼が搭乗するのはルフトハンザです！」

「ルフトハンザの飛行機の墜落もないでしょう」マダムが訂正する。「事故死のおそれはありませんよ、ミスター・パッカー。あなたは何百万ドルものお金をヨーロッパの外に移し、モスクワ銀行に預け入れた――」

「どうしてそんなことまで？」

わたしはスマートフォンを見つめた。わかっちゃうのよ、パッカーさん。いま《フィナンシャルタイムズ》の記事を見ているわ。資金の移動について書いてあるわ。あなたと銀行の頭取がいっしょに写っている写真もね。

「マダム・テスラはすばらしい能力の持ち主なんですよ」ナンシーが甘い声でささやく。「それにマダムは霊界からあなたへのメッセージも預かっています」

「そんなもの、預かられてもなあ」

オオカミは少し怪しんでいるのか、揶揄する調子だ。しかし百戦錬磨のマダムに通用するはずがない。質《たち》の悪い客をいなすのは朝飯前だ。マダムは淡々と続ける。

「メッセージを伝えますよ。この若い女性をともなって廊下を進み、その先で待っている人々と話し合いに臨みなさい。さもなければ資産は消えてなくなるでしょう」

「いったいなにをいい出す――」

「一夜のうちに」マダムはオオカミの言葉を遮り、パチンと指を鳴らした。

「誰にもそんな真似はさせない。ここから動くつもりはない」オオカミはきっぱりという。

強く出すぎただろうか？　でも、いまさら止められない。始めたからには最後までやり遂げなくては。

「とどめの一撃を食らわしてください、マダム」指示を出した。

「よくおききなさい。ミスター・パッカー」マダムの声だ。「いまならわたしの同志と交渉の余地があります。それとも、消えた資産を取り返すためにモスクワに飛びますか。向こうで待ち受ける男たちは、あまり物わかりのいい連中ではないですからね。あなたの頭から袋をかぶせて、心臓を射ち抜き、遺体をそのままモスクワのシェレメーチエヴォ国際空港の駐車場に置き去りにするでしょう」

沈黙があまりにも長く続くので、イヤリングのバッテリー切れなのではないかと心配になった。ようやく声がきこえた。ミスター・パッカー。マダムの声だ。

「ただの話し合いですよ、ミスター・パッカー。どうしても心配ならボディガードを連れていけばよろしいわ」

じかに見なくても、オオカミがためらっているのが手にとるようにわかる。最終的に、圧倒的な好奇心にかられ――そして若いナンシーが決め手となって――彼は態度を決めた。

「荒っぽい手段に訴えることなく、厄介事から解放されるかもしれなくてよ」吐息のようなマダムの声が伝わってくる。

「どうかしら、スチュワート？　少し散歩しましょう」

88

ドアを少し開けて廊下をうかがうと、向こうからナンシーとオオカミが腕を組んで歩いてきた。ナンシーはあいかわらず魅力をふりまいているが、オオカミはそれどころではなく、細心の注意を払っているのがわかる。その後ろから小走りでボディガードがついてくる。むっつりとした表情の男には見覚えがあるのに、何者か思い出せない。

ドアを閉めて鍵はかけずにおく。「みんな、位置について」

エルダーは壁にぺたりと張り付いた。ドアが開いた時に隠れて見えなくなる位置だ。ボリスはわたしのかたわらに立ち、ふたりのあいだには送信器が丸見えだ。もうこの装置を使う必要はないが、わたしの「身分」をオオカミに信じさせるには格好の小道具となる。

息を詰めて待っているとドアが開いてナンシーとオオカミが部屋に足を踏み入れた。ぴたりとくっつくようにボディガードも続く。

三人が完全に入ったところで、エルダーがドアをバタンと閉めた。

オオカミとボディガードがぱっと振り向く。そこには威嚇するように睨みつけるエルダーの姿。彼らがまたわたしのほうを向いた。「これはいったい――」

「ここではわたしが話のお相手をします。パッカー同志」ボリスのきついロシア語のアクセントをそっくりそのまま借用してみた。

「いったい何者だ」

「わたしはマグダ。わたしの横にいるのはボリス。あなたたちの後ろにいるのはエルダー。紹介が済んだところで――」

「名前などきいていない」

オオカミはアルコールのせいで汗をかき、顔は紅潮して色艶《いろつや》がいい。しかし怯えきっているらしく、酔っ払いとは思えないまともな口調だ。「名前なんかじゃなく――」

「ロシア対外情報庁《SVR》だ」ボリスが怒鳴る。

オオカミは平然としているが、ボディガードは激しく反応している。彼は今夜は一滴もアルコールを口にしていないはずなのに、突然、ボスと同じように汗をダラダラ流し始めた。

「アメリカ人が無礼であることは周知の事実です」わたしは話を続ける。「あなたの無礼な問いにこたえましょう。わたしたちは対外情報庁から派遣されてきました。パッカー同志」

「SVRか？」オオカミがナンシーを指さす。「きみはロシアのスパイのはずがない。若くてかわいくて南部のアクセントでしゃべっているじゃないか」

「彼女は貴国のジョージア州の学校を出ていますから」わたしがこたえる。「しかし生まれはわれわれの祖国――ジョージア共和国です」

ついにボディガードが口をひらいた。挑戦的な強い声だ。「ヤー・ニェ・ヴェリュー・ヴアム！」

ボリスが一歩前に出る。「ヴィー・パベリーチェ・ムニェ、カグダー・ヤー・ラズビューヴァーシュ・チェーレップ！」

彼の言葉がきいたらしく、ボディガードが青ざめた。

おそれおののくボディガードの様子を見てオオカミは態度を覆した。いきなり友好的な口調で話しかけてきた。

「わかった、わかりましたよ。信じましょう。わたしにいったいなんの用ですか」

「わたしの配下にあったセックスピオナージのエージェントのひとりを殺し、もうひとりを昏睡状態に追いやった理由をきかせてもらいたい」

オオカミの膝から力が抜けてふらついている。「なにをいい出す！　アーニャ・クラフチェンコのことか？」

「そしてロザリーナ・クラスニー」

「クラスニーという女は知らないが、アーニャは……」彼が顔をしかめる。「知っている」

「彼女から訴えられていますね。卑劣な暴行を働いた容疑で」わたしがいう。

「確かに……訴えられているのはまちがいない。しかし内容は恐喝だ。あの娘とは十分間話をしただけで、暴行などしていない。ほんとうに身に覚えがあるなら、公判を強く要請したりしない」

「裁判を望んでいるというの？」

「もちろんだ。疑いを晴らすために必要とあれば」

怪訝そうな表情を崩さないわたしにオオカミがいい募る。

「アーニャの存在を排除したいと思えば、さっさと殺してますよ。彼女が死ねば訴訟はなくなる。生きていれば正義は勝ち、わたしの弁護団とあのヴァン・ローンという不愉快な弁護士は、わたしの不幸を種にしてしこたま金を手に入れる」

「両者のあいだに齟齬《そご》があった、ということかしら？　あなたはその気のない彼女にいい寄った。彼女はそれを過剰なまでに深刻に受け止めた」

オオカミが首を横に振って否定する。「ヴァン・ローンは証拠があると主張している。以前、大統領に対しホワイトハウス実習生が提出したたぐいのものだそうだ。はったりに決まっている。だからヴァン・ローン側の医師にＤＮＡ鑑定のためのサンプルを渡した」

彼がさらに顔をしかめる。「鑑定結果が出てわたしの有罪が証明されたと、彼らはいってきた。だから決着をつけることにした。法廷で」

スチュワート・パッカーは本気で自分の無実を確信しているようだ。嘘をついているとしたら、死へのおそれがマヒした冷酷なソシオパスだとしか考えられない。

ボディガードの様子はスチュワートとはちがう。さきほどから彼は肩越しにエルダーをちらちら見ている。油断したら背後からアイスピックで首を突き刺される、と身構えているようだ。

また振り返った彼の首筋にわたしの視線は釘付けになった。見覚えのある三日月形の傷跡!「わかった!」思わず声が出た。ロシア語のアクセントをつけるのを忘れてしまった。

「病院でアーニャを平手打ちした偽の看護師よ。仲間がわたしたちを射った隙に逃げ出した、あの看護師!」

動物が罠にかかったような悲痛な声とともにボディガードはパッカーを脇に押しやり、「毒リンゴのシャルロッカ」のトレーからナイフをつかんだ。一瞬身がすくんだわたしの首に彼が腕を巻きつけ、ナイフを高く掲げて喉に刃を向けた。

「こいつを殺す!」

嫌よ。殺されてたまるものですか!

自分のなかに眠っていた雌のオオカミが目を覚まし、彼の腕に嚙みついた。ガブッと。吠えるような悲鳴があがり腕が弛んだので、やっと息が吸えた。そこにエルダーとボリスが同時に男に飛びかかった。あっと思う間もなくナイフの刃がキラリと光りボリスの悲鳴があがった。

血だ! ボリスは重傷を負いながらも男を離すまいとつかみ、エルダーは必死に押さえ込もうとしている。なにか武器はないかとわたしは周囲を見回し、シャルロッカがのっている重いトレーに目を留めた。のっているものを全部落とした。

カップ類が床に当たって粉々に割れ、シャルロッカは床のタイルに散る。わたしは金属製の丸いトレーを振り上げ、ボディガードの頭に打ちつけた。さらにもう一度。

二度の強打でボディガードは伸びてしまったようだが、慎重を期してもう一度叩いた。

オオカミは石になったように固まり、このすさまじい光景を茫然と見ていた。が、ふいに小娘のような悲鳴をあげてドアから飛び出していった。オールバックに撫でつけていた金髪を振り乱し、絶叫をあげながらパーティー会場へと死に物狂いで走っていく。

「助けて！　助けて！　ロシアのスパイに殺される！」

わたしは両膝をついてボリスの傷口からの出血を止めようとした。彼がわたしを見上げる。痛むのだろう。懸命に目をみはっている。

「医者をさがしてきます！」ナンシーがパーティー会場へと走っていった。

「九一一番に通報する！」エルダーだ。

ボリスの腹部の傷を手で押さえた。指のあいだから温かな血が染み出てくる。若いパン職人のボリスがいきなりわたしの腕をつかんだ。

「ツァリーナに伝えてください。最期に思ったのは彼女のことだったと」

それだけいうと、彼は目を閉じた。

89

エスターに電話でボリスの負傷を伝えると、彼女は悲鳴をあげた。これで二度目だ。しかし今回、エスターは枕の下に頭を埋めたりはしなかった。わたしたちがいる病院に駆けつけ、集中治療室《ICU》のドアを突き破る勢いで飛び込んできて、「わたしのボリス」に会わせてくれと訴えた。

　ボリスの容態が安定するまでエルダー、ナンシー、マダム、わたしは悶々としながら待った。峠を越したと医師から説明があり、いったん引きあげることにしたが、エスターは愛しいボリスが目を覚ますのを待ちたいと、ひとり残って付き添うことにした。

　ひと目「ツァリーナ」を見るだけで、ボリスには最高の薬になるだろう。そしてエスターは一睡もせず彼のそばから離れないだろう（なんと心強い）。そんなふたりの未来はきっと明るい。

　時計の針があと少しで十二時を指す頃、わたしは徒歩でようやくビレッジブレンドにたどり着いた。なかに入ると、カウンターの前に腰掛けているフランコが見えた。彼が立ち上がってわたしを迎えた――。

「大変だったそうだな。知らせたいことがあって待っていた」

「マテオのこと?」

「それもあるが……」

わたしはふたり分のエスプレッソを抽出して隅の静かなテーブルに席をとった。

「じつは」フランコが話を切り出した。「パッカーのボディガードを逮捕したチームと話をした。彼らによると、あの男は警察に逮捕されるよりも〝ロシアのスパイ〟のほうがずっと怖いらしい。外国のスパイのことをばらせば釈放してもらえると思って白状したそうだ」

「なにを白状したの?」

フランコが顔をしかめる。「レッド殺し、アーニャへの薬物投与、という内容ではなかった。ふたつの事件が起きた頃、奴とボスのパッカーはロングアイランドのハンプトンズに出かけていた。鉄壁のアリバイがあるってわけだ。アーニャが薬物の過剰摂取と思われる症状で病院に収容されたことは、おそらく共犯者からひそかに連絡がいったんだろう。ボディガードはヘリでマンハッタンに飛び、病院で女装した。ボディガードはその数日前にアーニャに電話したことも認めた。事件当日の朝も電話したそうだ。ロシア語でな。ウォール街のオオカミ——奴はロシア金融界の大物と人脈がある——を相手取った訴訟を取り下げなければ、刑務所にいる母親が殺されると脅したそうだ。だがそんなのは嘘っぱちで、訴訟を取り下げさせるために彼女を動揺させることが狙いだった」

「『カッコーの巣の上で』の看護師に女装したのはボディガードだったのね。彼の共犯者は?

発砲した太った男の正体は？」

「それに関しては口を割ろうとしない。武器使用の嫌疑がかけられているというのにな」

あまりにも重苦しい内容なので、話題を変えた。

「マテオはどんな様子なのかしら？」

「まだ取り調べは続いている。プレスキーとエンディコットはふたりで組んで徹夜で勝負を続けるつもりだ」

「あなたは加わらないの？」

「ドウェイン・ギャロウェイの〈肉の騎士団〉で単独捜査をしていると思わせている。エンディコットには敬遠されているしな」

「マテオの勾留期間は？」

「まるまる二十四時間。それがミスター・DNAが最大に引き延ばせる時間だ。なんらかの罪で告発すれば、さらに延長が可能だ。エンディコットはなんとしても自白に持ち込みたいんだ。いまあるのは状況証拠ばかりだからな」

フランコが首を横に振りながら、さらに続ける。「エンディコットとプレスキーの迷走ぶりがあまりにもひどくて、ホラーのようだ」

「どういう意味？」

「あのふたりはマテオ・アレグロも謎の薬物の依存症にちがいないと考え、長時間薬を断てば離脱症状を起こして汗をダラダラ流し、薬欲しさに自白するだろうと期待している」

「あり得ないわ」

「まったくだ」フランコがうめく。「寝かさないためにコーヒーを飲まし続けるようにふたりに提案しておいた。エンディコットとプレスキーは一時間おきにコーヒーを運んでいる。『お巡りのクソみたいな汁』だときみの元亭主はぼろくそにいっているが、飲んではいる」

「ありがとう、フランコ！」彼をぎゅっと抱きしめた。今夜初めてわたしは笑顔になった。

「カフェインさえ摂っていれば、マテオはきっと持ちこたえるわ」

「同感だ。きっといつか森から出られるさ」

「楽しそうだな、おふたりさん」聞き覚えのある声だ。「なにかいいことでもあったかな？」

ウィルソンがこちらに近づいてくる。満面の笑みを浮かべて。こちらが勧めもしないうちに勝手に椅子を引いて座ってしまった。

次にウィルソンがあらわれたらフランコに対応させる。マイクとはそう約束させられていた。

そのフランコはここにいる。だから約束を破ったことにはならない。この憤懣《ふんまん》やる方ない思いをどうにかするには、自分自身でウィルソンと「対決」するしかない。

90

「ちょうどよかったわ、ミスター・エージェント。わたしのビジネス・パートナーが警察に勾留されて殺人容疑で逮捕されそうなの。あなたなら彼を救えるわ。レッドが殺されたのは九〇年代の未解決事件に関係しているのであってマテオが関与するはずがないと、警察にあなたから話してもらえれば」

ウィルソンが顎を掻く。「それは」

「いいえ、言い訳はききたくないわ。四の五のいわずに、まずここにいるフランコに話してみて。わたしに話したことをすべて」

フランコが訝しげな表情を浮かべる。「どこのどちらさんか知りませんが、きこうじゃないですか」

手短な紹介をすませ、ウィルソンはわたしの要望にこたえてフランコに話をしてくれた。その上で、エンディコットにこの情報を伝えても、事態が好転することは期待できないといい、その理由を説明した。

「あくまでも仮説の域を出ない。証拠はなにもない。だからきみに接近したんだ。きみはわずか数日間のうちに、いくつもの手がかりを得た。脱帽だ」

「でもいまは行き詰まっているわ！」

「いまのところはな。しかし、わたしとちがってきみは複数のキーパーソンに近い位置にいる。しかも、そのうちのひとりは家族の延長上といってもいい」

家族の延長上？　彼をまじまじと見つめた。本気で考えているの？「レイラのことね？　マイクの元妻がCIAのエージェントを殺害した容疑者だと」

「彼女がこの街に来たのは十七歳の時だ。若いモデルだった。彼女は条件にぴったり一致している。そして薬物を投与されたアーニャ・クラフチェンコを雇っていたのはレイラだ。きみにとってはつらいにちがいない。しかしあらゆる可能性を考える必要がある。時計の針は容赦なく進んでいるからな」

「時計？　なんの時計？」

「おそらく警察はマテオ・アレグロを朝には釈放するだろう。そうなれば、彼の命は一週間ともたないはずだ」

「えっ⁉」フランコとわたしの声がそろう。

「だから今夜こうしてきみに話しにきた。じつは隠していたことがある」

「え？」

ウィルソンがうなずく。「九〇年代、モスクワでKGBのクーデターが失敗に終わると、ペトロフ――ワシリー・ペトロヴスとも呼ばれた――はソビエト連邦に呼び戻された」

「それはあなたからきいたわ」

「隠していたのは、彼がソ連に到着することはなかったという事実だ。ペトロフは上層部の指示を無視した。彼はアメリカから出る用意はしていた。しかしめざしたのは祖国のロシアではない。ケベックで別人として新しい人生を始める手はずを彼は整えていた。若い妻と息子との新生活だ。しかし彼は妻子のもとに行き着くことはなかった」

「なにが起きたの？」

「ペトロフは自宅アパートで頭を射ち抜かれた。遺体からは薬物の入った小瓶が見つかった。わたしの部下のエージェント、いや、わたしの恋人のフェイスを殺すのに使われたのと同じ薬物だ。殺害に使用された銃の出所をたどるとキューバに行き着いた。そこでＣＩＡは、ペトロフはＫＧＢに殺されたのだと結論づけた。彼の逃亡を阻むため、あるいは八月クーデターに加担した罰として」

フランコがぐっと目を見開く。「そうは思っていない、ということか？」

「わたしが立てた仮説はクレアに話した。ペトロフを殺したのは、彼の部下だったエージェントだろう。その人物は彼にフェイスを殺害の罪を着せたのだろう。動機を想像するなら、そのエージェントはペトロフに裏切られ、見捨てられたと感じて復讐を果たしたのだと思う」

ウィルソンがテーブルの向こうから身を乗り出した。

「どうやら同じパターンが繰り返されようとしているようだ。利口な殺人犯はまたもや誰かをはめて濡れ衣を着せようとしている。その誰かとはマテオ・アレグロ。証拠不十分で釈放されるか、あるいは公判前に保釈されるか、ともかくアレグロが自由の身になったら殺されるだろう。遺体からはきっと薬物の瓶が発見される。そしてペトロフの場合と同じく、それで一件落着となるだろう」

力が抜けていく。「なんとかしなくては」

ウィルソンが微笑む。「その言葉をきけてうれしいよ。すでに案はある。いっそマテオをおとりに使ってみたらどうだろう」

「なんですって！」よくもそんな恐ろしいことを。「ダメよ！　絶対にやめて。それよりマテオは街を出るべきよ」

「警察がそれを許すだろうか。おそらく、彼らはパスポートを取り上げるはずだ。殺人犯は辛抱強く待つだろう。数週間でも数カ月でも。すでに数十年越しなんだからな」

フランコがうなずく。「その通りだ。これでは釈放されても安心はできない」

「刑務所に入ればいいのよ」

「なんだと？」フランコとウィルソンが声をそろえる。

わたしはフランコのほうを向いた。「マテオを告発してちょうだい。彼に手錠をかける時に殴られたでしょう？　警察官に暴行を加えたのだから、告発すべきよ」

フランコは驚愕の表情でわたしを見つめる。「生涯、嫌われ者になれというのか。ジョイの気持ちはどうなる」

「それでも、あなたは彼の命を救える」

「その保証はない」

「マテオを告発して、あと一日か二日彼を勾留すれば、わたしたちは真犯人を突き止めてマテオが殺されることも、罪を着せられることも阻止できるわ」

フランコは手で目を覆う。「なんてこった」

今度はウィルソンが口をひらいた。「クレア、きみのプランでは時計の針を止めることはできない」

「そうね。でも速度を落とすことはできる。殺人犯を見つける時間を少々稼げるわ。その時間が必要なのよ」

「もう行く」フランコが立ち上がる。「一晩よく考えてくれ。朝になっても気持ちが変わらなければ、電話してくれ。告発の手続きをするから」

フランコは店を出ていった。ウィルソンの視線を感じた。

「どうかしたの？」

「きみにいっておきたいことがある。事件とは関係ない。大きなお世話だときみは思うかもしれない」

「もちろんききたいわ。話して」

「きみのパートナーから連絡はあったか？」

「マイク？　いいえ、明日の会合に出席するために今夜の便でロサンゼルスに向かっているわ」

ウィルソンが立ち上がり、わたしの肩に手を置いた。「ささやかなアドバイスを送ろう。きみがワシントンDCに移る話をマイクが次に持ち出したら、いままでよりも少しだけ身を入れてきいてやって欲しい。言葉の奥の、彼の真意を汲み取って欲しいんだ」

「彼の真意?」

「マイク・クィンのような男はなかなか認めたがらないものだ。プライベートにおいてサポートが必要だ、などとはな。だがきみのことだ、きっとうまくこなすにちがいない」

「なにをこなすの?」

ウィルソンはわたしの問いにはこたえない。

「きみとはきっとまた会えると信じているよ、クレア。おやすみ」

それだけいうと、ウィルソンは行ってしまった。

91

一時間後、わたしは上階の自分の住まいに戻り、キッチンでテーブルに向かって座っていた。足元ではフロシーとジャヴァがじゃれてクルクルまわっている。無造作に撫でてやりながらも、つやつやした緑色の袋をひたすら見つめている。マテオの魔法の豆が入っている袋だ。

このコーヒーをもう一度飲んだら、幻覚のなかでこたえが見つかるだろうか。事件の解決にこぎつけることができるだろうか？

マイクについてウィルソンが残した謎の言葉は心に引っかかっている。いや、気になってしかたない。でも今夜、時計の針はマテオの命の時を刻んでいる。真犯人はまだ突き止められていない。

マテオのタナ湖のコーヒー豆は手がかりを与えてくれるかもしれない。とはいえ、これをもう一度飲むなんて考えられない。自分の頭が勝手に暴走を始めてしまい、それを止めようがないのだ。それに、最後に飲み干した時には失神してしまった。マテオからは二度と飲むなといわれている——ひとりでは、飲むなと。

いまわたしはひとりきりでいる。マテオは狭苦しい取調室に押し込められ、刻々と破滅に近づいている。わたしにできるのは悪夢を見ることぐらいなのか。

よくよく考えた末、立ち上がって寝室へと向かった。ドレッサーの上にマテオから渡された名刺がある。

時刻はもうすぐ午前二時。それでも電話してみた。奇跡的に相手が出た。

「もしもし?」

「こんばんは、ドクター・ペッパー。わたし、クレア・コージーと申します。マテオ・アレグロとコーヒー・ビジネスをしている者で——」

「コーヒー・レディですね! タナ湖のコーヒー豆で幻覚を見たそうですね!」相手の興奮が伝わってくる。

「はい。マテオからきいたんですね?」

「はい! 電話をいただけるとは感激だ。いや、ほんとにうれしい」

「じつは、あのコーヒーをもう一度飲んでみようと思うのですが、誰かに立ち会ってもらう必要があると思いまして」

「おお、それはそれは! なんとすばらしい! 最高のタイミングですよ、ミズ・コージー。完璧だ! ちょうど研究室にいますから。コロンビア大学です。いますぐおいでください。すぐに取りかかりましょう」

92

「どうですか、快適ですか?」ドクター・ペッパーがたずねる。

「ベッドは心地いいです。頭にくっつけたセンサーは、そうとはいえないけれど」

「すみません。あなたの脳の機能をモニターする必要があるので……」

コロンビア大学の睡眠研究室にやってきたわたしを迎えてくれたのは、モカ色の肌をしたエネルギッシュな人物だった。白衣姿のドクター・ペッパーの指導のもと、大学生は薄暗い部屋で昏々と眠っている。持続睡眠の単位の取得中なのだ(わたしの大学時代もクラスメートはこんなふうに眠っていたけれど、単位はもらえなかった)。

まずドクター・ペッパーがわたしと面接し、続いて大学院の学生たちがバイタルサインをチェックし、口腔内を綿棒で拭き取り、採血した。それからわたしはマテオが調達したタナ湖のコーヒーを三杯飲み、ドクター・ペッパーがさまざまなセンサーを取り付けて説明してくれた。

「造影剤を使用したMRIのほうが効果的ではあるのですが、手順がもっと複雑なので、今夜は時間的に余裕がありません。どうかこれでがんばってください、ミズ・コージー……」

「わたしの頭のニューロンをひとつ残らずチェックするおつもりなら、どうぞクレアと呼んでください」

「わたしの本名はスワプニル・パドマナバーンです」

「少しぼうっとしてきたので、ソフトドリンクと同じ短いほうで呼んでいいかしら」

ドクター・ペッパーがにっこりした。睡眠ポリグラフのモニターをチェックしながらコメントする。「なかなかリラックスできないようですね。心拍数と呼吸数の数値を見るとかなり緊張しているようだ」

緊張どころじゃないわ。「マテオのクレイジーなコーヒーは二度と飲むまいと思っていたので」

「どうかわたしを信頼してください。あなたの身の安全はかならず保証します」

「なにかお話ししてくださったら、リラックスできそう」

「『むかしむかし、あるところに』で始まるお話ですか」

「このコーヒーについていままでどれくらい解明されているのか、なぜわたしはあんな奇妙な体験をしたのかをききたいわ」

「それはかんたんに説明がつきます！　コーヒー豆には何百もの化学物質が含まれています。それは知ってますか？」

「コーヒー豆の焙煎をいろいろ研究しているので、それなりに知識はあります。豆の種類ごとに化学物質の構成がちがうので焙煎の仕方もそれに応じて調整します」

「タナ湖のコーヒーの実《チエリー》に含まれる化学物質はカフェインに似ています。しかもはるかに強力だ。天然の向知性薬《ヌートロピック》みたいな効果があるんです。強烈な効き目です」

「ヌートロピック？」

「脳の働きをよくする物質の総称です。記憶力や集中力をアップする『スマートドラッグ』は知っていますね？」

「でもこれはコーヒーでしょう。ドラッグではないわ」

「ヌートロピックを構成する物質を含む植物や食べものもあるんです」

「このコーヒーにはどんな効力があるのかしら？　記憶力と集中力をアップさせるの？」

「その両方と、さらにそれ以外にも。興味深いのは、ヌートロピックという物質に反応してあなたがどんな体験をするのかは、あなた自身の遺伝的特徴と生化学的性質に深くかかわっているんです。たとえばあなたはカフェインに対するきわめて高い耐性を備えている――」

「仕事柄、そうなってしまったんです」

「コーヒーに含まれる刺激物に対し高い耐性があるおかげで、眠っているあいだも潜在意識が機能し続けるのです。その結果、明晰夢の状態に到達する」

「明晰、ということは目が覚めているわけね。幻覚を見ているわたしは眠ってはいないということ？」

「そうです。理論上はね。歩道に女性がいる幻覚を見た時に、意識があったそうですね。自宅の寝室で絵のなかに入ってしまった自分を見た時もそうだったんですね？」

「ええ、両方とも」ドクター・ペッパーの思いやりのこもった顔を見つめ、たずねてみた。「ほかにもわたしみたいな体験をした人はいるのかしら？　幻覚を見たという経験者はいるんですか？」

「ええ、いますよ」彼が力強くうなずく。「わたしの祖母です。セイロン産の特別な紅茶を飲むと幻覚を経験してグルみたいな状態になっていました。近隣の村や町から、知恵を授けてもらいたいと人々がやってきました。彼らの求めに応じて、祖母は幻覚を見たのです。〝カラバサン〟は祖母の身体に負担をかけていると判明したのですが」

「〝カラバサン〟？」

「明晰夢に共通する現象を言い表すトルコの言葉です。幻覚のなかで暗くて恐ろしい人影を見ませんでしたか？　顔はなぜか見えない。どうです？」

思わずビクッとした。幻覚にあらわれたフードをかぶった黒い人影を思い出したのだ。

「明晰夢を見る人は皆、ああいうものを見るということ？」

「黒っぽい人影は万国共通です。男性の場合もあれば女性の場合もあります。アメリカの民間伝承ではブギーマンと呼ばれています。日本には〝金縛り〟という言葉があります。ニューファンドランド島では鬼婆が胸の上に乗るというオールド・ハグ。西インド諸島では〝コクマ〟といって眠っている者の胸に赤ん坊の幽霊が飛び乗って息をできなくさせるといわれます。大昔のイギリスではこの現象は〝魔女が乗る〟と呼ばれています。眠っていて無抵抗な者たちの上に魔女が降りてくると信じられているんですよ――おや、また心拍数が増えていますね。どうか落ち着いて」

「その黒っぽい人影の正体を説明してもらえれば、落ち着くと思うわ」

「闇は自然界の一部であり、人間の本質の一部です。闇は国家、人種、時間という枠組みすら超越します。闇の詳細な部分についてはちがいがありますが、原型は普遍的です。したがって、潜在意識による投影も普遍的なのです。むろん、迷信深い人々はそれを……別のなにかだととらえますが」

「怖いわ、その〝別のなにか〟が」

「心配しないで。自分自身の意識を信頼することです。意識に乱れがなく自我《エゴ》に邪魔されることがなければ、潜在意識は直観的に飛躍したり、いろいろなものを結びつけたりする。意識にはとうていできない、できるとしても大変に時間がかかることをやすやすとこなしてしまう」

「わたしの店のバリスタから芸術的なひらめきについてきいたことがあるけれど、それと似ているわ」

「すばらしいたとえ方だ。明晰夢では時間の感覚を失う――創造をしている時の芸術家のように。そして脳の働きは通常よりもスピードが速い。その結果として、蓄積された記憶、意識においては重要ではないと分類されてしまっている可能性のある、こまごまとした情報を完全に思い出す……」

ドクター・ペッパーの話は続く。わたしは目を閉じて眠ろうとする。いつまで経っても夢の神モルフェウスはあらわれなかった。

「効かないわ、ドクター。すみません。たぶん、もう少しコーヒーを飲まなければ……」

わたしは目をあけた。

まだベッドに横たわっている。しかし研究室は消え、壁はなくなってしまっていた。ねじれたような格好の木々がわたしの周囲にそびえ、頭上には黒っぽい葉が天蓋をつくり、絶えず激しい風にあおられている。

センサーを頭から外してベッドカバーを勢いよく外した。ベッドから降りてみた。茂みのなかに光が見える——血のように真っ赤な一対の光は、獰猛な獣の目だ。

茂みからオオカミの大きな口があらわれた。それを見たとたん、わたしは逃げ出した。

93

森のなかを突っ走った。鋭くとがった石が素足に刺さる。張り出した枝で寝間着が引き裂かれる。背後からオオカミが迫ってくるのでスピードを落とすわけにはいかない。遠くに光が見えた。

「こっちだ、クレア！」

ドクター・ペッパーの声？

小さな空き地に出た。手入れの行き届いた芝生の中央に、ジェームズ・エリオットのオレンジ色のサンドイッチ・ワゴンが停まっている。ルーフにはニヤニヤしたチェシャ猫の大きなバルーン。ワゴンのなかではドクター・ペッパーが英国紳士の山高帽をかぶってポルトベロマッシュルーム・バーガーを次々にひっくり返している。

ワゴンの窓から姿をあらわしたのはロザリーナ・クラスニーだった。研究室用の白衣を着ている。

「処方箋を拝見します」レッドは事務的な口調だ。

「持っていないわ」わたしがこたえる。

レッドが顔をしかめる。「どの薬が欲しいの？」

「さあ」

「これを渡してくれ」ドクター・ペッパーがマッシュルーム・バーガーを寄越す。

「食べなさい！」レッドが命じる。「いそいで！」

数口食べると、チクチクとした痛みを感じた。「わたしの身体、どうなっているの？」

サンドイッチ・ワゴンがどんどん大きくなっていく。そしてバーガーも。エルダーと食べたボスニア風ハンバーガーなど比べ物にならないくらい！　その時気づいた。まわりのものが大きくなっているのではない。わたしが縮んでいる！

このマッシュルーム・バーガーのせいだ。すぐに放り捨ててまた駆け出した。しかし芝生はわたしのウエストのあたりまで伸びて、一本一本は剣のようだ。冷蔵庫並みの大きさのソーダ缶を避けた拍子に転んでしまい、そのままネズミの穴に落ちてしまった。

下へ下へと地下深くまで土のトンネルを滑りおりて、やがてだだっ広い洞穴に着いた。音楽が大音量で鳴り響いている。ピンクがかったきれいな光に照らされた内部を見まわすと金《ゴールド》、銀《シルバー》、ダイヤモンドの木々の下でたくさんのカップルが踊っている。

「アニーはどこ？」マイクの娘モリーがスキップでやってきた。

「ごめんね、モリー、わからないわ……」

「アニーは先生になりたいのよ、クレアおばさん。だからお金が必要なの。たくさんのお金。アニーのためにお金をさがしに行きましょう！」

「モリー、ダメよ！　待って！　迷ってしまうから！」

モリーを追いかけて駆け出した。踊る人々をかきわけて進むが、すぐに見失ってしまった！

「クレア、こっちよ！」

マダムの声？　声を頼りに鍵穴の形のアーチを通り抜けた。そこにはたくさんのテーブルが置かれてバーバラのレストランに似ているけれど、どのテーブルにも絵本のキャラクターが座っている。『三匹の子豚』は口いっぱいに頬張っている。マザーグースの「ジャックとジル」はソーダ水を飲んでいる。『美女と野獣』の美女はスーツ姿の野獣と仲睦まじい様子。『三匹の熊』のお父さん熊とお母さん熊はウェイターにそれぞれの料理が熱すぎる、冷めすぎていると文句をいっている。

「腰掛けてわたしたちとお茶を飲みなさい」マダムの声が背後からきこえてきた。隅のテーブルのあたりから。

「そうね！」バーバラ・バウムの大きな声。「あなたとマテオについておしゃべりしていたところよ。問題だらけのマテオの過去のことも！」

声のしたほうを振り向いて、思わず息を吞んだ。マダムとバーバラは巨大なメンドリの姿だ！　美しく着飾り、羽で覆われた首にはスカーフを巻きつけて盛んにコッコッと鳴いている。ふたりだけではない、大きな丸テーブルに着いた他のメンドリたちもいっしょにコッコッコッと騒々しい。空席を見つけて、近づいていった。

「ダメ。その席はダメよ！　そこはサマンサの席！」バーバラ鶏がコッコッと鳴く。

「かまわないわ、彼女が座っても」すぐに誰かが発言する。「わたしは忙しいから！」

振り向くとサマンサ・ピール（うれしいことに人間の姿！）がサファリ・ジャケットとニーハイ・ブーツ姿で片手にクリップボードを持ち、いらだった様子で女の子のスリーサイズを測って記録している。あの女の子は『三匹の熊』に登場するゴルディロックスだ。

「新しい衣装を着たいなら、あと数ポンド体重を落とさなくちゃ」サマンサがゴルディロックスにいう。

ふいにレイラ・クィン・レイノルズがあらわれ、サマンサの肩越しにこちらを見ている。

そしてサマンサとレイラがそろってこちらを向く。「わたしたちには新しい白馬の王子さまが必要なの！　どこに行けば見つかるのかしら。教えて」

「そうね、賛成よ！」

わたしが首を横に振ると、ふたりは口喧嘩を始めた。

「さあさあ、レディの皆さん」ハリソン・ヴァン・ローンがエレガントな夜の正装姿で駆け込んできた。顎髭もきれいに整えてある。「どうぞお静かに。このクラブではそのようなふるまいは歓迎されません」

わたしは彼の肩を軽く叩いた。「あなたはアーニャの弁護士ね？」

「うちの事務所はもっぱら離婚を専門に扱っていましてね。われわれは婚前契約書を作成します」

レイラが真っ赤な髪を大きく振って口をとがらせた。「夫に無理矢理に署名させられた婚前契約書がとんでもない内容だったのよ!」

わたしはマイクの元妻に詰め寄り、彼女の骨張った肩をぎゅっとつかんだ。「アーニャと知り合ったきっかけは? このクラブ?」

「冗談じゃないわ。わたしは最近入ったばかりよ。アーニャはここの雰囲気についていけなくて、やめたがっていたわ」

「それはこたえになっていないわ! わたしの質問にちゃんとこたえなさい! アーニャと知り合ったきっかけは?」

レイラが目玉をぐるりとまわして、あきれたという表情だ。「アーニャはここで白馬の王子さまとの出会いを期待していたのよ。でも彼女みたいな経歴では王子さまなんて――」

「ヒーハイホーハン!」

上のほうから大きな声が響き渡り、洞窟全体が揺れた。ネズミの穴の上から巨大な腕がおりてきた。その巨大な指がわたしの腰をぐっとつかんだ。「やめて! 放して!」

身体が持ち上げられていく。高く、高く、雲に届くまで。

王さまの扮装をしたドウェイン・ギャロウェイが高笑いをし、その声が雷鳴のように宙を引き裂く。彼は城の自室の金の鳥かごのなかにわたしを入れた。

「また後でな」彼は高らかにそういい残して、床を揺らしながら歩いていく。

寝室がしんと静まり返ると、小さな声がきこえてきた。

「助けて！」若くて美しいアーニャが同じ鳥かごのなかにいたのだ。アーニャは蜘蛛の巣に引っかかっている。「ここからおろして！　お願い！」

鳥かごの下のデスクにペーパーナイフが置いてある。それを引っ張って鳥かごのなかに入れ、アーニャにからみついていた蜘蛛の巣を切ると、彼女はカゴの床に落ちた。

「ありがとう！」アーニャにぎゅっと抱きしめられた。「ほんとうに、どうもありがとう！」

鍵のかかった小さなドアにペーパーナイフをバール代わりに挟み、ふたりの体重をかけた。ドアが勢いよく開き、アーニャとわたしはジャンプしてデスクに降り立ち、窓に駆け寄ってそこから蔓をつたって城壁をおりた。

「見て！」わたしが指をさす。「あの豆の木を伝っていけば地上に着けるわ」

わたしたちは必死に豆の木をくだっていく。

「ヒーハイホーハン！」

上のほうで巨人が豆の木に飛びついた。さきほどは身につけていなかった甲冑をつけている。豆の木にその重さがかかり、揺さぶられ、どんどん下に落ちてきた。豆の木ごと、わたしも落下していく。下へ、下へと――。

ザバーン！

黒い大釜のなかに落ちた。服はどこかに消え、釜のお湯はぐらぐら煮えている！　裸のまま釜の縁へと懸命に泳いでいくと、そこには金髪の雄のオオカミが仕立てのいいビジネススーツ姿で立ってこちらを見おろしている。

オオカミは《スタンダード・アンド・プアーズ》のニュースレターを掲げた。と、たちまちニュースレターはビロードのような高級バスタオルに変わる。タオルには〈S&P〉という文字が刺繡されている。

「離婚はしたが、モノグラムを変えずにすんだよ」オオカミはわたしにウィンクをし、舌なめずりしながらタオルでわたしをくるむ。「これでよく拭いてから……」

「彼女にさわるな！」マテオの大きな声だ。

見上げると、王子さまの扮装をした元夫がプラスチックの剣でオオカミに突撃してきた。オオカミが人間に変身した。スチュワート・パッカーだ。きょろきょろとボディガードをさがしていたが、小娘のような悲鳴をあげて逃げ出した。

「勝ったぞ！」マテオが雄叫びをあげ、わたしたちはひしと抱き合った。

しかし次の瞬間、わたしの腕のなかでマテオがへなへなと崩れ落ちていく。「マテオ！」

彼は地面に倒れ込み、背中のひどい傷から血がどくどくと流れ出す。視線をあげた先には黒っぽいフードをかぶった何者かがいる。

顔があるはずのところは真っ黒だ。それでも睨みつけていると。相手は片手をあげて血に染まったナイフを示した。誇らしげに刃を傾け、さらに逆側に傾ける。

「やめて！」わたしは叫びながらむしゃぶりついていった。不気味なフードをむしりとって正体をさらしてやる。「わかった！　正体をつかんだ！」

わたしはまばたきをした。

白衣姿のドクター・ペッパーが立ってこちらを見下ろしている。心配そうな表情だ。わたしは仰向けに横たわっている。ここはコロンビア大学睡眠研究室だ。

「気分はどうですか、クレア？　こたえは得られましたか？」

身体がチクチクと痛み、頭のなかはまだ大混乱の状態だ。

「たぶん……」

94

水で顔を洗い、研究室の冷蔵庫から瓶入りのオレンジジュースを一本もらい、ドクター・ペッパーに頼んでオフィスを借りた。インターネットでひとつだけ事実を確認した。それで自分の仮説が正しいと確信し、マイク・クィンに電話した。

三度目の呼び出し音で彼が出た(彼がいまロサンゼルスにいることをすっかり忘れていた。むこうはまだ午前二時だ)。

「やあ、なにかあったのか？ 店を開けるには少々早いだろう？」

「おかしなことをたずねると思うだろうけど――」

「おかしなこと？」マイクがあくびをする。「毎度のことじゃないか」

「ちゃんときいて。先月あたり、レイラから質問されなかった？ 性的暴行の事件で警察が証拠としてさがすのはどんなものかと」

「ああ……」マイクはひとことつぶやき、身を起こす物音がする。「まったくその通りのことをきかれた。二カ月ほど前だ。きみといっしょにモリーとジェレミーをキャンプ旅行に連れていって、自宅に送り届けた時だ」

「彼女になんとこたえたの？」

「〝物的証拠〟。DNAは切り札となる。日常的な接触以上のことが起きたと証明できるからだ」

「身体から排出されたもの、という意味ね？」

「理想的にはな」

「では、レイラはなぜあなたにそんな質問をしたのかしら？　彼女はずっとあなたの警察の仕事を嫌っていたんでしょう？　結婚して早々に、家に仕事を持ち込むな、仕事の話もするなと彼女にいわれたそうね」

「曖昧な説明だったな。なにかのニュースで知って興味が湧いたといっていた」マイクは短い沈黙を挟んで、わたしにたずねた。「きみの意図はどこにあるんだ？」あきらかに警戒している。

わたしは大きな吐息をもらした。こんな展開を彼はどう受け止めるだろう。不安に思いながらも、自分の仮説を述べた。意外にも彼はわたしの出した結論に同意した。

「クレア、フランコにこのことを知らせてくれ。後は彼が引き受けるだろう」マイクが深く息を吸い込む気配。「どんな結末になるとしても……」

彼にとってかんたんな決断ではないはず。しかしこれには複数の人の命がかかっている。お互いそれがよくわかっている。おやすみの挨拶をして通話を終え、それからフランコ巡査部長に電話した。すぐには出ない。でも彼は寝てはいなかった。背後でシャワーの音がしている。

「もしもし？」

「クレアです。マテオを暴行罪で告発するのはやめて！」

それをきいてエマヌエル・フランコは大きな安堵の吐息をもらしたにちがいない。家をまるごと吹き飛ばすほどの風圧で。「了解。しかし殺人犯の正体はまだ不明のままだ」

「そうね……」そこからフランコに事実を伝え、わたしの計画を打ち明けた。「ウィルソンの案を実行に移しましょう。ただし、絶対に失敗しない方法で。マテオをおとりにして、ニューヨーク市警が万全なサポートをする。あなたとマイクがわたしの仮説をエンディコットの上司に伝えて了承をとれば、エンディコットも従わざるを得ないわ」

「それはまちがいないな」フランコはきっぱりとした口調だ。「すでに地方検事補は物的証拠が欠けていることを問題視し始めている。エンディコットとプレスキーはマテオが薬物依存だと頭から信じているから、追いつめて自白させると確約している」

「で、状況は？」

「彼らは第一容疑者をカフェイン漬けにした。第一容疑者は署のコーヒーメーカーの適切なメンテナンスについて滔々と講義している。マテオにカビの怖さを力説されて、夜勤の職員は大慌てで掃除用の酢を注文した」

95

マイクとフランコと話を終えた後、ここ数日で初めて希望が湧いてくるのを感じた。ドクター・ペッパーに礼を述べてから研究室を後にした。タクシーを拾ってコーヒーハウスに戻ると自分用にダブルエスプレッソを抽出して(魔法の豆はもうこりごりなので、それ以外の豆で)フレンチドアの脇の椅子に腰掛けた。夜明け前の空を眺め、太陽がのぼるのを待った。

それからの数時間、ベーカリーの配送を受け取り、ダンテといっしょに開店準備をして店をあけ、午前中のラッシュアワーにはエスプレッソマシンの一部と化したようにひたすらエスプレッソを抽出し続けた。十時半になる頃には十月の空に雲がかかって雨が降りそうな空模様だ。

日の光が弱々しくなっていくにつれて、わたしも力が抜けていくのを感じた。

「ボス、大丈夫ですか? 少しふらついていますよ」ダンテだ。

「少しどころじゃないわ」ナンシーがエプロンの紐を結びながらやってきて、わたしの肩に手を置いた。「上に行って休んでください。ダンテとわたしとで昼のラッシュアワーは乗り切れますから」

わたしはふたりに微笑み、エプロンを外した。こんなに頼りになるスタッフにめぐまれたことがうれしかった。奥の従業員用の階段をのぼろうとした時、携帯電話が振動した。フランコからだった。さらにうれしい言葉をきくことができた。マテオが昼前には警察の勾留を解かれるという。よかった！

マイクは早朝にエンディコット警部補に電話を入れて、わたしの仮説を伝え、さらにウィルソンが関与していることも知らせた。その結果、トントン拍子に事が運んだ。

フランコ、ウィルソン、マイクのOD班のスタッフがタッグを組んだ一大作戦となった。マテオが送信器を装着しておとりになり、殺人犯を罠にかける。フランコの話では、万全の態勢が敷かれるそうだ。必要とあれば、警察官は犯人を射殺する可能性もあるという。

「わたしも同行させて」フランコに頼み込んだ。

「いまはなんともいえない、コーヒー・レディ。まだ準備作業が山積みだ。また電話する」

「わかったわ、でもお願いだから状況を知らせてね」

「そうするよ……」

奥の階段を一歩のぼるたびに、気持ちが沈んでいく。おとりを使った作戦は名案だと思うけれど、それでも万が一ということがある。冷静に考えればマテオの命はまだ少しも安泰ではないのだ——そして、それはわたしのせいだ。

携帯電話がふたたび振動したのは三十分後だった。フランコか、もしかしたらマイク・クインかもしれない。けれどもそれは、ジェ、レミー・クィンからのメールだった。

具合が悪くて学校は欠席。ママの部屋であるものを見つけた。アーニャのもの。どうしたらいいんだ、クレアおばさん。来てください。すぐに来て!

携帯電話の画面を何度も読み返した。いったいなにを見つけたのだろう。ジェレミーといっしょにいた時にペニーがアーニャの金の鍵を掘り出した。今度は彼がなにかを見つけた。レイラの寝室で。いったいなにを見つけたのか。殺人犯を突き止める手がかり、という可能性はあるだろうか。マテオを危険にさらさず、彼の命を懸けずにすむだろうか?

そうなることを期待しながら、返信した――。

すぐに行きます。家から出ないで。お母さんにはなにもいわないでね!

すぐにジェレミーから返信があった――。

ママは買い物。玄関の鍵をあけておきます。いそいで!

身体の芯まで疲れ果てて、神経がすり減ってしまっていたけれど、タクシーでアップタウンをめざし、疾走する車内の座席に浅く腰掛けていた。

パークアベニューのレイラの高級アパートのロビーに駆け込んだ時には、空で雷鳴がとどろいていた。雨を振り払ってドアマンに挨拶し、エレベーターに駆け込んだ。

めざす階でおりてみると、ジェレミーの約束通りドアの鍵はあいていた。後ろ手で閉め、音を立てないように廊下を進んでいく。鍵穴のようなアーチまでもう少しというところで、全身が凍りついた。

レイラが帰宅している。

彼女の声だ。「欲しくてたまらない」靴のことを長々と話している。気配をうかがってみるが、ほかの人の声はきこえてこない。

電話で誰かとしゃべっているの？

数歩進んで、彼女に気づかれないようにアーチウェイの向こうをのぞいてみる。

いつもの通り、レイラが大切にしているヴァニティ・ミラーが台の上に置かれている。金と銀の凝った枠には、薄いベージュでまとめたしゃれた室内の一部と外に面して並ぶ窓が映っている。窓には雨の筋がついている。きれいに磨かれた鏡にはレイラが映っているだけで、ほかに誰の姿もない。

そのまま部屋に入った。そして自分の勘違いに気づいた。

対角線上の隅には壁を背にしてサマンサ・ピールが座っている。長方形の室内を見渡せる特等席だ。今日はサファリルックではない。長い脚を地味な黒のパンツスーツに包み、ブルネットのたっぷりとした髪をきゅっとお団子にまとめ、ジュエリーはボリューム感のある指輪ひとつだけ。いますぐにでも葬儀に出られるような格好だ。どうかそれがわたしの葬儀ではありませんように。

社交界の名士《ソーシャルライト》は愛想のいい微笑を浮かべているけれど、それとは裏腹に冷ややかなまなざしだ。「こんにちは、クレア」彼女が口をひらく。

視線が合うと同時に、見え透いた芝居《シャレード》は終わった。

レイラだけは状況がつかめていない。「クレア?」汚い言葉でも吐くような調子だ。「なぜあなたがここにいるの?」

「子どもたちはどこ?」わたしは噛みつくような勢いでたずねた。

「どうして?」レイラが即座にいい返す。「あの子たちを公園に連れていって、また迷子にするつもり?」

「こたえて!」

「なんなのよ、いったい。モリーは下の階のお友だちのお宅よ。今日は休校だから。ジェレミーの学校は休みではないから、あの子は――」

つまり彼の携帯電話はこの家にあるということ。ジェレミーの学校は携帯電話の持ち込み禁止だ。それでサマンサは、まんまとわたしをここにおびき寄せたということか。

「レイラ、いっしょに来て。いそがなくては。ペニーはどこ?」

「トリマーのところよ——」レイラが立ち上がろうとする。

「座りなさい。ここを出ていけるものですか。ふたりとも」

隅の玉座のサマンサ・ピールはすでにハンドバッグから銃を取り出し、手に握っていた。

ニューヨークの空に稲妻が光った瞬間、彼女は銃口を真っすぐわたしに向けた。

96

銃の狙いがわたしに定められるのを見て、レイラが笑った。「ちょっと、サマンサったら。一発撃ってわたしの頭痛の種を解決してくれるの？」

「お黙り」サマンサが立ち上がり、ソファを手で指し示す。「座りなさい、クレア。レイラの隣に」

「サマンサ、いいかげんにして」レイラが両手を腰に当てた。「ふざけるのは止めてちょうだい」

「お黙りといったのがきこえないの？」

「わたしたち友だちでしょう！」レイラはおろおろしてすがるような口調になる。「アーニャを雇ったらわたしを助けてくれるといったじゃないの！」

それをきいて、想像は当たっていたと確信した。けれども、まだ不明な点がひとつある。

「ほんとうのことを教えて、レイラ。あなたも関与していたの？」

マイクの元妻はぽかんとしてわたしを見つめる。「関与って？」

「アーニャを昏睡状態に追いやり、その罪をマテオに着せようとしたの？」

レイラは口をぽっかりあけている。「クレア、あなたなにがいいたいの？　ドウェイン・ギャロウェイがデートレイプ・ドラッグをアーニャにこっそり飲ませたんでしょう？　そして警察は彼を守っているのだとサマンサからきいたわ！」レイラがサマンサに視線を向ける。「そうよね？」

サマンサは首を横に振る。「レイラ、そんなにおバカさんでよくいままでやってこられたわね」

わたしはサマンサの銃から目を離さず、パニックになりそうな自分を必死に抑え、とにかく説得してみることにした。「逃げ果せると思ったらおおまちがいよ。わたしが入ってくるのをドアマンが見ているわ」

「当然見ているでしょうね！」サマンサが笑い声をあげる。「それもわたしが紡ぐ物語には大事なポイントなの。ねえクレア、あなたはレイラが真犯人だと思った。そして彼女と対決するためにやってきた。あなたたちは揉み合いになり、そのさなかにお互いを殺してしまう」

「ただし、ドアマンはあなたもここに上がってきたことを目撃している」わたしはきっぱりといい返した。「警察はあなたの仕業だと見抜くでしょうね！」

「いいえ、それはちがう。だってドアマンはわたしのことなど見ていないもの。金髪のメイドが別のフロアに上がっていったのを見ただけよ。そのメイドはこの二週間、同じパターンで行動している。制服とウィッグとメガネは階段の吹き抜けに置いてあるわ。それを身につけて裏口から出ていく。ここにわたしがいたことを示す物的証拠が見つかったとしても、かんたんに説明がつくわ」——サマンサがにやりとする——「わたしはレイラと〝とても親しい友人〟なんですもの」

レイラがサマンサににじり寄る。「もうやめて！　こんな——」

サマンサがレイラの腹を思い切り強く蹴った。ショックと痛みのあまりレイラが悲鳴をあげ、身体を二つ折りにしてソファに仰向けに倒れ込んだ。

「わたしたちを殺しても、無駄よ。警察は真相をつかんでいる」わたしはレイラを守りながら、怒鳴りつけた。

サマンサは威嚇するようにわたしを睨む。「どうして警察が？」

「わたしが真相をつかんだから」きっぱりといってやった。「なにもかも突き止めたわ」

サマンサが首を横に振る。「はったりは通用しないわよ、クレア。なにも知らないくせに」

「ウォール街のオオカミことスチュワート・パッカーがあなたの元夫だったことは、インターネットを検索すればかんたんにわかったわ。あなたがアーニャと取引して、元夫から性的暴行を受けた被害者として裁判を起こさせたこともね。おそらく、レイラと同じくあなたも婚前契約を結んでいた。そしてその内容に我慢ならなかった。そうでしょう？」

わたしはレイラのほうを向いた。「サマンサはあなたに約束したのではない？　アーニャを雇ってシッターというもっともらしい立場につけたら、見返りとしてあなたに力を貸すと。お金持ちのご主人——じきに元夫かしら——にも性的暴行の罪を着せて、同じ目にあわせる。

そうでしょう？」

「そうよ」レイラはわたしの目を見ようとしない。「だからアーニャを雇ったの。どんなふうに仕掛けるのか参考にしようと思って。ハンフリーを陥れてやるつもりでいたから」

わたしはサマンサの目を見据えた。「しかし、あなたの計画通りにはいかなかった。その原因は、あなたの元夫のボディガードがアーニャを脅したから。流暢《りゅうちょう》なロシア語を操るあのボディガードは、アーニャの母親を殺すと脅した。彼女はそれを信じてパニックになり、訴訟詐欺から手を引きたいと涙ながらにあなたに訴えたのね」

サマンサの瞳に窓の外の稲妻が映る。「アーニャは弱くて、愚かだった」

「でも彼女を殺すことはできなかった。そうでしょう？　アーニャを殺してしまえば訴訟が成り立たなくなる。彼の有罪を立証するためのなんらかの物的証拠をあなたはアーニャに提供していたのでしょうね」

「ええ、そうよ」サマンサは勝ち誇った表情を浮かべた。「わたしたちは不妊治療のクリニックに彼の検体を預けていたのよ。彼はそのことをすっかり忘れていた。彼がクリニックへの支払いをストップしても、わたしが支払いを続けたわ。クリニックのスタッフを買収して書類の手続きなしで彼の検体を手に入れたのよ。そして契約を解除した。下手に調べられたら困るからね。その大事な切り札を使っておいて、あの愚かなロシア女ときたら！」

「アーニャに手を引かれたら、元も子もなくなるわね。これまでの苦労も計画も水の泡になってしまう。けれど、あなたは完璧な解決法を思いついた――〝ゴルディロックス〟の解決法をね。あなたはアーニャの身長と体重を知っていた。彼女もセントラル・パークの秋のおとぎ話フェスティバルにモデルとして雇われていたから。その情報をもとにあなたは〝ちょうどいい量《ゴルディロックス》〟の薬物を調合した。それをランブルでアーニャに注射した。マテオ・アレグロを王子にしてアーニャとペアにしたのも、あなたの計画の一部ね。罪を着せる人物が必要だった」

「彼には薬物依存の前歴があったから完璧な条件を備えていたわ」サマンサの口調は自慢げにもきこえる。「そしてわたしの計画も完璧だった――あなたが野良犬みたいにクンクン嗅ぎ回るまでは」

「嗅ぎ回っていたのはわたしだけではないわ。ＣＩＡのエージェントもおおいに関心を寄せているみたいよ」

　自信たっぷりだったサマンサの表情がこわばる。「どういうこと？」

「アーニャに使用された薬物は、以前に暗殺されたフェイスというＣＩＡのエージェントに使用されたものと同じだった。その時にはワシリー・ペトロフと名乗るＫＧＢのスパイが殺人の罪を着せられた」

「誰がそんな話を!?」

　サマンサの問いかけを無視して続けた。「忘れてはならないのは、多くを知りすぎたレッドが殺されたこと。あなたはずっと前にペトロフからつくり方を教わった薬を調合するために、複数の薬物を必要としていた。そこでレッドに報酬を支払い、一連の化学物質の調達を依頼した。彼女の義理の両親は薬局をいとなんでいるからわけないこと。でもアーニャが植物状態になり、レッドは犯人とその手口に気づいてしまった——」

「あのロシアの尻軽娘は信じられないほど愚かだった！」サマンサが叫ぶ。「わたしを脅迫するほどの知恵もなかった。意識のない友人を救いたいから解毒剤をくれなんていうんですもの。だから思い知らせてやったのよ。解毒剤なんて存在しないってことをね」

「でも〝真実〟は存在している」わたしは感情をまじえず、淡々とした口調で続ける。「真の物語がまちがいなくあるわ。それを警察は突き止める。ＣＩＡもね。だからこれ以上悪あがきはしないで。わたしたちを殺しても、二件の殺人罪が刑罰に加わるだけよ」

「あなたたちの遺体が発見された時、どんな〝真の物語〟が語られるかしらね」

そういい放つとともにサマンサがにやりとした。獰猛な肉食獣を思わせる表情だ。低く垂れ込めた雲を引き裂くようなすさまじい雷鳴がとどろき、サマンサはいよいよ本性をあらわした。美しい女性の皮をかぶった雌のオオカミ——殺人の計画を立てて獲物を追いつめ、倒すことを楽しむモンスターだ。

「ねえクレア、わたしはスパイ活動のノウハウを叩き込まれているのよ。〝つねに代替策を用意しろ〟ってね。マテオ・アレグロは告発されないのね？　いいでしょう。別のおとぎ話に変更よ。むかしむかし、ずっとむかし、レイラ・カーヴァーという美しいモデルがいました。ティーンエイジャーの彼女は地下のクラブの会員になりました。警察はあなたたちの遺体とともに、わたしがレイラの寝室に隠しておいた薬物、それ以外にいくつか重要な証拠を発見するでしょう。それが決め手となってレイラが殺人犯であると立証され、公式に発表されるでしょう」

サマンサはイライラしてきたのか、なにかを振り払うように手を振る。

「さっさと片付けましょう。レイラの子どもたちが戻ってきたら、いっしょに始末しなくてはならない。そんなの嫌でしょう？」

武器になりそうなものはないかと、見まわした。相手を攻撃するのに役立つ〝なにか〟を。サマンサに飛びかかっていくことも考えたが、距離がありすぎる。少しでも動いたら即座に銃弾を浴びるだろう。

「あなたからよ、クレア。両手をあげなさい。教えてあげるわね。あの薬は苦痛が少ないほうなのよ、お腹に五発撃ち込まれて死ぬのに比べればね」

いきなりドアがバタンと閉まり、わたしたち三人は凍りついた。

誰かが玄関から入ってきた。続いて、小さな足が弾むように廊下を進んでくる音。そしてあどけない声。

「ママ！　傘がいるの！」マイクの娘が楽しそうに居間に飛び込んできた。「ベッキーのお母さんが博物館に連れていってくれるの。だから――」

目を大きく見開いて、少女はその場に立ちすくんだ。サマンサはためらうことなく銃口をモリーに向けた。

97

ゆるさない！　よくもモリーにこんなことを！

反射的に身体が動いた。ソファから飛び出してブルネットの魔女に体当たりし、そのまま床に倒れ込んだ。銃声が鳴り響き、発射された弾が窓ガラスを突き破った。

ガラスが粉々に砕け、モリーが怯えて悲鳴をあげた。

「逃げて、モリー！」すさまじい雷鳴にかき消されまいとわたしは声を張り上げた。「外に！」

けれどもモリーが駆け込んだ先は――わたしの期待とは裏腹に――玄関ではなく「安全な」自分の部屋だった。レイラがその後を追う。

サマンサはそれを見届け、やおらわたしの顔を殴りつけた。そして落ちていた銃を拾おうと必死に手を伸ばす。外で荒れ狂う嵐のように、すさまじい怒りでわたしの理性は吹き飛んだ。なにがなんでもつぶしてやる。銃に手を伸ばすサマンサにふたたび体当たりして、両手で彼女の首を絞めた。

サマンサは息を詰まらせながらバタバタともがくが、わたしを攻撃してくる気配はない。

一瞬の後、その理由に気づかされた。腕にチクッと痛みが走る。下を向いてみたが、注射の針らしきものはない。

指輪だ！

サマンサはボリュームのある指輪の大きな宝石をスライドさせ、その下に隠されていた針がのぞいている。彼女の首を絞めつけるのを止めて、指輪をはめた彼女の手を払いのけた。わたしの皮膚の表面に小さな赤い粒があらわれた。血だ。数分、いや数秒で力尽きるだろう――でも彼女への攻撃をやめるつもりはない。

サマンサがふたたび銃に手を伸ばそうとしたので、握った拳で懸命に殴った。が、アドレナリンが出て一時的に力が入っただけで、長くはもたない。筋肉のけいれんが始まり、視界がぼんやりしてきた。サマンサはやすやすとわたしの手を逃れ、わたしをぐっと押しやった。子どもが使い古したおもちゃに飽きて邪険にどかすように。そして立ち上がり、わたしのあばら骨を激しく蹴った。

「あんたの負けよ」吐き出すようにサマンサがいう。痛みが全身を走った。

わたしは必死で息を吸う。彼女が銃を握るのを、なすすべもなく見ているだけ。

「さっさと片付けてやる」サマンサが後れ毛を後ろにかきあげる。

なにもできない。立ち上がることすらできない。涙がこぼれる。サマンサはわたしを置き去りにして、レイラとモリーが逃げ込んだ寝室に向かおうとする。

しかし、レイラは寝室に隠れてはいなかった。出てきたのだ。

どんどんぼやけていく視界のなかで、レイラ・カーヴァー・クィン・レイノルズのきゃしゃな姿が娘の寝室の前で仁王立ちになっているのが見えた。マニキュアをした両手に大きくて光るものが握られている。バットではない。でも彼女はバットのように構えている。

サマンサは警戒するどころか、面と向かってレイラを嘲笑《あざわら》う。「それでどうするつもり?」

母ライオンが野生の雄叫びを響かせるように、レイラは大声をあげてすっくと立ち、アンティークの高価なヴァニティ・ミラーをわたしのルイビルスラッガーのバットのように振った。

驚いたサマンサは銃の引き金を引いた――だが弾は命中しなかった。

レイラは命中させた。

雌オオカミは目を大きく見開き、後ろによろめきながらもふたたび銃を構えた。母ライオンが再度ヴァニティ・ミラーで雌オオカミを殴りつけた。三度目に強打したとたん鏡が割れて金、銀、ダイヤモンドの破片がふたりに降り注いだ。

それを境にわたしの視界はチカチカし始めた。

サマンサ・ピールが床に伸びて気を失っている。レイラが九一一番に通報しながら、泣きじゃくっているモリーを抱き寄せる。

母と娘の姿がしだいにぼやけてゆき、わたしは微笑んだ。

サイレンの音がきこえ、男たちの叫ぶ声がしてストレッチャーのキャスターの音がする。

「クレアおばさん、きこえる? クレアおばさん!」

モリーの温かな涙が頬に落ちるのを感じ、それから凍るような雨粒の感触。しまいに光が薄れてゆき、なにもかもが真っ暗になった。

98

暗闇の世界が延々と続いた。そしてふいに、光が見えた。最初はぼんやりと、小さな点が細かく震え、しだいに明るさを増していった。次に、声がきこえた……。

「耳はきこえているだろうか。クレア、きこえるか？」

「……彼女の脳の機能は……」

「どんな証人にも、どんな容疑者にもストーリーがある……」

「そんなこと構っていられるか。とにかくやってみなくては。どんなことでも！」

「黒い。こんなに黒いのか」

「……じゃあ、今日は本を読んであげますからね、クレアおばさん。きこえているかな」

「試験的な投与により、もしかしたら……」

「……暗い場所のところどころには……」

「むかしむかし……」

「目を覚ましてくれ！　がんばれ。戻ってこい！」

マイクなの？　動くことも話すことも、見ることすらできそうにない。けれども永遠のように感じられたなかで、初めてはっきりと声がきき取れた。くぐもった声でもなく、遠くの声でもなく、過去の記憶のなかの声でもなく、明確な発音で話す大きな声。

マイク・クィンの声だ。

「感覚刺激を与えると効果があるはずです、クィン刑事」（ドクター・ペッパーの声！）

「どんな刺激を」

「触れてごらんなさい」

「それより……」

温かいくちびるがわたしのくちびるに押し当てられた。柔らかな、短いキス。その心地よい刺激を全神経で受け止めた。やがて、わたしもくちびるを動かせるようになった。

そしてついに、目をあけた——そしてあまりの明るさにびっくりした。

「カーテンを引け！」ドクター・ペッパーが命じる。「十八日ぶりに目を使うんだからな」

ふたたび世界は真っ暗になり、わたしはひどく動揺した。「マイク！　どこにいるの？」

シーツの上に横たわったままもがいていると、力強い両腕に抱きしめられるのを感じた。

「もうダメかと思った」彼がささやく。

「そうはいかないわ」長いこと声を出していないので、枯れたようなかすれた声だ。

看護師ふたりがてきぱきと処置に取りかかったので、マイクはしぶしぶわたしから離れた。

「すぐに元気になりますよ、クィン刑事」

室内の照明は薄暗く落とされているけれど、それでも刺激が強すぎるので目を閉じた。闇のなかでサマンサ・ピールの言葉がよみがえった。「〝解毒剤はない〟」ならばどうして――。

「どうやってわたしの意識を戻したんですか、ドクター？」

「こちらのクィン刑事のおかげで、ミズ・ピールが調合した『眠れる美女』という薬物のサンプルを少量手に入れることができたんです。それを細かく分析し、特異的遺伝子を標的とする治療薬を合成したんです」

「特異的遺伝子？」

「ええ。あなたがわたしの研究室にいらした時にＤＮＡのサンプルを採取したのを憶えていますか。それを使ってマルチフェーズの薬物治療を組み立てたんです。専門家ではない人向けの説明としては、ケプラ（抗てんかん薬。レベチラセタムの通称）をベースとした静脈内投与による感覚刺激療法と表現しますが、看護スタッフは頭文字をとって『ＫＩＳＳ』と呼びます」

「冗談をおっしゃっているの？」

「いいえ、とんでもない。わたしの『ＫＩＳＳ』であなたの意識は戻ったのです」

「それには賛成しかねる」マイクが不服を申し立てた。

「クィン刑事に異議を唱えるつもりなど毛頭ありません。ミズ・コージー自身がどちらかを選ぶことができたなら、まちがいなく、あなたのキスで目を覚ますほうを選んだでしょう」

それからの数時間、マイクは王子さまのようなキスを何度もしてわたしをよろこばせた。

けれども、わたしが意識を失っていた二週間半のあいだになにが起きたのかについては、あまり語ろうとはしない。病院の職員が夕食を運んできた頃には、もはやわたしの忍耐も限界に近づいていた。

「こうして身体を起こして最初の固形食を食べられるまでに回復したのだし――」

「ほとんど水分のスープ、チェリー味のゼリー、薄い紅茶を『固形食』と呼んでいいのなら」彼は温かいパストラミ・サンドイッチ、デリのピクルス、ケトルチップス（厚切りのジャガイモを低温でじっくり揚げる）を頬張っている。

ふだんのわたしなら、マイクが食べるのを見たら食欲全開になるはず。でも今日は自分のトレーの上のものをほんの少し口に運ぶのが精一杯だ。「時々は昏睡状態になるのもいいわね。こんなに体重が減るなんてびっくり。レイラに服を貸してもらおうかしら――」

「そんな恐ろしいことをいわないでくれ。退院の許可が出たら、まずは〈スミス・アンド・ウォレンスキー〉でプライム・リブのディナー、それから〈ジュニアズ〉に行ってニューヨーク・チーズケーキの大きなスライスをきみに食べさせる。だから」――彼がわたしのトレーのささやかな食事を指さす――「そのごちそうは〈パ・セ〉の試食とでも思って食べればいい。もっと丸々と太ったきみを早く見たい」

トーマス・ケラーのコンソメを思い描きながらスープを口に含み、さらにゼリーと紅茶にも手をつけた。「全部食べたわ」こちらを見ているマイクの目を見据えた。「真相を話して。いまならちゃんと消化できると思う。すべてをきかせてちょうだい。まずはサマンサ・ピールのことから。レイラに強打されて、彼女の命は助かったの？」

「三日間入院して、そこから直接警察に身柄を移されて勾留されている」

わたしはほっとしてふうっと息を吐いた。「ドクター・ペッパーにはお礼のいいようがないわ。もちろん命の恩人でもあるし、あの明晰夢が事件解決の決め手となったのだから」

「それはちがうな、クレア。事件を解決したのはきみだ。ドクターも同じ考えだ。自分はオズの魔法使いみたいなものだといっていたよ。オズがドロシーの仲間に与えたものは、もとから彼らが持っていたものなのだとね」

マイクの話では、サマンサに不利な証拠はあっさり出てきたそうだ。しかも決定的なものが。「レイラの寝室に小瓶に入った『眠れる美女』ドラッグが隠されていた。階段の吹き抜けには変装用に使ったメイドの服があった。それに加えてレイラの証言とモリーの供述だ。先週、大陪審はミズ・ピールを起訴した」

「万事休す。わたしは幻覚のなかで煮えたぎった大釜に入って生きた心地がしなかったけど、それより厳しい状況ね」

「厳しくなる一方だ。コネチカットとニュージャージーの検察官が二件の不審死について調べている――それぞれ五年前と七年前のものだ。死因は処方薬の副作用とされていた。しかし被害者はいずれも金融業界の人間で、ウォール街のオオカミ、つまりサマンサの元夫のライバルだった。『眠れる美女』ドラッグの成分が解明されたいま、立証は時間の問題だ。さらに多くの罪に問われるだろう」

「オオカミは知っていたのかしら？」

「元妻が犯した罪に関して彼はいっさい知らぬ存ぜぬで通している。が、われわれは徹底的な取り調べを続行中だ」

「レイラと子どもたちはどうなっている？　無事なの？」

元妻の名前にマイクは即座に反応した。目が鋭く光り、ふうっと勢いよく息を吐き出した。

「子どもたちは元気だ。幼いモリーは母親よりしっかりしてきたように感じるよ……」

レイラの住まいでなにが起きたのかをくわしくきいたマイクは、あやうく卒倒しそうになったそうだ。サマンサの凶行はむろんのこと、レイラがモリーとわたしを巻き添えにして危険にさらしたことは許しがたかった。なによりレイラの稚拙な判断を彼は問題視した。サマンサとアーニャがスチュワート・パッカーに仕掛けた詐欺の片棒をレイラはかついだ。それればかりか、自分の結婚相手にも同じ詐欺を働こうと画策していたのだ。

ただしマンハッタン地方検事局がレイラの証言をどうしても必要としていたため、さいわいにも彼女は罪に問われないことが決定した。

しかしマイク・クィンは彼女に免責を与えるつもりはない。

「彼女には警告を発した」マイクがいう。「いまのところは彼女に執行猶予を与えている。今後一度でも問題を起こせば、モリーとジェレミーの親権は完全にわたしが持つことになる。彼女はサマンサ・ピールの犯罪に加担し、こちらは警察官として勲章を授与され司法省で勤務する身だ。それをレイラに思い知らせた。子どもたちの親権を求めてわたしが訴えを起こせば、どういう裁定がくだされるかはいうまでもない」

現実を突きつけられたレイラは、ひたすらおどおどしていたそうだ。目に涙を浮かべ、これまでの生活をあらためること、夫と取り交わした婚前契約の内容に従うこと、〈プリンス・チャーミング・クラブ〉の鍵を手放すことを誓ったという。

「彼女には仕事を始めるようにと伝えた。生活費の足しにもなるし、なによりトラブルに巻き込まれずにすむ。時間を持て余していると、ろくなことはない」

わたしは驚きを隠しきれず、片方の眉をあげてマイクにたずねた。「その提案に彼女はどう反応したの？」

「意外にも、すんなり受け入れた。若くないモデルでも仕事には不自由しないそうだ。カタログやコマーシャルの分野で需要があるらしい。以前のエージェントに連絡をとるといっていた……」

それはレイラにとって、まぎれもなく転落を意味するはず。パークアベニューという雲の上からとことん落ちて地味な土地でのアパート暮らし、ゴールド・ルームのキャビアからミドルクラスの食事、シネマコンプレックスでの映画鑑賞へと。

ふと、ドウェイン・ギャロウェイとリムジンサービスのボスニア人運転手エルダーのことを思い出した。対称的なふたりだった。富と価値あるものとは別物なのだろう。お金をいくら積んでも真の王子さまにはなれない、ということか。

マイクの視線を感じた。「なにをニヤニヤしている？」

「貧乏人のキャビア」

「知らないな」

「クイーンズの小さなカフェで見つけたのよ。とてもすてきだった」

「どういうものなんだ?」

「わたしにとっては、幸せの鍵」マイクの頰に触れ、彼に身を寄せてもう一度キスした。

「レイラに伝えてね。彼女さえその気になったら、いつでもレシピを教えるわ」

きた。

エピローグ

「彼女にもう話した？」マテオはわたしたちのテーブルにいれたてのエスプレッソを運んで
「まだよ」マダムがこたえる。

なんだか怪しい。ふたりを見ながらきいてみた。「なんの話かしら？」

「まあ、待ちなさい」マダムはわたしにそういってから、マテオを追い払う仕草をする。

「また後で。わたしとクレアとの近況報告がすんでからね……」

わたしは熱いドッピオの表面を覆うクレマの甘みを味わい、マダムはわたしが昏々と眠っていたあいだの出来事をかいつまんで話してくれた。

「バーバラは地下の店を閉じたわ」

「ほんとうですか？」

「まあ、あれほど派手に報道されたのに、見ていなかったのね？」

サマンサ・ピールの逮捕が公表されて〈プリンス・チャーミング・クラブ〉の存在が明るみに出たようだ。なにもかも暴露された。地元、国内、海外を問わず有名人たちが地下でおこなわれていた出会い系のパーティーの実態を次々に認めたという。

「でもね、災い転じて福となったのよ。ほんとうに、思いも寄らない結果になりましたよ。さんざん報道されたものだからバーバラが地上で開いている合法的な店の売上は三倍増となったの。そこで彼女は地下のスペースを『テーマパークのような家族向けレストラン』に改装しているそうよ。彼女からそうきいているわ」

「ギャンブルを一掃したラスベガス・ストリップみたいなものかしら。ひとつの時代の終わりを感じますね」

「じつはそうともいえないのよ。バーバラはずっと前からラスベガスに目をつけていたの。海外の投資家を説得してベガスで〝秘密の舞踏会〟というリゾートホテルを手がけるんですって。今回は本物のカジノもあるわ」

「成功するかしら？」

「するでしょうね。世間の関心を引きつけておくために彼女は回想録を執筆中よ。かつての上司ワイルド・ビル・ドノバンから資金を得たいきさつ、その資金で地下のクラブをひらき、そこでアメリカの諜報員が外国籍の人々を相手にスパイ行為をしていたことを明かすつもりだそうよ」

「ゴーストライターを雇ったのかしら。『作家はぶすっとしている』という意見を撤回したんでしょうか？」

「共著者はリタイヤ間近のＣＩＡのエージェントだそうよ。アーニャが薬物を投与されたと知った時に彼女が協力者としてコンタクトをとった人物らしいわ」なんということ。わたしは茫然として椅子の背にもたれた。わたしの記憶が正しければ、ウィルソンは「垂れ込み」がきっかけで地下のクラブに戻ったといっていた。その密告をしたのはバーバラにちがいない。彼女も彼と同じく未解決事件を解決したいと願っていたのだ。わたしの反応を見てマダムが興味津々といった表情でたずねた。「クレア、そのCIAのエージェントに心当たりがあるのね？」

いいえとんでもない、という表情で肩をすくめ、エスプレッソを飲んだ。でも、確信はある。しかもウィルソンは三日前、夜更けに病室に見舞いにきていた。黄色いバラとベルギーのチョコレートを持って……。

「ほんとうはシャンパンを持ってこようと思ったんだが。きみは太る必要があるらしいからな……」

椅子をベッドに寄せ、ウィルソンはサマンサ・ピールを短時間で自白に追い込んだことについて静かに語った。現在は正式な報告書を携えてワシントンDCに戻っているという――ようやくフェイスの名誉を挽回できたという感慨とともに。フェイスを殺した真犯人がついにつかまり、彼女の英雄的な活躍が公になった。尋問の過程でサマンサはワシリー・ペトロフについて知る限りのことを供述した。

「サマンサは若く、つけこまれやすかった」ウィルソンがいう。「ハンサムなロシア人スパイはやすやすと彼女を虜にした。彼女はおとぎ話の主人公にでもなったつもりで、数々の犯罪に手を染めてもその自覚は毛頭なく、むしろ献身的な愛の行為と考えていた。やがてペトロフにはカナダに家族がいると発覚し、彼女は突然目が覚めた。ペトロフにバカにされ、サマンサは逆上した。わたしのフェイスを殺害した罪をペトロフに着せ、彼を葬った……」

アーニャについてウィルソンにたずねてみると、特異的遺伝子を標的とするＫＩＳＳという治療法が効いて彼女も意識を取り戻したそうだ。

「彼女は刑事罰に問われるの？」

「その可能性はない」ウィルソンがきっぱりと否定したので、ほっとした。

アーニャ・クラフチェンコはサマンサ・ピールの詐欺の計画に加担したことを深く反省しているようだ。地方検事局は彼女の改悛の情が顕著であると認め、告発を見送る決定をくだした。検察に全面的に協力することで彼女は起訴を免除されるのだ。

たとえば、アーニャの協力のもとにハリソン・ヴァン・ローン弁護士が不正行為を働いていないことが証明された。アーニャがでっちあげた身の上話を露ほども疑っていなかったというヴァン・ローンの主張を彼女自身が肯定したのだ。また、ヴァン・ローンはこの陰謀の裏にサマンサ・ピールの存在があったとはまったく知らなかった。さらにサマンサはアーニャを強要して、自分がアーニャの遺言執行者となること、訴訟和解金の信託管理人になることを定めた書類に署名させていた。このことも、アーニャが作成した書面であきらかになった。

「でもこうなってしまえば訴訟和解金など入ってこないわね」ウィルソンにたずねてみた。

「オオカミからはな。しかし朗報がある。バーバラ・バウムがアーニャに救いの手を差し伸べた。ロシアで監禁状態に置かれているアーニャの母親の釈放を実現するためにバーバラ・バウムが資金を提供するという申し出だ。それからアーニャは、退院したらまっさきにきみを抱きしめたいといっていたよ。彼女の母親も、晴れて自由になった暁には、きっときみに感謝するだろう」

「ハッピーエンドね」全員にとって、といえればいいのだけど。

眠れるふたりの美女――ロザリーナとフェイス――は二度と目覚めることはなく、ふたりの王子さまの深い悲しみは未来永劫続くだろう。

さいわいにも、わたしは目覚めることができた。わたしが九死に一生を得たのは運命のいたずらにちがいない。命拾いしたのも幸運ならば、家族とたくさんの友人にめぐまれたことはもっと幸運だった……。

そしていま、わたしはビレッジブレンドの店内で敬愛する雇用主と向き合って座っている。店を出ていくゲストに手を振って見送る。わたしの帰宅を祝うサプライズのパーティーはそろそろおひらきに近づいた。退院をよろこんでくれる店のスタッフと近所の常連さんと過ごす午後のひととき、幸せを嚙み締めた。

店のベーカリーを担当しているジャネルはアイシングをかけた美しいコーヒーケーキをつ

くってくれた。ガードナーの手配でフォー・オン・ザ・フロアのメンバーは店内にジャズの生演奏を響かせている。

エスターとボリスは仲睦まじくパーティーに参加した。ふたりは正式に婚約した。ボリスは結婚前にツァリーナと同棲すべきではないという方針を貫いている。エスターには新しいルームメイトが見つかった――店のいちばん若いバリスタ、ナンシー・ケリーだ。

これには驚いた。

しかし、さらに大きなサプライズがあった。娘のジョイだ。パリのレストランで働いているジョイは、わたしが昏睡状態に陥ったという知らせを受けて急遽、休みをとって飛行機で戻ってきた。わたしの枕元で不寝《ねず》の番をしている時以外、ジョイは父親の片腕となってビレッジブレンドを切り盛りした。

エマヌエル・フランコには残念ながらハッピーエンドは訪れなかった。マテオは自分を逮捕した若い巡査部長をゆるしてはいない。フランコは正義の味方であって敵ではないと、どんなに言葉を尽くしてもマテオは説得に応じないのだ。

「こういう時のあなたのお父さんは、ほんとうに意固地なの」涙に暮れるジョイにわたしは言葉をかけた。「時が解決してくれるわ。きっと考えをあらためてくれるはず……」そうなると信じるしかない。その時が来るまでは、ジョイは内緒で恋人に会いにくる。そしてフランコはビレッジブレンドに近づかず、ひたすらエナジードリンクを飲み続ける。

そんな善良な巡査部長のために、ジャネルがつくったケーキを一切れ、それも特大サイズをとっておいた。今夜ジョイが彼に届けにいくだろう。わたしからの心からの感謝とともに。

フランコと同じくニューヨーク市警のシールド・バッジを持つわたしの恋人はすでにワシントンDCに戻っていた。わたしたちの今後について、選択を迫ることはなかった。彼の辛抱強さはいつまでもつだろう。そんな思いがあっただけに、雇用主のマダムの言葉は思いがけなかった。

「病院のベッドで眠っているあなたを見て、決心がついたわ」

「なんの決心ですか？」

「あなたの未来について……」

マダムはバッグのなかからビニール袋を取り出し、テーブルの上に置いた。わたしとマダムのちょうどまんなかに。袋にはエスプレッソ用のカップがひとつ入っている。あの晩、セントラル・パークでわたしがエスプレッソを飲んだ時に使ったデミタスカップだ。

「とっておいたのよ、クレア。いまのあなたに、ぜひこれを見てもらいたいの」

コーヒーの粉が残した模様を、わたしはこわごわと読み解いた。〝困難〟〝危険〟〝隠れた敵〟〝旅〟〝大きな変化〟

「あなたが眠っているあいだに夢を見たのよ」マダムが打ち明けた。「あなたが地下牢に閉じ込められているのが見えた。わたしの地下牢にね。ガードナーも独房に閉じ込められていた。そしてあなたはそこから出るための鍵をひたすら求めていた。マテオとわたしは今日、あなたにその鍵を贈ります」

「いったいなんの話ですか！?」

「わたしたち親子、そしてこのすばらしいコーヒーハウスにあなたは全身全霊を傾けてくれているわ。でもそのために、真に愛する人といっしょになることができない」

〝旅〟と〝大きな変化〟ね。「それでは、わたしにここを辞めろと?」

「そうではないわ。辞める必要などまったくないの。万事うまくいく方法があるのよ」マダムがにっこりする。「バーバラとランチをした時に、彼女がわたしをなじったのを憶えている? 確かに彼女のいうことはもっともだと気づいたわ。だから事業を拡張することにしました。ガードナー・エバンスがワシントンDCにビレッジブレンドの二店目をオープンしますから、あなたにも手伝ってもらいたいの」

「でも彼は従兄弟といっしょにボルチモアでジャズ・クラブをひらくつもりだったのでは?」

マダムがマテオを手招きした。「わたしと息子でガードナーとじっくり話してみたのよ。どうやら彼の従兄弟は店の運営全般をガードナーに全面的に頼るつもりだったようね。食べ物、飲み物、スタッフの採用から管理、帳簿作成もなにもかも。従兄弟と組んで事業を立ち上げれば音楽に割く時間がなくなるとガードナーは気づいたみたい」

「そうだ」マテオだ。「何度も話し合った末、われわれとパートナーシップを組むほうが彼には満足がいくと結論が出た……」マテオの説明によれば、わたしはワシントンDCのコーヒーハウスをガードナーと共同で経営することになる。これまで通りニューヨークで豆のローストをしてワシントンDCに運ぶ。逆転の発想で、ワシントンDCに拠点を置いてニューヨークに通勤することになる。いつまでという期限はなく、わたしが望む限り継続できる。

「当面はマテオにニューヨークの店をまかせればいいわ」

「最大で七カ月間だ」マテオが予防線を張る。「それを超えたら帰って来いよ。さもなければ新しいマネジャーを雇うからな」

「店の立地は？」わたしはたずねた。

「ガードナーがジョージタウンでいくつかリース物件の目星をつけてある。一カ所はブルースアレイのそばだ。ガードナーはDCのビレッジブレンドで夜にはジャズの生演奏と軽い夕食を出す店にしたいと考えている。しかし店を立ち上げて、軌道に乗せるにはきみの協力が必要だ。数年前にデイビッド・ミンツァーの依頼でハンプトンズでやったようにな。さあどうする、クレア？　やってくれるか？」

胸がいっぱいだった。わたしは涙を拭いながらこたえた。

「ふたりとも、向こうを向いてください」

マテオとマダムは困惑した様子で目を見交わしている。「どうして？」

「背中についている妖精の羽を見たいんです」親子は同時に噴き出した。わたしはふざけてなどいない。「わたしが眠っているあいだに、ふたりでわたしの夢を叶えてくれたんですもの」

このことをマイクに話すと、もちろん大喜びだった。わたしもうれしくてたまらない。ただ、ウィルソンの謎めいた警告が頭に焼きついている。

「〝きみがワシントンDCに移る話をマイクが次に持ち出したら、いままでよりも少しだけ身を入れてきいてやって欲しい……マイク・クィンのような男はなかなか認めたがらないものだ。プライベートにおいてサポートが必要だ、などとはな〟」

ウィルソンの考えでは、マイクは困難な状況に置かれているらしい――それをマイクは打ち明けるつもりがないのか、あるいは彼自身まだ完全には把握できていないのか。どちらにしても、近いうちにそれを確かめる。なにが起きているとしても、わたしの思いは揺らがない。マイクは大きなリスクをとってわたしの味方になってくれた。今度はわたしがお返しをする番だ。

もちろん、たやすいことではないだろう。それはおとぎ話も同じこと。森のなかは危険がいっぱい。鏡は見る者を裏切る。お菓子でできた家に入れば丸焼きにされる。そう、人生は楽ではないし、困難な選択の連続だ。回り続ける地球のどこにいたとしても、どんなに空が青くても、日が暮れると闇がわたしたちを覆う。

でも、わたしは知っている。フランコのような若い警察官の勇気、ボリスのような若者の献身、エルダーのように初対面の人々の優しさ、非情な世界で神経をすり減らしながらも騎士道精神を貫く警察官へのわたしの深い愛情を。エスターの愛しいロシア人の詩人の言葉が浮かぶ――。

闇は宇宙の完璧な真実ではない。

「〝真っ黒な宇宙には明るく光る点がある——たくさんある！　重要なのは光があるということだ。命はそこにある〟」

運命の女神にも人々の目にも冷たくそむかれ、
私はひとり見すてられたわが身を嘆き、
むなしい泣き声で聞く耳もたぬ天を悩まし、
わが身を眺めてはこのような身の上を呪う。
そして将来の希望に満ちた人のようになりたい、
あの人のような顔立ち、この人のような友をもちたい、
この人のような学識、あの人のような才能がほしいと願い、
自分のもっとも恵まれた資質さえもっとも不満になる。
だがこのような思いに自分を卑しめているうちに、
私はふとあなたのことを思う、するとたちまち私は、
(夜明けとともに暗く沈んだ大地から舞いあがる
ヒバリのように)天の門口で讃歌を歌い出す。
あなたの美しい愛を思うだけでしあわせになり、
わが身を国王とさえとりかえたくないと思う。

ウィリアム・シェイクスピア『ソネット29番』
(オリジナルのロシア語より翻訳)

＊本書に登場する『シェイクスピアのソネット』はすべて文藝春秋刊／小田島雄志訳より引用しました。

白雪姫のチョコレートモカ

熱々で甘くて、コーヒー入りのミルクシェーキのような絶品のモカ。ビレッジブレンドで人気のドリンクを、ニューヨークの秋のおとぎ話フェスティバルでは、白雪姫のチョコレートモカと名づけてコーヒー・トラックのメニューにのせた。リンゴは使っていないので、白雪姫にも安心して飲んでもらえる。

←【つくり方】につづく

白雪姫のチョコレートモカ

【材料】2人ぶん

ミルク……1カップ
ホワイトチョコレートを細かく刻んだもの
(またはホワイトチョコ・チップ)……½カップ
ピュアバニラエクストラクト……小さじ½
熱々のエスプレッソ(または2倍の濃さのコーヒー)
……4ショット(大さじ12)
仕上げ用のホイップクリーム
飾り用のホワイトチョコレート・カール

【つくり方】

1 耐熱ボウルにミルクとホワイトチョコレートを入れ、片手鍋に約3分の1の湯を沸騰させた上に置き、湯煎にかけた状態でボウルの中身を混ぜてチョコレートを完全に溶かす。

2 ボウルにバニラを加えて泡立て器または電動ミキサーで軽く泡立った状態になるまでおよそ1分撹拌する。

3 大きなマグ2つにエスプレッソ(または濃いコーヒー)を同量になるように注ぎ、**2**のボウルのホワイトチョコレート・ミルクをそれぞれに注いで混ぜる。ホイップクリーム、ホワイトチョコレート・カールをトッピングしてもよいが、トッピングがなくてもとてもおいしい。チョコレート・カールは、チョコレートのブロック(ホワイト、ミルク、ビタースイート、ダーク)を室温に戻したものを、野菜むきに使うピーラーで削るとくるんとカールしたチョコレートができる。

クレア・コージーの
シンデレラ・パンプキンケーキ
(乳製品を含まない)

　クレアの小さなコーヒーケーキはシンデレラのカボチャのように飾り気がないけれど、しっとりした食感とおいしさで、つくり手は舞踏会で最高に美しい主役になれるはず。カボチャは栄養価があり食物繊維も豊富で生地にもよくなじむ。8インチ四方の小さいサイズの焼き皿で焼く。お祝い用にはそれを2枚使って縦9インチ×横13インチのシートケーキにする。そしてもうひとつ。このケーキには乳製品を使わない。仕上げにはパウダーシュガーを散らすだけ、または乳製品不使用のホイップクリームを使えば万全だ。8インチ四方の焼き皿で大きなスクエア型のケーキが9個できる。縦9インチ×横13インチのシートケーキをつくるには材料を2倍にする。

【材料】

A
- 中力粉……1カップ
- ライトブラウンシュガー……½カップ(ぎっしり詰める)
- グラニュー糖……½カップ
- ベーキングパウダー……小さじ1
- 重曹……小さじ1
- パンプキンパイ・スパイス(＊)……小さじ½
- 食卓塩……小さじ¼(またはコーシャ・ソルト小さじ½)

卵……大2個
植物油(またはカノーラ油)……½カップ
ピュレ状のカボチャ……カップ1

＊パンプキンパイ・スパイスを自作する場合
パンプキンパイ・スパイス小さじ1をつくるには、シナモン小さじ½、ジンジャー小さじ¼、オールスパイスまたは粉末状のナツメグ小さじ⅛を混ぜる。

←【つくり方】につづく

クレア・コージーの
シンデレラ・パンプキンケーキ
(乳製品を含まない)

【つくり方】

1 **オーブンと焼き皿の準備**

オーブンを約160度で予熱しておく。焼き皿にクッキングシートを敷いて両側が垂れるようにしておく。ノンスティック・クッキングスプレーをシートと、シートのかかっていない焼き皿の側面に軽く吹きかけておく。

2 **ボウルひとつで生地をつくる**

大きなサイズのボウルにAの材料をすべて入れて混ぜる。中央に窪みをつける。そこに卵を割り入れて泡立て器で混ぜる。さらに油を加えて混ぜ、パンプキン・ピュレを加える。大きなスプーンまたはゴムのへらに持ち替えて全体をゆっくりと混ぜていく。Aの材料が完全に混ざって滑らかな生地になるまで、混ぜすぎないように注意。粉のグルテンが形成されて硬いケーキになってしまう。

3 焼く

用意した焼き皿に生地を流し入れ、平らな面にその焼き皿を打ち当てるようにして生地の空気を抜き、平らにする。予熱しておいたオーブンで35分から45分焼く。オーブンによって焼き時間はちがってくる。焼き上がりの目安は生地の中央部分が揺れず、軽く押すと弾力性を感じる程度。中央に楊枝を刺して取り出し、生地がついていなければ焼き上がり。焼きが足りない場合はオーブンに戻してさらに5分焼く。焼けたらオーブンから取り出してそのまま数分間冷まし、クッキングシートで覆っていない焼き皿の側面にバターナイフを走らせてケーキをはずす。ケーキをそっと持ち上げてラックに移して冷ます。完全に冷めたら粉砂糖、または次にご紹介する砂糖衣をかけて完成。

乳製品を使わない砂糖衣

クレアのパンプキンケーキのレシピに乳製品は含まれない。砂糖衣にも乳製品を使いたくない場合には、よく冷やした高脂肪《フルファット》のココナッツミルクの缶詰を使ったホイップクリームをどうぞ。

クレア・コージーの
ブラックフォレスト・ブラウニー

ドイツ語の「ヴァルトアインザムカイト」という言葉は森のなかにひとり、穏やかで満ち足りた気持ちでいるような状態を意味する。クレア・コージーはセントラル・パークのランブルの迷路のような森に入った時、「黒い森」に入ったような気持ちだった。

じっさいの「黒い森」はドイツ南西部に位置している。有名なブラックフォレスト・ケーキを発明したのは誰なのか、食の歴史の専門家の見解はさまざまだが、基本的に地元で採れるサワーチェリーをキルシュヴァッサー（サクランボのブランデー）に漬けたものを使い、ホイップクリームを添えて出すケーキを指す。ドイツではチョコレートは人気なので、自ずと、みんなが大好きなチョコレートのスポンジケーキに、キルシュに漬けたチェリーとホイップクリームを合わせたトルテとなった。クレアのブラウニーはこのすてきなドイツのケーキのフレーバーにヒントを得ている。森のなかで、そして森の外でもぜひ。

【材料】 24個ぶん（縦9インチ×横13インチの焼き皿用）

チェリー（生あるいは冷凍のチェリー、
またはマラスキーノチェリー）……2カップ（山盛り）
キルシュ（またはホワイトラム）……⅓カップ
砂糖……大さじ2
市販のブラウニーミックス（またはお気に入りのレシピ）

【つくり方】

1 **チェリーを漬ける**

チェリーの茎を取って種を抜き、ざく切りにする。ボウルまたはプラスチック容器にチェリーを入れ、砂糖をかけてキルシュをひたひたになるように注ぐ。ラップをかけるか、プラスチック容器のふたをして冷蔵庫に入れて最低8時間漬け込む。調理に使う時にはよく水気を切る。

2 **ブラウニーをつくる**

市販のブラウニーミックスを使う。焼き皿のサイズはかならず縦9インチ×横13インチで。焼き上がったら完全に冷ます。焼き皿から移したりカットしたりしない。

3 **ブラックフォレストのトッピングをつくる**

クレアのホイップクリームとマスカルポーネのフロスティング（後述のレシピを参照）を用意する。**1**のチェリーを飾り用に少量取り分けておき、残りをフロスティングに混ぜ合わせる。焼いて冷ましたブラウニーを焼き皿に入れたまま、表面にフロスティングを施す。くるんとしたチョコレート・カールを飾って四角に切り分ける。

クレアのホイップクリームとマスカルポーネのフロスティング

【材料】

ヘビークリーム……¾カップ（よく冷やしておく）
イタリア産マスカルポーネ（またはクリームチーズ）……½カップ
粉砂糖……1 ¼カップ
ピュアバニラエクストラクト……小さじ1
キルシュ（またはホワイトラム、クリーム）……大さじ2

【つくり方】

よく冷やしたヘビークリームを電動ミキサーで撹拌し、つのがぴんと立ったら冷蔵庫に入れる。別のボウルにマスカルポーネ、粉砂糖、バニラエクストラクト、キルシュを入れて全体が混ざり合うまで泡立て器で混ぜる。冷やしておいたホイップクリームを取り出して先ほどのボウルにそっと混ぜ込む。

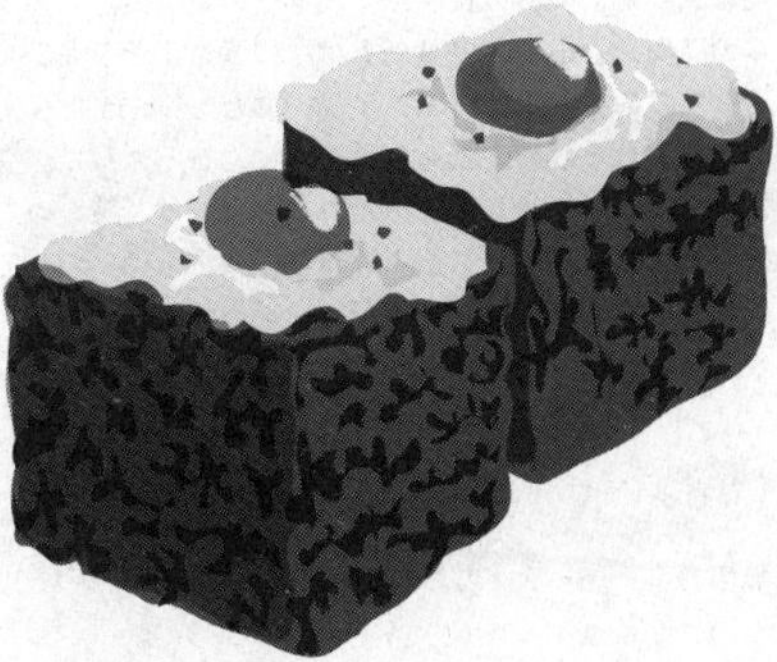

ビレッジブレンドの
1ドル硬貨《シルバーダラー》チョコレートチップ・クッキー

　シルバーダラー（直径39ミリ）ほどのサイズの小さなこのクッキー。とても薄くて周囲はカリッと軽く、中心部は歯ごたえのある食感だ。バターの風味豊かなカラメルの味わいと塩味が、食べるほどに満足感を与えてくれる。午後のコーヒー・ブレイクのおともに、また夜更けに明かされる秘密とともに味わうにはぴったりだ。クレア・コージーが親しくなったウィルソンは、謎めいた名刺を持ち、迷宮入りした冷戦時代の殺人事件について衝撃的な真相を明かした。夜更けに明かされる秘密を、クレアはこのクッキーとともに受け止めることにした。

【材料】75枚ぶん

無塩バター……大さじ8
グラニュー糖……½カップ
ライトブラウンシュガー……¾カップ(ぎっしり詰めた状態)
レギュラーコーヒー(またはエスプレッソ)……大さじ3(ミルク用)
卵……大1個
ピュアバニラエクストラクト……小さじ2
中力粉……1 ¼カップ
粗塩……小さじ½
重曹……小さじ½
セミスイート・チョコチップ……1カップ

【つくり方】

1 **生地をつくる**
小ぶりのソースパンでバターを溶かす。茶色になったり焦げたりしないように注意する。少し冷ましてボウルに移す。2種類の砂糖、コーヒー、卵、バニラ、塩、重曹を加えて電動ミキサーで混ぜる。粉を加えてさらに混ぜる。混ぜすぎないように注意しないと、生地がまとまらなくなり、粘りが出てしまう。チョコチップを入れてそっと混ぜる（クッキーのサイズが小さいので、かならずミニサイズのチョコチップを使う）。

2 **焼く**
オーブンを約190度に予熱する。こびりつかない加工、またはクッキングシートを敷いたクッキー用の焼き皿に小さじ½の生地を間隔をあけて落としていく。小さなサイズのクッキーなので焼き時間は6分～6分半。オーブンから取り出した時には、少々生焼け加減の状態でかまわない。焼き皿にのせたままでさらに加熱され、その後冷めていく。約10分で焼き皿からはずす。冷めると、端がカリッとする。

ニューヨーク
“ホットドッグ„オニオン、
ア・ラ・パパイヤキング

セントラル・パークのフェスティバルの晩、クレアとマイクは質素なホットドッグ店で夜更けの軽食を楽しみ、クレアは大好きなニューヨーク・オニオンを楽しんだ。ホットドッグとハンバーガーとの絶妙なハーモニーをかもしだし、甘みとピリッとした辛みを同時に味わえる。何十年も、こうしたオニオンはニューヨークの街の伝統的な食べ物、ホットドッグにつきものだった。ある時期にはホットドッグ店ごとに独自のレシピがあったほど。これからご紹介するのはクレアが手作りするもので、ニューヨークのホットドッグの移動式屋台とスタンドで愛されてきたものとほぼ同じ味わいだ。たとえばマンハッタンのアッパーイーストサイドのホットドッグの宮殿〈パパイヤ・キング〉もそのひとつ。

悲しいことにこの街ではこの薬味のバラエティは多様で、おいしいものから……そうでもないものまでさまざまだ。また、こうしたオニオンの瓶詰め（店頭に並んでいる）はつくり立てのおいしさにはとうてい敵わないので、買うよりも、自分でつくってしまうのが断然おすすめ！

【材料】約2 ½カップぶん

オリーブオイル……小さじ2

レッドオニオン……5個(薄切りにして細かくみじん切りに)

A
- 缶詰の野菜ジュース(V8)……1缶(約300グラム)
- 水……½カップ
- ケチャップ……小さじ1
- パプリカ……小さじ2
- グラニュー糖……小さじ½
- コーンスターチ……小さじ½
- 塩……小さじ½
- 赤唐辛子のフレーク……小さじ½
- リンゴ酢……大さじ3

←【つくり方】につづく

ニューヨーク“ホットドッグ„オニオン、ア・ラ・パパイヤキング

【つくり方】

1 オニオンをソテーする

中くらいのサイズの深鍋でオリーブオイルを中火で熱し、油が熱くなったらオニオンのみじん切りを入れる。ふたをしないで10分間、混ぜながら火を通す。その後、火を弱くして20～25分間オニオンが透明になるまでゆっくりとソテーする。

2 とろ火で煮る

Aの材料を加えてとろ火で1時間半煮込む。しょっちゅう鍋のなかをかき混ぜて鍋の側面につかないようにする。

3 食卓に

甘くピリッと辛くてホットドッグ、サンドイッチ、クラッカーに完璧な付け合わせだ。ニューヨーク・オニオンはむかしから熱々で出されるが、じつは室温でもおいしい。

クレア・コージーの
貧乏人のキャビア

貧乏人のキャビアはロシアの伝統的な料理で、キャビアも魚も使われていない。ではなぜ「貧乏人のキャビア」などと呼ばれるのか？　伝説によれば、ジョージア、ウクライナ、ロシアの漁師はキャビアを得るために漁でチョウザメをとるものの、あまりに貧しくて自分たちでは食べられなかった。そこで彼らはその魚を売り歩き、手近な材料を使って工夫しパンに塗る美味しいトッピングをつくったという。

クレアとエルダーが質素かつ心地よい〈王妃カタリナ・カフェ〉で食事を共にした時、クレアはアイバル（ボスニア風ハンバーガーに添えられた薬味）がこの伝統的なロシアの珍味にそっくりだと気づいた。やがてクレアはマイクに、贅沢を愛する元妻にこのレシピを勧めることになった——料理上の提案というより、哲学的な提案として。

【材料】4カップぶん

ナス……大2～3本(約1.3キロ)
オリーブオイル……1カップ(分けておく)
オニオン……大1個(細かいみじん切り)
青唐辛子(または赤唐辛子)……1本(細かいみじん切り)
ニンニク……3片(細かいみじん切り)
トマトペースト……約170グラム
砂糖……小さじ½
粗塩……小さじ2(またはコーシャソルト……小さじ2½)
黒コショウ(挽きたて)……小さじ½
レモン果汁……小さじ½

←【つくり方】につづく

クレア・コージーの貧乏人のキャビア

【つくり方】

1 **ナスの下ごしらえ**

オーブンを約175度で予熱しておく。ナス全体をフォークで刺して穴をあけ、オリーブオイルをまぶす。オーブン皿にアルミホイルを敷いてナスを置き、オーブンの中段でやわらかくなるまで約1時間焼く。ナスをざるに置いて水分を切る。扱えるほどまで冷めたら、ナスをぎゅっと押さえて汁を出してしまう。これは苦みを抑えるため。ナスを半分に切って果肉をかき出す。皮と大きな種は捨てる。果肉を細かく刻む。ただし、つぶさない(食感を残し、ベビーフードのように全体がドロドロにならないように)。

2 **野菜をソテーする**

大きなフライパンを弱火にかけてオリーブオイル½カップを入れる。油が温まったら刻んだオニオン、唐辛子、ニンニクを加える。時折混ぜながら、オニオンが透明になり唐辛子がやわらかくなるまでおよそ20分炒める。最後にナス、トマトペースト、砂糖、塩、黒コショウを加える。

3 **仕上げ**

弱火にしてときどき混ぜながら15分加熱する。フライパンに焦げ付きそうなら、オリーブオイルを少々加える。できあがったら耐熱性のボウルに移して冷ます。室温になったらレモン果汁を加えて混ぜる。ラップなどでカバーして冷蔵庫で保存する。5日間はおいしくいただける。

コージーブックス

コクと深《ふか》みの名推理《めいすいり》⑭
眠《ねむ》れる森《もり》の美女《びじょ》にコーヒーを

著者　クレオ・コイル
訳者　小川敏子《おがわとしこ》

2016年　8月20日　初版第1刷発行

発行人　成瀬雅人
発行所　株式会社　原書房
〒160-0022 東京都新宿区新宿1-25-13
電話・代表　03-3354-0685
振替・00150-6-151594
http://www.harashobo.co.jp
ブックデザイン　atmosphere ltd.
印刷所　中央精版印刷株式会社

落丁・乱丁本はお取り替えいたします。
定価は、カバーに表示してあります。
 ISBN978-4-562-06055-9 Printed in Japan